暗夜行路《あんやのみちゆき》

事件簿4

藤木 稟

角川ホラー文庫
18165

目次

本書は『黄泉津比良坂《よもつひらさか》、血祭りの館』の続篇となっています。

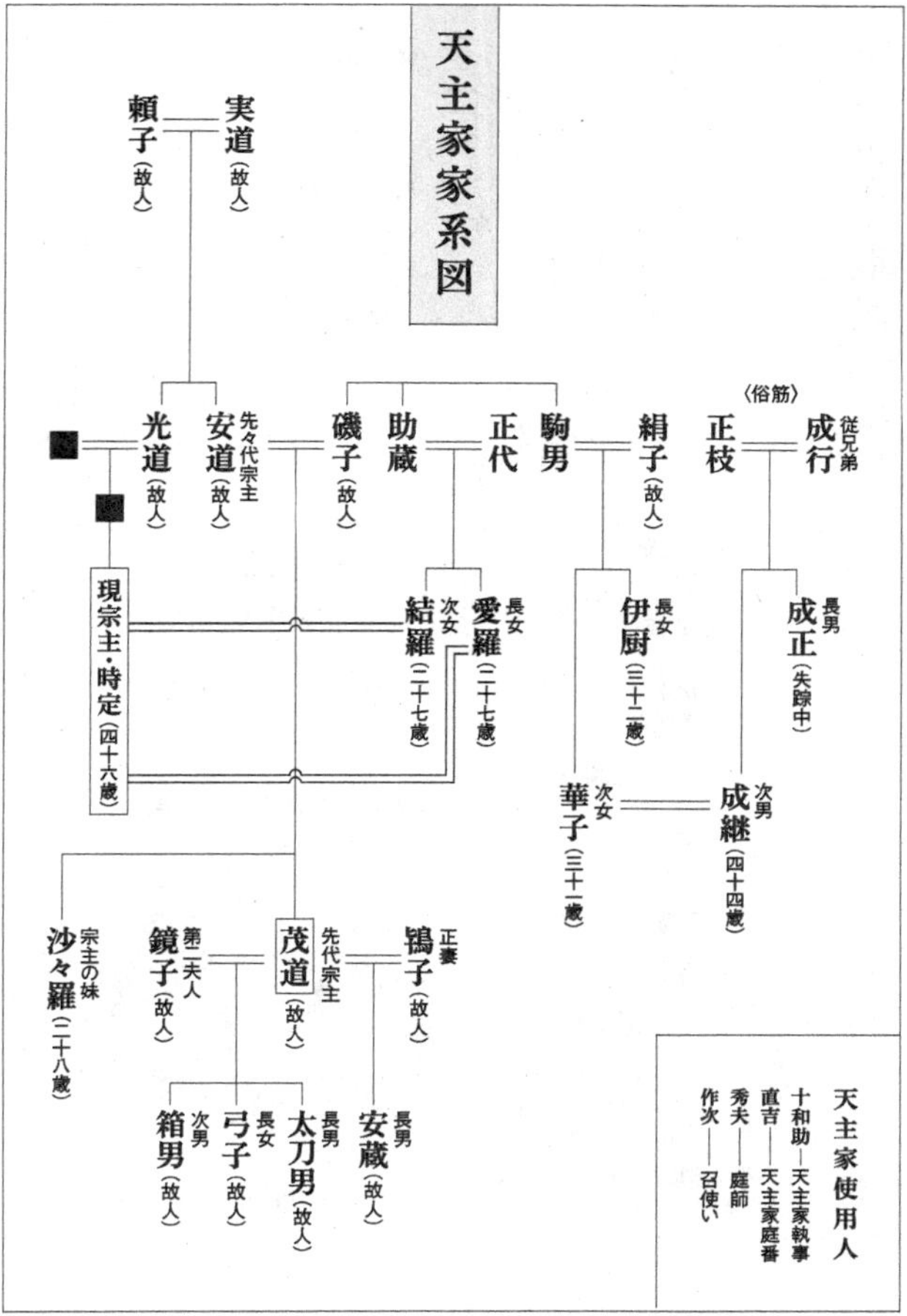
天主家家系図
実道（故人）
頼子（故人）
先々代宗主 安道（故人）
光道（故人）
磯子（故人）
助蔵
正代
駒男
絹子（故人）
〈俗筋〉
従兄弟 成行
正枝
現宗主・時定（四十六歳）
長女 愛羅（二十七歳）
次女 結羅（二十七歳）
長女 伊厨（三十二歳）
長男 成正（失踪中）
次女 華子（三十一歳）
次男 成継（四十四歳）
宗主の妹 沙々羅（二十八歳）
第二夫人 鏡子（故人）
先代宗主 茂道（故人）
正妻 鴇子（故人）
次男 箱男（故人）
長女 弓子（故人）
長男 太刀男（故人）
長男 安蔵（故人）
天主家使用人
十和助—天主家執事
直吉—天主家庭番
秀夫—庭師
作次—召使い

天主家見取図

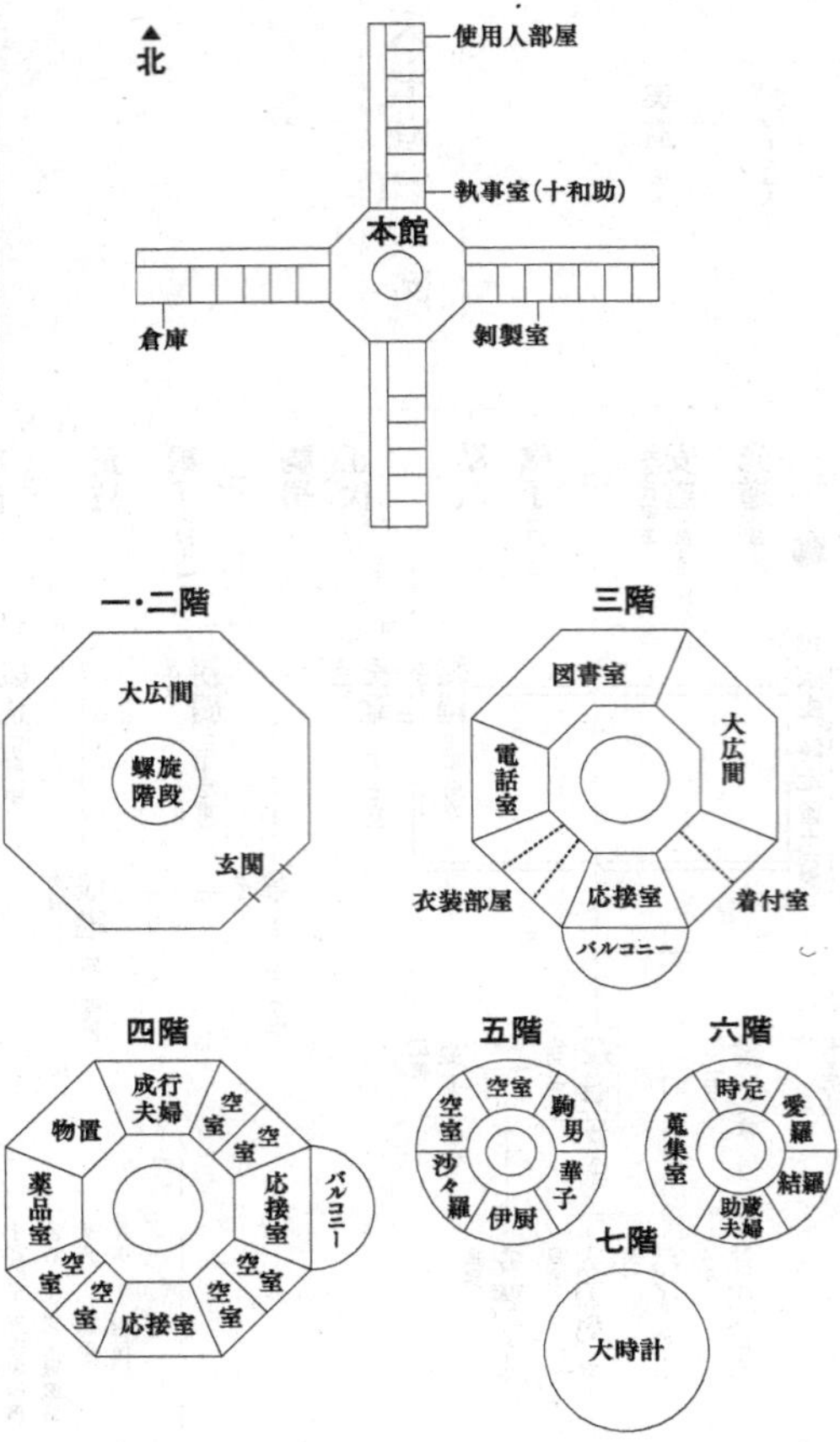

北
使用人部屋
執事室（十和助）
本館
倉庫
剝製室
一・二階
大広間
螺旋階段
玄関
三階
図書室
大広間
電話室
衣裳部屋
応接室
着付室
バルコニー
四階
成行夫婦
空室
空室
物置
薬品室
応接室
バルコニー
空室
空室
空室
空室
応接室
五階
空室
駒男
空室
華子
沙々羅
伊厨
六階
時定
愛羅
蒐集室
結羅
助蔵夫婦
七階
大時計

プロローグ　畳句《リフレイン》

1　不安の幻影

昭和十年、東京。

ラジオからは、満州国皇帝・溥儀《ふぎ》の歓迎式典の様子が流れていた。

春の花々が咲き乱れる庭園に面した沙々羅《さきら》の部屋のテーブルには、英語の辞書や何冊もの原書や女学校の教科書などが所狭しと広げられている。

沙々羅は几帳面《きちょうめん》な字で講義ノートを書き終えると、頬杖《ほおづえ》をついて窓の外を眺めた。

目の前には素晴らしく可憐《かれん》な黄色い蔓薔薇《つるばら》の絡まったアーチがあり、その向こうには小さな池があった。モーツァルトの曲のように軽やかに変化する水面《みなも》の光彩の中を、水鳥の雛《ひな》が懸命に親鳥を追いかける姿が見える。

道路の向こう側をゆっくりと郵便配達員の自転車が通り過ぎていった。

沙々羅はラジオのスイッチを切り、絵画のように穏やかな風景を見つめ続けた。

女学校の英語講師になって、四年が過ぎていた。

初めは戸惑いばかりだった仕事にもようやく慣れ、今では自分を姉のように慕ってくれる生徒達の存在を心から愛しいと思う。

授業中のちょっとした光景や、ユーモラスな誤訳をした生徒のこと、生徒達を引率して行った郊外実習の思い出などが次々と脳裏を横切るままにしているうち、彩雲が西の空に広がり、日没の時を告げた。

池の水面の乱反射は、泊扶藍《サフラン》色に変化した。燦然《さんぜん》とした黄金の輝きだ。

過去の光景が、なんとか記憶像の中に浮かび上がろうとあがいている。当の沙々羅はそれとは意識せぬまま、ふと、嫌な予感に捕らわれた。

不安や恐怖にも似たどす黒い感情《もの》が胸の奥から湧き起こってくる。調子の狂った弦楽の音が頭の内に響きわたり、沙々羅は激しい動悸《どうき》に見舞われて、思わず机に突っ伏した。


小母《おば》様、助けて……！


叫ぼうとしても声は出ない。

霞《かす》んで視点の落ち着かない瞳《ひとみ》を懸命に見張り、沙々羅は顔を上げた。

屋敷に続く赤い薔薇の小径《こみち》の彼方《かなた》から、長く伸びた黒い影が近づいてくる。

その影は手に長い棒のようなものを持っていた。そしてどういう訳か、沙々羅はその長い棒のようなものに得体の知れない恐怖を感じたのだった。

誰かしら……？

体の大きな、馬の調教師の男？

あの、陰気な顔をした青痣《あおあざ》のある男……

嫌だ……怖い……


「……お姫様、呪いを解く呪文は何ですか？」

聞き覚えのある声がそう訊《たず》ねた。


呪い？　呪文？

やめて！　そんなの、知りません！


目の前のアーチの陰から現れた男が、音もなく手を伸ばし、沙々羅の肩を摑《つか》んだ。

痙攣《けいれん》して体が凍りつく。

「まぁ、驚かせてしまったようね」

その豊かな声で、目の前の暗い闇が霧のように散った。

振り返ると、子栗鼠《こりす》のような丸い瞳を瞬かせた小母がいた。丸い輪郭と嫌みのない二重顎《あご》が、裕福で品のいい英国婦人を思わせる。

「小母様！　小母様！」

沙々羅は夢中で小母の胸に抱きついた。

「あら、怖い夢でも見ていたの？　顔が真っ青よ」

「夢？　わたくし……寝てしまっていたんですか……」

沙々羅は頰を赤らめて周囲を見回した。見慣れた自分の部屋だった。

婦人は優しく笑いながらテーブル上の明かりをつけ、まだ清らかな少女の面影を残している沙々羅を見つめた。彫りの深い美しい顔立ちと、華奢《きゃしゃ》な手足が光の中に浮かび上がる。もう、今年で二十八歳にもなるのに、ふくよかな胸がなければ、少年のような体つきである。

大きく黒目がちな瞳が、いつものように真直ぐに婦人を見つめているが、その瞳の奥には不安の影が絶えず揺れていて消えることが無いのだ。真摯《しんし》で、それでいて捉《とら》えどころのない、不思議な魅力のある瞳だ。

神秘的な美しい娘に成長した養い子に、婦人は改めて満足の笑みを浮かべた。

「沙々羅さん、貴方《あなた》は時々本当に子供のような方ね」

「小母様、わたくし、あの調教師の夢を見ましたの」

「調教師？」

「ええ。ほら、最近入った調教師ですわ。体の大きな、黒い乗馬服を着た男の方です。頰に痣のある……。時々、鋭い目でわたくしのことを睨《にら》むものですから、気味が悪いんです」

沙々羅は男の悪意に満ちた視線を思い出して、青ざめた。

「そんな調教師がいたかしら……？」

婦人は一瞬当惑の表情を見せたが、すぐに気を取り直した様子で、やや芝居がかった楽しげな声で言った。

「今日の夜、歌劇の御招待を受けたのですけれど、沙々羅さんはどうかしら、御一緒なさる？」

「……申し訳ありません、小母様、わたくし、歌劇はあまり好きになれないんです……」

「そう言うと思ったわ。何故か貴方は歌劇がお嫌いですものね。音楽や絵画ならお好きなのに、本当に不思議なこと……。いつか歌劇嫌いが直って、御一緒に見に行きたいものだわね」

婦人は残念そうにそう言うと、何か心に秘めた様子で黙り込んでしまった。

「小母様？」

「本当に……貴方は昔から、不思議な方。感性の鋭い素敵な方でした。わたくしは貴方が心配だわ……」

「どうかしましたの、小母様？」

沙々羅が不安気に訊ねると、婦人は涙を溜《た》めた目に、そっと絹のハンケチを押しあてた。

「御本家から貴方に帰省のお達しがあったのですよ」

「そんな……」

「本当に何てことでしょう。いつかこんな時が来るのではと覚悟はしていましたけれど、今頃になって、こうも急に来てしまうなんて……。貴方ときたら、此処《ここ》に来た時は本当に可哀想な赤ん坊のようでしたから、いろいろと世話が焼けて……それでわたくしも本当の娘のように思ってしまったんですわ。貴方が御本家からの御縁談話を次々と断られてしまった時さえ、なにやら嬉《うれ》しくて、これからもずっと一緒に暮らせると錯覚していたんです……ご免なさいね、取り乱してしまって……」

沙々羅にとっても、それは思いもよらないことだった。

「泣かないで小母様。わたくしの家は此処ですわ。ずっとそう思って来たんですもの。つい先月、本家から十和助《とわすけ》さんが訪ねて来た時には、何も言っておりませんでしたわ。なのに、突然帰省だなんて……。第一、何の為の帰省ですの？　わたくしのお父様もお母様も、お兄様もお義姉《ねえ》様方も、お亡くなりになってしまわれたのでしょう？　わたくしを待っている家族もいない本家に帰る理由があるのでしょうか？　それに、わたくしを慕ってくれる教え子達を無責任に放っては行けませんわ」

「勿論《もちろん》、沙々羅さん、わたくしだって貴方に此処にいて欲しいのですよ。でもね、御本家からの命には誰も逆らえませんわ。……第一、このお屋敷も、旦那《だんな》様の政治のお仕事も、御本家のお世話になっています。貴方のお仕事もね……。それが現実なのですよ。酷《ひど》い事を言うようだけれど、分かって下さるわね」

そう言われると、自分の我儘《わがまま》で小父《おじ》や小母に迷惑をかけるわけにはいかず、沙々羅は黙りこんだ。

実際に、政財界の深部に深く根を下ろしている天主家《てんしゅ》の力は強大であった。たとえ目を背けようとしても、沙々羅もまたその組織の一部として存在しているのだ。沙々羅にとって家族とは、小母と小父に他ならなかったが、天主家一族としての自覚といったような、ある種肉体的な感覚には、反発しつつも抗《あらが》い切れない本能のようなものも感じていた。

だが、それにしても、今の今まで便りの一つもなく捨て置かれていた自分に、一体何の用があるのだろう。

沙々羅は、十四歳まで過ごしたという本家の思い出を手繰ろうとしたが、やはり記憶の何処にも、母の顔さえ浮かんでこなかった。

過去を思い出そうとすると、全てがひどく曖昧《あいまい》な夢の中の出来事のように感じられる。目の前の景色が立体感と色彩を失っていき、自分自身の輪郭すら消えてしまいそうになる不安を、沙々羅は必死で堪《こら》えた。

「……わたくし、本家のことは何も覚えておりませんの。わたくしにとっては、此処での生活が全てですの。ですから、こう致しますわ。学校の休みを利用して一時帰省を致します。そうしてまた、こちらに戻ってまいります」

小母はその言葉に小さく頷《うなず》いて、沙々羅を抱き寄せた。もう二度と会えないかも知れないと思いながら。

2　黄泉の国へ

鉛色に沈む曇天のもと。沙々羅は洋装にボストンバッグを一つ抱えただけの軽装で、迎えの者と共に長い旅に出た。

東京駅から東海道線に乗り、およそ八時間。列車は西へ西へとひたすら走って行く。

沙々羅は終始無言で車窓の景色を眺めながら、理不尽な帰省の意味をあれこれ考えたり、御宗主に会ったら何と言ってやろうかなどと考えていた。

やがて、列車が名古屋駅のホームにすべり込むと、そこには執事の十和助が待ち構えていた。

「沙々羅様、ようこそ。お待ちしておりました。おお……本当に貴方様は安道《やすみち》様によく似ておられます。さあ、山は冷えますので、こちらをお召し下さいませ」

今年八十歳という十和助は、酷く感慨深げにそう言うと、コートと帽子を差し出した。

「十和助さんは随分長く本家の方に？」

「はい。私共は代々天主様にお仕え致しております。貴方様の御父上様、即ち先々代の御宗主・安道様は、それは素晴らしいお方でした。磯子《いそこ》様はお優しいご立派なお方でございました。そして沙々羅様がお生まれになった時の御二方のお喜びようといったら……あの頃のことが昨日のように思い出されます」

「十和助さん、まだ旅は続くんでしょう？　その頃のお話を聞かせて頂けるかしら」

迎えの者と別れ、沙々羅と十和助は私鉄に乗り換えて、三重県の津《つ》へ。さらに列車を降りて車をやとい、熊野《くまの》は神岡山《かみおかやま》の麓《ふもと》にある下田村《しもだむら》までの長い道のりを進んだ。

沙々羅は十和助の話を聞きながら、夢のように美しい屋敷に住む自分の家族達の姿に、あれこれと想像を巡らせていた。

幼い自分と両親の話から時代を遡《さかのぼ》り、十和助の話は天主家そのものの歴史物語へと移っていった。

そもそも天主家とは神岡山の平坂村から麓の下田村、下村に領地を持つ十津川《とつかわ》随一の名家である。その五百年の歴史は、都の貴人の落人《おちうど》伝説から始まり、お上より龍神《りゅうじん》、北山、十津川の三村の土地を治める『地祭りの家』に任ぜられた程の伝統を持つ。

先祖には、代々、僧侶《そうりょ》や神主が多く、技芸の才を持ち、自然力を操る不思議な力を持っていたという。

沙々羅はこれまでそうした話に興味を持ったことはなかったが、目の前の老人の話を聞くのは、昔語りを聞くようで楽しかった。

そうして下田村に着く頃には、日もとっぷりと暮れ、漆黒の闇に下弦の月がくっきりと浮かんでいたのだった。

かぁかぁ　かぁかぁ
けぇけぇ　けぇけぇ

車を降りると、耳慣れない鳥の声が山々に木霊して響いていた。山から吹き下ろしてくる風は明らかに都会のものと違い、春とはいえども刺すように冷たい。

「十和助さん、わたくしなんだか怖いわ。本当にこんな所に本家があるんですの？」

「いいえ、沙々羅様、ここから神岡山を登るのでございますよ」

二人は待たせていた小さな馬車で、山道を登り始めた。馬車の軋《きし》む音と、窓辺に吊《つ》るされたカンテラの明かりが単調なリズムで揺れるほかには、何の変化もない山道である。目を凝らしても、暗い木立の向こうには闇しかなかった。

時に木立が途切れ、恐ろしく貧しげな寒村――というより、数軒の民家が軒を寄せ合うように立っているのが見えた。

沙々羅はすっかり無言になっていた。十和助と一緒とはいえ、余りにも果てしなく続く旅に疲れ、まるで異国の人買いに売られていく小娘になったような気さえしていたのだった。

一時間近く経っただろうか。やがて木立が途切れがちになった頃、そそり立つ崔嵬《さいかい》の合間に、異様な洋館のシルエットが見え隠れするようになった。館《やかた》は月を背景に従え、その周囲に霧を厚く纏《まと》い、この世のものとは思えない重厚さを持って、闇の中に焔《ほのお》のような赤いコロナを放って浮かび上がっていた。

馬車は、四方にそそり立つ山々に囲まれた闇の奥へ奥へと進んで行く。

沙々羅はどうしようもなく取り返しのつかない場所に来たような気がし始めていた。

やがて、がくん、と音がして、馬車がスピードを上げた。山の傾斜がゆるやかになったらしい。

十和助が言った。

「平坂村に着きました、沙々羅様。もうじき御本家でございます」

余りにも静かな平坂村の様子に、沙々羅はさらに戸惑った。確かに、道すがらに見た寒村よりも数段立派な家々が立ち並んでいたが、其処《そこ》には一つの人影すら動いていなかったのだ。

やがて道の突き当たりで馬車が止まった。

十和助に手を引かれて馬車を降りた沙々羅の前に、聳《そび》えるように急な石段があった。

十和助の持つカンテラに足元を照らされながら、沙々羅は石段を登った。荷物を抱えた馭者《ぎょしゃ》がそれに続く。

両脇には、萱草《かんぞう》や蔦《つた》や低い空木《うつぎ》が異常に密集し、見晴らしが利かぬ程に暗かった。膨大な植物の生気が、粘りけのある重たい湿気となって、体中にまとわりついてくる。

石段はそれまで沙々羅が見たどの神社、どの屋敷のものよりも長かった。

青黒い緑の中を進み、ついに石段を登りきった時、沙々羅の目前に信じられない程巨大な血色の館が出現した。

中央に聳える時計塔の白い文字盤は、巨大な魔物の一つ目であった。

館の皮膚を覆う有機的な造形の蔦は、赤黒い魔物の毛皮であった。

空を行く烏《からす》の群れと、無気味なシルエットの巨木は、魔物の使いであった。

門から奥へ伸びる洞穴のような暗がりの脇に、赤く燃える松明《たいまつ》が点在し、庭の奇怪な彫刻群を揺らめきながら照らし出している。

そこには日本とはまるで異なる空間が存在していたのである。

欧羅巴《ヨーロッパ》の物語……それも、とんでもなく恐ろしい悪夢の世界に引きずり込まれていくようだった。

寒気を感じ、沙々羅はコートの襟を立てた。

門をくぐると、右手の奥に奇観を呈した大岩が、その隣には注連縄《しめなわ》を巡らされた鐘堂らしきものがある。

アーチを潜《くぐ》り、玄関まで続いている石畳の道を行く。

短い階段を登ると、入口《エントランス》の空間に出た。

壁のタイルの隙間には、過剰な装飾の透かし彫り《トレーサリー》が造られ、その隙間から青白い月の光が差し込んでいる。

カンテラの明かりが正面玄関の扉を照らし出した時、沙々羅は恐怖のために息を呑《の》んだ。

楯《たて》型の青銅扉の中央に、人間の生きた目玉がついているのだ。

いや、人間のものではない、と沙々羅は思い直した。

直径三十センチ程もあろうかという巨大な眼球なのだ。作り物か、そうでなければ、魔物の目に違いない。

凍り付いたように立ち竦《すく》む沙々羅に向かって、十和助は振り返り、麗々しい仕種《しぐさ》で扉に手をかけた。

「御本家でございますよ。沙々羅様のお父様、安道様が建造されたものでございます。貴方《あなた》様は十四の年まで、このお館にお住まいになっていたのでございます。覚えていらっしゃいますか？」

鈍い金属の音を響かせて異界への扉が開いた。

十和助の問いかけに、沙々羅は黙って首を振った。

第一章　第一の御使《みつか》い

1　災いの鐘の音

熊野から十津川。中でもとりわけて辺鄙《へんぴ》な下田村・下村と呼ばれる寒村地帯に聳える高山・神岡山は、昔から鬼や妖怪《ようかい》の噂が絶えず、地元民から恐れられ、また信仰されてきた山であった。

そんな神岡山の山頂付近に、壮大な赤い洋館が存在していた。日本屈指の素封家《そほうか》・天主家の館である。

昭和十年。かつての広大な領地を睥睨《へいげい》し、聳え立つ天主家の館は、落日の時を迎えようとしていた。

天主家の先々代宗主・安道によって築かれ、知識人や芸術家達から『アンソリット芸術の至宝』と讃《たた》えられた一大曼陀羅《まんだら》構造を有する洋館。その上に輝いていた栄光は斜陽を迎え、時は館を、まるで豪奢《ごうしゃ》な王の朽ち果てた墳墓――死者や魔界の神々への貢ぎ物となるべき、憂鬱《ゆううつ》で醜悪で偏執的な呪物で満たされた冥府《めいふ》世界に変容させてしまっていた。

館に住まう人々の屈折した心理を代弁してでもいるのだろうか、何時からか、また何処からか蔓延《はびこ》り始めた痩《や》せた黒味を帯びた蔦草《つたくさ》が、長い年月をかけて、外壁を彩っていた典雅な天使達の浮き彫《レリーフ》りや華麗な亜拉毘亜《アラビア》タイルを腐蝕《ふしょく》させ、外壁の鮮やかな赤色を、淀《よど》み腐った血の赤黒さに変貌《へんぼう》させてしまった。そして、あたかも偏奇怪奇極まりない幽霊城のような印象を人々に齎《もたら》していた。

今も館の内部を飾る中世欧羅巴《ヨーロッパ》の芸術──即ち館において放恣《ほうし》に融合し合うことを許された歪真珠《バロック》、流伊《ルイ》、魚籠禽亜《ビクトリア》、御馳駈《ゴシック》等の淫靡《いんび》で華美な芸術品達は、館を構成する血色の粒子。

館に宿る精神、異端の錬金術師のような悪魔的懐疑的神秘主義に満たされた精神──即ち数々の驚くべき秘密と掟《おきて》と五百年にもわたる呪いと因縁、猟奇殺人事件の歴史、さらなる謎への暗喩《あんゆ》、珍奇な寓話《ぐうわ》群は、館に立ちこめる虚無的な空気を構成する暗黒の粒子。

それらが互いに結合し、『欺瞞《ぎまん》の美』や『恐怖への陶酔』といった、醜悪で催眠力のある悪魔的な結晶となって、天主家という磁場の中心に絶えず漂っているのであった。

なんと邪悪で、不吉な館であろう。

そして、館の恐るべき支配者は、紛れもなくあの青黒い悪魔の化身……老獪《ろうかい》な化け蜘蛛《ぐも》なのである。

それが証拠に、本館の八角形の本体から四方に長い回廊が伸びたその形状は、化け蜘蛛の織り成した巣のようである。そして、悪魔的な力を以《もっ》て人々を恐怖に突き落とした天主篤道《とくみち》の、そして、茂道《しげみち》の頬に巣食っていたのは紛れもない化け蜘蛛の姿ではなかったか。

先代宗主・天主茂道と正妻一家、第二夫人一家が次々と不可解な殺人の被害者となってから十四年が経過していたが、その呪いはなお、天主家に深い影を落としていたのである。

深夜。月の姿もなく、松明《たいまつ》に揺らめく庭の彫像群だけが闇の中に浮かんでは消える様は、蜘蛛の巣に捕らわれた毒蛾が藻掻《もが》く幻を、殺人現場に残された怨念《おんねん》に震える血塊を幻視させた。


不吉な予感が漂う、夏のある新月の夜。

召使い達は寝静まり、呪われた情景の中を一羽の梟《ふくろう》が飛翔《ひしょう》していた。

がりがり　ばりばり

骨を砕くような音が聞こえるのは、館の後方の竹林を貫く風のせいだろうか。

ひとり屋敷を抜け出した沙々羅は、竹林の中を歩いていた。

何故、そんなところに迷い込んでしまったのか、分からない。とにかく此処《ここ》から逃げなければならないという強迫にも似た焦燥《しょうそう》感だけが、沙々羅の胸にあった。


何処へ？

分からない……

記憶も意識も朦朧《もうろう》としていた。

鬱蒼《うっそう》と茂る林に阻まれて視界も利かない暗闇の中で、一つだけ確かなことは、自分の背後に迫ってくる足音――闇の獣のように密《ひそ》かなそれが、恐ろしい魔物の足音だということだ。

振り向いてはならない。知らぬ素振りで此処《ここ》から抜け出すのだ。

そう思っても、次第に息が上がり、早足になる。

だが、背後の足音は離れるどころか、ひたひたと近付いてくる。

沙々羅は矢も楯もたまらずに走り出した。目前の交錯するナイフのように鋭い竹を右へ左へとかわし、息を切らして竹林を突っ切った。

その時――、

ぐおぉ――――ん
ぐおぉ――――ん
ぐおぉ――――ん

と、寂寞《せきばく》たる闇を震わせて、無気味な音の響きが山中を貫いた。

地の底から響くような鈍いその音は、麓《ふもと》の村にまで届く程の大音量であった。

時を待たず、天主家の館《やかた》の其処此処《そこ》に灯《あか》りが点《とも》り、不安気な顔をした男達が部屋から這《は》い出し、一団の塊《かたまり》となって、寄り添うように螺旋《らせん》階段を降りて来ようとしていた。

一方、一足早く執事室から駆けつけてきた十和助は、一階の大広間に佇《たたず》んでいる蒼白《そうはく》の沙々羅を見つけた。

痛々しい程痩せ、目の下に黒い隈《くま》を作っている沙々羅だったが、それが却《かえ》って彼女の殉教者のように冴《さ》え冴《ざ》えとした美貌《びぼう》を引き立てているから不思議であった。狂気と正気の境にある薄氷の美である。歌いながら川面を沈みゆく、美しきオフェーリアの面相だ。


「さっ……沙々羅様」

十和助の声に我に返った沙々羅は、自分がネグリジェ姿で広間にいることを知った。

一瞬、呆然《ぼうぜん》としていた沙々羅だったが、心配気な十和助の視線に気づいて冷静を装った。

「……今の音は何かしら？」

沙々羅の問いに、十和助は震えつつ答えた。

「な……不鳴鐘《ならずのかね》が鳴ったようでございますよ」

「不鳴鐘？」

「ええ……ええ……そうでございますとも。こちらに来る間にも、まだ鐘の方向から微《かす》かに音が響いておりました。ああ……なんということでございましょう。これまで誰がどうしても鳴らなかった鐘が、このような深夜に突然鳴り響くなど……あれはもとより、鳴るようなことがあれば、この世の終わりが来ると言い習わされている鐘でございますよ。あっ……また何か恐ろしいことが起こるのではないでしょうか！」

十和助はそう言うと白髪《しらが》を激しく振り、震える両手を合わせて天井の基督《キリスト》像に祈った。

沙々羅はまだ覚醒《かくせい》しきらない意識の中で、なぜ自分はここに居るのだろう、とぼんやりと自問した。何処から何処までが夢だったのだろう。

過去を振り返ると、東京での暮らしすら既に現実感のないものになっていた。辛《つら》いことも楽しいことも、全てがベールに覆われ、幻のように遠くに浮かぶひとつの風景になっている。

確か、初めのうちは逃げ出そうとしたことも二、三度あった。その理由も今は思い出せない。

本家での暮らしが長引くにつれ、沙々羅の中に不可思議な感覚が芽生えていた。時間と空間の歪《ゆが》みの中を漂うような感覚である。不思議と不安はなく、どこか懐かしいような気がしていた。

今のように半覚醒の状態にあると、どこか遠い先にある見えない到達点へと吸い込まれるように流されていく未来の自分の姿が見える。

もう一度逃げ出そうとしたのかしら……そう思った時、沙々羅はふと自分が裸足《はだし》でいることに気付いた。

館を逃げ出す夢を見たのかしら……いいえ……

さっきまで竹林にいたのは私だったかしら……

そう……竹は今年、枯れ果ててしまったもの
だが、冷たくなった自分の足に外の土が付いているのを見て、沙々羅はますます混乱した。

「今の音は何や？」

「十和助、何があったんや！」

そう口々に叫びながら広間に降りてきたのは、助蔵《すけぞう》と駒男《こまお》と成行《なりゆき》であった。

宗主の時定《ときさだ》の姿はなかった。俗事には無関心な男なのだ。成継《なりつぐ》の姿もなかった。彼は剝《はく》製《せい》室にいるに違いない。

「不鳴鐘が鳴ってしまったのでございます」

「まさか……それは本当なんか？」

駒男が打ちひしがれた声で訊《たず》ねた。生きることを諦《あきら》めたかのような絶望的な声だった。

十和助が頷《うなず》くと、助蔵が険しい口調で言った。

「ともかく、事を確認してみなアカン。これから皆で鐘を見に行くんや」

青い顔で首を横に振る駒男の手首を摑《つか》んだ助蔵は、鐘堂に向かって歩き出した。

沙々羅もその後に続いた。

「沙々羅は待ってるんや」

助蔵はそう言ったが、何かに取り憑《つ》かれたような必死の表情で、沙々羅は黙って玄関脇にあった室内履きを履くと、十和助に並んで歩き出した。

この様子を見ていた成行は一瞬戸惑ったが、震える手を合わせて、念仏を唱えながら自分の部屋に逃げ帰っていった。


四人は、木立の鬱蒼と茂る装飾庭園《トピアリー》を横切る小径《こみち》へ出た。鐘堂への近道であるからだ。

「ああ……何ちゅうことや。盆の行事もつつがなく終えた思うてたのに……」

情けない駒男の声が、虫の音に混じる。

闇に慣れ始めた一行の視界の前に、次から次へと彫像や奇石が現れる。

大蛸《おおだこ》のような海の怪物、首の無い希臘《ギリシャ》の婦人像、バイオリンを弾く半馬神。ちょろちょろとドラゴンの口から水を吐く噴水の水面が、沼のように暗く光っている。

やがて鐘堂を取り巻く注連縄《しめなわ》の前に出た。

鐘はまだ微かに揺れているように見えた。

最初に釣り鐘の下に覗《のぞ》いている異物に気づいたのは沙々羅だった。

「あれは！」

人々の視線が異物に集中した。

なんとも信じがたい光景が其処にあった。

鐘と床の間の空間に、人の足首がぽっかりと浮いているのだ。

いや、そうではない。

じっと目を凝らすと、背後の闇に溶け込んでいた、黒っぽい柄の着物の裾《すそ》が見える。

着物を着た人間の膝《ひざ》から下の部分が釣り鐘の中からぶら下がっているのだ。

それは、生暖かく湿った大気の中で揺れる『人間風鈴』であった。

「アレは……ほんまもんの人間なんか?」

稲妻のように襲いかかる不気味な予想に、駒男は痘痕《あばた》顔を引きつらせて立ち止まった。

助蔵は獣にも似たうめき声を上げると、鐘堂の階段を駆け登った。そうして下から鐘の中を見上げた途端、かっと目を見開いて微動だにしなくなった。

「どうなっているのですか?」

沙々羅が震える声で訊ねながら階段を登ろうとすると、助蔵は「来るんやない! 女が見るもんやない」と怒鳴って沙々羅を制した。

「一体何なんや」

駒男が階段の下から小さな声で訊ねた。

「……首吊《くびつ》りや」

「なんやて! 誰が首を吊ってるんや」

「中が暗うて確かやないが、これは庭師の秀夫《ひでお》やないかな……」

助蔵は目を細めて首吊りの顔を確認した後、ちらりと足元を見た。脚立《きゃたつ》が倒れている。

おそらくこの脚立に登って作った輪に首を入れ、脚立を蹴《け》り倒したに違いない。

秀夫……？


三人は顔を見合わせた。

一ヶ月前に雇われたばかりの庭師の秀夫が、何の理由をもって、鐘堂で首を吊っていなければならないのだろうか？

そして、鳴るはずのない不鳴鐘は、首吊りのことを知らせる為に鳴り響いたとでもいうのだろうか？

十和助は門柱の脇に据えられた松明《たいまつ》の中から燃える枝を一本抜き取り、鐘堂に登った。

樹枝模様と十種神宝《とくさのかんだから》が刻まれた巨大な銅鐸《どうたく》――即ち不鳴鐘は、死体と共に左右に小さく揺れていた。

鐘の下に松明を翳《かざ》すと、だらりと力なく下がった手足が見えた。

続いて、胸まで垂れた舌、首に食い込んだ二重の荒縄、目玉を飛び出させ、どす黒く浮腫《ふくら》んだ醜怪な顔が、揺れる光の中に浮かび上がった。

「ああっ……確かに秀夫でございます」

十和助が叫んだ。

秀夫は、舌の金具に荒縄の先を結わえ付け、首を吊っていたのである。

それであるから、胸までがすっぽりと鐘の中に収まってしまい、『人間風鈴』のごとき
なんとも言えぬ奇怪な死に様となったのだった。
「こいつは酷《ひど》いワ……。だいぶ長いことぶら下がっとったみたいやな」
助蔵が吐き気を堪《こら》えながら言った。
「なんちゅうことをしてくれるんや！　首を吊る木ならなんぼでもあるやないか。神聖な
鐘堂で首を吊るやなんて……ばっ、罰があたってしまうがな。さっきの鐘の音、あれはき
っと、一箇目《ひとつめ》様のお怒りやでぇ！」
駒男が声を裏返らせて地団駄《じだんだ》を踏んだ。
「秀夫は普段から一風変わったところのある男でございましたが、まさか自殺とは……。
助蔵様、どういたしましょう？」
助蔵は深いため息をつくと、独特の粘着質な言い回しで答えた。
「あれこれと勝手な采配《さいはい》をしたとあってはまずいやろう。取りあえずは……一応のところ
を御宗主に相談や」
天主家で起こったことは、天主家の内で始末する。決して公言はしないこと。それが古
来からの天主の掟《おきて》であった。

2　宗主・時定

天主家の敷地は古くから神岡山の聖地であり、五百年もの歴史を持つ『不鳴鐘』には、ある言い伝えがあった。

『不鳴鐘』は、過去、幾度ともなく人々がこの鐘を鳴らそうと試してみてもカンともチンとも音を立てない実に奇怪な霊験《れいげん》を表す鐘であり、もしも鳴るようなことがあれば、『この世が終わる』と言い伝えられている。

それであるから、不鳴鐘が鳴ったということに、誰しもが恐怖を覚えた。天主家において、言い伝えとは、迷信などではなく、歴然とした真実なのだ。

十四年前――。

『不鳴鐘』と対になっている『千曳岩《ちびきいわ》』が動いた時には、言い伝え通り、天主家に祟《たた》る八代宗主・篤道の怨霊《おんりょう》が館《やかた》を徘徊《はいかい》し、猟奇殺人を巻き起こした。

『千曳岩』というのは、その名の通り千人で引いてやっと動くというような大岩である。元は白い石灰岩と黒い玄武岩の二つの岩であるものを一つの岩に見立ててそう呼んでいる。どちらも五トン以上はある重い岩だ。白い岩は日の形、黒い岩は三日月の形になっていて、その二つの岩がしっかり嚙《か》み合わさって全体で楕円《だえん》を形作っている。

この岩は『地獄の蓋《ふた》』とも言われており、二つの岩が離れてしまうと、その隙間から鬼が這《は》い出てくるという恐ろしい伝説があるのだ。とは言え、とても人力で容易に動かしきれるような岩ではない。

そしてまた、五十四年前にも『千曳岩』がいつの間にか離れるという怪現象が起こり、天主家の一族が惨殺《ざんさつ》されている。

『不鳴鐘』が鳴った今、何事もなくすむとは到底思えない。

助蔵、駒男、十和助、沙々羅の四人が急いで本館に戻ると、駒男の娘・伊厨《いず》と華子《はなこ》が広間に居た。

赤葡萄酒《ぶどうしゅ》色の部屋着の上から洒落《しゃれ》た薄手のガウンを羽織っている美形の伊厨と、鼠色の部屋着を着た痘痕顔の華子は、姉妹とは思えぬ程容貌《ようぼう》が異なっている。

「何やったん？」

伊厨が駒男に駆け寄り、震える声で尋ねた。華子はそんな姉の姿を横目で見ながら、

「なんや、沙々羅さんも見に行ってはったの」と冷たい声で言った。

「後で詳しゅう話をするから、二人とも心配せんと部屋に戻ってるんや。沙々羅ちゃんも部屋に戻ったほうがええわ」

駒男の言葉に二人の娘は頷《うなず》き、早足で階段を登って行った。沙々羅は「もう少しここに居ます」と答えた。

助蔵は、駒男と十和助に、他に異変がないか確認するよう指示した後、眉間《みけん》に辛苦の皺《しわ》を刻んで、宗主・時定の部屋がある六階へ向かった。

館の中央を貫く壮麗な螺旋《らせん》階段の遥《はる》か上方、黒漆《くろうるし》の天井の中心には巨大な金色の法輪があり、階段はその一番小さな円の中に吸い込まれるように続いている。

六階の階段正面には、かつてのアルチンボルドの絵画に代わって、宗主・時定が洋画家

に描かせた自らの肖像画が飾られていた。

髑髏《どくろ》や蛙や青銅の蛇といった奇怪な呪物に囲まれ、黒いマントを羽織った青白い憂鬱《ゆううつ》な顔の青年像が時定——正確に言えば青年時代の彼の姿なのである。

切れ長の目、秀でた額、高い鼻梁《びりょう》、薄く形の良い唇などは、確かに天主家独特の麗人の容貌であったが、その絵画が暗鬱な印象を人に与えるのは、周囲を取り巻く魔術的なオブジェの為《ため》ばかりでなく、時定の神経質そうな細い輪郭線や、爬虫《はちゅう》類じみた暗い瞳《ひとみ》のせいでもあった。

躁鬱《そううつ》的で自尊心が高く、病弱。そんな気質は、祖父の光道《みつみち》（先々代宗主・安道の兄）によく似ていた。

三十二歳になるまで熊野別当に軟禁同様の生活を余儀なくされていた時定は、十四年前の茂道の死によって、突然、天主家の頂点に据えられたのである。

それ以来、彼は身の回りを魔術的なオブジェで飾り立て、時の流れに抗《あらが》うように、全ての自画像を若く描かせていた。その偏執ぶりは徹底しており、醜く老いていく姿をマントで隠し、この数年というもの、人前では顔にマスクを着けているという有り様であった。

魔術か何か知らんが、気味の悪い御宗主やで
御裁量があるとは思えんが、何とかかせなアカン
これ以上惨事が続いたら、本家は崩壊や……

助蔵が宗主の不気味な魔術趣味に嫌気を催しながら廊下を行こうとすると、背後から妻の正代《まさよ》が呼び止めた。

美しく装飾された三本の正三角形の柱の間で、妻の正代、娘の愛羅《あいら》と結羅《ゆいら》が心配気に寄り添い立っている。

薄ぼんやりとした装飾灯《シャンデリア》の光の加減で、どの顔も亡霊のように頬が痩《こ》けて見えていた。

実際、女達が疲れているのも無理はなかった。

助蔵夫婦は、以前の事件の張本人である先代宗主の部屋に移り住んでおり、それだけでも気の弱い正代には苦痛であったのに、その隣部屋は魔女裁判で使われた拷問道具の蒐《しゅう》集《しゅう》室なのである。以前は暗室であったものを、時定が改装したのだ。このことは、隣で寝起きする助蔵夫婦に並々ならぬ苦痛をもたらしていた。

正代はここ数年、夜の寝付きが悪かった。神経質な正代は、耳栓をして寝ているにも拘《かか》わらず、真夜中になると隣の部屋で悲鳴や奇妙な物音が聞こえるのだと怯《おび》えて仕方ない。

「ああっ、貴方《あなた》、何があったんです？」

正代が細い眉を顰《ひそ》め、血の気の無い唇を震わせて尋ねた。

共に宗主に嫁いだ美しい双子の娘達も、不安気に肩を抱き合っている。愛羅の腹部が僅《わず》かな丸みを持っていることを除けば、その姿は、どちらかが片方の鏡に映った影でもあるかのようにそっくりであった。

「庭師の秀夫が首吊《くびつ》りをしとったんや」

寝間着の袖《そで》で顔を覆って正代が小さな悲鳴を上げると、愛羅と結羅は互いに顔を見合わせた。

「お父様、あの音はなんやったん？」

「お父様、あの音はなんやったん？」

「不鳴鐘が鳴った」

まさか……と吐息に近い声を上げて、正代が蹌踉《よろ》めいた。助蔵はその体を素早く支えると、三人に部屋で待つよう命じた。

愛羅と結羅は両側から母親を支えるようにして、両親の寝室へ向かった。

助蔵はひとり、宗主の部屋の前に立ち、扉を叩《たた》いた。

その部屋はかつての名宗主・安道のものである。

助蔵は内心、忸怩《じくじ》たる思いではあった。だがしかし、宗主を非難することは即ち御審議役の裁量に逆らうことであり、天主の掟を非難することである。

掟に逆らうことはできなかった。助蔵の細胞のひとつひとつがそのように構成されていたのである。

「誰だ？」

部屋の中からくぐもった声が問い掛ける。

「助蔵です」

内側からガシャガシャと鍵《かぎ》を外す音がし、花弁のように見える紋章的十字架の浮き彫り《レリーフ》が入ったドアノブが回って、扉がかたりと開いた。

時定は相変わらず仮面とマントに身を固めている。口髭《くちひげ》と顎髭《あごひげ》を生やし、呪術的な入れ墨の入った魔術師の仮面はニヤリと笑みをたたえており、至極不気味である。黒一色の洋装の上に羽織られた長い黒マントには、薔薇《ばら》や十字や髑髏《どくろ》や蛇や黄道十二宮《ゾディアック》の記号といったものが一面に金糸刺繍《ししゅう》されている。その手には何かの鍵が握られていた。

「何の用や？」

「鐘堂で庭師の秀夫が首吊りをしてました。どうしたらええでしょうか？　御指示を……」

「庭師が首吊りやて？　あはははは、阿呆《あほう》らしいて涙が出るわ。そんなくだらん俗なことで、私にわざわざ相談しにきたんか？」

甲高い声で嘲《あざけ》るようにそう言った時定は、悠然と露呼弧《ロココ》調の豪華な背凭《せもたれ》椅子に腰を下ろし、ニヤニヤと笑う仮面を助蔵に向けた。

助蔵が黙っていると、時定は途端に不機嫌になった。宗主の自分を差し置いてあれこれと家の中を仕切る助蔵のことが気に入らないのである。尤《もっと》も、自分以外の人間を気に入るような時定ではなかったのだが。

「あああっ、もう、そんなことは適当に処理しておけ。庭師など又、雇えばいい」

「分かりました。適当でええんですね」

時定の苛立《いらだ》った声に助蔵は頭を下げ、ちらりと部屋の中を覗《のぞ》き見た。

壁際に、一際大きな見慣れぬ機械が置かれていた。

そう言えば今朝大きな荷物を乗せて、馬車がやって来ていた。時定のお気に入りの正木《まさき》という貿易商人が、またろくでもない物を送ってきたに違いない。

正木という男は、日本名を名乗っているが、実は上海人であるらしい。でっぷりと太った豚のような体形に、長い口髭を生やした、胡散《うさん》くさい人物だ。奇々怪々な魔術的品々や珍妙な骨董《こっとう》を運んできては、時定の魔術趣味を助長させる忌々《いまいま》しい輩《やから》だった。

「御宗主、それは何ですか？」

助蔵がそう訊《たず》ねた途端、時定は椅子から飛び上がらんばかりに上機嫌になった。

「おお！　これか！　これはなあ、非常に精巧な廻盤琴《オルゴール》なんや。どうや、美しいやろ……この盤の上で魔術的な神秘の物語が、からくり仕掛けで演じられるんや」

雪花石膏《アラバスター》と真鍮《しんちゅう》で作られた廻盤琴《オルゴール》は、時定より頭一つ程も大きく、幅は二倍もある程だった。

最上部には雪花石膏の丸い文字盤があり、仏蘭西《フランス》語らしき文字や表象が刻まれている。

下部は真鍮造りの装飾用棚のような観音開きの箱になっている。その表面を、体を弓なりに反らせたドラゴンと精緻《せいち》な唐草模様の浮き彫りが覆っていた。

時定は黒マントを翻し、重い足音を立てて時計に歩いていくと、指で針を十二時まで動かした。

一秒ばかりの静寂の後、突如壮麗な琴音が響き渡り、扉が自動的に左右に開いた。

扉の中から雪花石膏の城が現れた。その周囲を取り囲むのは、回転盤に取り付けられた蛇と狩人、鳥型の帽子を被《かぶ》った男。それらが思い思いのポーズで回転しながら、手足を動かす仕掛けになっている。

それは紛れもなく、『魔笛』の一場面であった。

忌まわしい変ホ調の和音とフーガの旋律が、七弦琴の音色にも似ためくるめく調べによって奏でられていた。

音楽に合わせて指揮者のように体を揺すり、時折嬉《うれ》し気に奇声をあげる時定は、十四年前の事件の経緯を知らないのである。

……因縁か、偶然か？

あるいは召使いの誰かから以前の事件の経緯を聞き出して、悪質な反抗でももくろんでいるのだろうか？

助蔵は冷や汗がにじみ出てくるのを覚えた。

「御宗主、先程の鐘の音を聞かれましたか？　不鳴鐘の音やったんです。不鳴鐘が鳴るやなんて不吉なことです」

「何やて？　不鳴鐘が鳴った？」

時定は胸を反らせて不敵な声で高笑いすると、気がふれたように叫び出した。

「馬鹿者！　それを早くに言わんか！　それこそ我が魔法が魔界の王に届いた証拠なるぞ！　今しがた行っておった我が招喚術《しょうかんじゅつ》が、折良くその庭師とやらが贄《にえ》となったことにより、魔王に届かしめたと見えるぞ！　おお、鐘が鳴ったのはその合図なのだ！　人の鳴らせぬ鐘を鳴らすのは、神か悪魔しかあるまい！」

何かに取り憑《つ》かれたように早口でまくしたてる時定に、助蔵は冷や汗を拭《ぬぐ》いながら反駁《はんばく》した。

「御宗主、不鳴鐘の言い伝えを玩具《おもちゃ》にしたらあきません。十四年前の惨劇を繰り返す訳にはいかへんのです。今からでも遅うない。一箇目様を奉《たてまつ》り、篤道公の祟《たた》りの調伏《ちょうぶく》を……」

「何を怯えておる？　この館は私が招喚した悪魔共に守られておる故、怯える必要などない！　ああ、それとも、お前は悪魔が怖いか？　そしたら、その鐘の音とやらは、下の村の若い者が酔っぱらって半鐘でも叩いた音に違いないわ。それで話は終わりや」

「半鐘の音はあんなんやないんです」

「失《う》せろ！」

時定は不機嫌にそう言うと、助蔵を部屋から押し出し、扉を鼻先で閉めた。

助蔵は放心の体《てい》で扉の前に立ちすくんだ。

先代の事件から、天主家は宗主に恵まれない。

先々代・安道宗主程の才能と力量は望まぬにしても、もう少しどうにかならないものか……。

愛羅の腹の子が、男子であってくれることを願うのみだ。そうすれば、自分が立派な宗主に育ててみせるのに……。

今の助蔵に残された希望はそればかりであった。

3　駒男の願い

駒男は、広間に降りてきた助蔵の元に慌てて駆け寄った。

「ご、御宗主は何やて？」

「秀夫のことは適当にしろと言うことや。くだらんことをいちいち言いに来るなとな……鐘の音は、招喚した悪魔の仕業か、そうでなければ下の村の半鐘の音やと……言うことや」

「何やて、相変わらずかいな……」

駒男は憮然《ぶぜん》として頰を掻《か》きむしった。

十和助と沙々羅はその背後で黙り込んでいる。

「十和助、他に変わったことはなかったか？」

「はい。表門と裏門を調べましたが、きちんと中から鍵《かぎ》がかかっておりました」

「助蔵兄さん、これはやっぱり自殺やで……」

「ともかく、警察を呼びませんと」

　突然そう言った沙々羅に、助蔵は厳しい目を向けた。

「内輪の不祥事を簡単に外には漏《も》らさんほうがええ。体面があるさかいな」

「ですけど……ではどうするんです。まさか、穴を掘って死体を隠すわけにはいきませんでしょう。秀夫にも身内の方がいるでしょうから、ちゃんと連絡を取って知らせてあげなければなりませんし、やはり警察に届けたほうがいいですわ」

「そっ、そうやなぁ。この場合は、勝手に使用人が首吊《つ》って死んだいうだけのことやし、下手に隠し立てするほうが面倒かもしれんなぁ」

　駒男は沙々羅に同意した。

「うむっ、しかし天主の名に傷をつけんことが第一や。まだ、万が一ということがないとは限らん」

　助蔵がねっちりと言った。

「万が一って、何や？　つっ、つまり又、殺人やいうんか？　まさか……」

「一旦《いったん》死体を下ろして調べるんや。自殺とはっきりしたら、地元の警察に引き取ってもらったらええ」

「いけませんわ、助蔵叔父《おじ》様。警察が来る前に変死体を動かすのは犯罪ですわ」

　真剣な目で訴えた沙々羅であったが、助蔵は口をへの字に曲げ、四角い顔をなお四角くして首を振った。

「構わへん。地元の警察は天主のことは大目に見るさかいな」

「そんな……」

なおも助蔵に食い下がろうとする沙々羅を駒男が制した。

「沙々羅ちゃんはずっと外にいたから分からんやろうが、この家には代々守られてきた家の掟《おきて》があるんや。それにな、いつまでも神聖な鐘堂にあんな死体をぶら下げてて、ほんまに神罰が当たったらどうするんや」

沙々羅はきつく駒男を睨《にら》んだ。

「人が一人亡くなったんですのよ、駒男叔父さん。神罰だなんて、結局は体面を保つための言い訳でしょう？　警察に本当のことを調べてもらうべきです。皆さん、体面、体面とそればかり気になさって……少し変ですわ。結羅さんと愛羅さんのことにしたって、あんまりです。私は理不尽な掟に従うのは嫌ですわ」

激情的に、時々調子の高くなる沙々羅の言葉に、助蔵はしんねりと目をつぶった。

「全く……天主家の女がこんな風に育ってしまうやなんて嘆かわしい。東京なぞに行ったから、とんでもない娘に育ってしもうた。どうにもまだ気の病が抜けきっておらんようや。十和助、沙々羅を部屋に連れていって、余計なことをせんように見張ってるんや」

「はい、承知いたしました。さぁ、沙々羅様、この十和助が叱られますから、一緒にお部屋にお戻り下さい」

釈然としない様子で十和助に手を引かれて部屋に戻っていく沙々羅を見送った二人は、

再び鐘堂の方へと歩き出した。

ほぉ――

ほぉぉ――

暗闇に梟《ふくろう》の低い啼《な》き声が響いている。

庭に点在する松明《たいまつ》の明かりの中、二人の男の影がゆらゆらと揺れながら庭を移動して行った。

「……助蔵兄さん、あれじゃあ、沙々羅ちゃんは御宗主のことを承知しそうにないなぁ」

駒男は絶好の機会とみて切り出した。

宗主の正妻となった愛羅は妊娠八ヶ月ではあるが、去年、一度流産しているし、第二夫人となった結羅に至っては妊娠の兆候は毛程もない。

そこで御審議役の命により、宗主の第三夫人とする為に沙々羅を呼び戻したのであったが、本家に帰ってきて四ヶ月経つというのに、本人が頑《かたく》なに抵抗するので、一向に話が進んでいないのである。話を進めようとする度に、何度も逃亡を企てるのだから、手の打ちようもない。

その点、成正《なりまさ》の失踪《しっそう》によって、不幸にも未婚のままでいる駒男の長女・伊厨は、相手が宗主ならば喜んで承知するはずだ。

天主家の貴筋の血を絶やさないことが急務である今、積極的に打って出れば、この縁組みを実現させることが出来るかもしれない。

伊厨が男子でも身ごもれば、駒男にとってまたとない僥倖《ぎょうこう》である。それより何よりも、格下の分家の男に嫁ぎたくないと意地を張って一人でいる伊厨のことが、父として哀れであった。

「沙々羅もあれで最初よりは大人しいなっとるワ。今に気も変わるやろう」

「今に、今にて言うてる間に、どんだけ経ったと思うんや？　今の台詞《せりふ》を聞いても分かるやないか。あれはどないに見ても無理やで」

「何を言いたいんや？」

助蔵が鋭い目で駒男を睨み付けた。

「何がて……分かってるやろう」

「伊厨のことか」

「そうや、沙々羅ちゃんがアカンかったら、伊厨がおるやないか。伊厨の何が不服なんや。あれはこのまま放っといたら死ぬまで嫁に行きよらん。それじゃあ、あんまり不憫《ふびん》やないか」

「そっちこそ、なんで分家の男が不服なんや。分家とは言うても、十分立派な家との縁談を持ってきてもろうたやないか。贅沢《ぜいたく》を言うたらきりがないやろ」

「そら当たり前やないか、妹の華子でさえ俗筋の成継に嫁いだんやで。妹より格下やなんて、姉の立場やったら、嫌に決まってる。兄さんかてそうやろう？　そうやって、伊厨と御宗主の話にいい返事してくれへんのは、弟の私に出し抜かれたぁないからやろう」

助蔵は、露骨に野心を剝《む》き出しにする弟に、大きく鼻を鳴らして呆《あき》れ顔をした。

「あほなことを言うな。私かて伊厨のことは色々と打診したんや。なにしろ、そうでもせんかったら、天主家の血筋の危機なんやからな。そんなら言うがな、伊厨と御宗主の縁談を駄目やと決めたんは御審議役なんや」

「御審議役が!?　なっ、何でなんや」

「前の箱男《はこお》君の一件がある」

「箱男君が伊厨と夫婦になりたいと御審議役に申し出たアレが？」

「そうや。御審議役が決める前から、箱男君を懐柔したり、分家に嫁ぐのを嫌がったりするのは、並はずれて虚栄心が強い女やからやと御審議役が言うんや。そういう女は、先の鏡子《きょうこ》の一件からも明らかなように、天主家に秩序の崩壊をもたらす危険性がある。しやから、宗主やなくて、分家に行かせろいうことなんや」

「そんなぁ……それは誤解や。箱男君のことは、勝手に向こうが先走ったんや。伊厨はそんなこと、なんも知らんかったんや。天主家の秩序を崩壊させるやなんてとんでもないわ。あれは優しい娘やで」

駒男が情けない声を上げたところで、二人は鐘堂に辿《たど》り着いた。

「それも何度も御審議役に説明したんやが、聞いてもらえんかったんや。まぁ、李下《りか》に冠《かんむり》を正さずやからな。仕方ないやろう。それより、秀夫を下ろすのを手伝うんや」

けんもほろろに答えると、助蔵は倒れていた脚立を鐘の下に立て、足をかけると、用心深く鐘の中に入っていった。

駒男は下から怖々と鐘の中を見上げた。

中は狭い。その為、助蔵とぶら下がっている秀夫の死体は数センチしか離れていなかった。

助蔵は暗くて縄の結び目が分からず、しばらく四苦八苦していたが、意を決して冷え切った死体の首筋に巻きついた縄から、手探りで結び目に辿り着いた。

「ええか、解くぞ。死体を受け止めるんや。落とすんやないで」

駒男はごくりと唾《つば》を飲み下して頷《うなず》いた。

どさりと重い塊が落ちてきたのを駒男は背中で受け止め、膝《ひざ》をついて静かにずり落とすようにして秀夫の死体を鐘堂の石畳の上に寝かせた。

酷《ひど》い面相だ。

首の荒縄が食い込んだ部分は無惨に括《くび》れているし、目玉は鬱血《うっけつ》とともに飛び出し、舌はまるで巨大な蚯蚓《みみず》のように太くだらしなく垂れ下がっている。鼻水と涎《よだれ》がべったりと着物の前に付いている。

「なんや、鏡子の死に様を思い出すなぁ。秀夫は色男やったのに、こうなると見る影もない」

駒男は、ひっそりとそう言って、目を背けた。

鐘堂の上に寝かされた秀夫の死体をあれこれと調べていた助蔵は、確信した様子で頷いた。

「見たところ他に外傷は無いし、どうやら自殺に間違いないようやな」

「ああ、良かった！　やっぱりそうなんや。東京の男やと聞いてたから、なんでこんな田舎にわざわざと思うてたけど、なんぞ騒ぎを起こして逃げて来た、訳ありかも知れんな」

「そうやな。あの正木が紹介した男や。ろくな奴のはずはない」

安堵《あんど》した駒男は、ようやく我を取り戻した。

だが、待てよ……と駒男は思った。

助蔵が言うように、秀夫が随分前に自殺していたとしたら（この酷い面相は恐らくそうだろう）、死人が鐘を鳴らしたことになりはすまいか。


この鐘がほんまに鳴ったんやろうか？


駒男は、突然ふらふらと何かに憑《つ》かれたように鐘に近づき、鳴らしてみようと縄を引っ張った。

しかし、鐘は無音のままに空を大きく切って揺れただけであった。

「やっぱり鳴らへん……」

駒男は呆然《ぼうぜん》と呟《つぶや》き、『死人の魂が鳴らした鐘』という不吉な想像を打ち消すように、何度も頭を振った。

4　一族の思惑

その頃、一足早く部屋に引き籠《こも》っていた成行とその妻は、夫婦の寝室で肩を抱き合い、さめざめと泣いていた。

成行は安道の従兄弟《いとこ》にあたり、天主家のいわゆる俗筋である。その妻・正枝《まさえ》は成行の母方の従兄弟で、二人は幼馴染《おさななじ》みとして育った。こうした血族婚は天主家に繁栄を齎《もたら》したが、同時に閉塞性《へいそく》と異常性をも齎してしまったと最早言わざるを得ない。

「もうアカンわ。は、破滅や……」

「恐ろしいわ……あの子らは鬼や……」

二人の不安は何といっても、血を分けた自分の息子達であった。

成正と成継。今年四十四歳になる双児の息子達は、幼い頃から大人達を拒んで二人で鍵《かぎ》のついた部屋に籠り、人知れず小動物を持ち込んでは残酷にも皮を剝《は》いだり内臓を引きずり出して遊んでいたのである。

こうした異常な残虐性は、伝えられるところによれば、八代宗主・篤道に始まり、それが先代宗主・茂道へ、そして息子達へと強く受け継がれているのであった。

息子達の留守に錠前屋を呼んで子供部屋に入り、押入れの中を見た時の衝撃は今も忘れられない。

夥《おびただ》しい数の鼠の死骸《しがい》、ホルマリンに漬けられた動物の目玉、内臓、刻まれた手足が整然と並べられていた。

傍らのノートに記された克明な『実験』の記述——そこには『課題』と称する彼等の夢が楽し気に躍る文字で謳《うた》われていたのである。

一、生きたどうぶつをつぎはぎする
一、大きなどうぶつを使う（にんげん）
一、はくせいをけんきゅうする

……人間!!

その夜から今に至るまで、正枝は心穏やかに休むことが出来なくなっていた。

深夜、息苦しくて目を覚ますと、二人の息子が体の上に馬乗りになっている。薬を嗅《か》がされたのか、思うように体が動かず、声も出ない。

息子は高らかに笑いながら短剣を振りかざす。

その度に、手、足、腹……と少しずつ皮膚が切り取られ、生暖かい血がベッドに吸い込まれていく。

「お母さん、すぐ怖くなくなるさかい」

そう言って息子は、正枝の目に短剣を突き立てるのだ。

そんな悪夢に襲われ、奇声を上げて飛び起きると、隣室から二人の笑い声が聞こえる夜も度々あった。

「私、あの子らが怖うて……十四年前の事件だって、怖くて黙ってましたけど、御宗主が、ば……ばらばら死体で見つかった時はあの子らの仕業に違いないと……伊厨お嬢さんとの結婚も決まってたのに、成正が家出した理由もそれで分かりますわ」

「とっ、鴇子《ときこ》さんの死体に被《かぶ》せられてた帽子……ありゃあ、二人の仕業や。皆黙ってるけど、ほんまは気付いとるんやで……。何や毒薬なんかにも詳しいし、首吊《くびつ》りかてあんなグロテスクなもん、誰かがやるとしたら……なぁ。他におらんさかい」

「もし今度何かあったら……」

「そっ、そうやな……わしらで何とか……」

そう言いながら成行は無心に念仏を唱えだした。

「なぁ、華子お嬢さんは何も言わんけど、あの人も成継のしたこと何か知ってはるんちゃうやろか……」

「な、成継、今頃東廊下の剝製《はくせい》室に籠っとるんかな。華子お嬢さんと一緒に部屋に居てくれてたらええんやけど」

「ちょっと、様子見に行ってみましょうか」

二人は手を取り合って五階に上がり、華子の寝室をノックした。

「はい」と抑揚のない答えが返ってくる。

「すんません、成行ですけど、息子にちょっと話がありますんや。成継、そちらに居ますやろか」

おそるおそる成行が訊《き》くと、冷ややかな華子の返事が扉越しに聞こえた。

「あの方はおりませんわ。成行叔父さん、事件にご興味がおありでしたら、沙々羅さんか伊厨お姉さんにでもお訊きになれば？　私は興味ありませんから」

そうぴしゃりと言われた二人は、明日の朝食で誰かが話を切り出すだろうから、息子のことはそれから考えようと話をまとめ、扉に二重に鍵を下ろして寝室に閉じ籠った。

世界、眼球
審判、裁き

ミラレ【和音】ミラレ【和音】
ミラレ【和音】ミラレ【和音】
ミラレ【和音】
ミラレ【和音】

ソラシ【和音】ソラシ【和音】
ソラシ【和音】
ソラシ【和音】ソラシ【和音】
ソラシ【和音】

翌朝。

朝の廻盤琴《オルゴール》の荘厳な調べが館《やかた》に響き渡り、灰色の服を着た召し使い達が一分一秒の狂いもなく、朝食の配膳《はいぜん》を開始した。

一日に三度の正確に時刻の定められた大広間での会食は、部屋に籠りがちな天主家の人々が唯一、顔を合わせる場であった。

一時は四十人以上の家族が顔を合わせ、和《なご》やかに親交を深める社交の場であったものが、今では本家に残る一族わずか十一名が何処からともなく幽霊のように集まり、殆《ほとん》ど言葉もないままに時を過ごす、暗鬱《あんうつ》な儀式の場となっていた。

朝、昼、夜と鳴り響く廻盤琴《オルゴール》の調べに合わせてどこかぎこちなく振る舞う天主家の人々——何時の頃からか、傀儡《くぐつ》のような生活を続けてきた彼らであったが、本家の精神的土台を揺るがし、人々を恐怖に陥れた十四年前の事件以来、疑心暗鬼や嫉妬《しっと》、欲望といった醜い本能が彼らの上に時折姿を覗《のぞ》かせるようにもなっていた。

ともあれ、長い洋風食卓の上座は空席である。宗主・時定は、三度の食事を部屋へ運ばせているからだ。

宗主の席の左隣には第一夫人の愛羅、続いて第二夫人の結羅、助蔵、その妻・正代。宗主の席の右隣に沙々羅、駒男、伊厨、華子、成継、成行、正枝の順である。

滅多に会食に顔を出さない成継も、今日は珍しく上機嫌で席に着いていた。

始めにその成継が話を切り出した。

「助蔵叔父さん、昨日秀夫が首吊りよったんやて？」

それを聞いた途端、隣席の成行と正枝は飛び上がって驚いた。

「い……いきなり何を言い出すんや」

「面白いやんか。皆んな知りたいって顔しとるワ。食事時にふさわしい話題や」

そう言ってげらげら笑う成継の姿に、正枝は顔を強《こわ》ばらせた。感情のない、成継の目が恐ろしい。

「面白い訳やありませんけど、私も聞いておきたいわぁ」

ナプキンで口を押さえながらそう言ったのは伊厨である。鮮やかなブルーのドレスが伊厨の美貌《びぼう》を引き立てている。つんと尖《とが》った顎《あご》と細い鼻筋、切れ長のつり上がった目がいかにも勝気そうな女だ。

「伊厨さん、その話はあとでよろしいでしょう？」

と沙々羅。

それを聞いて華子が低く笑った。

固太りした体型に痘痕顔《あばたがお》、猫背。自分の醜さを恥じるように目立たないグレーの洋装ばかりしている陰気な女である。

「何が可笑《おか》しいの！」

「いいえ、お姉様。今朝、召使いに葡萄《ぶどう》酒の瓶を下げさせていらっしゃったけど、眠れなくて寝酒でもなさってるの？」

「あら、余計なお世話よ」

むきになった伊厨を、あわてて駒男が制した。

その光景を見ていた成継は益々《ますます》笑い声を上げる。

「あははは、朝からこんなに面白いのは久しぶりや。みな口がきけたんやなぁ！」

「もうええやろ、成継。話は後や。先に食事せえ」

助蔵の一言で、取りあえず場は静まった。しかし、一つの死体が、人々が内に閉じ込めていた何かを引き出すきっかけとなったのは確かである。天主家の無言の圧力の元に封じられていたそれぞれの思惑や個性がこのようにして現れることになるとは、ある意味では皮肉なことであった。

「ねぇ、沙々羅さん」

「お食事が済んだらお部屋に行っていいかしら」

突然、鈴の音のような可憐《かれん》な声を上げたのは愛羅と結羅である。二人は死体のことはおろか、現実に対する興味が殆《ほと》んど欠如しているようである。

つるりとした卵型の小さな顔に、愛くるしい大きな瞳《ひとみ》、人懐こそうな微笑みをいつも浮かべている桜色の唇を持つ二人は、対になって作られた着せ替え人形のようだ。

「外のお話を聞かせてね」

贅沢《ぜいたく》なレースで飾られたマタニティドレスを着た愛羅と、面白がっているのか、姉と全く同じドレスを着た結羅は顔を見合わせてくすくすと笑った。

沙々羅はそんな二人を複雑な思いで見つめていた。

決して二人が嫌いな訳ではない。それどころか、子供の頃、三人で姉妹のように仲良く育ったという話も納得出来る程、二人を見ていると懐かしい感情が湧き上がるのを感じる。

ただ、その感覚にはどこか生彩が欠けていて、二人が目の前にいても、単調色《モノトーン》の古い写真と一方的に会話しているような奇怪な錯覚に陥るのだ。

それとも、深刻にそんなことを考える自分がおかしいのかも知れない。

自分には記憶がないとは言え、恐ろしい十四年前の事件の記憶がこびりついたこの館が、自分の気の病を刺激しているのだ。

沙々羅はため息をついて目の前のパンを頬張った。

私、何をしているのかしら

まるで何かを待っているかのように
ただ、時を過ごしているなんて……

やがて、デザートの皿を運んできたメイドの佳世子《かよこ》という女が、助蔵に何事かを告げると、助蔵の顔色がさっと変わった。

「ど、どうしたんや、助蔵兄さん」

目端《めはし》の利く駒男が驚いた声を出した。

「夕べ、私と駒男、十和助、沙々羅が秀夫の死体を発見したのがだいたい一時。警察が調べたところ、死亡時刻は十一時頃ということや」

「何やって？　不鳴鐘が鳴ったのは一時やろ、十一時から死体やった奴が鐘を鳴らしたんか。ますます面白いワ」

成継は真剣な顔で身を乗り出したが、助蔵がじろりと睨《にら》み付けると、退屈そうな顔で黙り込んだ。

「とにかく秀夫は自殺や。警察もこっちには一切迷惑かけんということや。暗いうちに死体も運び出させた。もう心配ない」

助蔵の言葉に、あちこちから安堵《あんど》のため息が洩《も》れる。しかし、助蔵は依然、暗い表情で言葉を継いだ。

「……それが今、直吉《なおきち》の奴が十二時頃に秀夫が歩いてるのを見たと言い出しよったんや」

「ゆ、幽霊や！」

素頓狂《すっとんきょう》な声で成行が叫び、念仏を唱え出した。

「ど……どうせまた直吉の奴、夢でも見とったんや。あんな奴の言うことあてになるかいな。十四年前の事件の時も、鬼を見たいうて騒ぎよった。縁起でもない……」

駒男が震える声で言った。

助蔵が手招きすると、大広間の扉の陰からおずおずと庭番の直吉が現れた。ひどく照れ臭そうなニヤニヤ笑いを浮かべている。

少し頭が足りないせいで普段は人に相手にされない直吉にとっては、大舞台のつもりなのであろう。

「へえ、夕べの十二時を少し過ぎた頃です。梟《ふくろう》に餌やる時間ですねん。間違いありません。残飯持って庭に出ましたら、すーっとこう白い人影が庭を突っ切って鐘堂の方へ通っていったんです。着物は黒っぽくて見分けつきませんでしたけど、秀夫はあの通り背が高うて目立ちますやろ。鐘堂に何ぞ用やろかと思うたんですけど、丁度梟の奴がやって来よりまして、ほんのちょっと目を離した隙に、すうっと消えてしまいよりましてん。ほんとですねん」

十一時に死んだはずの秀夫が十二時に目撃され、さらに一時に不鳴鐘を叩《たた》いたのである。

「そうか。直吉、お前の話は分かったから、誰にももう話すんやないで。ええな。皆も分かったな」

助蔵がそう一言言って、全員が頷《うなず》き、解散となった。

駒男は一瞬恐怖も忘れて、そんな宗主然とした兄に反感を持った。

御宗主のおらんところで勝手な采配《さいはい》して……
兄貴は最近威張りすぎとるわ
伊厨のことかて、どこまで本当か分かれへん
そっちがその気なんやったら、ちょっと御宗主を味方につけといたほうがええわ……

駒男はあれこれと策略を巡らしながら、しばらく廊下を行き来していたが、意を決して五階に上がると、伊厨の部屋をノックした。

扉が開くと、床といい飾り窓といい、一面レースで飾り立てられた純白の空間が出現した。

「あら、お父様、珍しいわね」

そう言って出迎えた伊厨の手にはレース編みのかぎ針が握られている。伊厨は婚約者の成正の失踪《しっそう》以来、膨大な時間をレース編みに費やしているのであった。

駒男は、自分に力が足りないばかりに哀れな境遇にさせてしまった愛娘の姿を見て、あらためて決意を固めた。

「伊厨……驚かんとよう聞くんや。お前を御宗主の第三夫人にしたるさかい……」

5　黒魔術集会

宗主・時定は、雪花石膏《アラバスター》と真鍮《しんちゅう》で作られた壮麗な廻盤琴《オルゴール》を愛《いと》おしげに撫《な》でながら、ある者の到着を待ちわびていた。

何故、無益な空想の遊技に似た魔術嗜好《しこう》に、彼がのめり込んでいったのか？

そのきっかけは、己れが外部から突然やってきた館《やかた》の支配者であるという負い目であった。時定は自らの権限と住人への支配を確立しようとやっきになっていたのだが、ただ、そのやり方が余りに偏奇で、恐ろしく非現実的であったのだ。

もともと本家に邪魔者扱いされて育った時定にとって、宗主の座で権力を振るうことはめくるめく快感であった。しかし、いかんせん助蔵や駒男といった古顔が何かと邪魔である。

もっと強い力で支配をしなければ……と時定は感じた。

しかし、ここに至るまで熊野別当の東屋《あずまや》で軟禁状態同然の生活をしていた時定には、自然な人間関係を通じての支配の方法など思いつかなかったのである。

そこで彼は実に我流の方法で、すなわち特別の祈禱《きとう》や魔術的手段によって、館を精神的に征服しようとした。

こうして時定の骨董《こっとう》趣味、魔術趣味は日増しに加速し、今や並々ならぬ魔術狂いとなってしまったのであるが、出入りの業者の中でもとりわけ気に入ったのが、東京から珍奇な品々を運んでくる正木という貿易商である。幸い金は存分にあった。それを如何様《いかよう》に使おうと、こればかりは誰の指図も受けぬのである。

正木という男は、こと魔術的な美術骨董品に関しては素晴らしい目利きであった。

鋭利な犬釘《いぬくぎ》のついた魔女の首輪、

恐怖の仮面と呼ばれる拷問用の鉄仮面、

『ニュルンベルクの黒聖母』と呼ばれる、内側に何本もの犬釘が埋め込まれた等身大のブロンズ像、

ディオニソスの象徴をあしらった巨大な手の置き物、

悪魔の頭が付いた儀式刀、

様々な占い道具、悪魔的な仮面の数々……。

そうした品々は、時定の部屋ばかりか蒐集《しゅうしゅう》室にも納まりきらず、館の空室を占拠していた。

中でも、特に時定が気に入ったものは、礼雄鳴土《レオナルド》という名前を持つ両性具有の悪魔像である。銀細工と半貴石で装飾されたそれは、中近東の呪物であるらしい。

四本の捻《ねじ》れた角を持つ黒い山羊《やぎ》が台座に座っている。顔の両側にある丸い円盤のような無表情な目玉には黒曜石が入っている。鼻筋に当たる部分には銀の鼻当てが取り付けられ、剝《む》き出しの歯が並んでいた。それは、外皮を剝《は》がれて骨が露出した惨《むご》たらしい顔面であっ

た。

さらによく見ると、額の部分に暗く醜い悪魔の顔がまるでだまし絵のように浮かび上がってくる。即《すなわ》ち、いきり立って隆起した額の中央の筋肉の盛り上がりが尖《とが》った鼻に、左右の赤い石が目になり、鼻当てのぎざぎざ模様が鋭い犬歯の並んだ口になる。しかも、植物の葉に見立てられた山羊の耳には、髑髏《どくろ》の耳飾りがぶら下がっているのである。

山羊は人の上半身に萎《しな》びた老婆の乳房を持ち、黒く粗い毛で覆われた下半身には蛇のようによじくれた男性器を勃起《ぼっき》させている。

礼雄鳴土《レオナルド》の余りに醜怪で、残酷なエロティシズムに満ちた姿は、この世のありとあらゆる正当な物を凌駕《りょうが》し、全ての美を嘲笑《ちょうしょう》しているようであった。

これに非常に満足した時定は、礼雄鳴土の複製を出来うる限り造るよう、成継に命じていた。

そして数ヶ月前、館を訪れた正木に対し、礼雄鳴土への感銘を語るうち、商人はこんなことを切り出した。

「御宗主様、流石《さすが》にお目が高くていらっしゃいます！　この礼雄鳴土は実際の黒魔術集会に使われたという曰《いわ》くつきの代物なのであります。御存じのように、黒魔術集会とは、サバトとも呼ばれます魔術の秘儀でありまして、即ちその目前に全裸の処女を並べ、鶏の生き血を飲んで悪魔との契約を交わし、招喚の呪文を唱えながら、これらと次々に交わっていきますと、まさにディオニソスの饗宴《きょうえん》がそこに展開し、魔王がこれに宿り、あらゆる欲望が望むままに叶《かな》うと言われております。

……本当は鶏などより『赤ん坊の生《い》け贄《にえ》』が喜ばれるとされていますが、これは今のご時世ちょっと無理でございますのでね……。既にここには素晴らしく強い力が宿っておりますが、もしも、仮にもしもでございますよ、御宗主様が……いえいえ、私としたことが大変失礼なことを申すところでございました。おお……申し訳ございません」

「なんだ！　私が何だと言うんだ？」

「ええ……どうぞお怒りをお収め下さいませ。私の考えによりますと、仮にこの礼雄鳴土《レオナルド》にもう一度その力を与えてみるならば、比類なきお力の持ち主であられる御宗主様に、さらにどれ程素晴らしい魔力が授かるかと……」

「ほう……面白そうではないか。私は下賤《げせん》の女と交渉するのは好かぬが……」

「別に交わる交わらぬはお好きでよろしいんです」

「面白い。一度それを見せ物としてやってみろ。段取りのほうはお前に任せるぞ」

時定がそう言うと、商人は深々と礼をした。

「それでは、次回お伺いする際、全ての準備を整えまして、参上致します」

「言っておくが、下の村の者を使うなよ」

「全て承知しております」

そういうやりとりがあり、先日廻盤琴《オルゴール》を運んできた際、正木は四日目の夜に再び訪れる旨を告げた。それが今夜なのである。

午後八時。約束の時刻に、正木を先頭に、一人の精悍《せいかん》な若い男と、十三人の黒いベールを被《かぶ》った女達が密《ひそ》やかに館に到着した。

それを待ち受ける時定は、いつもの魔術師の仮面に黒いマント姿である。

儀式はあまり人気のない場所で行うのが良いだろうという正木の提案で、四階の空室に礼雄鳴士を移し、魔刻の訪れを待つ。

血の代わりに赤ワインが大量に用意された。

夜の寂寞《せきばく》とした暗闇の一角に、四匹の蛇に支えられた月時計《ルナ・ダイヤル》がある。竜、鳳凰《ほうおう》、支那《しな》人、蓮《はす》の浮き彫りを凝らした四角い銅板の上に、三角形の示影針《グノモン》があって、刻々と移動する青銀の月光が時を告げるのである。

やがて三角形の影が鳳凰の嘴《くちばし》に落ちる頃、若い男は山羊の顔が置かれた祭壇から剣を取り、大きな円と魔法の文字を描いた。それから、素焼きの壺《つぼ》の中に炭火をおこし、磁石の粉と、麝香《じゃこう》と没薬《もつやく》と麻の種を壺の中で焚《た》き始めた。甘ったるい退廃的な匂いが流れ、もうもうと煙が立ち上った。

　父と子と聖霊と聖母マリアの名にかけて、
　おおバロンよ、サタンよ、
　ベリアルよ、ベルゼブルよ、

われの前に姿をあらわし、われと契約を交わし、
我が願いを聞き届けたまえ……

呪文を唱えたのは男一人では無かった。

傍《かたわ》らに静かに整列していた十三人の黒いベールを被った女達が、男とともに合唱したのである。男は満足げな深い息を吐いてから、一人の女を指さした。

「お前の集会での素晴らしき経験を皆に語ってやれ」

はい、と女は小さな声で答え、両手を胸に組んだ。


ある夜、わたくしは知らぬ間に空中を飛んで集会に着いていたのです。

辺りには、異様な鬼火が燃えさかり、巨大な石が幾つも並んでいました。

中央には大きな鍋《なべ》がぐつぐつと溶岩のように煮えていました。その中には皮を剥いだ猫とトカゲと蛇と生まれたての赤ん坊から取った脂などが入っており、強力な媚薬《びやく》となっているのです。

鍋から立ち上る湯気を吸い込むだけで、体に疼《うず》きを感じるような媚薬なのです。

わたくしも湯気を吸い込むと、頭が朦朧《もうろう》としてきたことを覚えています。

そして、いつの間にか、集会の中央に座っておられたあの方……つまり四本の角を持った礼雄鳴土《レオナルド》様の元に、裸の姿で引き出されていたのです。

わたくしは命令された通りに礼雄鳴土様の肛門《こうもん》に接吻《せっぷん》をして台の上に登り、足を広げました。

礼雄鳴土様はまず、わたくしの口に接吻なさいました。

その唾液《だえき》はまるで蜜《みつ》のように甘く、接吻が激しくなればなる程、口中が唾液に満たされて、わたくしは恍惚《こうこつ》としていったのです。

わたくしは赤子が乳を吸うように、夢中で礼雄鳴土様の唾液を貪《むさぼ》ったのです。

そうして暫《しばら》くすると礼雄鳴土様はわたくしのとろけるような悲鳴に満足された様子で、ようやくアレを突き出されました。


女の声が躊躇《ためら》うように小さくなった。

「アレとは何だ！　はっきりと言え！」

それまで黙って事の次第を見守っていた時定が、突如叱責《しっせき》の声を飛ばすと、女は顔を赤らめ、縋《すが》るように他の者達を見たが、誰もが沈黙しているのに諦《あきら》めて、震える唇を開いた。

「男性の物です」

「どんな形だった？」

時定が執拗《しつよう》にいやらしく訊《たず》ねた。

並外れて長くて、毛だらけで、うねうねと……ねじれているのです。そうして、赤熱した鉄のように赤かったのです。

わたくしはその時、それまで知っていたどんな喜びよりも激しい恍惚《こうこつ》に襲われました。

それが何十分も、長く激しく続いたのです。


そこまで言うと、女はか細い小さな悲鳴を上げ、いかにも時定の気をそそらんがごときの姿勢で、なよなよと地面に倒れ込んだ。

「御宗主様、素晴らしい御手際でございます」

正木は金歯を見せて笑いながら、低い声でこっそり時定にそう耳打ちをすると、何時の間にか用意していた大麻煙草を時定に手渡した。更に、同じものを女達と若い男にも配り始める。

時定は満足気な笑い声をあげると、その隣に並つ女を指差した。

「次はお前だ！　お前が何をしたのか皆の前で語ってみよ」

一時間も経つうち、若い男女は自らの物語と大麻に酔い、服を脱ぎ捨てて激しく乱交を始めた。

時定は仮面の奥に薄笑いを浮かべながら、ワインを片手にその光景に恍惚と見入っていた。

そうした騒ぎが、何時間も延々と続いた。

やがて東の空が白み始める頃、再び正木に率いられた一行は、朝の霧の中に去って行ったのである。

6　笑う黒聖母

「あなた、私もう我慢出来ませんわ」

助蔵の妻・正代がそう訴えたのは、その翌日の夜であった。

昨夜から階下の物音が気になって、睡眠薬を飲んでも眠れず、うとうとと眠りかけては、拷問や惨殺死体の恐ろしい夢を見るのだと言う。

昨夜は確かに階下で宗主がパーティーを開いていたと言っているが、実際に聞こえた物音と言っても、ごく僅《わず》かなものであったし、今日に至っては、館《やかた》はしんと静まりかえっている。

いささかノイローゼ気味の夫人に手を焼いた助蔵は、十和助に命じて、こっそり夜の番人を一人立てることを頼み、ようやく正代を納得させた。

夜の番を担当したのは作次《さくじ》という、比較的新顔の召使いであった。

作次は洋灯《ランプ》を片手に、なるべく周囲を見ないようにして、怖々と館の中を見回っていた。

作次は五日前に、秀夫の死体を館から運び出す役目を仰せつかった一人であった。

ただでさえ首吊《くびつ》りの変死体を見せつけられて、ぞっとしているところにこの役目だ。とても熱心に見張りなどする心地ではない。

もとより不気味な彫像や呪物に囲まれ、異様な空気が支配する館なのである。

蛇の鱗《うろこ》をもってうねうねと蜷局《とぐろ》を巻いている螺旋《らせん》階段は、足の下で少しずつ動いているような気がするし、天井や壁に巣くっている不気味な幻想獣の視線が、背中を丸めて歩いている自分をじっと見つめているのではないかしらと思えてくる。

作次は恐ろしく早足で、見回りもそこそこに、館の中を進んで行った。

やがて五階まで至って廊下を回り始めると、その円形構造から、自分自身の足音が妙な木霊の響きとなって、ますます作次に奇怪な空想をもたらしていった。

かたたん
と、扉が何処かで開いたような気がする。

(気のせいや、気のせいや)

こつん、こつん
と、誰かが前方から歩いてくるような気がする。

頭が混乱し、奇怪な幻想が駆けめぐった。

「気のせいや、気のせいや」

自分を勇気づける為に口に出して呟《つぶや》いた作次であったが、次の瞬間、洋灯の灯《あか》りの中に浮かび上がったものに、髪を逆立てた。

マントを着た黒い影法師が、化け物のようにぬっと出現したのである。

もうこの時の作次の顔は、余りの恐怖の為に、笑っているのか泣いているのか判別不可能な凄《すさ》まじい形相であった。

逃げようと踵《きびす》を返した作次だが、時は既に遅かった。獲物に襲いかかる蛇の勢いで、作次の頭に鋭い鉄の爪が振り下ろされたのだ。

そのままバタリと倒れた作次の足を掴《つか》むと、影法師は死体をずるりずるりと引きずって、一番近くの部屋の中に入っていった。

そうして暫くすると、ガタンとギロチンが落ちたような厭《いや》な音が闇夜に響いた。

その夜、影法師は本館と剝製《はくせい》室の間を蠢《うごめ》いていたようであった。

翌朝、蟬が鳴き始めた。

この辺りにいる蟬ときたら、並の数ではない。それはそれは、じ――じ――と大合唱で、館で暮らす人々にとっては、発条《ゼンマイ》仕掛けの機械の中にでも入っているような心地がするのである。

館では、朝を告げる廻盤琴《オルゴール》も鳴らぬうちから、五階の空室を掃除しにやってきた召使い達が、ざわめいていた。廊下に血痕《けっこん》らしきものが飛び散り、その上、何か見慣れない獣のような三本指の足跡が、点々と開かない窓に向かって続いていたからである。

その内の一人が、さらなる奇怪に気づいて叫び声を上げた。

「ひゃあ！」

「どうしたんや」

「まっ、また何かあったんか？」

「あっ、あれ、顔が……」

震える指先で示されたのは、黒光りする女の像だった。

それは、青銅のマントを着た女の姿をした等身大の人形で、『ニュルンベルクの黒聖母』と呼ばれる残酷な処刑具であった。

処刑具の機構《からくり》は、以下のようなものである。

黒聖母の胸が観音開きに割れると、内部が空洞になっている。左右に開いた扉の内側には鋭利な犬釘《いぬくぎ》が生えそろっていて、罪人をこの中に閉じこめて扉を閉めると、黒聖母の胎内で犬釘に突き刺され、圧搾《あっさく》機にかけられたように血を搾り取られ、苦悶《くもん》の末に絶命するのだ。

「血取り」の噂を彷彿《ほうふつ》とさせるこの不気味な処刑具は、通常、寸胴《ずんどう》で、古拙な威厳を保った無愛想な顔の醜女《しこめ》であるのだが、天主家に蒐集《しゅうしゅう》された一品は異例にも細工の美しい品物で、高名な芸術家が、ルドルフ皇帝の依頼で遊技的に創作したものだと言われていた。

黒光りしたマントには、レース編みの模様。その輪郭は実に流麗な女の曲線で、希臘《ギリシャ》彫刻的な容貌《ようぼう》は慈愛に満ちた聖母そのもの……のはずであった。

ところがこの時、召使いの指さした黒聖母は、世にも醜悪な面相に変貌《へんぼう》し、白目を剝《む》いて牙《きば》を見せ、にたにたと残忍な笑いを浮かべていたのである。

「わっ、笑ってる！」

召使い達の間に、恐怖に凍ったどよめきが起こった。部屋の空気の異変に気づいて入ってきたのは、早朝の掃除を命じた十和助だった。

「何を騒いでいるのですか？」

「十和助さん、これを、これを見て下さい」

十和助は不審な表情で示された『ニュルンベルクの黒聖母』を見ると、あっ、と驚嘆の声を上げた。

「これは一体、どうしたのです！」

「分かりません。ついさっき掃除に来たら、こんな風に顔が変わってしまってたんです」

十和助は当惑の表情で黒聖母の前に立った。

「この黒聖母は、胎内の罪人の体の圧迫によって、機構《からくり》の開閉器《スイッチ》が作動し、機械仕掛けで笑う仕組みに出来ているのです。まさか……」

黒聖母の扉に手をかけた十和助を、召使いの一人が、「あっ、それに勝手に触ったら御宗主様から叱られます」と止めようとしたが、十和助はいち早く扉のノブを摑んでいた。

がちゃり、と重い金属音をたてて開かれた扉の中を見て、召使い達は叫び声を上げた。どす黒く固まりかけた大量の血液が、ゆっくりと黒聖母の足元から流れ落ち、中には灰色の服を血でどす黒く染めた作次が立っていた。

十和助は青ざめた顔で、「違う部屋から掃除をなさい」と召使い達に命じると、慌てふためいた足取りで、六階の助蔵の部屋に向かった。

「十和助でございます、お目覚めでございますか？」

「どうしたんや、早うから……」

気だるい声で答えた助蔵が、扉から四角い顔を覗《のぞ》かせた。まだ寝間着姿である。

「事件でございます。召使いの作次が殺されております」

「なんやて、何処でや！」

「五階の黒聖母の中でございます」

助蔵は一瞬、時定の部屋の方角に目をやり、動揺した表情を表した。

「どういたしましょう？」

「召使いどもに口止めを、ともかく見に行く」


作次の死体を出すと、黒聖母の顔は、再び穏やかな婦人の顔に変貌した。

十和助と助蔵に担ぎ出され、床に置かれた作次の遺体は、体中が穴だらけの見るも無惨な姿であったが、直接の死因は犬釘ではないようだった。

『ニュルンベルクの黒聖母』の犬釘とは明らかに異なる傷が、作次の後頭部にあったのだ。

それは鋭い爪で頭蓋《ずがい》を割裂したと言わんばかりの五本の裂線であり、傷口には脳漿《のうしょう》や血《ち》飛沫《しぶき》がべたりと付着していた。

「こんな傷があるということは、先に頭部に致命傷を負わされ、その後で黒聖母の中に押し込められたということでございましょうね」

十和助の言葉に、助蔵は頭を抱えて蹲《うずくま》った。

「何ということや！　こんなことは絶対に外部に漏らしたらあかん！」

そう言いながら、助蔵は床の上の、指が三本しかない奇怪な血の足跡を凝視した。呪いの符号のように、くっきりと床に残る足跡……。

「その足跡のことでございますが……」

「何か覚えがあるんか？」

「はい、もしかいたしますと、それは礼雄鳴土《レオナルド》の足ではございませんでしょうか？」

助蔵は、はっと顔色を変えた。

十和助の言う通り、三本指の足は、確かにあの忌まわしい悪魔像の足に違いない。

するとどういうことだろう？

悪魔が真夜中徘徊《はいかい》して、見回りの作次を襲ったのだろうか？

さすれば、時定の黒ミサが、作り物の悪魔像に命を吹き込んだのである。

いずれにしろ、不気味な事件の到来の兆しを感じずにはいられないのであった。

頭を抱えながら部屋へ戻った助蔵を、再び扉の外から呼ぶ者があった。

「助蔵様、たっ……大変でございます」

只《ただ》ならぬ声に扉を開くと、死体を発見した時よりも一層青ざめ、体を震わせた十和助が立っている。

「沙……沙々羅様の右目が見えなくなったのでございます！」

一箇目様《ひとつめさま》の祟《たた》り……

二人は呆然《ぼうぜん》と顔を見合わせた。

「助蔵様、これはもう大変な事態でございます。十四年前と同じ惨劇が繰り返されるに違いありません。どうでございましょう……この十和助に一つ考えがございます」

「考え？」

「はい、探偵を雇うのでございます。このお館《やかた》の事情を内々にして、犯人を解明して下さりそうな探偵様に、十和助は心当たりがございます」

「またしても『祟り』であれば、探偵の起用がそう功を奏するとも思えんが……。うむ、まずは十和助、作次は事故ということで何とか処置するんや。それから沙々羅は医者へ診《み》せて、少し様子を見たほうがええ。探偵を呼ぶとしてもそれからや……。しかし、その探偵、ほんまに信用出来るんか？」

「はい、このわたくしめの責任において保証いたします」

それからおよそ一ヶ月、十和助があれこれと手筈《てはず》を整えている間にも、天主家へと降り注ぐ呪いは消えるどころか、益々《ますます》その邪悪な牙を研ぎ澄まし、次の犠牲者に狙いを定めていたのである。

7　鎮魂歌《レクイエム》

神田神保町《かんだじんぼうちょう》、本屋街の裏にある四畳半一間の長屋。

其処《そこ》に住まう代書屋・佐竹庵《さたけいおり》のもとに不思議な男が訪ねてきたのは真夜中のことであった。

火鉢の近くで晩酌をしながらうつらうつら寝てしまっていると、右耳の脇で格子が激しく揺れる音がする。

ふいっ、と気がついて音の方向に顔を向けた。

目と鼻の先にある格子窓の向こうの暗闇に、乳色の霧が流れていた。

佐竹庵は目脂《めやに》のせいだと思って目を擦《こす》った。

すると突然、異様にぬるりとした感じの灰色の顔が、格子窓のところに張りついたのである。

眉《まゆ》と唇のない、のっぺらぼうのような顔だった。

佐竹は心臓が縮みあがるような驚愕《きょうがく》を覚え、突然、擦っていた目を平手で打つという狂気じみた行動をとった。

安酒《メチルアルコール》がついに脳を侵して、幻覚を見るようになってしまったと狼狽《うろた》えた彼は、衝撃療法を試みたのだ。

しかし、呪われた幻影がこの衝撃療法で霧散することは無かった。それどころか、幻影はさっきよりもハッキリと存在していた。

灰色のシルクハットを阿弥陀《あみだ》にかぶった何者かの顔が、じっとりとした視線でこちらの様子を覗き込んでいるのである。

…………

ややあって、冷静さを取り戻してくると、のっぺらぼうに見えた顔が濃灰色の仮面であることに、佐竹は気づいた。

と言って、十分におぞましく、危険な感じがすることに変わりはない。

樹脂製らしき光沢を持った灰色の仮面の眼穴から、企《たくら》みを湛《たた》えた瞳《ひとみ》が佐竹をじっと見つめていた。その左目が醜く潰《つぶ》れている。

佐竹は、脱俗的な……というより、殆《ほとん》ど悪夢のような出来事に、まるで魂を抜かれたかのようになり、しばらくの間、呆然として仮面の男と向かい合っていた。

代書屋の佐竹庵君だね？

仮面の口元が空気圧で少し膨らんで震えると、くぐもった声が聞こえた。

「ええ、そうですが、貴方《あなた》は？」

後ずさりながら佐竹は訊《たず》ねた。

「私は君に代書の依頼に訪れたのだ」

「代書の依頼ですって？」

「そうだ」

「じ、冗談じゃない。仕事を頼みに来たくせに、そんな気味の悪い面などつけて人を脅すとは、どういうことなんです……」

佐竹がうわずった声で答えると、面の口の周辺が醜く歪《ゆが》んで変形した。どうやら、灰色の男は笑ったようだった。

「聞くところによると、君は筆跡なども真似するのが得意だということだ」

「ええ、恋文などを代筆する時はそのようにしますよ。ですが、やばいことに利用するのであれば、ご勘弁願います」

いや、全くそういう話ではないのだよ
私の筆跡を真似て、手紙を書いて欲しいのだ、決して不埒《ふらち》な目的ではない
ただ、手紙を書いて、さる所にあてて送るだけのことだ
手紙の内容はあらかた決まっているんだ

霧と暗闇の境目の空間から出現した灰色の男が、片目で佐竹の瞳を見据えながら、くぐもった声で謎めいた言葉を呟《つぶや》き続けていた。

通りに人の気配はなく、酷《ひど》く静かであった。

佐竹は怯《おび》えた声で答えた。

「自分の筆跡を真似て手紙を書けだなんて、妙なことを仰《おつしや》います。第一、手紙の内容まで決まっているんなら、なんで代書屋に依頼などするんですか。自分で書いたらいいじゃありませんか」

怒りのため息か、笑いなのか分からない荒い息で、仮面の口元が一際大きく膨らんだ。

「ところが、そういう訳にはいかない事情があるのだ。窓越しでは話しづらい。そちらに入らせてもらえるかな？」

男の態度は極めて紳士的だ。物取りでも狂人でもなさそうだと佐竹は判断した。

「ええ、どうぞ。鍵《かぎ》なんぞかかってませんから」

暫《しば》くすると表の戸がすうっ、と開き、男が入ってきた。上等そうな長いマントに革の靴。それらの全てが灰色であった。

「どうぞ、中に上がって下さい。汚いところですが……」

家財道具といえば万年床と火鉢しかない。辺り一面が、古本屋で買い溜《だ》めた雑誌や文芸誌でちらかっていた。

灰色の男は部屋に上がり、マント姿のままゆっくりと佐竹の周囲を廻《まわ》った。

佐竹は、一種異様な、追いつめられたような、焦《あせ》った気持ちになりながら、本を適当によけて灰色の男が座る場所を作った。男は静かな動作で胡座《あぐら》をかいた。

「実は、私には自分で手紙を書けない理由があるのだ」

男はマントの間から、いきなり腕を佐竹の目の前に差し出した。

両腕が肘《ひじ》までしかなかった。

肘の先端には、血痕《けっこん》のついた白い包帯が痛々しく巻かれている。

佐竹は頭の芯《しん》が凍ってしまいそうな恐怖を覚えて、竦《すく》み上がった。

「このようについ最近事故に遭い、両腕を失ってしまったのだ。面をつけているのも、顔面に酷い怪我をしてしまっているからなのだ。とても普通では見るに耐えない代物だ。だから無礼を許してくれたまえ。だが、もしも君が非常に剛胆で、そう……大抵のものを見ても驚かぬような気質をしていて、このような仮面をつけた男とは商談に応じられないというのなら……」

そう言って、自らの面に触れた男の肘は細かく震えていた。

マントと面で覆われている他の部分が、一体どんな無惨なことになっているのか？

金持ちの紳士らしきこの男の身に、如何《いか》なる唾棄《だき》すべきおぞましい出来事が襲ったのか？

佐竹は想像するだけで嘔吐《おうと》を覚えた。

男はぬうっ、と首を伸ばして佐竹に顔をぶつけんばかりに近づけてきた。首のところにも、血痕の残った包帯が巻かれている。

「君がどうしてもと言うならば、この仮面を取ってもらってもいいだろう」

仮面から覗《のぞ》く潰れた左目を見て、佐竹は慌てて頭を振った。

「ああ、いっいえ、結構です。こちらこそ知らずに酷いことを言いました。どうぞ、どうぞそのままで。お話を伺いますから」

「そうか。ならば一寸《ちょっと》、君、私の左胸のポケットにあるものを取ってくれないかね？」

佐竹は言われるままに、震える手で男の胸ポケットから二つに折られた紙を取り出した。

「見てくれたまえ」

「こっ、これは！ 五百円の小切手じゃありませんか」

「謝礼だ」

夢のような金額なので、佐竹は汗を拭《ぬぐ》った。

「まだ足りないかね？」

「いえ、いえとんでもない。多すぎるくらいですよ」

「金額的には了承してもらえるのだな。では、右胸のポケットにある手帳を取ってくれたまえ」

佐竹は再び言われるままに男の胸ポケットから黒い革張りの手帳を取り出した。

「これが私の筆跡だ。私が手紙を送りたい人物にはこの事故のことを知らせていないのだ。

知られるのが嫌でね。それでも毎月送っている手紙の筆跡が変わっていれば怪しまれるだろう。それを避けたい訳なのだ。つまり私が普通の状態でいるように、仮装迷彩《カムフラージュ》したいのだよ」

毎月手紙を送るような相手と言えば女に決まっている。つまり、好きな女性に、自分が醜い姿になったことを知られたくないのだな……と佐竹は解釈した。

「分かりました。引き受けます」

「それはよかった。ほっとした。ではまず、一篇の詩を頼もう。題は『鎮魂歌』。出来るだけ早く書いてくれたまえ」

「わかりました。それで……貴方のお名前は？」

「茂道……とだけ名乗っておこう」

灰色の男はそう言うと立ち上がり、薄気味の悪い声で詩を朗読し始めた。

「さて、君に頼みたい詩はこうだ……」

　ジャンヌの亡霊は、泣きながら太陽神殿の秘密の小径を彷徨《さまよ》う

　偽りの琴の音を捧《ささ》げられた神々が、大いなる怒りを発する時に来たからだ

　『CA RA SU』の謎を伏せし者に、死刑の審判は下る

　そはジャンヌと同じく火刑なり

　皮膚よ焼けよ、爛《ただ》れよ、苦悶《くもん》の内に死に至れ

次の満月の時までに、奇跡が起こるだろう

佐竹は地獄の呪文のようなその詩に、ぞっとしながら、震えるペンで男の読み上げる詩を書き付けた。

『あの見知らぬ男が眼前にちらついて離れません
あの男は懇願し
せっかちに作曲するようにとせき立てます
何時でもどこからかあの男がわたしを監視しています
何もしないでいるより、
こうなったら作曲をしているほうが楽なので、
わたしは楽譜面に向かっているのです
私は心の中で時が鳴っているのを聞いています、
それは人生の息を引き取る時を告げる鐘の音です』

世界、眼球
審判、裁き

ミラレ【和音】ミラレ【和音】
ミラレ【和音】
ミラレ【和音】ミラレ【和音】
ミラレ【和音】

ソラシ【和音】ソラシ【和音】
ソラシ【和音】
ソラシ【和音】ソラシ【和音】
ソラシ【和音】

第二章　第二の御使い

1　菊祭り

饐《す》えた匂いのするぼんやりとした薄闇の中を、一人の男が彷徨うように歩いていた。行けども行けども、迷路のように入り組んだ路地。曲り角のその先に現れるのは、しんと静まり返ったあばら屋ばかりであった。

つい先程まで暮らしていた大勢の人間達がふいに消えてしまったような、生活感と虚無感がないまぜになった不可思議な空間が続いている。

一体この暗闇はどこまで続くのか……。

小さな竜巻が男の足元に落ち葉を絡ませながら通り過ぎていった。

「未《いま》だ闇は続くのでございましょうか……」

男が誰に話しかけるともなく、そんな意味不明な独り言を呟《つぶや》いた時、ふいに頭上が明るくなった。

何と言う禍々《まがまが》しい光景だろう。

最後の角を曲がった瞬間、光の洪水の中に緋《ひ》色の魔物が揺らめきながら現れ出《いで》たのである。

魔物が大きく翼を広げる仕種《しぐさ》をしてみせた時、この奇妙な男は満足気に笑った。

「ああ……このことでございましたか。やはり貴方様《あなたさま》は間違っていなかったのでございます。さあ……急がなければ」

独り言を言いながら、疲れ切った足を引き摺《ず》るようにして、男は光の中へと進んで行った。

浅草吉原——体を売る女達が集い、それを求める男達が集う所。夜になれば光り輝き、嬌声《きょうせい》の飛び交うこの場所を、道徳家は日本一の悪所と呼んで忌み嫌う。

「旦那《だんな》！　初見世の妓《こ》がいますよ」

「さあさ、菊祭りだ！　景気よく行きましょう、旦那」

酔狂な旦那衆が植えさせたという紅葉の巨木の下で、客引きに精を出していた牛太郎《ぎゅうたろう》達は、吉原大門《おおもん》を潜《くぐ》ってきた奇妙な風体の男に顔を見合わせた。

仕立ての良さそうな鼠色のコートに鼠色の帽子、同じ色のズボンといった全身鼠男の老人が、きょろきょろと落ち着かぬ風情で辺りを見回し、よろめきながら吉原に入って来たのだから、いくら珍しい物に慣れた吉原者といえ、一瞬目を丸くしたのである。

「酔っ払いかい？」

「いや、どうもあの様子じゃ行き倒れの類《たぐい》だろう。上品そうな爺《じい》さんだが、相場でスッて一夜にしてからっけつになった金持ちってのも、今日日《きょうび》多いからな」

「どうするね、『車組《くるまぐみ》』に知らせるかい」

「俺は嫌だよ。今日の頭《かしら》は相当怖いんだもの」

そんなことを二言三言囁《ささや》き合った二人だったが、何しろ菊祭りとあって大賑《おおにぎ》わいの人出の中だ。物見遊山の女子供までもが紛れ込んでいる人混みに、いつのまにか男の姿を見失っていた。

「験《げん》が悪いや。俺は見なかったことにするね。花魁《おいらん》達に客がつかなかったら大変だ」

と片割れが言い、二人はあたふたと客引きに戻った。

『車組』とは、四郎兵衛番屋をその起源とする吉原独自の自衛組織であり、吉原での治安維持を一手に引き受ける、いささか荒っぽい男達の集団である。さらに、その頭には代々弁護士や検事といった生え抜きのエリートを置き、外部との交渉事に当たらせている。

吉原を一つの独立国とすれば、華やかな表通りがその光の部分を、車組の存在はその闇の部分を成していた。


吉原大門から真直ぐ伸びる大通りの両脇には、引手《ひきて》茶屋や、立派な作りの大見世が立ち並んでいる。道の中央に作られた植木柵《さく》には、数千本もの大輪の菊が粋を凝らした装いで咲き乱れ、助六や揚巻といった人気歌舞伎の菊人形が芝居の一場面を演じている。

上機嫌で浮かれる客達の歓声と、三味線の音があちらこちらから聞こえてくる。ここでは粋に遊ぶことが流儀《ルール》だ。しかめ面の男はそうそういるものではない。

いや、いないはずであった。

先程の奇妙な鼠男は、大通りを避けるように人気《ひとけ》のない裏通りへ裏通りへとよろめく足を進めていた。

と、その背後から大声を掛ける者があった。

「お爺さん、ご家族とはぐれたんですか？」

その声に鼠男はピタリと足を止めると、不思議そうな顔で振り返った。

「わ……わたくしは何時の間にここへ参りましたのでしょう？　ええ、ただ無我夢中に歩いておりました」

「ああ、顔が真っ青だ。少し番所でお休みなさい。僕が連れて行ってあげますよ、さあ」

声を掛けてきた男は、通りすがりの客らしかった。くしゃくしゃの髪に無精髭《ぶしょうひげ》、ぎょろりとしたどんぐり目という異様な風体の大男だが、人は好《よ》さそうだ。

「おお……御親切なお方、ありがとうございます。しかし大丈夫なのでございます。わたくしは、車組という所に行かねばなりません。とても休んでいる暇はございません。御親切ついでといっては何でございますが、もしや貴方様、車組を御存じではありませんか？」

震える声で鼠男がそう言った。

「車組……？　どうしてまたそんな所に？」

「ええ、どうしても朱雀《すざく》様にお目にかからねばなりません。私は十和助と申します」

それを聞くと、大男は一瞬、笑い泣きのような不思議な表情をした。それから突然奇妙なことを言うのであった。

「十和助さん、僕はよくよく奇妙な事件に巻き込まれる哀れな人間なんです。察するところ、あなたにも深い事情がおありのようですね。けどいいですか、朱雀に事件を解決してもらうことが、貴方にとって最上の結果になるとは限りません。真実が分かったからといって……余程悲しい結果にならないとは限りません。そういうことを平気でする男なのです。朱雀という男は……」

「仰《おっしゃ》っている意味がよく分かりませんが、私にはもうあの御方しか、おすがり出来る方はおりません」

「ほんの十日程前、僕は友人を目の前で見殺しにしてしまったんです。もちろん朱雀にも止められなかったかも知れないけれど、何というか、彼なら何でも出来るんじゃないかって……きっとそう貴方も思っているんでしょう。でも、彼は神でも何でもないんです！　それどころか、ひどく気まぐれで、冷酷な男なんです」

「いいえ、あの御方は神なのです」

十和助はきっぱりそう言い切った。

大男は悲しいため息をつくと、十和助の肩を抱えるようにして足早に歩き出した。

お歯黒どぶが見える頃には、先程までの喧噪《けんそう》もすっかり届かなくなり、寂しい三味の音が時折風に乗ってちらほらと聞こえてくるばかりとなった。

京町通りを左に折れると、目の前に漆黒の闇が出現する。

吉原の最奥部。裏通りからさらに一軒分奥まった深い闇の中に、黒光りする洞窟《どうくつ》のような建物が存在しているのだ。

「あれが車組ですよ」

大男が言った。

「御親切に有難うございました。お名前だけでも……」

十和助の言葉に、大男は不機嫌そうに「柏木《かしわぎ》です。朱雀には僕のことを言わないで下さい」と答えると、さっさと元の道を引き返して行った。

その背中に向かって、

「柏木様、御親切に有難うございました」

と再び声をかけ、十和助は車組の扉を叩《たた》いた。

2　不機嫌な男

「どなたかいらっしゃいませんか？」

何度か扉を叩いても返事がないため、十和助は途方に暮れた様子でしばらく佇《たたず》んでいたが、意を決したように扉に手をかけてみた。

から……からから……

軽妙な音を立てて扉が開いた瞬間、玄関の柱の陰から黒ずくめの巨体の男がぬっと現れたので、十和助はあわや腰を抜かすところであった。

「先生がお待ちです」

男は十和助を誘導し、無言で奥の間の障子を開いた。

そこには、行灯《あんどん》のオレンジ色の光に浮かぶ端正な横顔があった。妖《あや》しいばかりに輝く暗黒色の瞳《ひとみ》が、光の中でゆっくりとまばたきをした。

その光景を見た時、十和助の口から思わず独り言がもれていた。

「おお……朱雀様、やはり貴方《あなた》様だったのですね……」

部屋の中央に置かれた長火鉢に凭《もた》れ掛かり、朱雀は電話で何事かを話していた。その前には十円の札束が山のように置かれている。

朱雀は空いている右手で火箸《ひばし》を器用にくるくると回したり、無闇に灰をかき回したりしている。それは、朱雀がかなり不機嫌な時の癖らしかった。

来客の進入にも眉《まゆ》一つ動かさず、朱雀は長々と話し続けた。

華奢《きやしや》な体に纏《まと》った白い上下のスーツ、長い髪、性別不明とも思われる整った顔立ちに呆《ぼう》然《ぜん》と見とれていた十和助がようやく我に返り、最初に耳にしたのは次のような台詞《せりふ》であった。

「……警察は丸め込めばいいよ。四月のと同じ手を使え、わかったね、もう電話なんか金輪際しないでくれたまえよ」

ふうっとため息をついて受話器を置くと、朱雀は目を閉じて黙り込んだ。

再び長い時が過ぎた。

十和助は沈黙に耐えかねて、ごそごそと姿勢を正すと、「あの……」とかすれた声をかけた。

「何か？」

朱雀は疲れ切った声で応《こた》えた。

「あの……どうしても朱雀様にお縋《すが》りするしかないと、ここまでやって参りました。十和助と申します。覚えていらっしゃいますか？」

そう言って深々と土下座をした十和助に、

「ええ……」

と浮かない返事をすると、朱雀は手を叩いて黒ずくめの巨人を呼び、その耳元に何事か囁《ささや》いた。

その時、朱雀の肘《ひじ》が札束にあたり、十数枚の札が火鉢の中に落ちて赤い炎を吹き上げた。十和助は慌てて腰を浮かせたが、大男も知らぬ素振りであるし、当の本人も火鉢から上がる煙に、けぶそうに眉を顰《ひそ》めただけだったので、黙り込んだのだった。

巨人が部屋を出ると、朱雀は突然、持っていた火箸《ひばし》で長火鉢の縁を苛立《いらだ》たし気にカンカンと叩いた。

「全く誰も彼も大忙しさ。いまいましいったらないね。菊祭りとやらのせいで、僕はこの通りすっかり不機嫌なんだけど、それでも貴方の頼みじゃ断れそうにもありませんよ、十和助さん！」

「はぁ……」

突然の朱雀の剣幕に、十和助は泣き出しそうになった。

「ああ……この忙しい時に何てことでしょうね。今僕が秘書に頼んだのはね、休暇届けなんです。十和助さん、いいでしょう、お引き受けしますよ。ただし、謝礼はいりません。御希望に沿えるかどうか分かりませんしね。それから、長話も今日は伺えませんし、逐一、依頼人の質問には僕はお答え出来ません。それを承知して頂けるなら、貴方が今日ここに来られた直接の原因だけを手短に教えて下さい、いいですね」

「は……はい、上手《うま》く話せますかどうか……。つ、つまり十四年前と同じことが天主家に起こったのでございます。およそ四十日前のことでございます。はじめに庭師、次に召使いの者が無惨な死体で発見されたばかりでなく、召使いの作次が発見された朝、沙々羅様の右目が突然見えなくなったのでございます。一箇目《ひとつめ》様の祟《たた》りでございますよ……。そしてほんの数日前に、このような恐ろしい手紙が館《やかた》の皆様に宛てて送られて来たのでございます」

そう言って十和助は懐からごっそりと封筒の束を取り出した。

朱雀はちらりとそれを一瞥《いちべつ》したように見えた。そして気の無い様子で、「それで？」と続きを促した。

「こ、この手紙は茂道様からの恐ろしい内容の手紙なのでございます。貴方様も御存じのあの茂道様です。信じられないことでございますが、筆跡は間違いなく茂道様のものでございます。館の方々には私の一存でまだお見せしておりません。どうして良いものか全く途方に暮れ、貴方様を探しに、取るものも取りあえず上京した次第なのでございます」

「へえ、すごいね。それじゃあその手紙を読んで頂けますか」

朱雀はあっさりとそう言う。

「はい……『ジャンヌの亡霊は、泣きながら太陽神殿の秘密の小径を彷徨《さまよ》う。偽りの琴の音を捧《ささ》げられた神々が、大いなる怒りを発する時に来たからだ。『CA RA SU』の謎を伏せし者に、死刑の審判は下る。そはジャンヌと同じく火刑なり。皮膚よ焼けよ、爛《ただ》れよ、苦悶《くもん》の内に死に至れ。次の満月の時までに、奇跡が起こるだろう』……でございます。何かお分かりになりますか？」

「いいえ、さっぱり分かりませんね」

と朱雀は不機嫌な声で言った。

「……そうでございますか」

十和助は落胆のため息をついた。

「ああ、僕としたことが少々不親切でしたね。その手紙、消印になんと書いてます？」

「けっ……消印でございますか？……神田局　昭和十・九・三十でございますね」

「神田局ですか。成程……大体見当がつきました。すぐに確認させましょう」

「はっ？　もうそれで何かお分かりになったのですか？」

「ええ、でもお教え出来ませんよ」

そう言って朱雀は氷のように冷たい横顔にほんの少し笑みを浮かべた。

紙のように白かった顔色にも、どうやら少し赤味が差してきたように思われ、十和助はほっとした。

「ああ……これで天主家も救われます。有難うございます！」

「言っておきますが、天主家を救うのは僕の仕事じゃありませんよ……」

と、独特の鼻にかかった声で朱雀が滔々《とうとう》と語り始めようとした時、「先生、休暇が取れましたよ！」と叫びながら牛太郎が座敷に飛び込んできた。

そして、十和助を見るなり「あっ、さっき柏木の旦那《だんな》と歩いていやしたね」などと素頓《すっとん》狂《きょう》な声で言った。

朱雀はその瞬間、ぱっと華やいだ顔で笑った。

「ああ……そうでございました。親切な御仁に、ここまでお連れ頂いたのでございますよ。何故か自分のことは言わないようにと申されて去ってしまわれたのです。ええ、どういう訳か、建物の目の前までいらっしゃったのですが、ひどく深刻な顔で回れ右をなさって、来た道を戻って行かれたのでございます」

十和助が不思議そうな顔で説明した。

「へえ、柏木君がねぇ！　いやあ残念だね、彼にはいい知らせがあったのに。僕はこれから十和助さんと平坂に行くんだから知らせてあげられないなぁ。僕に会いたがらないのが悪いんだ。全くタイミングというものがとことん悪い男だね」

朱雀は甲高い浮かれ声でそう言うと、「知らせてあげられない」などといった舌の根も乾かぬうちに、手近に置いてある電話機をとりあげ、長い指で器用にダイヤルを回したのだった。

「やぁ、律子《りつこ》君、もうすっかり元気だろうね？　早速だが、君の出番だ。僕の秘書として、ある所に来てもらうよ。明日一番の汽車でこっちに来るんだよ、いいね」

手短に告げると、朱雀は再び長火鉢の縁をカンカンと叩《たた》いた。

「十和助さん、今日はここまでです。僕は今日中に嫌と言う程仕事を片付けてしまわないといけません。この牛太郎に床を作らせますから、お好きな所でお休み下さい」

取り付く島もない様子でそう言い切ると、朱雀は何時の間にか側に来ていた大男と話し込み始めた。どうやら、この大男は「後木《ごき》」という名の、朱雀の秘書であるらしい。

「さあさ、こちらです」と案内しようとする牛太郎の手を振り切って、十和助は突然朱雀の真横に座り込み、がばりと頭を下げた。

「もう一つだけ……どうしてもお話しせねばならないことがございます。天主家の皆様にも秘密にしている出来事があるのでございます。沙々羅様のことでございます」

「手短に頼みますよ」

「沙々羅様は最近、血取りに追いかけられるという恐ろしい夢を見るのだそうです。そして、事件が起こった日に限って、夢遊病でお部屋を出られております。わたくしは何か不吉な予感がしてならないのでございます」

一気にそこまで言い切った十和助は、ぼろぼろと大粒の涙を流した。

「……成程。これは厄介だねぇ」

朱雀はポツリとそう言った。

3 長い一日

寺の朝は早い。

朱雀の好意によって、律子が奈良の妙法寺に匿《かくま》われてから、十日あまりが経過していた。

妙法寺はこぢんまりとした山奥の密教寺である。建物自体もあちこち傷み、歩くと軋《きし》むような有様だったが、かえってそれが清々《すがすが》しいと律子は感じていた。

狂おしい程の喧噪《けんそう》から遊離したこの場所で、古びた縁側（初めてなのに懐かしい気持ちがする）に座り、荒れ放題の庭から山の自然へ連なる景色をぼんやりと眺めていると、律子はひどく贅沢《ぜいたく》な気分になった。

それに、ここには朱雀の父・慈恵《じけい》住職がいる。

普段は物静かな慈恵は、まさしく頼れる父親といった風な、立派な体格と穏やかな精神の持ち主だ。

けれど、興が乗ると坊主独特のしゃがれた、だがよく通る渋い声で延々とよく喋《しゃべ》る。それがどこか辛辣《しんらつ》で捻《ひね》りがあって面白い話の連続なのだった。

ただし、彼はほとんど一日中、修行をしているか書を読んでいるか、はたまた何処かへ出かけているかと神出鬼没で、あまり話す機会がない。

律子は泊まりの修行僧や寺小僧とわざわざ会話する程社交的な気分でもなかったので、暇つぶしに廊下の拭《ふ》き掃除をしてみたところ、これがひどく性に合い、この数日間というものは、有り余る時間と情熱を拭き掃除に注ぎ込んでいた。

彼女は体を動かすことが好きだが、健康美人といった健全さには少し欠ける、やや偏執的で風変わりな二十歳の娘であった。

そんな新しい人生を始めたばかりの律子に朱雀からの呼び出しがかかったのは、昨夜のことである。

『秘書』って何をするのかしら

それに、こんなに早く帝都に戻って大丈夫かしら夜明け前に目覚めた律子は布団の中であれこれと考えてはみたが、考えても仕方のない悩みだったので、とにかく起きあがって体を動かすことにした。

初めに、遺品処理という名目で自分のアパートから持ち出した数少ない着物を床に並べて、あれこれと秘書らしい服装の組み合わせを選んでみた。

変装に凝るのは、律子の趣味だ。

前髪にアイロンで少しウェーブを付け、眉毛《まゆげ》を整えて薄くアイラインを入れ、淡い桃色の口紅を付けると、どこかしら秘書らしい女の姿が鏡の中に現れた。

とはいえ、秘書なんてものは小説の中でしか知らなかった律子である。

要は度胸よね……!

深呼吸して覚悟を決め、挨拶《あいさつ》するべく慈恵の部屋に声を掛けたが、朝からまたしても不在のようだ。

だが、かすかに聞こえる声を辿《たど》って裏庭に着くと、小高い丘から南西の空に向けて読経《どきょう》している慈恵の姿が見えた。

律子は小走りに其処《そこ》へ向かった。

「今朝、十五《じゅうご》から連絡があった。儂《わし》の部屋にある朱色の手文庫をお前さんに渡して欲しいとな」

「まあ、何かしら？」

「ふん、ロクなもんじゃないわい。おまけに、あれのことなら儂のほうが詳しいと言うのに、十五の奴め、お前さんの力が必要と言うておる」

そう言った慈恵は心なしか拗《す》ねているように見え、律子はくすり、と笑った。

「気を付けて行って来なさい」

「はい、とにかく頑張ります」

律子はふざけて軍隊式の敬礼をすると、トランクに手文庫を詰め込んで出発した。


山道を下り、汽車を乗り継ぎ、疲れ果てた律子が吉原に着いたのは、もはや夕暮れ時であった。

汽車の中で開いた手文庫の中には、達筆な筆跡で書かれた『ある事件』の記録と、意味不明な記号が記された古びた紙束が入っていた。律子はそれらを懸命に解読しようとしたが、結局半分も分からなかった。


こんな奇怪《おか》しな『事件』、聞いたことがないわ……

本当のことかしら？　それとも作り話？


そんなことを思いながら、ようやく車組に到着すると、「朱雀先生はお留守なので、奥で待つように」と言われた。

奥の間には、鼠色のコートを着た、山羊《やぎ》のように長い白髭《ひげ》の老人が、所在なさげに小さくなっている。

「おお……貴方《あなた》様はもしや朱雀様の秘書・律子様ではございませんか？」

置き物のような老人が突然、ひどく丁寧な口調で律子に声をかけてきた。

「えっ……ええ、そうですわ。秘書の律子です」

律子はとっておきの営業スマイルで答えた。

「私は十和助と申します。熊野は平坂村からこうして朱雀様におすがりしに参りました」

「えっ？　まさか……そうしますと、貴方は天主家の執事さんの十和助さん？」


何てことなの！

あの『事件』は本当のことだったの？


律子はくらくらと目眩《めまい》を感じた。

「やぁ、遅かったじゃないか！」

その時、玄関から甲高い声が聞こえた。朱雀である。

「先生！　ちょっとお話が……」

「さあ、急いで出発しよう。律子君、道は遠い。荷物は貨物で送らせるように手配してくれたまえ」

「出発って？　あの……まさか、私、また奈良に戻るんですか？」

「そういうことになるかな。打ち合わせは汽車の中でしてしまいたいからね。十和助さん、行きましょう」

　晴れ晴れとした声で朱雀が言った。

「信じられない程我儘《わがまま》だわ……」

　小声で呆然《ぼうぜん》と呟《つぶや》いた律子に、十和助が言った。

「律子様は女子大卒で大変優秀であられるから秘書に抜てきされたそうでございますね。武術の腕前も師範級でいらっしゃるとか……。そのような素晴らしいお方にご同行頂いて、この十和助、大変心強く思っております」

(なんて出鱈目《でたらめ》！)と心の中で叫びながら、

「あら、先生ったら、そんなことまで……」

　と、律子はひきつった笑顔で、秘書らしく、ほほほ、と笑った。

4　暗夜行路

　暗い夜行列車の中、一等車両には人影も疎《まば》らで、軽い寝息が聞こえるだけだ。

　四角く切り取られた車窓の外には、鋭利な鎌のように光る三日月。月光に光る山の輪郭が幾本も絡み合い、また解けて、飽きない模様を描き続けている。

洋灯《ランプ》を小さく灯《とも》して起きているのは、たった三人であった。

「それで篤道の怨霊《おんりょう》がまた暴れ出したわけですね」

朱雀が考え事に耽《ふけ》りながら呟くと、十和助が青い顔で頷《うなず》いた。

「沙々羅様がようやく実家のほうに戻ってまいられた直後でございました。恐ろしいことが立て続けに……。そして沙々羅様の右目が突如として見えなくなってしまったのでございます」

「成程《ほど》……」

朱雀は頷いて、

「律子君、このことは記録を取らなくていいんだ」

と、横でメモを取っている律子を制した。

「それにしても聖宝……いえ朱雀様までもが失明なさるとは……。あの館《やかた》に足を踏み入れた人間は皆、祟《たた》られるのでしょうか……」

朱雀はそれを聞くと鼻でせせら笑った。

「僕の目はただの事故ですよ。祟りなどとは何の関係もありません」

「はぁ、そうでございましょうか……。わたくしは恐ろしゅうございますよ。なにしろ、一族の方々が皆、血取りの夢に魘《うな》されるようになったばかりか、この春はあの竹林が一斉に花を咲かせたかと思うと、すっかりと枯れ、その後、地元の農家で異常な程に鼠が暴れ回って被害が出たのです。何もかもが不吉なことだらけです」

「竹って何百年に一度しか花を咲かせないのでしょう？　それに竹が花を咲かせるのは凶兆だと言いますものね」

律子が大きな目を瞬《しばた》かせながら訊《たず》ねた。十和助が頷いた。

つまり、沙々羅が実家へ戻った今春に竹林が枯れ、作物が凶作となり、晩夏には庭師と召使いが相次いで死亡した。以来、沙々羅の右目が見えなくなったという次第である。さらに得体の知れない脅迫状が数日前に届けられたのだ。

朱雀は暫《しばら》く黙っていたが、ふと思いついたように言った。

「それで、僕を呼びだそうと言ったのは誰なのです？」

「はい、沙々羅様は十四年前の事件以来、高熱が二週間余りも続き、お熱が引いた後は口もきけないような状態になってしまわれました。お医者様によると記憶喪失であるということでございました。それから毎夜、毎夜、悪夢を見ては、夢遊病の発作を起こされることが止まらず……事件のあった環境で過ごしているのがよくないということでございましたので、御一族の方々も渋々ながら東京の親族に沙々羅様をお預けしていた次第です。

ですから、沙々羅様は朱雀様のことを覚えてはおられません。しかし、よく夢の中で天使様を見るのだそうです。その天使様の御容貌《ようぼう》がわたくしには朱雀様ではないかと思われたのです。貴方様ならお可哀想な沙々羅様を救って頂けるのではないかと思いまして、いろいろとつてを頼って参ったのでございます」

律子が横でくすりと笑ったのに、朱雀は気分を害したように眉《まゆ》を顰《ひそ》めた。

「僕が天使ねぇ……、まぁいい。それにしても御苦労様でしたね」

「安道様がたったお一人残されたお嬢様でございます。なんとしてでもお守りしなければ」

「それにしても、気味の悪いお話だわ。殺人現場にあった足跡、その人間でない足跡が開かない窓に向かってついていたなんて」

律子は昨夜から見聞きした話を思い出して、身を震わせた。

「ええ、しかも翌日、竹林の周辺に同じ足跡があったのでございますよ。それに、成正様も十四年前からずっと行方知れずです」

朱雀は憂鬱《ゆううつ》そうに俯《うつむ》いた。

「祟りはまだ消えていないということだな」

十和助は頷き、すがるような面もちで朱雀を見た。

「ところで、まさか他の探偵なんてものが出動してきてはいないでしょうね？」

「はい、こうしてお頼みしているのは朱雀様だけでございます」

「それは結構だ。なにしろ、前の時は邪魔な男がいたのでね。いいですか、ともかく僕が事件を解決するまで、それまで決して警察も他の探偵も、いやそれどころか部外者の立ち入りは一切禁じて頂くという約束だけは、十和助さん、貴方の責任で守って下さいね」

朱雀は強く念を押すように言うと、長い髪をうるさそうに掻《か》き上げた。

鋭い汽笛が鳴り響いた。

「ねえ先生、四十日前に庭師の秀夫さんという方が鐘堂で首を吊《つ》ったこと、召使いの作次さんという方が五階の空室で殺されていたこと、謎の脅迫状紛《まが》いの詩が送られてきたことは、関係あるのかしら？」

「自殺死体に他殺死体、脅迫状か。繋《つな》がりがありそうな、なさそうな……よく分からない感じだね。密室殺人という点では、作次さんの事件は十四年前を彷彿《ほうふつ》とさせるね」

「全く恐ろしいことでございます。あの時、血塗《ちまみ》れの作次の頭には、頭蓋《ずがい》を砕いて脳まで至る五本の爪痕《つめあと》がございました。それに得体の知れない足跡といい……人知を超えた事件でございます。しかもその足跡は、御宗主が殊のほかお気に入りの『礼雄鳴土《レオナルド》』という奇怪な悪魔像の足形に似ていたのでございますよ。やはり祟りとしか言いようがございません。

といいますのも、秀夫の首吊りを知った御宗主・時定様は、『秀夫の死によって悪魔の召喚が行われた』と仰《おつしや》ったのでございます。そこへもって、あのような奇怪な事件が起ったのでございます」

「嫌だわ。まるで悪魔が鐘を鳴らしたり、人を殺したりしたみたい……」

「たった一度鳴ったきり、不鳴鐘《ならずのかね》はまた鳴らなくなりました。今から思えば、あの音が不鳴鐘であったかどうかも不確かな気がしてまいりますが……ああ……しかし、やはり作次が見つかった日、沙々羅様の右目が見えなくなっております……。沙々羅様の失明は、一箇目様をお祀《まつ》りする鐘の祟りに相違ございません。

その上、今回の手紙でございます。あの筆跡は、茂道様のものに違いございません。どう考えてよいのやら、私にはさっぱり分かりませんが、何かの恐ろしい祟りであることには間違いないのです」

「祟り神とはいえ、神たる天目一箇神《あまのまひとつのかみ》ともあろうものが、下司《げす》な庭師や召使いふぜいに怨《おん》念《ねん》の矛先を向けるなんて、僕には解せませんねぇ。茂道の怨霊にしたって、天主一族以外に祟る必然性などないはずだ。きっと犯人は館の中の誰かですよ」

乱暴にそう言って、眠そうな欠伸《あくび》をした朱雀に、律子は次の質問を続けた。

「でも祟りと関係が無いなら、不鳴鐘が鳴ったのはどういうことなのかしら？　千曳岩《ちびきいわ》が開いた時には、確かに祟りがあったわけでしょう？」

「天主家に対する祟りとは決まってないんだよ。千曳岩が開いたのは、何も十四年前と五十四年前に限ったことじゃないんだ」

「そうなのでございますか？」

と、十和助が目を見開いて訊《たず》ねた。

「ええ、十四年前に僕と父とで一の宮の文献を調べた時には、確かそれ以前にも三度程、千曳岩が開いたという記述を見つけましたよ。その時には天主家には何も起こっていません。ただし、三度とも神岡山一帯を未曾有《みぞう》の大飢饉が襲った年ではありましたね。だから千曳岩が開くのは、天主家というより、神岡山一帯にとっての不吉の兆しということでしょう」

「過去に不鳴鐘が鳴ったこともあったのかしら？」

「それは記録には無かったね。不鳴鐘は四十日前の夜に鳴ったのが初めてだろう。第一、あの鐘は千曳岩ほど古いものではないよ。少なくとも天主家があの土地に来てから造られたものに違いないんだ。郷土資料を調べても、あの鐘に関する記述は慶長二年からだったしね」

「では、天主家の御先祖様がお造りになったのでしょうか？」

「おそらくそうだろうね。不鳴鐘は銅鐸《どうたく》の形をしているけれど、構造が耶蘇《やそ》教会のものと同じなのです。ということは、耶蘇教の技術が日本に伝来してから造られたものだと言うことになる。つまり、どんなに古くても、フランシスコ・ザビエルが耶蘇教を伝えた一五四九年より古いはずがないのです」

「そうなのですか。しかし、何処がどう普通の鐘と違うのか、わたくしにはいっこうに分からないのでございますが……」

「そうでしょうね。鐘の構造にはいろんな種類がありますが、一見しただけでは分かりませんからね。向こうに着いたら、実物を見ながらゆっくり説明してあげますよ」

朱雀は目を閉じて、すっかり眠る用意を始めた。

「でも先生、鐘が鳴ったのが初めてだということは、今度はどんな事件があるのか分からないということだわ……」

律子は洋灯《ランプ》を消しながら呟《つぶや》いた。

5 耶蘇の鐘

汽車と車を乗り継ぎ、馬で険しい山道を越え、ようやく三人が天主家の館《やかた》に辿《たど》り着いたのは、翌日の昼過ぎであった。

苛酷とも言える長旅に、老体の十和助は、時折苦し気なあえぎ声を漏《も》らしている。

天に聳《そび》える階段を登り切り、不吉なまだら模様をした赤大理石の石垣と蓮華《れんげ》アーチの門を越えた途端、律子は其処《そこ》に渦巻く混沌《こんとん》とした不安定な空気に、言い知れぬ恐怖を感じた。

深い因縁を纏《まと》う苔《こけ》むした鐘堂と大岩、それはなんとおぞましく荘厳な姿であろう。

だが、当然のことながら朱雀はそうした感慨など全くない様子で、鐘堂に向かって行った。

慌てて律子が腕を貸す。その後に不安気な十和助が従った。

三人は、人間の体がほぼ丸ごと入ってしまう巨大な銅鐸《どうたく》の鐘の真下に立った。鐘の中は薄暗い。

舌《ぜつ》は厚みが薄い角柱型で、よく見ると二段になっている。

上の舌は長さが短くて幅が広く、下の舌は丁度T字型をしている。下の舌の横棒が、上の舌の両脇に開けられた横穴にはめ込まれている。

さらに、二つの舌の連結部分の辺りから、白、青、赤の三色の糸で編まれた紐《ひも》がぶら下がっていた。

「十和助さん、秀夫さんが首を吊《つ》った紐は鐘の何処に結ばれていたんですか？」

「はい……ほらあの上側の舌の横に突き出ています棒のところでございます」

十和助は、朱雀の視力のことをすっかり忘れて夢中でその部分を指さした。朱雀は見えないよ、と言わんばかりに、ふんと鼻を鳴らした。

「成程ね、それで膝《ひざ》から下が鐘の外に出ていたわけですね」

「そうでございます。全くもって面妖《めんよう》な光景でございました」

「首に巻かれた縄の結び目は、首のどの辺にありましたか？」

「確か後ろだったと記憶しております」

「縄は首にかなり食い込んでいました？」

「ええ、そりゃあ酷《ひど》く……」

「首に掻きむしった痕は？」

「ございませんでした」

「では、もう一つ重要な点ですが、失禁の跡はありましたか？」

「はい、秀夫の着物が濡《ぬ》れておりました」

「脚立《きゃたつ》は首を吊っていた秀夫の前にありましたか、それとも後ろにありましたか？」

「後ろに倒れてございました」

朱雀は成程、と言って黙った。その間、律子は鐘の周囲や中をしげしげと観察している。

「それにしても朱雀様、これが耶蘇教会の鐘と同じ造りだとはどういうことでございますか？」

「ああ、それはね、紐を揺らすと、舌と鐘が揺れるからですよ」

十和助は朱雀の答えにキョトンとした。

「……それは当たり前のことではないのですか？」

「ところが、そうでは無いんですよ。ですが、普段、寺の鐘やせいぜい神社の鈴しか見ていないと、それが当たり前で無いことに気づかないのです」

朱雀は謎めいた笑みを浮かべた。すると両手を伸ばして舌に触れていた律子が叫んだ。

「先生、これ重たくて動かないわ！」

十和助は、律子の傍若無人な行いに目を丸くした。

「そうなんですよ、十和助さん。これだけの大きな鐘です。舌だけでもどれだけの重さがあると思います？　まして胴部分だと何千キロでしょうねぇ。それが一本の紐でやすやすと揺れるほうが変なんです」

「では、どうして揺らすことが出来たのでございましょう？」

「だから、それが耶蘇の鐘の構造の為なのです。よく見て下さい。舌が二段になっているように見えるでしょう？　けど上は舌ではありません。下からしか見られないので死角になってしまっていますが、上の舌に見える部分は鐘に繫《つな》がっているんです。本物の舌は下の部分だけです」

「はぁ……そうなのですか。では、紐は鐘に結ばれていたわけですか？」

「いいえ、そうではありませんよ。紐は金具の中から胴部分を通過して、おそらく鐘の上に出ているはずです」

「といいますと？」

「鐘の上にバネのついた滑車があって、その滑車を紐を引くことで動かすようになっているんです。紐を何度か続けて引っ張ると、バネが戻る反動で、段々と滑車の動きに弾みがつき、大きく滑車が回るようになっていきます。その滑車が鐘の胴を吊っている心棒を揺するのです。力学を上手《うま》く使った仕組みですね。耶蘇教会にある大型の鐘は、皆、そういう仕組みに出来ているのですよ。だから、どんなに大きな鐘でも、一人の人間の力でやすやすと鳴るのです。普通、欧羅巴《ヨーロッパ》では滑車はもっと見える場所に作るんですが、日本人の美意識だと不細工なので隠したんでしょう」

「成程、そうでございましたか、これがそのような巧みなものとは思ってもおりませんでした。なにしろ、朱雀様に教えて頂くまで、鐘の重さのことなど頭の中にございませんでしたから」

「そうでしょうね。それに館の人達はこの鐘に触れないから、普段そこまで考えてもみませんよね。だから、皆さんはこの鐘の鳴らし方も誤解していたのです。紐は横に振っても鐘を揺らしますが、それでは力が足りずに小さくしか揺れません。紐は下に何度も引っ張るのが正しいのです。鐘が大きく揺れだしたら、鐘が垂直になったタイミングで紐を引っ張ります。そうすると、合理的に余分な力を使わずに鐘を鳴らせるんですよ」

「まぁ、それで鳴らなかったのね。正しくやれば鳴るんだわ。そうでしょう、先生？」

朱雀は軽く笑い、

「やってみてごらん、律子君」

と答えた。

律子が腕まくりをして、何度も紐を引っ張ると、鐘はみるみる大きく揺れ始めた。かつてない程の振幅で揺れた。だが、やはり肝心の音は鳴らないのであった。

「……駄目だわ先生、やっぱり鳴りはしないわ」

「うん、不鳴鐘だからね」

朱雀はあっさりそう答えた。

「聞けなくて残念だねぇ。本物の耶蘇式の鐘の鋳造法が用いられていたならば、大層いい音がするはずだ。神岡山一帯に響くだろうねぇ。耶蘇式の鐘材は、銅が十三、錫《すず》が四という割合の青銅で造られていてね、形状こもごも込み入った計算をして音が調整される。打った瞬間の音とこれに伴う倍音だけでなく、打音が消えてから残る唸音《てんおん》が、打音の一オクターブ下の音程になるようにされるんだ」

「でも、鳴らなければただの鉄くずよね」

律子が呆《あき》れ声で言う。

「鉄くずというより、この鳴らない鐘は、玉川の水だね」

「玉川の水……それはつまり、毒だと言うことでございますか？」

十和助は不思議そうな顔をした。

「先生、玉川って何ですの？」

「『忘れても汲《く》みやしつらむ旅人の高野《こうや》のおくの玉川のみづ』と弘法《こうぼう》様が歌を詠《よ》んだんだ。玉川の水は毒だから、忘れて飲んではいけないよ、という意味だよ」

「ええ、それで？」

「うん。取りあえず現場検証は終わったから、館のほうに行こう」

6　隠された十字架

綿密な蔦草《つたくさ》の浮き彫り《レリーフ》に満たされた南回廊を館に向かって歩く途中の景色は、けだし奇観というしかなかった。

二十八宿の星の真言を刻んでいるという奇石群、茂った草木の中に反合理主義的な彫像、魔術的な象徴や記号を刻み込まれた石柱、巨大な装置類が無造作に雑然と並べられている。

其処《そこ》は、律子の馴染《なじ》んだサァカス小屋にあった無益な遊技性、外道的な倒錯美が闊歩《かっぽ》する空間と似通っていたが、比較出来ない程厳《いかめ》しく壮大であった。

幾重にも織り重なった悪夢と幻想の質量がついには現実を侵食しつくし、重力の歪《ゆが》んだ一大空間を形成しているかの様だ。

三人は竜舌蘭の茂りに囲まれた南回廊を正面玄関に向かって歩き始めた。

回廊の中程を歩いていると、すぐ脇で突然噴水が吹き上がったので、律子は「あら」と驚いて立ち止まった。

象に乗った印度《インド》の王の彫像がある。それは、極彩色の七宝焼きと、鏡面で出来ており、七色に輝いていた。鼻を高く持ち上げた象の頭の上に、象使いが乗っている。背中には龍獣が側面から支柱に巻き付く輿《こし》があって、その上の部分が窓を持ったアーチ屋根の小箱になっている。噴水は象の鼻から三回にわたって吹き出し、その度に窓が開いて童子が三人、顔を覗《のぞ》かせた。

「水時計でございますよ、律子様。亜拉毘亜《アラビア》のハルン・アル・ラシッドという方が、カール大帝の戴冠《たいかん》式に贈られたという水時計の模型でございます。時刻の数だけ象が水を吹き出す仕掛けなのです。今は三時でございますね。御宗主の時定様が蒐集《しゅうしゅう》されたものでございます。素晴らしいものなのでございましょうけど、あれこれと物が増えて安道様が作られた館《やかた》が、少しずつ変わっていくのは寂しゅうございます」

十和助の低い声には、反発めいた意識が感じられた。

「へぇ、それは珍しい。恐らく水圧でねじや発条《ゼンマイ》が動く水時計ですね。水は何処から引いているのですか？」

朱雀が訊《たず》ねた。

「ああ、それは井戸と同じ水脈からでございます。割合に浅い所にも水脈があるものですから、工事は簡単でございました」

「そうですか。しかし、そんな珍しい時計を何処から仕入れてきたんです？」

「東京の正木様という貿易商の方が、珍しい物が入ると持ってこられます。こういう時計だけならまだ良いのですが、妖《あや》しげな品物が多くて困ります」

へえっ、と軽く返事をした朱雀の肘《ひじ》を律子が取り、本館を取り囲む回廊に誘導した。暫《しばら》くすると正面玄関への階段となった。

太い羅馬《ローマ》柱と、庇《ひさし》の上から顔を覗《のぞ》かせる悪魔像の圧倒的な存在感に律子は目眩《めまい》を覚え、ため息をついた。そう、ひたすらため息しか感想が出てこない。そんな光景である。

「先生、左手、階段です」

律子の注意で、朱雀は杖《つえ》で階段の高さを探り、登り始めた。

十和助が気遣わしげに様子を窺《うかが》っている。

「気遣わなくて結構だよ、この階段は全部で十八段。だから、ここでENDさ」

段の終わりを合図しかけた律子にそう言うと、朱雀は正面玄関の前に正確に歩を進めた。

西に傾きかけた鋭い光線を受けて、狭く窪《くぼ》んだ空間の中で、水晶の破片がキラキラと光を放射している。

「これでも殺された秀夫が来てから、少しは荒れた庭もましになったのでございます。周辺の村の若者はすっかり都会へと出て行き、老人ばかりでございまして、若い労働力は今や貴重でございます。丹念に手入れをすれば、本当に美しいお館なのですが……」

蔦草に侵食された亜拉毘亜《アラビア》タイルを見つめながら、十和助は無念そうなため息をついた。

丁度その時、玄関扉の前に立った律子は、扉の巨大な目玉に眉《まゆ》を顰《ひそ》めた。

「少し気味が悪いけれど、きっとこの目玉が侵入者を見張っているのね。何か変わった模様があるわ……」

律子は恐る恐る目玉の下の金細工に手を触れた。

「それは英語でございますが、不思議なことに鏡文字の上に綴《つづ》りが間違っているのでございます。それにしても朱雀様の記憶力には驚きました。階段の段数まで覚えていらっしゃるとは……」

道すがらの会話で、朱雀が微に入り細に入り、天主家の館の構造を記憶していることに感心していた十和助である。

「驚く程のことでもないんですよ。実は、本館の階段は皆、十八段なんです」

「えっ、そうなのでございますか！　そんなことには気づいたことがございませんでした」

「それが普通ですよ。階段の数などいちいち数えている人はいませんからね」

「先生はどうして気づいたんです？」

律子が、優雅な幅のある瞼《まぶた》を瞬《しばた》かせて訊ねた。

「遊技だよ」

朱雀は無造作に指の関節を鳴らした。

「遊技？」

「ふむ、階段で愛羅さんや結羅さんとよく遊技をしていたんだ。どういう遊技なのかと言うとね、まずじゃん拳《けん》をしてね、勝った者が三文字の言葉を五つ数えるうちに答えると、階段を三つ登れるんだ。そうして、何度もじゃん拳を繰り返し、先に上に辿《たど》り着いたものが勝ちという極めて単純な遊技さ」

「それで階段は全部、十八段……」

「そういうことだ。ついでに言うと、階段の七段目は必ず最後の審判の一場面の透《トレ》かし彫《ーサリ》り《ー》になっている。楽しいだろう？　耶蘇教では創造主は天地を六日でつくり、七日目を休みにしたとある。七は耶蘇教、猶太教《ユダヤ》、回教に共通する聖数だ。実に面白いね。館を考案した安道氏は数秘術《ヌメロロジー》を館の中にふんだんに盛り込んでいるんだよ。この天主家の館は七階建て、かの有名な波美論《バビロン》の塔も七階建て。さらに階段の数は十八段だから、浮き彫りの段から下には六段、浮き彫りから上には十一段、階段があることになる」

　朱雀は高揚に頬を染めながら愉快気に早口で言うと、肩を揺すって笑った。

「何が可笑《おか》しいのか、意味が分からないわ先生」

「うん、例えばだね、その鏡文字の綴りには、pという文字が欠落しているんだがね、上下の鏡文字なので6の形になるはずなんだ。それが例えば左右の鏡文字なら、何の形になるかな？」

声の調子を一段上げて、意地悪く眉を上げた朱雀に、律子と十和助は暫く考え込んで、「9」と同時に言った。

「そうさ。つまりpと6と9の関係は上下左右の順に鏡に写した関係だよ」

左・右・上・下と、朱雀は手を動かした。

「十字架だわ!」

「そう、十字架の動作だ。この館の各階ごとに十字架が切られているんだ」

「どういう意味なのでございましょうか?」

「さあね。でも、もっと数字遊びが出来ますよ。例えば十八段の階段は七階建ての建物だと全部で何段になると思いますか?」

「十八×《かける》七でございますから、百二十六段でございましょうか……」

律子が慌てて首を振った。

「いいえ、違うわ。一階から二階で十八段、二階から三階で三十六段、三階から四階で五十四段、四階から五階で七十二段。五階から六階で九十段。六階から七階までで全部で百八段よ」

「そう、ご名答。百八。すなわち七(階)という聖数の中には、百八という煩悩の数が隠されていたんだ。この館に満たされた煩悩の火を、先々代の御宗主・安道さんが十字架を切って清めようとしたのだと、僕は信じて疑わないね。複雑極まりない概念を形に落とし込む、これこそがイコノロギアというものだよ」

簡単な説明をしたきりで、朱雀の言葉は途切れてしまった。次の瞬間扉が開かれ、耳の中に流れ込んできた騒音が、朱雀をすっかり不快にしてしまったからである。

「どうやら僕らは、さっそく怨霊《おんりょう》の手によって事件に誘い込まれてしまったようだ」

朱雀は瞼を伏せて面倒そうに呟《つぶや》いた。

館の内部は異様な程に暗く、時計の振り子や、得体の知れない発条《ゼンマイ》の音がした。少し目が慣れてくると、豪華な装飾灯《シャンデリア》や壁掛織物《タペストリー》や猫足の卓が……ハーピーや怪物めいた騎士像や一角獣が……不気味な鉄製の拷問椅子や意味不明な遊技機械達が……澱《よど》んだ水の中から浮かび上がってくるかのように、ぼんやりと律子の視界に入ってきた。

丸くカーブした広間の壁際にびっしりと並べられた怪奇趣味の小道具大道具。さらに、あるものは螺旋《らせん》階段に沿って置かれ、遂《つい》には床のタイルの上にまで溢《あふ》れ出している。

そこには混沌《こんとん》の世界があった。中でも、特に律子を震え上がらせたのは、黒山羊《やぎ》の頭を持った悪魔《レオナルド》の像である。

この十四年の間に倍増したのは、こうした悪魔信仰を物語る奇怪なオブジェ達であった。

宗主・時定は、長年の禁欲的生活への反動のせいか、最初に館に足を踏み入れた瞬間、館内に充満するアンソリット芸術の蒐集品に強烈な印象を受けた。そして、徐々にアンソリット芸術にのめり込むだけでなく、前例を免罪符に各国の美術骨董《こっとう》品の蒐集から、やがて最も奇異なるもの——魔術趣味や悪魔崇拝に関わる品々の蒐集にはずみをつけたのだ。

新宗主となって以来、彼の人生は魔術や悪魔崇拝に関係する品々を蒐集する為にのみ費やされたといっても過言ではない。

物質執着的な傾向は、天主家の男系に高い頻度で現れる特質なので、蒐集《しゅうしゅう》癖だけであれば何も珍しい事態ではない。安道のアンソリット芸術への蒐集癖、成正、成継の剝製《はくせい》偏愛に留《とど》まらず、天主家の倉庫に納められた代々宗主の蒐集品を見れば一目瞭然《いちもくりょうぜん》だ。

これらを見た者は、膨大な蒐集品が何かの動機を持って、あるいは目的を持って集められたものではないことも同時に知るであろう。

時定の場合もご多分に漏れず、動物の角や頭蓋骨《ずがいこつ》がついた魔法の杖、秘薬づくりの大釜《おおがま》、呪いの為の針金人形、人魚の鱗《うろこ》、魔術の紋章が刻まれた剣、マンドラゴラの乾燥根、糞石《ふんせき》、魔女裁判に使われた『恐怖の仮面』や『魔女のはかり』といった前代未聞の珍品を、ひたすら探し求めた。

そしてこれらの品々は、徐々に、広間、廊下、階段の踊り場、そして時定の部屋を埋め尽くしていったのである。

今では、中世欧羅巴《ヨーロッパ》の摩訶《まか》不思議な器物や彫像群と共に並んだ数多《あまた》の魔術的品々が、只《ただ》でさえ薄暗い不透明な光で満たされた空間に、妖気《ようき》を発するばかりの頽廃《たいはい》的な空気を充満させているのだった。

一時、この世の物とは思えない光景に呆然《ぼうぜん》としていた律子は、螺旋階段の上から近づいてくる嗚咽《おえつ》の声に気づかないでいた。

初めに朱雀が、続いて十和助が、螺旋階段の上方を振り仰いだ。

三階の回廊から人影が現れた。様変わりする程窶《やつ》れ果て、死人のような隈《くま》を刻んで階段を蹌《よ》踉《ろ》めき降りてきたのは駒男であった。

駒男は三人の姿を見ると、痘痕《あばた》の頰を掻《か》きむしりながら、よろりと脱力したかのように床に膝《ひざ》を折って座り込んだ。

「駒男様、一体どうなさったのでございますか？」

十和助が慌てて駆け寄り、蝦蟇蛙《がまがえる》に似た駒男の体を支えた。

「ああっ、どうしたやなんて何を暢気《のんき》なことを言うてるんや！　執事のお前がこの館で起こったことを知らんのか？　恐ろしい悪鬼の仕業や」

駒男は体を震わせ、さらに続けた。

「ああ、もう駄目や、また始まったんや、これでもうみんなことごとく殺されるんや！」

そう狂ったように繰り返し呟き、駒男は嗚咽して床に突っ伏した。

正気を失っている。

駒男の様子に、十和助は動揺した。沙々羅の身に何事か起こったのでは無いかという不安に襲われ、彼は朱雀と律子を残したまま、螺旋階段を猛然と駆け上がっていった。

「先生、何が起こったんでしょう？　私、見て来ましょうか？」

律子の言葉に、朱雀は眉《まゆ》を上げて呆《あき》れ声で言った。

「駒男さんはすっかり狼狽《うろた》えてしまっているようだね。僕達の旅行中に何かがもう起こってしまったのかも知れない。今更急ぐことはないさ。僕も行くよ、誘導してくれたまえ。螺旋階段は間合いを取りにくいんだ」

7　世界軸《アクシス・ムンディ》

黒と白のタイルが不規則な散らばりをみせる床の上を、朱雀の白い靴と杖《つえ》の先が用心深く移動した。

螺旋階段の下まで来た律子は、階段の支柱の基底部にある動物の顔に首を傾げた。

「先生、動物の顔が支柱の下に並んでいるわ」

「ああ、それはね、十二支の動物や縁起の良い聖獣なんかさ。この金色燦然《こんじきさんぜん》たる螺旋階段は、安道氏が作り出したシンメトリーと錯綜《さくそう》が見事に調和した小宇宙の、まさに世界軸《アクシス・ムンディ》なんだよ」

「アクシス・ムンディ？」

「そう、つまり『世界の中心に生える木』のことだ。スカンジナビアに伝わる『エッダ』という神話には、その木のことを歌った美しい詩がある。予言の巫女《みこ》が『世界の終末』について語る部分だけどね」

時のはじめに生まれ、

私を生み育ててくれた巨人たちのことを、
私は覚えている。
世界樹によっておおわれた九つの世界、
九つの領域を、私は知っている。
智恵によって立つこの樹は、
根を大地の懐深くにおろす。
その名をイグドラシルという秦皮《とねりこ》の木を
私は知っている。
梢は白い霧につつまれ、
そこから露が生じて谷間におりる。
永遠に緑なすこの樹は、
ウルドの泉のほとりに立っている。

「綺麗《きれい》な詩だわ」
「スカンジナビアの伝説によるとね、イグドラシルには智恵と不老不死の生命を与える力がある。樹は天と地と地下の中心に茂り、三つの巨大な根がそれぞれ三つの地下世界へと降りている。最高神であるオーディンは片目を引き替えにして智恵を得て、イグドラシルの枝に座っている。さらにイグドラシルにはニードヘックという巨大な蛇が住んでいて、枝の一番上に住む鷲《わし》と敵対している。この鷲と蛇は互いに太陽と月の原理を表しているというよ」

「鷲と蛇が敵対しているんですか？」

「鷲と蛇の『終わり無き戦い』は、コズモスの『終わり無き再生』を象徴しているんだ。古来から、蛇や蛙や蟹《かに》は月、鷲や獅子《しし》や鳥は太陽と関係づけられる。ところで、十四年前の惨劇の際、この館《やかた》において茂道の依頼で『魔笛』が上演されたのだよ」

朱雀は意地悪く沈黙した。律子は暫《しばら》く神妙に考え込んでいたが、やがて大きな瞳《ひとみ》を二、三度瞬せて、嬉々《きき》とした声で答えた。

「思い出したわ、魔笛のお話！　最初に蛇が登場するし、夜の女王は月が支配する世界の女王だから、月の女王ね。……それからザラストロは獅子に曳《ひ》かれた車に乗っているから、きっと太陽の王なのね。本当だわ、月と太陽の戦いなのね。それに、オーディンが片目を犠牲にして智恵を得たというのも、天目一箇神と何か関係があるのかしら」

「上出来だね。かなり核心をついた洞察だ。律子君は少なくとも柏木君より頭の回転がよさそうだ。さてそこでだね、世界軸《アクシス・ムンディ》は聖書にも登場してくる。最初と最後の場面で……」

朱雀の足が階段にかかった。

「『神はエデンの園の中央には、命の木と善悪の知識の木を生えいでさせられた』――創世記二・九にある記述だ。次に、園に住む蛇に騙《だま》されたイブとアダムは、智恵の木から禁じられた実を食べてしまい、哀れにも神によって楽園を追放されてしまう。神はその時、残った命の木に賢瑠美鵡《ケルビム》という天使を守護としてつけた、とある。その神は人間が『智恵』と『永遠の命』を得て、自分と同じ力を持ってしまうことを嫌ったんだが、何故か黙示録で終末が来る時には、命の木をイスラエルに用意すると断言しているんだ」

階段の高さが中途半端で妙な具合だ。朱雀が躓《つまず》かないよう気遣いながら、律子は視界の中で段々と精緻《せいち》複雑さを極めていく浮き彫り《レリーフ》と天井画に目を見張った。丁度今は、古式ゆかしい布衣の老人が、七つの星に向かって祈っている。そこから透けて騎士像が見えていた。律子はそれから天井を仰いだ。

「下から見ていると良く分からなかったけど、随分と沢山の不思議な生き物が浮き彫りの中に隠れているのね。天井の梁《はり》の陰にも、牧神がいて角笛を吹いているわ。それに天井の絵……凄《すご》く大きい。どこかで見たことがあるけれど……」

朱雀はそれを聞きながら、うっすらと笑った。

「ミケランジェロの描く『最後の審判』だよ。黙示録に来る神さ。この館に秘せられた謎を解くには、世界軸《アクシス・ムンディ》と黙示録を熟知するだけではなく、数秘術《ヌメロロジー》以外にも様々な異端秘教の知識が必要だ」

二階部分は吹き抜けの構造の為、階段の踊り場から四本の長い廊下が出て、修道士の色硝子《ガラス》窓に沿った細い回廊に直接連結するようになっていた。

召使い達が窓硝子を掃除する時ぐらいにしか利用しない廊下である。

「窓硝子のお爺《じい》さん、何だか悲しそう……」

修道士を見て呟《つぶや》いた律子に、

「あれこそ、天主安道の肖像だよ」

と朱雀が囁《ささや》いた。

さらに階段を上がっていくと、ようやく明るい光を透過する天窓があって、その間には天使像が、苦行者のように物憂げな顔を傾げていた。

「この辺に天使像があるだろう？　その天使が誰だか分かるかい？」

律子は肩を竦《すく》めた。

「分からないわ。だって耶蘇《やそ》教のことは全然詳しくないんですもの。意地悪を言わないで教えて下さい」

「その天使が賢瑠美鵡《ケルビム》という天使だよ。天使が現在のような人の姿に鳥の羽根を生やした優雅な姿で描かれ出したのは実に近世のことでね、初期の猶太《ユダヤ》の預言者の幻視の中では、奇々怪々な魔物めいた姿をしていることが珍しくない。賢瑠美鵡と呼ばれる智天使はその最たるものだ。預言者エゼキエルの言葉を借りるならば、こうだ。

『その姿は四つの生き物から成り、四つの顔と四つの翼を有し、その顔はそれぞれ人間の顔、獅子の顔、牡牛の顔、鷲の顔をしていた。形はおこれる炭火のごとく、松明《たいまつ》のごとし。四つの顔を持つ生き物の傍らの地に車輪あり。その車輪の形と作りは黄金色の玉のごとし。車輪の行く時には四方に行く。その車輪は高くして恐ろしかり。車輪は四個とも皆ことごとくに目あり。生き物の行くときは車その傍らに行き、生き物地を離れて上がる時は車もまた上がる』……かような姿をしているのさ」

律子は頭の中に生き物の映像を造ってみようと試みたが、諦《あきら》めのため息をついた。

「駄目だわ。どんな姿だか想像出来ないわ」

「それはそうに違いないね。具象化出来るはずがない。賢瑠美鵡《ケルビム》は、猶太《ユダヤ》教以前の欧羅巴《ヨーロッパ》や中近東の土着的アニミズム、未熟で混沌《こんとん》とした古い諸神混淆《こんこう》型のシャーマニズムの中からエゼキエルの前に出現した幻影だから、理性で知覚出来るような合理的形状を持つことは不可能なのさ。

だがやがて耶蘇教が羅馬《ローマ》国教となって土着的な信仰を駆逐していく中で、猶太教の聖典・旧約聖書の持つシャーマニック、かつ魔術的なあらゆる印象が、教会の手によって廃棄されていくのだよ。唯一、ヨハネの黙示録を残してね。そして賢瑠美鵡も野獣的な姿を解体され、四枚羽根を持つこと以外は、他の天使と同様の姿になったわけだ」

「あら、異教の魔物が天使に変わったって聞くと、先生が天使様だと言うのも納得ね」

「そうだね。なにしろこの天使様は、天主家の御宝を盗みに来た盗人だからね」

「えぇっ、本当にそんなことをするんですか？」

「勿論《もちろん》だよ。天主家の御宝に食指が動かないはずがないじゃないか。僕はいつかこの日が来る時の為に、出来うる限りの神秘学的観念論を研究して待っていたんだからね。そういう律子君だって、世間を騒がした魔神・笛吹き男だろう？」

朱雀は悪魔的な笑いを浮かべた。

「何だか悪者の二人組ね……」

律子は少し自嘲《じちょう》的に笑った。

「とにかくここは神秘学的な観念論で作られた館なのね。賢瑠美鵡は命の木の番人だから、この階段を見守っているという訳かしら。確かに螺旋《らせん》階段は蛇だわ。とすると、屋根に留まっている鳥は鷲かしら?」

「蛇ではないよ。龍だ。しかし同義的だね。龍は蛇から進化した聖獣だからね。屋根のはおそらく鳳凰《ほうおう》だ。鳳凰は中国では太陽を表す鳥だ」

「本当に不思議な館ね。あら、三階の天井にも動物や人間の像があるわ。ねぇ、先生、イコノロギアのことをもっと説明して欲しいわ」

律子は上方に見えてくる黄道十二宮《ゾディアック》(黄道獣帯)の象徴を仰いだ。螺鈿《らでん》張りの天井は、銀紫色の神秘的な輝きを湛《たた》えていた。

それは春の夕暮れ前の空に見る、暗さと光が輪郭線を持たずに混在する不思議な色彩に似ていた。

律子はその美しさに恍惚《こうこつ》として、自分が血塗られた連続殺人の現場に来ているのだということを一瞬忘却したのだった。

8　見えないT

「無意識は広大な海のようなもの。その上に、小島のごとき自己の覚醒《かくせい》した意識が浮いている、人の精神はそんな構造になっている。だから、覚醒した意識——つまり僕らの自我と呼ばれる意識は、意識全体のごく僅《わず》かな部分で、それゆえ、自我が他者と接触して認知しうる部分もごく僅かな部分だ。だから、人間が顕在意識の範囲でのみ究極的な真理を探求しようとしても、探求はたちまち顕在意識段階での理解手法——言語理論で表現しうる範疇《はんちゅう》を透過して、無意識の海の中へ没してしまう」

「難しいわ、先生」

「ちっとも難しくなんかないさ。簡単な例で言えばだね、そう……言葉に出来ないような感情というのがあるだろう？」

「言葉に出来ない感情……そうね、私があの事件で、自分自身を捨てる決意をした時はそうだったわ。何だか、ほっとするような、でも、寂しいような、解放されたような、それでいて不安なような。あの時の感情をどうやって言葉にしても嘘になってしまうわね」

「そうだろう？　そういう場合は、言葉で説明するよりも、律子君のその時の表情でも絵に描いたほうが伝わりやすいということがある。見た人間は……あくまでも感受性の強い人間の場合だが、君の表情から言葉にし難い感情をそのまま受け取ることが出来る」

「ああ、それならなんとなく分かります」

「つまり同じ理屈でだね、感情だけに限らず、言葉では説明出来ない概念や、複雑で一面的な理論だけではなりたたない事象などを象徴形にして表すのがイコノロギアというものなのだよ。特に数は重要な象徴形の一つだ。そして、数とそれを図形化した幾何学形を、教義の中に多用したのは希臘《ギリシヤ》のピュタゴラス学派や、摩尼《マニ》教や曼陀《マンダ》教を中心とした広い意味での認識《グノーシス》派、猶太秘釈《ユダヤカバラ》義派達だ」

「もっと具体的に言って下さい」

「具体的にだって？……ちょっと面倒臭いなぁ」

と朱雀は一瞬、渋った。喋《しゃべ》りたい時は何時までも話をする癖に、人から質問されるのは好きではない。どこまでも我儘《わがまま》な男なのだった。

「だって、先生に協力するには色んなものを注意深く観察しなければならないでしょう？だけど私には後木さんのように完璧《かんぺき》にする自信がないわ。せめて一体どんなものに注意を払っていればいいのか、漠然とでも分かっていないと心配だもの」

律子も負けない頑固さで主張した。

柏木ならここで辟易《へきえき》して引いてしまうところだが、律子は、朱雀が意外に女子供に弱いことを知っているのだった。

朱雀は一瞬、むっとした様子だったが、仕方ないと思ったらしく機械的に喋り始めた。

「数は幾何学と対応し、かつ様々な哲学的意味が与えられている……例えばピュタゴラス学派は1をモナドと呼び、1自体を数とは考えずに他の諸数の原因だと考えた。何故なら何も無いところに存在する唯一のものは、それ自体が全を包括することになるからだ。幾何学的には何ら次元をもたない点として表される。猶太《ユダヤ》秘釈義的思考では、1は表音文字の最初の音・α《アルファ》と同一だ。1は唯一の神を表し、限りないものであり、しかも神自身が限りないものをつくり、それらは神の中に含まれる。だから神は『極小《アルファ》』であり、ω《オメガ》なんだよ。

次に2は幾何学的には直線に対応する。1から2になることは、男と女、昼と夜、天と地のように互いを認識し、その差異を認める最初の過程だ。だから2は対立と不一致であると同時に、初めて実在が生じたことを表す数となる。中国の陰陽《イーチン》説が説く通り、2が森《しん》羅万象《らばんしょう》を生み出すのさ。

3は最も神聖だとして信奉されている数だ。3の幾何学形は三角形だ。三角形は全ての多角形を構成することの出来る形だ。さらに天上の幾何学形である円とも関係している。円は一本の直線上に位置しない任意の三点を通って描かれるからね。数学者のガウスも、あらゆる整数は多くても三つの三角形数の和として表し得るとして、3を特別視している。三位一体の神も3の神聖な概念から誕生した。

4は順序と結びついて時空を包括する数だ。東西南北の地上の四方位、月の四つの形態、四元素などを表して、神が創世した『全世界』を象徴する」

そう言いつつ朱雀は、杖《つえ》で天井を指した。

「この天井に描かれているのは、黄道《こうどう》に沿って並ぶ十二星座の象徴。黄道十二宮《ゾディアック》と呼ばれるものだ。西洋のオカルティスト達は、星辰《せいしん》がこれらの星座の中を如何様《いかよう》に運行するかによって地上に何が起こるかが決まるのだと考えていた。つまり、十二星座は天空の運命地図というわけだが、この地図が十二に区分されているのにも理由がある。

古来より天上の聖数として扱われてきた三、そして世界を象徴する数である四、この二つを掛けた数が十二になる。それ故に十二は天上の意志があまねく世界の四方に蠢《うごめ》くことを象徴する数となるのだよ。次に三と四を足してみると、聖数である七が現れる。天上の意志が時空を生みだして、天地創造が七日でなされた……という訳だ」

朱雀の口元から弾丸のように出てくる奇怪な理論に暫《しばら》く面食らっていた律子だが、聞き終えると一言、

「まぁ、それが神秘学というものなんですか？　なんだか勝手な理屈をつけて、数を足したり掛けたり、引いたりしているだけじゃない。まるで子供の数遊びのようにしか思えないわ」

と大声を上げた。朱雀は流線型の眉《まゆ》をつり上げ、口の端をゆがめた。

「全くつまらないことを言うね。こういう戯《ざ》れごとの空論の中にこそ人間の浪漫や観念の存在場があるんじゃないか。教訓的な神話や畏怖《いふ》すべき神秘の存在を敬虔《けいけん》に受け入れることは大事なことだと思うがね。

ところで、さっきの賢瑠美鵡《ケルビム》と十二星座には深い関わりがある。賢瑠美鵡の持つ四つの

顔、人間の顔、獅子《しし》の顔、牡牛《おうし》の顔、鷲《わし》の顔は魔術的な暗号として十二星座の中の水瓶座、獅子座、牡牛座、蠍座《さそりざ》を暗喩《あんゆ》しているんだ。かつ十二星座は各々、四大精霊のいずれかに属していてね、水瓶座は風精、獅子座は火精、牡牛座は土精、鷲座もしくは蠍座は水精という具合に決まっている。さてそこで天井のこれら四つの星座の天空位置を結んで見たまえ、十字架が形成されるだろう？　四大精霊が形作る十字架の出現さ」

「じゃあ、何かの暗号があそこにも？」

「勿論《もちろん》さ。この館《やかた》の各階にある窓硝子《ガラス》の修道士の手には十字架が握られているだろう？　十字架の四隅には四大精霊の頭文字が記されているのだからね。さらに真実を求める修道士の姿は、埃及《エジプト》魔術から猶太秘釈義《ユダヤカバラ》に伝来した『朱鷺頭神《トート》の書』。すなわちタロットと呼ばれる魔術的奥義を秘めた二十二枚の寓話《ぐうわ》図の中の『隠者』なる図版と共鳴しているんだ」

律子は窓硝子の修道士の姿を凝視した。

「隠者の図版では、高貴な色とされる紫色の衣服を纏《まと》った錬金術師が『真理』を探求しようとして、手に持った洋灯《ランプ》を前方にかざしている。そしてここの窓硝子の修道士も紫の服を纏い、彼の呟《つぶや》きが英文で書いてある。『神の姿を見んとする者はいかにするか？』とね」

「どこが同じなんですか？」

「聖書を読むとこう書かれているよ、『神は真理なり』。だからね、神を見ようとして苦悩する老修道士は、真理を探求しようとする隠者、すなわち猶太《ユダヤ》秘釈義の教義者であり人類最初の予言者であった、スピターマ＝ザラスシュトラ（ザラストロ※注）に他ならないんだ」

「へぇ、そうなんですか？」

そうとも、と朱雀は自信たっぷりに言った。

「さらに考察に値するのは、タロット二十二枚の寓話図には、猶太秘釈義《ユダヤカバラ》の数秘術《ヌメロロジー》によって、それぞれ固有の数が割り当てられ、また猶太《ユダヤ》文字二十二の表音文字とギリシャ文字が割り当てられているということだ」

「また、絵に数字や文字を割り当てるんですか？　お話を聞いているとややこしくて覚えきれないわ。もっとすっきりと出来ないのかしら」

「出来ないものだからイコノロギアなのだよ。とりあえず基本形ぐらいは努力して理解したまえ。

それでだね、『隠者』に割り当てられた数は『9』。表音文字はΠと決まっている。Πはギリシャ文字のTまたはThに相当する。Tはタウと発音し、ギリシャではその一文字で『神』を表す。朱鷺頭神《トート》の頭文字でもあるし、猶太の秘儀律法書やタロットの頭文字でもある。日本人は基督《キリスト》のかけられた十字架を十字の形だと思いこんでいるけれども、実際はTの形だったんだ。だからTは贖罪《しょくざい》と復活の神話と深く関わっていて、猶太人達にとっても神聖な表象だった。

それを証拠にイスラエルの神殿の中心となったのは『三重のT』と呼ばれるT字を三つ

組み合わせた形に立てられた柱だ。三位一体の神を表すこの世で最も神聖なものの象徴さ。かの秘密結社薔薇十字団《ばらじゅうじ》の伝説的創立者ローゼンクロイツが所持していた魔法の秘教書も、『Tの書』と呼ばれていた」

「分かったわ先生、つまりTの文字を探せばいいのね」

せっかちに言った律子に、朱雀は困り果てた表情をつくって首を振った。

「そう簡単に探せはしないよ。Tはオカルト——すなわち『見えないもの』の秘儀中の秘儀なのだからね。文字通り可視の領域にはないんだよ。想像の目だけがそれを捕らえる」

「見えないものをどうやって探せばいいの？　この館のこともよく分からないけど、先生の言ってることのほうがもっと謎だわ」

「だからこれから少しずつそれを探していくんだよ」

念押しするように言った朱雀に律子が黙って頷《うなず》いた時、慌ただしい足音が聞こえた。

朱雀が、しっと人差し指を立てた。上の階から引き返してきた十和助であった。

(注)ゾロアスター教の創立者。ツァラツストラとも言う。ニーチェの『ツァラツストラはかく語りき』は、近代史に「実存主義文学（哲学）」を打ち立て、キリスト教的世界観との訣別を宣言した名著。

9　悪魔の爪痕

「ああ……申し訳ありません朱雀様、律子様、すっかり取り乱して、お二方のことを忘れておりました」

十和助の顔は激しい緊張の為に蒼白《そうはく》になっていた。

「何があったのですか？」

「そっ……それが、沙々羅様のお話を聞いただけで、まだ私にも良く分からないのですが、伊厨様が今朝から失踪《しっそう》されてしまったということなのでございます」

「失踪？」

「ええ……その上……伊厨様のお部屋が只《ただ》ならぬ状態になっているということなのでございます」

十和助は落ち着きの無い様子で再び階段を上がって行った。律子は朱雀を誘導しながらその後に続いた。

五階まで登り、円曲《カーブ》した廊下を右に進むと、開け放たれた一部屋の中に凄《すさ》まじい光景が展開していた。

律子の全身はびくりと痙攣《けいれん》し、思わず足が竦《すく》んだ。

白と薄桃色に彩られた実に女らしい部屋。だがその空間には、異様に偏執的で恐ろしく恨みの籠《こも》った、狂気めいた殺意が、地獄の湯気のように立ち上っていたのである。

なにしろ部屋中のなにもかもが無惨に切り裂かれ、ずたずたになっているのだ。

にこやかに笑う少女達や花々や外国の風景画などを重ね張りしたデコパージュ屏の表面、壁、絵画、絨毯《じゅうたん》、カーテン、ベッドのシーツや枕、椅子のクッション……部屋の隅々に、くっきりとおぞましい切痕が残されている。


朱雀と共に室内に入った律子は、部屋の隅に分厚く折り畳まれたレース編みがあることに気づいた。近寄って手に取ってみる。それらも酷《ひど》く切り裂かれていたが、余りにも長大な為に、被害は模様や形状を予測出来る範囲に止まっていた。

一体何を編もうとしていたのだろう？

非常に繊細な手の込んだ模様のレースが、異様なまでに緻密《ちみつ》に長く長く編まれている。

背後で十和助が、か弱い吐息を漏らした。

「それは伊厨様が毎日編まれていたレースでございます」

「何を編んでいらしたんでしょう？」

「何をと……言うことなく編まれていたようでございますよ。婚約者の成正様がいなくなられてから編まれ始めたものです」

余程、日々待ち続けるのが辛《つら》かったのだろう。膨大な労力と神経をレースに注ぎ込み、無心の境地に至ろうと一心不乱に手を動かす女の姿が浮かんでくるようだ。その姿を想像するだけでも、ぞっとする。

「どんな具合なんだね？　黙っていては分からないよ」

朱雀が苛立《いらだ》たしげに訊《たず》ねた。律子はすぐ側にあったパピエマシェの円形茶卓の上に残された生々しい傷を食い入るように見た。

五本の切り裂き線が、繊細な象嵌《ぞうがん》細工を破壊していた。獣が引っ掻《ひ》い《か》た跡のような長い五本の線が記されている。しかし、その上に置かれているマイセン窯の白い陶器の貴婦人と貴公子の人形は無傷である。

「とにかく、酷いんです。部屋中のいたるところが、何か……鋭い爪で切り裂かれたような、そんな感じです」

律子は震える声で答えた。

「鋭い爪だって？」

不可解な顔で朱雀が問い直した。

「ええ、本当に爪痕のよう。これが作次さんの頭にあった傷と同じだとしたら、本当に十和助さんの言うように、悪鬼の爪痕としか言いようがないんです。まるで悪鬼が暴れ回って、鋭い爪でひっかいていったような感じだわ」

十和助が頷いた。

「血痕《けっこん》は？」

「血痕はありません」

「血痕は無いのか……」

朱雀は難しい顔をして首を捻《ひね》った。そして約半時間もの間、部屋の様子を細部にわたって律子に質問し続けたのだった。

朱雀は杖《つえ》で床を叩《たた》きながら不可解な表情をしていたが、これ以上思考しても仕方がないと割り切った顔を見せると、凛然《りんぜん》とした態度で十和助に訊ねた。

「この部屋についている爪痕は、作次さんの頭を抉《えぐ》った爪痕と同じだと思いますか？」

「はい、同じだと思われます」

「分かりました。十和助さん、部屋はこのままにして置いて下さい。誰も入れないようにね」

「はい、分かりました。それと、どういたしましょう……皆様より先に沙々羅様とお会いになられますか？　沙々羅様のお部屋は隣でございますが……」

「そうですね。ついでですからね。とりあえず、僕は貴方《あなた》が探してきた東京の名探偵の『山田』ということにでもしておきましょう。そして、貴方が探してきたと言えば天主家の方々が許すはずはないから、沙々羅さんの知人の探偵ということにしてくれとお願いしてみましょう」

朱雀は皮肉っぽく笑った。

「分かりました。ではこちらに」

十和助の後に続いて二人は部屋を出た。

ロゼッタ文様の浮き彫り《レリーフ》がある金色のアーチをくぐって十和助が薊《あざみ》模様のドアノブを回し、扉を開けると、朦朧色《パステルカラー》の部屋が現れた。

丁度うららかな春の日差しのような、淡い桃色と浅黄色がぼやけて溶け合った色地の壁掛織物《タペストリー》に、金の蜜蜂《みつばち》が飛び回り、秋桜《コスモス》が揺れている。

装飾灯《シャンデリア》は硝子《ガラス》製で一段のものが二つ。

寄せ木細工の床の中央には、肘《ひじ》置きの先が蕨《わらび》の芽のように巻き込んだ紫檀《ローズウッド》の背長椅子が四脚と、脚の中央に菓子瓜《メロン》型の飾りがある簡素な円卓があった。

そして寝椅子。さらに奥には、松ぼっくりの頭を持つ四柱で天蓋《てんがい》を支えたベッドがあり、重たい天鵞絨《ビロード》の帳が銀梅花《ミルト》の模様を覗《のぞ》かせていた。女性にしては大きめの本棚が左に。右には金色の蠟燭《ろうそく》と、洋竪琴《ハープ》と風琴《オルガン》。

仏蘭西《フランス》の田園風景を描いた絵画が二枚、壁にかかっている。

そして律子は、窓際に立って遠景を望んでいるこの部屋の主《あるじ》の姿に息を呑《の》んだ。

花びら型に首元を包む、襟首の高い清らかな白い上着。ふんわりと上品な形に膨らんだスカート。形の良い胸とスカートの膨らみの間には、あまりにも細いウエストの線が見える。それに、あの首や肩の線の華奢《きゃしゃ》なことはどうだろう。

それだけではない。その上品な顔立ちはどこの誰とも似ていない、まさに比類のない美しさだ。

不可思議なことに、目、鼻、口といったパーツのひとつひとつが冷徹さを感じさせる程完璧《かんぺき》であるにも拘《かか》わらず、全体的な雰囲気に、どこかしらアンバランスな危うさを感じさせる。

そう、どこかしら幼な気で、とても透明な雰囲気を持っているのだわ、と律子は思った。高い頬骨の下にくっきりと影が浮かんでいるのも、窶《やつ》れた風には見えない。沙々羅の顔には、とてつもなく宗教的な清らかさと、狂女のような妖《あや》しい美が共存していた。

「沙々羅様、お話ししておりました山田探偵とお連れの律子様でございます」

十和助の言葉に応《こた》え、ゆっくりと振り向いた沙々羅の表情に激しい動揺が漲《みなぎ》った。

右目が見えないので、今まで三人のことが視界に入っていなかったのであろう。

沙々羅は見る間に瞳《ひとみ》の中に驚愕《きょうがく》と恐怖を噴出させ、硬直した全身を小刻みに震わせた。

不可解な恐怖が諦《あきら》めへと変わった瞬間、小さな悲鳴を上げた沙々羅は、真っ青な顔で床に崩れ落ちた。

十和助は、人目を避けるために慌てて扉を閉めると、沙々羅に駆け寄った。

律子は思わぬ展開に呆然《ぼうぜん》とし、何が起こったのか理解出来なかった。

「どうしたんだい？」

朱雀が場にそぐわぬ陽気な声で訊ねた。

すると、十和助にしがみついて、心許《こころもと》ない様子で上体を上げた沙々羅の唇から思わぬ言葉が零《こぼ》れた。

「ああ……貴方は、ついに来られたのですね」

何故、そのようなことを口走ったのか、沙々羅自身にも分からなかった。

10　女達への疑惑

「初めまして。探偵の山田太郎です」

朱雀は、右手でゆっくりと弧を描いて腰を曲げるという気取った挨拶《あいさつ》をして見せた。

「初めまして、沙々羅さん。太郎先生の付き添いで、律子といいます」

吹き出しそうになるのを必死でこらえてそう言った律子を見て、沙々羅の表情が少し和《なご》んだ。自分の教え子達の初々しい姿が二重写しになったからである。

沙々羅はゆっくりと立ち上がると、気遣う律子に微笑んでみせた。

「申し訳ありません。わたくし疲れているんですわ。さぁ、こちらの椅子でおくつろぎ下さい。すぐにお茶でも運ばせますわ」

十和助が立ち上がって、召使いを呼んだ。

錦紗《きんしゃ》の長い織物から房のついた組み紐《ひも》が下がっており、これが大広間につながっていて、先に呼び鈴がつけられているのだ。鳴らす回数やリズムによって、用事の趣を伝えることが出来る。欧羅巴《ヨーロッパ》の上流家庭にあった仕掛けと同じものである。

やがて灰色の服を着た召使いが、銀盆の上に茶器の用意を持ってきた。十和助は茶器の用意を受け取ると、召使いを下がらせた。

茉莉花茶《ジャスミンティー》のいい香りがした。

「伊厨さんの部屋は、かなり酷い様子で荒らされていますね」

朱雀は椅子にゆったりと座ると、卓の上で指を組み、皮肉めいた笑いを含んだ声で探りを入れるように訊《たず》ねた。

「ええ、一体何が起こったのか……」

沙々羅は視線を宙に泳がせ、青ざめた硬い表情で答えた。

「暴漢が押し入ったのであれば、当然、伊厨さんは抵抗をしたと思われます。物音や悲鳴などは聞きませんでしたか？」

朱雀の問いに、沙々羅は気まずげに口ごもって俯《うつむ》いた。目が充血し、今にも泣きだしそうな風情であった。

「沙々羅様は、最近精神安定剤をお飲みになって寝ておられますので、物音がしたとしても、お気づきにはなられなかったのです。それでなくても、このお館《やかた》は部屋の壁が厚うございますから、そうそう隣の物音などは漏れてこないのです」

十和助が茶磁器《ティーカップ》に茉莉花茶《ジャスミンティー》を注ぎ入れながら答えた。

「精神安定剤とは？」

朱雀が不審な顔をすると、沙々羅はハンカチを口元にあてた。

「ええ、そうなのです。お恥ずかしいことに、わたくしには昔、夢遊病の癖があったのです。それが最近、再発したようなのです。朝目覚めると、足に砂がついていたりして……どうやら屋外に出ていたのではないかと思えることが何度もありましたの。それでお医者様に御相談しましたところ、わたくしの右目が見えないのも、特に原因のようなものがございませんし、精神の不安から来る病ではないかということでしたの……」

そう言って朱雀を見上げた瞳は、女の律子からみても、どきりとする程美しく、何かを訴えるように潤んでいたが、当然のことながら、見えない朱雀に動揺の影は無かった。尖《とが》った顎《あご》を細い指先で撫《な》でつつ、無表情に耳を傾けている。

「それでお医者様から処方して頂いた安定剤を、眠る前にお飲みになるようになさっているのでございます」

十和助が再び口を挟んだ。

朱雀は唇の端を固く結んで笑った。

「成程、安定剤でぐっすりと寝てしまっていたのなら、物音がしても聞こえないかも知れませんね」

朱雀は茉莉花茶《ジャスミンティー》の湯気をゆっくりと吸い込んでから、一口飲み込む。

「ところで厭《いや》なことを思い出させてすみませんが、沙々羅さんは秀夫や作次の死体を見ましたか？」

「作次さんの死体は見ておりません。秀夫さんのほうははっきりとではございませんけど……」

「見たわけですね。では、思い出してみて下さい。秀夫は首吊《くびつ》りをしていたわけですが、首にかかった縄の結び目は横にありましたか？　あるいは後ろにありましたか？　または前にありましたか？」

「……翌日、鐘から下ろされた秀夫を見た時には後ろにあったように思えますわ……」

「首の回りに掻《か》き傷などは？」

「掻き傷？……無かったように思えます」

「そうですか。では、失禁の痕跡《こんせき》は？」

「其処《そこ》まではわたくしには……」

沙々羅は首を振った。

「探偵様、きっとそのようなことは助蔵様と駒男様のお二方が御存じです。お二人が秀夫の死体を鐘から下ろされましたから」

再び、十和助が口を挟んだ。

朱雀は片眉《かたまゆ》を寄せて厭な顔をしたが、客分の立場であるせいか、流石《さすが》にいつもの皮肉は飛び出さなかった。

「勿論《もちろん》、お二人にもお聞きしますよ。でもこういうことはより多くの証言を聞いて、その間にずれがないかどうかを確かめることが重要なのですよ」

朱雀は一気に茉莉花茶を飲み干した。

「おいしいお茶ですね、十和助さん。ところで、伊厨さんの部屋の向こう隣は誰の部屋なんですか？」

「華子様でございます」

「そうですか、では、先にちょっと訪問して、華子さんにも夕べから今朝にかけてのことをお聞きするとしましょう。十和助さんはその間に天主家の皆さんを三階の広間に集める用意をしておいて下さい。皆さんに色々と聞きたいことがありますのでね」

十和助が頷《うなず》いて部屋を出た後、沈黙が続いた。

「あっ、思い出したわ、先生。私達、沙々羅さんの知り合いで呼ばれたということにしなくちゃならないんですよね」

律子が素《す》っ頓狂《とんきょう》な声を上げたので、沙々羅はくすくすと笑った。

「ええ……構いませんわ。それなら館の皆さんも、文句はないと思います」

薔薇《ばら》のような微笑を浮かべて沙々羅が言った。

「ご好意に感謝しますよ。では律子君、僕らは華子さんの部屋に行こう」

立ち上がった二人を、沙々羅が入口まで見送った。

「……すごく綺麗《きれい》な人だったわ。まるで女優さんみたいよ。いいえ、女優さんでもあんなに綺麗な人、見たことないわ」

廊下を歩きながら興奮気味に律子が言うと、朱雀は「あっそう」といい加減な相づちを打った。

伊厨の部屋を通り過ぎ、華子の部屋の前に立った二人は、数回扉を叩《たた》いて中からの返事を待った。

「誰やの？」

不機嫌そうな低い声が聞こえる。

「探偵です。入っていいですか？」

「どうぞ、鍵《かぎ》は開いてますから」

華子の部屋は、かつての鏡子の部屋であったが、当時の過剰な装飾は取り外され、今ではすっかり様変わりしていた。

壁掛織物《タペストリー》は菱紋の入った焦げ茶で、家具も全て無装飾の重々しいものばかりである。中でもメディチ家の石棺を模倣したシーチェストが、部屋の空気に異様な圧迫感をもたらしていた。

小さな鏡台が、部屋の主が女であることを僅《わず》かに語っていたが、殺風景な印象は免れなかった。装飾灯《シャンデリア》が無く、壁面に取り付けられた小さな洋灯《ランプ》が唯一の照明のようだ。

部屋の中には木の軋《きし》む耳障りな音が響いていた。

その音の主は、木の揺り椅子に腰掛けた、痘痕《あばた》顔の女であった。

金属めいた光沢のある脂性の黄色い顔の中に、めくれ上がった分厚い唇がやけに目立つ。

太った体を隠すようにグレーの修道女のような服に身を包み、緩慢な動作で揺り椅子を揺らしながら、華子は謎めいた笑みを浮かべていた。

やぶにらみの視線が朱雀と律子に向けられた。

「はじめまして。私達、沙々羅さんの紹介で調査に参りましたの。探偵の山田太郎と助手の律子です」

律子が気取った声で自己紹介をした。

「沙々羅さんの？　それで、探偵の貴方《あなた》がわたしに何や御用ですの？」

陰気な低い声だった。

「華子さんですね、失礼します。僕は山田太郎という東京の名探偵です。名探偵だというのになぜ助手が必要かと申しますと、実は僕は目が見えませんので、いろいろと世話をしてもらわなくてはならないからなのです」

「目が見えへん？」

華子は興味の籠《こも》った声で反復すると、揺り椅子から立ち上がって朱雀のもとに歩み寄った。そして不審気な顔で、長い睫《まつげ》に覆われた黒水晶のような朱雀の瞳《ひとみ》をじっと見つめたのだった。

「そう……醜いものも美しいものも、その目には映らへんのね……」

朱雀は悠然と微笑み、例の中世の騎士のようなポーズで挨拶《あいさつ》をして見せた。

華子は満足気な顔でその動きに見とれていたが、突然くるりと律子の方へ振り返り、今度は、律子の足の先から頭の先までを嘗《な》めるようにじろじろと見た。

「とにかく、ゆっくりして行きはったらええわ。殺風景なお部屋やから驚いたでしょうけど、余り綺麗なものを周りに置くと、わたしの醜さが目立ってしまうから、こうやってるのよ。それに灯《あか》りも暗くしているの。わたしの夫の成継は、醜い剝製《はくせい》を好むくせに、わたしの顔は好まないのよ」

ひがみっぽく呟《つぶや》いた華子に、「そんなこと……」と、弁護しかけた律子を朱雀が遮った。

「大した用事ではないのです。今朝から貴方のお姉さんの伊厨さんがいなくなったと聞きまして、今しがた部屋を確認しにいったのですがね、随分と荒らされているようでした。それで昨夜から今朝にかけて何か不審な気配を感じたり、物音を聞かれなかったか訊《たず》ねたかったのです」

「いいえ、全く気づけへんかったわ」

華子は不敵な笑いを浮かべたままで答えた。

「全く！　何もですか？」

「ええそうです、全く、何も……」

華子は生暖かい息がかかる程近づき、右から左から無遠慮な粘っこい視線で朱雀の顔を眺め回している。

このなんともぞっ、とする光景に律子は思わず目を逸《そ》らした。

「そうですか、実に残念ですね。ところで厭なことを思い出させてすみませんが、華子さんは秀夫や作次の死体を見ましたか？」

「いいえ、わたしは見てないわ」

「そうですか、では余りお伺いすることはありませんね。有難うございました」

朱雀が話を切り上げると、華子は黙ってきびすを返し、再び椅子を揺らし始めた。

「何か思い出したことがあったら言いますわ」

「そうですね、そうして下さい」

朱雀はあっさりと引き下がり、にこやかに挨拶をして部屋を出た。そして途端に酷《ひど》くウンザリとした暗い顔になったのである。

「おかしな話だと思わないかい？」

「そうよ先生、沙々羅さんも華子さんも何も気づかなかったなんて、信じられないわ。あれ程の荒らされ様だったのよ。それに二人とも様子が怪しいもの」

「そうだね、正攻法ではうまくいきそうにないから、じわじわと搦《から》め手でいくしかないね」

何を企《たくら》んでいるのか、朱雀がニコニコと笑った。

「それにしても、山田太郎だなんて、とってつけたような名前だわ。もう少し信憑性《しんぴょうせい》のある名前のほうが良かったんじゃないですか？」

こほん、と咳払《せきばら》いをしてそう言った律子に、朱雀は苦笑いした。

「この館《やかた》の一族は、年季入りの世間知らずなんだ。たとえ僕が『鼻《はな》画もげ太《た》』と名乗ったって、疑いもしなかったろうさ。第一今更、名前の信憑性なんてどうだっていいさ」

「ところで太郎先生、また随分初歩的なことを伺って悪いんですけど、結び目の位置や、引《ひ》っ掻《か》き傷や、失禁のことなんかを聞いて何が分かるんですか？」

「念のために、絞殺を自殺にみせかけた可能性を検討していたんだよ。例えば、自殺なら後ろに来るのが自然な縄の結び目が、絞殺の場合は横になってしまうことが多い。それに、首を絞められる時に抵抗した引っ掻き傷の跡が残ったりする。あと、首吊《くびつ》りなら必ずその場に失禁の跡があるものなのさ」

「じゃあ先生、あとは失禁の跡の裏付けさえとれれば、秀夫さんは自殺と考えてもいいんですか？」

「いやそうでもないさ、それよりこれからどうするかだが……仕方ないから、おもむろに一から謎解きでもしてみようかな……」

「先生、御宝を盗み出すって言っておきながら、まさか、どうするのか何も考えてないんですか？」

「うん、何も考えていないよ。第一、此処《ここ》じゃあ予定外の何が起こるか分からないんだから、最初に考えてたって無駄なのさ。行き当たりばったりにやるんだよね」

朱雀はけろりと答えた。

第三章　第三の御使い

1　異言と予言

その部屋に足を踏み入れる時、律子は躊躇《ちゅうちょ》した。

それは部屋というより、洞窟《グロッタ》と言ったほうが似つかわしい、そんな気がしたからである。

あたかも肉襞《にくひだ》のように折り重なった曲面と、それを彩る有機的な意匠《デザイン》の曲線によって生み出された幻想的な魯貝喩《ロカイユ》式の大広間。柱までもが歪《ゆが》んだこの奇妙な空間には、いくつもの壮麗な装飾灯《シャンデリア》が煌《きら》めき、色とりどりの貝殻が内壁を埋め尽くしている。

三階の大広間は、この館で最も奇怪な空間であった。

精密な建築技術を用いて、わざとグロテスクに自然の造形を表現するという怪奇趣味的な試みは、中世欧羅巴《ヨーロッパ》風の遊戯精神の表れと言えなくもないが、貴族趣味と悪趣味の間に存在する微妙な一線を、この部屋は超えてしまっているようだった。

特にこの部屋を邪悪で陰気な空間に到らしめているのは、壁の随所にある凸凹を利用して飾られた、時定の魔術的な蒐集《しゅうしゅう》品の存在であろう。

奇怪な木乃伊《ミイラ》の手、インディアンの魔術師が精霊を呼び出す為の角笛、偏奇な面の数々、焼け焦げた不気味なドレスなどが飾られている。かと思うと、屢云文字《ルーン》を刻み込んだ八寸釘《くぎ》が、壁のあちこちに打ち付けられ、釉薬《ゆうやく》を塗ったようにつやつやとした華麗な光沢の貝殻に罅《ひび》を走らせていた。

律子は眉《まゆ》を顰《ひそ》めながら、あらためて部屋を見渡した。

南面には煉瓦《れんが》作りの暖炉がある。よく見ると、暖かみを感じさせる優れた意匠だ。

東面には色硝子《ガラス》と透明な硝子を組み合わせた大きな窓があり、穏やかな太陽光が差し込んでいる。

北側には花網模様に彩られた洒落《しゃれ》た小舞台と、巨大な鉄管風琴《パイプオルガン》。

ここまでは、確かに朱雀から聞いた通りだ。

だが、朱雀の話にあった、北壁の先々代と先代宗主の肖像写真は、既に取り外されていた。そして、其処《そこ》にもあの悪魔像《レオナルド》が置かれていた。彼は部屋の最も北にあたる場所——すなわち時定の席の背後に座り、かつては此処に存在していた『美』なるものが徹底的に破壊されている様を満足気に眺めているようであった。

律子は、朱雀の記憶と異なる箇所を、丁寧に一つずつ報告していった。その度に朱雀は短くため息をつくのだった。

広間に飾られた蒐集品を説明する段になると、律子はとりわけ気になっていた、三つの手の木乃伊《ミイラ》のことから話し始めた。

それらは間違いなく人間の手であるが、そこに鋭く長い人工の爪が合成されているらしい。向かって左から順に、小指と人差し指を立てて、手を握ったもの、親指と中指だけ折り曲げているもの、人差し指だけ曲げているものの三体である。

これらは『魔女の手』と呼ばれ、魔術をかける際の魔女の手を木乃伊にしたものなのであった。

「先生、木乃伊の手があります。鋭い爪が付いていて、まるで凶器のようだわ」

「いや、それは無いさ。本物の木乃伊の手なんだろう？　勢い良く殴れば、そっちが壊れてしまうね」

朱雀が首を竦《すく》めると、ごほん、と咳払いをして十和助が小声で囁《ささや》いた。

「時定様のコレクションには鉄製の手もございます。掌のほうは恐ろしい大口を開けた魔人の顔になっておりまして、手の甲には、邪神ディオニソスを象徴する松毬《まつぼつくり》や、伝説の蛇コカトリスや、蠍《さそり》や、蛇の巻き付いたカドケウスという杖《つえ》などの模様を刻み込んだ、それはグロテスクな手でございます」

「ふん、成程ね……」

朱雀が無関心なのを見て取ると、律子は次に壁掛織物《タペストリー》のように壁に吊《つ》るされた、薄紫色のぼろぼろのドレスに注目した。

「十和助さん、あのドレスは何かしら？」

「それは、ジャンヌ・ダルクが火刑になる寸前まで着ていたものだと言われております」

十和助が説明した。

「ジャンヌ！　先生、あの脅迫状に出てきたわ！　あれはジャンヌ・ダルクのことでしょう？」

律子が声を弾ませた。

「うん。あの詩のジャンヌはそうだろうね。ジャンヌ・ダルク——仏蘭西《フランス》東部の小村ドムレミーで農民の娘として生まれ、仏蘭西を解放に導くように神から啓示された。シャルル七世から与えられた軍隊を率いてオルレアン城の包囲を解き、仏蘭西の危機を救った」

「まあ……女の人なのに勇敢で強いのね」

眼を輝かせた律子に、朱雀は左肩を竦ませた。

「そうだねぇ……。だが、彼女の勝利は、奇跡でもなんでもないよ。当時の戦争は殆《ほとん》ど傭《よう》兵《へい》でまかなわれていたから、悠長な規則があってね、出兵する時間や休憩する時間が決まっていたのだよ。のんびり戦争していたわけだ。ところがジャンヌときたら、神のお告げがあったと言っては、夜でも朝でも時間を無視してどんどん攻撃をしかけたものだから、相手はペースを乱されて敗北したと言うことだ」

「なんだ、つまらないわ」

「そうでもないさ。感性のままに動けるのが女性の強さじゃないか。だが、彼女の人生はその後が悲惨だ。イギリス軍の捕虜になって、宗教裁判にかけられ、魔女の烙印《らくいん》を押されたあげくにルーアンで火刑になってしまったんだ」

「では『血取り』とか『一箇目神』ではなくて、今度は魔女の烙印を押された女の亡霊が崇《たた》っていることと？」

「うん、本当に妙な話だよね」

二人がそんなことを話し合っているうちに、三々五々集まってきた天主家の人々が、長く伸びた馬脚のテーブルに一人、二人と着席していった。

愛羅は臨月近くなので、自室で安静にしているということであった。宗主の時定と成継も席についていなかった。

「愛羅さんは当然として、時定さんと成継さんは何故来ないのです？」

朱雀が訊《たず》ねると、十和助が困った顔で首を振った。

「御宗主は勝手にやっておくようにと言うことでございます。御機嫌がお悪いようで……。成継様は召使いが呼びに行っているのでございますが、遅くなっているようでございますね……」

それを聞くと、成行夫妻は不安気に顔を見合わせ、

「また、はっ、剝製《はくせい》かも知れん。あのことになったら、夢中やからな……」

と、弁解するように言った。

「そうですか、じゃあ先に始めましょう。申し遅れましたが、僕が探偵の山田太郎です」

朗々とした声で、朱雀が高らかに叫んだ。

「さあ、律子君、開演の時間だ！」

ジャンヌの亡霊は、
泣きながら太陽神殿の秘密の小径を彷徨《さまよ》う
偽りの琴の音を捧げられた神々が、大いなる怒りを発する時に来たからだ
『CA RA SU』の謎を伏せし者に、死刑の審判は下る
そはジャンヌと同じく火刑なり
皮膚よ焼けよ、爛《ただ》れよ、
苦悶の内に死に至れ
次の満月の時までに、奇跡が起こるだろう

凛《りん》と張りつめた声で律子が手紙を読み終わると、ひと呼吸置いてから、次に沙々羅が立ち上がり、澄んだ声を響かせて歌うように言った。

GOD LIVING IMITATION HEAVEN
SEND TUMBLE - DOWN HOUSE
CRYING HARP, PEAL AND DINTENDER
SMELL REAL FRUIT GIVEN

偽りの楽園に住まう神
　廃屋を送れ
　弱々しくなるハープや鐘の音
　与えられた真実の果実の香り

朱雀は天主家の各自に贈られた手紙を律子に朗読させ、その後、死んだ茂道の部屋で見つかった本『神を探せ』に記された英文を、英語が堪能《たんのう》な沙々羅に朗読させたのである。

天主家の面々は、あっけにとられた顔で、この戯曲的な場面の鑑賞者となっていた。

「皆さん！　御存じのように、沙々羅さんがお読みになったのは、亡くなった茂道さんの部屋で発見された秘密暗号であります。そして、こちらの律子君が読んだのは……」

そう言って、朱雀はひとつ思わせぶりなため息をついた。

「冥界《めいかい》の茂道公から、お集まりの皆さんへの贈り物なのです！」

ざわざわと場に不安が走った。

「ど、どういうことやねん？」

慌てて叫んだのは駒男だった。

「実は先日、この手紙が天主家の皆さんへ送られてきました。それを僕が十和助さんにお願いして、皆さんが不安がられないよう、隠してもらっていたのです。この手紙の筆跡は、間違いなく茂道さんのものですね？　駒男さん、確認して頂けますか？」

律子が手紙の束を一同に配ると「おお……」というため息があちらこちらで漏れた。

「――さて」

と朱雀はおもむろにテーブルに片手をつき、静まり返っている天主家の面々に向かって問いかけた。

「助蔵さん、正代さん、駒男さん、華子さん、結羅さん、沙々羅さん、成行さん、正枝さん――皆さんには、このような詩が送られてきた理由について覚えは無いのですか？」

全員が無言で首を振る中、助蔵は「無い」と声に出して断言した。

ふうん、と朱雀はそっけなく言って、指を組み、背中をのけぞらせて天井を見つめた。

「……妙な話ですね、皆さんがそろいもそろって覚えが無いなんて……。ところで、どうやら皆さんに送られてきた手紙の内容、具体的には『偽りの琴の音を捧げられた神々』という成句《フレーズ》は、十四年前になくなられた茂道さんの部屋から出てきたというこの本の中のGOD LIVING IMITATION HEAVEN とCRYING HARP, PEAL AND DINTENDER の二つの成句《フレーズ》から、そして『太陽神殿』は館扉の鏡文字から剽窃《ひょうせつ》したものに違いありません」

朱雀の細い指が、それまで小脇に抱えていた革表紙の本を弄《もてあそ》んだ。

「扉の文字？」

助蔵が怪訝《けげん》そうな声で訊ねた。

「そうですよ。猶太《ユダヤ》秘釈義の中にアナグラムと言って、文字の順序を入れ替えて違う言葉にしてしまう方法があるんです。それを用いると、Spoil hermitical Orhe ――正面玄関の扉に刻まれた鏡文字ですが——この中に、『Helio Polis』と『miracle』という綴《つづ》りが隠されている。

そこで、手紙の主は『奇跡の』『太陽神殿』という成句《フレーズ》を使ってきたんだな……。すると『Th』が余る。Thはヘブライ語ではΠで、Tと全く同じものだ。つまり『十字架の印《しるし》』だ」

嬉《うれ》しそうにはしゃいだ朱雀に、「不可視のTですね」と律子が耳打ちした。

「何やよう分からんが、要するに伊厨がおらんようになったんは、御宝の在処《ありか》に関係してるんやな。先代御宗主の部屋から出てきた本は、先々代御宗主のものや。中の筆跡で明白や。そんな物が部屋にあったいうことは、先代御宗主が天主家の御宝を探っていたことの証《あかし》やが、今回も誰かが御宝をこっそり狙ってるいうことなんか!?」

突然、駒男が唾《つば》を飛ばしてまくしたて、助蔵を血走った目で睨《にら》んだ。助蔵は口を大きくへの字に曲げた。

「私は潔白や。こそ泥のような真似をした覚えなぞないし、天主家の戒律には誇りを持ってる」

「わたしもや」

正代が嗚咽《おえつ》のような興奮した声を上げた。

「行方不明になった伊厨にかて、手紙は送られて来たんやろ。私を疑うなら、伊厨も無くなった御宝を狙ってたいうことか？」

意地悪く光る細い目が駒男に向けられた。

「まぁまぁ、皆さん、仲良く仲良く」

そう言いながら、朱雀は口の端を緩めた。

「いくら沙々羅ちゃんの知り合いや言うても、こないな探偵、当てに出来るんか？　前もなんや探偵が来たが、結局、どうにもならんかったやないか！　それになんや、その髪の毛は。男がそないに髪を伸ばしてるなんぞ見たこともないわ……」

駒男が出鼻をくじかれた腹いせに、不服を漏らしたので、ついに朱雀は笑い出してしまった。一同は唖然《あぜん》とした。

「あははははっ、ああ、すいません。あんまりとげとげしい空気が流れているもんですから、可笑《おか》しくなってしまったんですよ。こういう時に笑いがこみ上げるのは僕の癖なので気にしないで下さい」

そう言って暫《しばら》く肩を揺すって笑うと、

「まぁ、そう言わず。僕がへっぽこ探偵でない証拠をお見せする為に、ここに来るまでの間に、皆さんに謎の手紙を送りつけた人物の身元をすっかり割り出してきましたよ」

「何やて！」

駒男は、今にも朱雀に飛びかかりそうな凄《すさ》まじい勢いで立ち上がった。

「駒男さん、詩の筆跡は、先代の茂道宗主そっくりなんですよね？」

「そっくりと言うよりは、そのままや」

駒男は苦々しく言った。

「先代御宗主の祟《たた》りや……」

先程から怯《おび》えて黙り込んでいた成行の落ちくぼんだ目が、落ち着かぬ動きをした。華子は動揺した様子もなく、家人の顔色を一人一人見回している。

「成行さん、果たしてそうでしょうか？ 僕は死人から手紙が来るなんてことは、おいそれと信じませんね。しかも手紙の消印に神田局なんて入ってたら尚更です」

消印という言葉に、沙々羅以外の面々は怪訝そうな顔を見合わせた。自分で手紙を出したことなどない天主家の人々は消印の意味を知らなかったのだ。

「消印というのは、投函《とうかん》物を受け付けた郵便局が押す日付印のことでございます」

十和助が一同に説明をした。朱雀はその隣で、両手を広げて肩を竦《すく》めるという、戯《おど》けたポーズを取ってみせた。

「と、言うことです。つまり、神田局の印があるということは、東京の神田から出された手紙なのです。死人が神田から手紙を出すなんて笑えるでしょう？ そこで、僕の調査網を用いて調べてみると、一人の男が浮かび上がりました。有名な男でね、『代書屋の佐竹』と渾名《あだな》されている奴ですよ。人の筆跡を真似るのも得意で、それで質《たち》の悪い副業をしてたのですが、一度、警察に捕まって出所したばかりの奴です」

「その悪党が？」

「ええ。締め上げたら、案の定そうだと白状しました」

「そっ、そいつが作次を殺した犯人で、伊厨をさらったんか！」

ちっ、ちっと朱雀の舌打ちの音が響いた。

「佐竹は少なくともこの二ヶ月東京を離れていませんよ。ちゃんと不在証明《アリバイ》がありました。第一、彼には天主家との繋《つな》がりが何処にもないのに、殺人や誘拐を犯す動機がありません。だから彼ではない。手紙のことを佐竹に依頼した者が存在するのです」

「誰や！」

助蔵と駒男が同時に声を発した。

「佐竹の言うところによると、茂道さんの筆跡を彼に見せ、渋る佐竹に五百円という大金をちらつかせて手紙を代筆して送るように依頼したのは、灰色の仮面を被《かぶ》った正体不明の男だったそうです」

「灰色の仮面？」

「ええ随分と穿《うが》っているでしょう？　十四年前の事件の時、『魔笛』が茂道さんの名で依頼を受けた歌劇《オペラ》団によって演じられたそうですね。『魔笛』は他ならぬモーツァルトの作曲した歌劇ですが、彼《モーツァルト》はその後、冥界からの使者である『灰色の仮面の男』の訪問を受け、変死しているのです」

成行がカチカチと歯の根を鳴らしながら、片手に数珠《じゅず》を握りしめて念仏を唱え出した。

「灰色の仮面の男の正体は？」

助蔵がすかさず訊《たず》ねた。

「仮面の男は『茂道』としか名乗らなかったようですよ。しかも訪問してきたのは夜で、佐竹が窓から男が帰る後ろ姿を見送っていると、男の姿がすうっと道の真ん中で消えたと言うのですよ……」

声を潜《ひそ》めた朱雀の語尾が、女達の小さな悲鳴と成行の悲鳴にかき消された。

「それは、ほんまの話なんか？」

助蔵が疑わし気に、眉間《みけん》に皺《しわ》を寄せて訊ねた。

「ええ、おそらく嘘はついてませんね。その怪奇のお陰で、佐竹は翌日から一週間近く高熱で寝込んでしまい、『仮面の男』のことを譫言《うわごと》で繰り返していたというのですから」

「やっぱり……御宗主の亡霊なんか……」

震える声で呟《つぶや》いた駒男は、頬を掻《か》きむしった。

「もっと気味の悪いことを言いましょうか？」

朱雀の瞳《ひとみ》が妖《あや》しく光った。

「なんと！　その仮面の男の両腕は肘《ひじ》から切断されていて、首にも血だらけの包帯が巻かれていた。なおかつ、仮面から覗《のぞ》く左目は潰《つぶ》れていたそうですよ！」

ひゃ――と、朱雀は嬉しそうな悲鳴を張り上げた。

余りの恐ろしさに人々は顔色《がんしょく》を失い、正代は白目をむいて椅子から崩れ落ちそうになった。結羅と助蔵が懸命にその体を支え、机に突っ伏せさせた。

「先代や、先代の怨霊《おんりょう》や。先代は誰かに両手と首を切り落とされて死んだんや！」

狂乱して喚《わめ》いた成行に、助蔵が怒りの目を向けた。次に、正枝に目配せをした。正枝は申し訳なさそうに一同に頭を下げると、震える成行を促して部屋を出ていった。

「おやおや、成行さんは大丈夫ですか」

「大丈夫や。それより山田さんの考えでは、どういうことになるんや？」

助蔵が慎重に訊ねた。

2　茂道の亡霊

朱雀は、そうですねぇ、と笑った。

「亡霊なら、たとえ手が無くても字ぐらいかけるでしょう。ポルターガイストなどが巷《ちまた》では評判を呼んでいるぐらいですから、代書屋に頼むまでもない。僕の考えでは、これは真犯人の芝居がかった演出です」

「えっ、演出でどうやって人間が消えるいうんや？」

息荒く駒男が訊ねた。

「恐らく目の錯覚を使ったトリックでしょう。二枚の鏡と通路の構造を利用すれば、人が消えたように見せかけることは可能なんです。よく西洋の手品師がそんなことをしますよ」

いいえ……本当にお兄様かも……

蒼白《そうはく》の顔をし、深刻な声で呟いたのは沙々羅だった。

「どういうことです？　沙々羅さん」

朱雀は面白そうに訊ねた。

「わたくし、今までずっと黙っていましたが、告白します……。私はお兄様の亡霊に何度も会っているのです」

沙々羅の潤んだ瞳が窺《うかが》うように一同を見た。

何度も……！

天主家の面々はもはや反応する気力を失ったらしい。蠟《ろう》人形のように身動きせず二人の会話を聞いている。

「わたくしが十四年間お世話になっていました東京の小母《おば》様の家に、馬の調教師がおりました。このようなことを言っては何ですが、とても大柄で、痣《あざ》のある顔をされていて、時々、木陰から現れては、寒気が走るような目でわたくしを見るのです。そしていつも気味の悪いことを呟いて近づいてまいりますの」

「何と言うんです？」

『お姫様、呪いを解く呪文は何ですか？』って。そうすると何処からとなく知らない音楽が鳴り響き、今にも男が私に襲いかかって来るのではないかという恐怖を覚えます。でも、小母様にそのことを言っても、ただ不思議な顔をなさるばかりでした。それで……きっと、調教師のことは、私の勝手な妄想で、だから小母様も返答に困ってらっしゃるのだろうと思っておりましたの」

「そうでは無かったのですか？」

「この家に戻ってきた時、十和助に初めて家族の写真を見せてもらいました。そして、その調教師が、茂道お兄様だということに気づいたのです！　わたくしはずっと家族の顔を忘れていたものですから……驚きましたわ。でもこんな話、誰にも信じて頂けそうにありませんし、わたくしも一時は気の病になった身ですから、自分でも妄想だと言い聞かせたりもしました」

　懸命に訴える沙々羅を、十和助がはらはらした様子で見守っている。

　駒男が青ざめた顔で固唾《かたず》を飲んだ。助蔵は相変わらず深い皺を眉間《みけん》に刻んでいた。正代は突っ伏したままで、結羅はそんな母の体に縋《すが》り付くようにして震えていた。華子は無反応だった。

「成程……それはなかなか興味深い話だ」

　朱雀が少し真剣な顔をした瞬間、召使いの女が真っ青な顔で部屋に駆け込んで来た。

「な、成継様の剝製《はくせい》室の様子が怪しいのです」

「どういうことです？」

十和助が厳しく言うと、召使いは自信なさげに首を振った。

「分かりません……何度扉を叩《たた》いても返事はありませんし、上手《うま》く言えませんけど、中に人の気配が無いんです」

「庭や他の部屋は探したんですか？」

「ええ、勿論《もちろん》です。とにかく、変な感じなんですわ。今、成行様と正枝様が外から呼びかけてはりますけど、やっぱりお返事されんのです」

「行ってみましょう。女性は残って待っていて下さい。おっと、律子君は別だよ」

朱雀が立ち上がった。


剥製室の扉の前には、成行夫妻が立っていた。

部屋は十和助の合い鍵《かぎ》をもってしても開かなかった。内部から開かない工作がなされているらしい。

「仕方がないわね、庭側の窓を叩き割るしかないわ」

律子の声に、助蔵が頷《うなず》き、一行は庭へ移動した。

律子と助蔵は、十和助が涙ながらに叩き割った修道士の窓から、恐ろしい硫酸槽を避けて室内に侵入した。

異臭が微《かす》かに漂っている。助蔵が手探りで開閉器《スイッチ》を押し、照明を灯《とも》した。

ぱっと部屋が明るくなると、二人の視線は、扉の異様な状態に釘付《くぎづ》けになった。

「どうなってるんや？」

外から口々に様子を窺う声がした。

「……これは一体……」

律子と助蔵は、しばし返答に詰まって互いに顔を見合わせた。

扉は内部から、四隅と窓の開閉部分にわたって板がしっかりと打ち付けられ、その上から漆喰《しっくい》を塗って開かないように工作されていたのである。

息が詰まるような密閉感だ。

返答が遅いのを心配した十和助と駒男も、窓から入ってきた。そして異様な光景に息を飲んだ。

「先生！　扉は釘付けの上、漆喰が塗られています。入口の窓の下に硫酸槽があって危険ですから、今から中の液体を抜いてもいいでしょうか？」

そう言いながら硫酸槽の近くまで戻った律子は、

「先生、硫酸槽の中が真っ黒です！」

と驚きの声を上げた。

一同が硫酸槽の前に駆け寄ると、墨のような漆黒の液体が一杯になっている。しかし鼻をつく臭いは紛れもなく硫酸であった。

「……この色……気色悪い、何を溶かしたんや」

駒男が恐々とした声で呟くと、窓の外側にいる成行は念仏を唱え始めた。夫人のほうは声も出せず、へなへなと床に座りこんでしまった。

「とにかく硫酸を捨ててみよう。何かの痕跡《こんせき》が残っているかも知れない」

窓から身を乗り出して指示した朱雀の言葉に、十和助が頷くと、硫酸槽についているコックを捻《ひね》った。

ごぼり
という音とともに黒い液体の底で排水口が開き、硫酸はみるみる吸い込まれていく。

「何も無いようやなぁ……」

心細げに呟《つぶや》いた駒男である。しかし、残り僅《わず》かとなった液体の底に、異様な物体を見つけた助蔵は、駒男を押しのけて叫んだ。

「目玉があるぞ！」

その声に反応した成行は、ふらふらと窓際へやって来て、室内を覗《のぞ》き込んだ。

槽はすっかり空になっていた。

その底で、排水口の網に捕らわれた二つの目玉が、成行を睨《にら》んでいた。

獣のような悲鳴を上げて成行は尻餅《しりもち》をついた。

彼はそれを成継の目玉だと信じた。

もともと何を考えているのか、さっぱり得体が知れない息子だが、天主家の悪い嗜血《しけつ》嗜好の血が色濃く宿っていることは確かだ。成行にとって息子達こそが最大の不安の種だった。

成正がいきなり失踪《しっそう》した時も、毎夜、成正が連続殺人の真犯人ではないかという疑惑に脅《おびや》かされたが、今また、こうして恐ろしい現実を見たのだ。

やはり、息子達は狂っていたのだ……成行はそう思った。

伊厨を攫《さら》った犯人は成継に違いない！　成継は伊厨を誘拐して、恐ろしい剝製か何かにしてしまったのだ。そうしておいて、内側から部屋を念入りに密封し、自らの体も傷つけて、最後に硫酸槽の中に飛び込んだのだ……。

息子なら、しでかしそうなことだ。

なんと恐ろしい！

3　完全密室

「やぁ、何が残ってたんだって？」

爽《さわ》やかに朱雀が訊《たず》ねた。律子はじっと槽の中を確認してから、それに答えた。

「目玉です。でもきっとこれ本物じゃありません。作り物です」

律子の声に成行は暫《しばら》くポカンとして、またふらふらと槽の中を覗き込んだ。

「ふうん。じゃあ、例の剝製の目玉だな。ということは、きっと剝製を溶かしたんだ。黒くなっていたのは、溶かした剝製に何かの染料を使っていたのではないかな……」

朱雀がそう言いながら、律子の手を借りて室内に入って来た。

途端に獣じみた臭気とホルマリンと油脂の混じった独特の異臭が鼻をつく。閉口した朱雀はハンケチで鼻と口を押さえた。

朱雀の後に、成行夫婦も続いた。

「……成継は何処へ行ったんや？」

呆然《ぼうぜん》とした声でそう言った成行を無視して、朱雀は律子に訊ねた。

「それで、室内の様子はどうなっているんだい？」

その声に我に返った全員が、きょろきょろと部屋の中を見回した。

部屋はしんと静まり返っていた。人影は無く、陳列棚に並んだ奇怪な剝製芸術達だけが、侵入者達を取り囲んでいた。

十和助が真鍮《しんちゅう》の作業台の上に釘《くぎ》と金槌《かなづち》と漆喰とコテが置かれているのを見つけ、朱雀に告げた。

作業台の脇には寝心地の良さそうな大型のベッドがあった。石榴《ざくろ》型の頭柱と螺旋《らせん》にねじれた四柱を持つ桃花心木《マホガニー》造りのベッドである。頭の上部に、丁度ベッドの三分の一の幅の天蓋《てんがい》があり、天蓋四方側面は成継の好みそうな魔物の顔になっていた。頭に小さな角を生やした三匹の魔物。どれも目玉を剝《む》いて舌を出している。その舌がそれぞれ葡萄《ぶどう》の房のようであったり、疣《いぼ》があったり、幾重にも重なったものであったりして、しごく気味が悪い代物である。

「悪趣味なベッドがあるわ……」

魔物のだらりと下がった舌を、顰《しか》め面《つら》で見た律子が囁《ささや》くように言った。

「はぁ、成継様はこういうものがお好きで、御宗主の時定様とは若干、気がお合いでした。これは成継様が出入りの商人の正木様に注文して買われたものでございます」

十和助が答えた。

ベッドの足元には熊の剝製《はくせい》が置かれており、ベッドの右脇の床には夥《おびただ》しい血痕があった。

「先生、ベッド脇の床に血痕があります」

「ようし、よく見るんだ」

その言葉に操られるように一同がベッドに近づいていくと、頭の方にも惨《むご》たらしい流血が認められた。さらに血痕は枕にもあった。扇形を描くような形で、五本の赤黒い血の跡が飛沫《しぶき》を散らしているのであった。流血の中には脳の一部らしき白くぶよりとした物体さえ混じっている。

律子が途切れ途切れにその状況を説明した。

背筋が凍るような暴力的犯罪がこの完全な密室で繰り広げられたことは誰の目にも明らかであった。だが、果たしてその被害者も加害者も、密室の中から何処へ消え失せたというのだろうか？

律子は部屋の中を移動しながら、現場の状況を朱雀に詳しく説明した。

その間誰もが、時間までもが朱雀の答えを待って、凍ったように動きを止めていた。

やがて朱雀は、何かを予感したような悲しげなため息を漏らした。

「な、成継は何処へ行ったんや……」

「何が起こったんや……」

ため息を合図に、成行と駒男が口々に呟いた。

「僕には今すぐにお答え出来る程の材料はありませんね。律子君、もう一度、確認するが、流血はベッドの上と右脇の床だけだね」

律子は周囲を確認して、はいと答えた。

朱雀はベッドの脇にあった揺り椅子に腰掛け、体を揺すりながら淡々と述べた。

「奇怪な話だ。不思議な血痕……完全密室の中から消えた成継さん……。かつての安蔵《やすぞう》さんの事件を彷彿《ほうふつ》とさせる」

「そっ、それではやはり祟《たた》りでしょうか？」

十和助が唇を震わせた。

「祟りだなんてある訳ないわ。先の殺人事件と手口が同じだと言うことは、犯人が同一人物というだけのことでしょう？」

律子がそう言うと、朱雀は困った様子で前髪を掻《か》き上げ、俄然《がぜん》、厳粛な調子で言った。

「そうすると、それはつまり、怨霊《おんりょう》の仕業だということなのだよ……。ともかく、扇形を描く五本の流血線から推測するに、犯人は伊厨さんの部屋を荒らした誰かと同一人物であることは確かだろう。正攻法で考えるなら、犯人は成継さんがベッドで眠っているところに忍び込み、裁きの鉄槌を成継さんの頭に下して殺害した。そして死体をいったん床に置いた……。

だが、ここからが問題なんだ。頭から流血しているのであれば、そんなに容易《たやす》く止まりはしないから、どこかに移動させようとすれば点々と血痕が残るはずなのに、現実には無いわけだ。確かだよね？」

「確かです。それに犯人は扉も窓も板を打ち付けられて開かなくなった状態で、どうやって外に出たというのかしら？」

「さて、秘密の通路でも使ったのかな……？　いや、僕の考えではここにそんなものは存在しないと確信できる。犯人はこの状況の剥製室に如何《いか》なる方法で出入りしたかということだが……十和助さん、貴方《あなた》はどう思います？」

「わたくしですか？　わたくしが思いますに、この状況で部屋から出るのはともかくとして、忍び込むのは容易だと思います」

「容易？」

「はい、大体この部屋の付近には、誰も嫌がって近づきませんし、自ら進んで部屋の中へ入っていこうとする者などございませんでした。それで、邪魔が入るようなこともなかろうと、成継様には普段から部屋に鍵《かぎ》をおかけになるような習慣が無かったと存じ上げております。窓や扉も半開のまま放置されていることが多く、廊下掃除の召使いが、中が見えるのを気味悪がって、わたくしの元に『扉を閉めてくれ』と訴えてくることも度々でございましたから。ですから犯人が人目を忍んでこっそりと忍び込むのは簡単なのです」

「成程、では誰でも此処《ここ》に忍び込もうと思えば安易なわけですね。そうすると、そんな風に無頓着《むとんちゃく》な成継さんが、扉や窓を外から開かないように板で打ち付けたとは考えにくい。内部から板を打ったのは犯人だということだ」

「でも先生、例えば成継さんが脅されていたとは考えられませんか？　それで、自分を脅かしている相手が侵入して来るかも知れないと怯《おび》えて、部屋を密封してしまったとか」

「うん、それも意外で、とても面白い意見だ。ところで何故、成継さんは剝製室なんかで寝ていたんですか。確か華子さんと共に、本館の五階で寝起きしているはずではないのですか？」

「ええ、それはそうなのでございますが、成継様の剝製趣味はお兄様が失踪《しっそう》されてからますます酷《ひど》くなられまして、ベッドまで持ち込まれて此処で生活なさるようになったのです。勿論《もちろん》、たまには本館のお部屋にも戻られますが、それも恐らく一週間に二日程度ではなかったでしょうか……」

成行と正枝の顔色を窺《うかが》いながら、十和助が答えた。

「まぁ、酷いわ。華子さんが可哀想」

律子が憤然と言った。

「それは私もそう思ってたんや。けど、あの子は私らの言うことなんか全然聞かんし、どうしようもなかったんよ」

正枝が言い訳するように答えると、成行も深く頷《うなず》いた。

「成継君だけが悪いんやない。伊厨はともかくとして、華子は私に似て醜女《しこめ》やからなぁ……」

駒男がしんみりとしているのを気遣いながら、十和助が、あのう……と一同に声をかけた。

「先程から少々、不思議に思っていることがございます」

「はい、何でしょう？」

朱雀が振り返った。

「ええ、二日前でしょうか……こちらの扉を閉めに参りました時には、熊の剝製などは見かけませんでした。それに、これは普通の剝製でございます」

「えっ、そうなんですか！　そりゃあ変ですね。律子君、大事なことを僕に言ってないじゃないか」

朱雀はたまげた様子で、いきなり揺り椅子から立ち上がった。

「普通の剝製の何が変なんですか？」

律子が解せない顔で訊《たず》ね返した。

「成継さんは合成剝製の愛好家なんだ。陳列棚を見れば分かるだろう。まともな剝製など一つとしてないはずだ。それが普通の熊の剝製などを作っているなんて変なんだよ。その熊の剝製は何処かから持ち込まれたものかも知れない」

律子は熊の剝製に近づいた。

「そう言えば……この熊、妙だわ。サァカスにも熊が二頭いたけれど、それに比べて随分と胴回りや足が細いような気がする。小熊なのかしら？」

律子は熊を観察しながら少しずつ腰を曲げ、ついに四つん這《ば》いになった。

執拗《しつよう》に熊の顔を眺めたり、毛皮を撫《な》でたりしていた律子だったが、さらに姿勢を低くして腹側を覗《のぞ》き込んだ時、突然押し殺したような悲鳴をあげた。

「先生、これ熊の剝製なんかじゃありません……人間です！　喉《のど》のところに人の顔が……」

蒼白《そうはく》の顔で振り返った律子は、震える声で報告した。

「……熊の毛皮の中に人間が……いえ、死体があります。熊の首からお腹のところが裂けていて、紐靴《ひもぐつ》みたいに紐を通して留めてあるんです。其処《そこ》から中に死体を入れたんだと思います」

朱雀の顔が厳しくなった。

「律子君、手足を触ってみてくれたまえ。何か心棒のようなものは入っているかい？」

「……いいえ、ありません」

他の者達はただ呆然《ぼうぜん》として二人の会話を聞いていたが、十和助が這いずるようにして剝製の腹の下に潜り込んだ。

熊の喉元の紐が緩んでいる。

そして……その開いた穴から、まぎれもない天主家のあの者の顔が覗いていた。

「成継様！」

十和助が声を掠《かす》れさせた。

ヒィィィ

成行と正枝は互いに抱き合うと、錯乱の余り泣き出した。

十和助が、ううっ、と呻《うめ》いて床に突っ伏した。齢《よわい》八十になろうとしている老人にとって、余りにも衝撃的な事実であった。

「大丈夫ですか、十和助さん！」

肩を抱いた律子に、十和助は何度か息を吸い込むと、ようやく頷いて見せた。

「はい、はい、大丈夫でございます。余りに驚きました為に、心の臓が一瞬、痛くなっただけでございます」

続いて助蔵と駒男の二人が、恐る恐る熊の腹をのぞき込み、顔を顰《しか》めた。

「……ほんまや、成継君や……ああ……華子に何て言うたらええんや……」

駒男ががっくりと座り込んだ。

「何故、成継君がこんなことに……」

助蔵が険しい声で呟《つぶや》いた。

「きっと成正に殺されたんや！　あの子が戻ってきたんや！」

子供のように泣き喚《わめ》く成行に、朱雀は呆《あき》れたため息をつき、揺り椅子に再び腰を下ろした。

「皆さん、冷静になって下さいよ。それは成継君では無い。兄の成正君です」

「えっ、成正様ですって！」

十和助と律子は顔を見合わせた。

成行、正枝夫婦は、さらに大声を上げて泣き喚いた。

「成継君であれば、熊の剝製《はくせい》の毛並みや、周囲の床に血痕《けっこん》が付着しているはずですよ。なにしろ、彼は頭部から夥《おびただ》しい血をだらだらと流していたわけですからね。それに漆喰《しっくい》の乾き方から判断して、成継君が殺されたとしたら昨夜ですよ。その死体を熊の毛皮の中に入れたのだとしたら、熊が……いや成継君が四つん這いの姿勢でいるのは変でしょう？

　四つん這いのまま死後硬直なんて聞いたことがありませんよ。心棒を使って意図的にやろうと思えば出来ますが、心棒を使うにしても硬直した後に処理したとなると、完全な死後硬直状態にするのに十二時間近くかかりますから、朝まで此処に滞在しなければならないという危険を冒すわけです。それはいくら何でも馬鹿げている。僕が犯人ならばそんな愚かなことはしませんね。だから、それは成正君です。しかも腐っていないところを見ると、剝製なのではないですか……？　そして剝製だとしたら……おそらく成継君が作ったものなのです」

世界、眼球
審判、裁き
ミラレ【和音】ミラレ【和音】
ミラレ【和音】
ミラレ【和音】ミラレ【和音】
ミラレ【和音】
ソラシ【和音】ソラシ【和音】
ソラシ【和音】
ソラシ【和音】ソラシ【和音】
ソラシ【和音】

大時計の廻盤琴《オルゴール》の音色が響きわたった。

4　最強の呪《じゅ》

　朱雀は放心状態になっている一同に、秀夫と作次の事件について幾つかの質問をした後、奇妙な行動に出た。ゆっくりと考え事をしたいからと図書室に閉じこもり、館内にある全ての歌劇のレコードと蓄音機を運ぶよう、十和助に所望したのである。

　それらが運ばれてくると、朱雀は図書室の椅子に腰掛けて目を閉じ、一枚ずつかけるよう律子に命じた。

「これ、百枚以上ありますけど、全部かけるんですか？　何故そんなことをするんです？」

「千枚でもいいからかけたまえ。気になることがある。沙々羅さんが茂道の亡霊に会う時は、いつも音楽が聞こえてくると言ってただろう？」

「ええ、奇怪《おか》しな話だったわ。だけど、本当に亡霊なんているんでしょうか？」

「いるかも知れないさ。此処《ここ》は黄泉津比良坂《よもつひらさか》なんだからね」

「でも、名前が平坂というだけでしょう？」

「律子君、名とは呪《じゅ》だよ。名前はそのものの存在を限定して、その有り様《よう》を縛る力を持っている。ヒラサカと名付けられれば、此処は現界にありながらも、冥界《めいかい》となるのさ」

　そう言われて、律子は少し考え込んだ。

「もしかして……だから先生は面倒な大芝居をしかけて、私に新しい名前をくださったんですか？」

「それもあるね。君がマリコであった時の過酷な……憎悪に取り憑《つ》かれた運命を天に返してしまうには、どんな小細工をするよりも、新しく君を名付け直したほうが早いと思ったんだ」

朱雀の言葉に、律子は胸を詰まらせた。

「警察への目眩《めくら》ましだけじゃないと思ってたわ……。だって、それだけなら先生のお父様が、私を養女にする必要なんてないもの。それも新しい名前の為だったのね……」

「律子という名前の元の主は、とても幸せな女だったとは言えないからね。苗字を変えれば、名にまた新しい命が吹き込まれる。それに、僕は律子君の人生に対して責任もあるさ。僕の一存で君を別人にしたのだから」

朱雀はちょっと辛《つら》そうに答えた。

「あら先生、もしかして私に悪いことをしたなんて思わないでね。本当に感謝してるんですから」

そんなことは思っちゃいないよ、と朱雀は拗《す》ねたように言って言葉を継いだ。

「まあ、名前とはそういうものさ。だから昔の宮中人は簡単に自分の本名をあかしたりしなかったんだよ。名を知られると相手の意のままになると信じてね……。ちょっと、浪漫的《ロマンチツク》な話をしようか？　ああ、その前に次のレコードをかけてくれないか」

「先生が浪漫的な話をしてくれるの！」

律子は、はしゃぎながら二枚目のレコードに針を置いた。

「僕だってそんな話の一つぐらいはするさ。いいかい、大昔の貴族様は婿《むこ》の通い婚が常識だった。つまり、貴族の姫君は決して外に出ず、知らない男に顔を見せないように守られていた訳さ。そして姫君が適齢になると、親がこれぞと思う男に娘の名前を教え、真夜中そっと娘の部屋に導くんだ」

「うーん、そんなのちっとも浪漫的じゃないわ。女の人はずっと家に閉じこめられて、親に与えられた相手と結婚するってことじゃない」

律子がとっても許せないという調子で反発すると、朱雀はにっこりと笑った。

「そりゃあ理不尽な話だけれど、想像してみたまえよ。自分の本当の名を、自分の両親以外の人間が知るはずがない時代なんだよ。なのに、ある日、月夜の晩に、顔も見たことのない男が、庭から自分の名を呼び、愛を囁《ささや》くんだ。不思議だろう？　お姫様にとっては大変な驚きだよ。その男に名を知られていることによって、彼女は身も心もすでに独占されているんだ。彼女は運命に出会ったと感じることだろうね。その一瞬は素晴らしく感動的で浪漫的だと思わないかい？」

「……納得出来ないわ」

律子は頑固にそう主張したが、このエピソードに好感を持ったのも事実だった。

朱雀は意地の悪い、何か言いたげな笑いを浮かべている。内心の動揺を見透かされるのも癪《しゃく》なので、律子は話を切り替えることにした。

「先生、それにしてもいいんですか？　大変な事件が起こってるのに、ただ暢気《のんき》に音楽を聞いているだけで……」

「暢気なんぞじゃないさ。今焦《あせ》って一つ二つの事件を解決したからって、死人は生き返らないし、問題は何も解決しないから様子を見ているんだよ。天主家の祟《たた》りを根本的に解決するには、過去から現在にいたる事件の中に鏤《ちりば》められた、あらゆる言葉や音楽を理解しなければ駄目なんだ。

いいかい、何故、僕が名前の話をしたかだが、呪は名前だけじゃない。言葉や音や動作でも作ることが出来る。それが、陰陽道の禹歩《うほ》や真言の呪文や、神呼びの神楽《かぐら》といったようなものだ。さらに音楽と言葉と動作を合わせれば、最も強力な呪となる。つまり、劇音楽と言葉を併せ持つ歌劇は、最高の呪だということだ。だからモーツァルトは猶太《ユダヤ》秘釈義の奥義を歌劇で示し、十四年前の惨事の折には『魔笛』が演じられた。

この館《やかた》の全ては呪として作られている。天主家の人々は呪の塊《かたまり》の鎖で縛られた囚人なんだよ。かけられた呪を解かない限り、彼らの因縁は消滅しはしない。殺人劇はいつまでも続く」

「何だか先生の話が一番怖いわ、呪に縛られているだなんて……。本当にここの人達、誰もがどこか怪しいんですもの。でも、誰がそんな呪をかけたの？」

「先々代宗主・安道さんだよ。希代の事業家であり、そして霊学者だった」

「どうしてそんな偉い人が、自分の家族に呪をかけたりしたんです？」

「仕方の無い理由があったんだ。そして彼自身も呪の中に縛られていたんだね。この殺人劇は、彼のかけた呪が自動的に引き起こすんだ。だから呪を見極めることが肝心なんだ」

朱雀は真剣な顔でそう言うと、三枚目のレコードをかけるように命じた。

「そうだ、これを見たまえ」

ポケットから取り出されて机の上に置かれたのは一枚の紙だった。

1	A	アレフ	牡牛
2	B	ベト	家
3	C	ギメール	ラクダ
4	D	ダーレト	扉
5	H	ヘー	窓
6	V	ヴァブ	ドアノブ
7	Z	ザイン	武器
8	CH	ヘト	囲いこみ
9	TH	テト	十字架
10	I	ヨッド	手

「何ですか、これは？」

「数字とそれに対応するアルファベットと、猶太語《ヘブライ》での発音、そして猶太語の発音の日本語での意味さ」

「猶太語？」

「そうだよ。猶太語は漢字のように、表音文字であると同時に象形文字でもあるんだ。だから一文字で意味を成す。特に重要なのは勿論《もちろん》……6と9だ」

朱雀はそれっきり、話を打ち切った。

麗々しく響き渡る歌劇の歌声は、悲愴《ひそう》な緊張に満ちている。重厚で厳粛な音の重なりが、狂おしい程の装飾音符に彩られ、機械的なまでに正確に奏でられる様は、まさに天主家に似つかわしいと律子は思った。

「次のレコードを」

時間が経つにつれ、朱雀がそう命じる間隔が短くなってくる。

初めのうちはいそいそと立ち働いていた律子も、「次」という朱雀の声が人差し指を動かす仕種《しぐさ》に変わり、顎《あご》をしゃくるポーズになった頃には、すっかりうんざりした気分になっていた。

何しろ、朱雀の動きから目を離せば叱られるし、指示があったからといって次のレコードをかければ「さっきのレコードの次の曲が聞きたかったんだ」と癇癪《かんしゃく》を起こすのだから堪《たま》らない。

レコードに合わせて口ずさむ、調子外れな朱雀の鼻歌も頭痛の種だ。幾ら何でも音痴すぎる。これで旋律暗号などが分かったのが不思議だ、と、律子は首を傾げた。

夕食を部屋に届けさせ、夜が更けるまで歌劇に耳を傾けていた朱雀は、最後の一枚を聴き終わるとようやく瞼《まぶた》を開いた。

黒曜石の瞳《ひとみ》が中空の一点に据えられたまま動かない。

「らしくないね。この蒐集《コレクション》は完全じゃない」

「え？　何が足りないんです？」

ようやく夕食にありついた律子が、鹿刺を頬張りながら訊《たず》ねた。

「かの名歌劇『ファウスト』が無いじゃないか」

「あら、一つぐらい、いいじゃないですか。これだけ集めれば凄《すご》い蒐集品だわ」

「とんでも無いね。安道さんは『魔笛』を心から愛して、鉄管風琴《パイプオルガン》の自動演奏にまで凝ったんだ。それが『ファウスト』を持っていないなんて、僕には考えられないよ」

「どういう事でしょう？」

「何を隠そう『ファウスト』こそ『魔笛』の続編として作られた歌劇だからさ！　モーツァルトと同じ自由石工《フリーメイスン》に入団していた詩人ゲーテは、『魔笛』を見て、その続編を書きたいと願った。それで、取りあえず『魔笛第2部』という作品を作り、パウル・ウラニツキーという音楽家に作曲まで依頼したんだ。だが、その出来に今ひとつ納得がいかなかったらしく、上演するのを中止した。その代わりに今度は『ファウスト』を作った。

『ファウスト』は通常の恋愛劇にカモフラージュされているが、エレウシスやオルフェウスにも比肩する秘儀参入の歌劇なんだ。主人公達も話の内容も違うけど、『魔笛』と『ファウスト』は同じテーマを取り扱った、二つで一つの作品なんだよ」

「じゃあ、其処《そこ》にもなにか秘密があるのかしら?」

律子の問いかけに、朱雀は深く頷《うなず》いた。

「十和助さんを呼んできて欲しい。内密でどうしても訊ねたいことがあるんだと言ってね」

5　偽りと真実

律子に呼ばれた十和助がこっそりと図書室を訪れたのは、午後十時を過ぎた頃である。

十和助の背後で扉が閉まった途端、朱雀が何の前置きもなく、きつい口調で詰問《きつもん》した。

「十和助さん、一つだけハッキリとさせておきたいことがあります。僕は常々《つねづね》不思議に思っていたのです。沙々羅さんは一体、誰の子供なんです?」

突然の言葉に十和助は愕然《がくぜん》とし、その顔は見る見る青ざめていった。

「こういうことにきちんと答えて頂かなければ、僕は力を貸せませんよ」

十和助は観念したようにがっくりと項垂《うなだ》れ、朱雀の足元に跪《ひざまず》くと、その手を握りしめた。

「沙々羅様は……茂道様のお嬢様なのでございます」

朱雀は驚かなかった。そして、慎重に、ゆっくりと十和助に語りかけた。

「十和助さん、安道さんと茂道さんの間には、一体何があったのですか？」

「ああ……貴方様《あなたさま》にはいつかお話しする日が来るかと、恐れておりました。はい……私が知っている限りのことをお話しいたします」

老執事は、二十八年間守り続けてきた秘密を、重い口調で語り始めた。

朱雀様も御存知の通り、先代の茂道様は非常に凶暴な、一種の性格破綻《はたん》と言っていいお方でした。

安蔵様の事故のこと、幼い太刀男《たちお》様への折檻《せっかん》のこと、全てお話しした通りでございます。

安道様は、自分のお子様方を虐待される茂道様を制御しようとご苦心されはしましたが、茂道様には一向に改心なさる様子がありませんでした。

それで安道様は、ある御決心をなさいました。

次に鴇子《ときこ》様が御懐妊された暁《あかつき》には、決して茂道様をお子様に近づけまいという御決心でございます。

安道様は鴇子様に命じられたのでございます。

もし懐妊したとあれば、決して茂道様に知らせないようにと……。

鴇子様も安蔵様のことがあって以来、茂道様を恐れられておりましたから、勿論、そのようになさったのです。

沙々羅様を御懐妊された時、安道様だけがそれを知らされました。そこで安道様は、磯《いそ》子《こ》様が御懐妊したのだと皆に告げたのです。

磯子様は当時、大変な御高齢でございましたから、出産には危険が伴う。

そう弁解なさって、磯子様を町の大病院に入院させられ、鴇子様をその付き添いとして一緒にいるように手配されたのです。

事実は逆でございました。

鴇子様が御入院を、磯子様が付き添いをなさっていたのでございます。

勿論、無理がございます。一族の方々はおろか、召使い達までもが何かしら妙な雰囲気を感じておりましたが、御宗主の命令でございますから、誰も何も申しませんでした。

そうして沙々羅様がお生まれになり、安道様は御自分のお子様として籍に入れて教育なさったのです。

ところが、その間に茂道様は大きな誤解をなさっていたのです。口に出されこそはしませんでしたが、私が思いますに……。

「沙々羅さんを、安道さんが鴇子さんに生ませた子供だと勘違いしたんですね？」

朱雀が突然そう言ったので、十和助は目を瞬《しばた》かせた。

「はい、その通りでございます」

「成程、それで茂道さんの安道さんに対する異常なまでの憎悪が納得出来ましたよ」

「茂道様の、沙々羅様と安道様を見る目は、本当に恐ろしい、悪鬼のような光を宿しておりました。そして一度、大変な事件が起こりました」

「大変な事件？」

「ええ、その当時、鴇子様は、頻繁に安道様の部屋を訪ねられておりました。ある日、茂道様が猟からお帰りになった時のことでございます。鴇子様と沙々羅様が安道様のお部屋で歌劇を聴いていることを知った茂道様が、突然そのお部屋に乱入され、銃を発射されたのです」

「怪我人は？」

「幸運なことに、怪我人は出ませんでした。銃は蓄音機で回っていたレコードに向けて発射されたのです」

「そのレコードが『ファウスト』だったんですね？」

「はい、どうしてそれを？」

「これだけ歌劇があるのに、『ファウスト』が無いのは妙ですからね」

「十和助さん、安道さんは誤解を解こうとしなかったんでしょうか？」

律子は不思議に思って訊ねた。

「何を言っても無駄だと、諦《あきら》めておられました。自分が塩を踏むしかないのだと……」

「そんなの、悲しすぎるわ……」

朱雀が大きくため息をついた。

「何てことだ。全ての歯車が悪い方向へと向かっている……。勿論《もちろん》、生まれついての気性もあったのでしょうが、茂道さん自身も被害者だったのだと僕は思いますね。つまり、五十四年前の事件ですよ。僅《わず》か二歳の茂道さんは柱時計の中に隠されて助かった……誰もがそう思っていますが、彼は本当に助かったのでしょうか？」

「と、仰《おっしゃ》いますと？」

「考えてもご覧なさい。僅か二歳の子供が柱時計の硝子《ガラス》越しに目撃していたのですよ……十六人もの家族が惨殺され、その後、目玉を抉《えぐ》り取られるという血みどろの惨事を……。意識の中には無かったでしょうが、その記憶像が茂道さんの心を蝕《むしば》んで行ったのではありませんか？　彼の異常なまでの攻撃性や残虐性は、無意識の底に刻み込まれた恐怖から生まれたのではないでしょうか？……茂道さん自身も地獄の中を生きていたのですよ」

十和助はそれを聴くと嗚咽《おえつ》を漏らした。

「そして安道さんも余りに気の毒だ。茂道さんは、安道さんにとっては奇跡のように助かった息子ですからね、とても愛していたはずだ。だが、その息子に憎悪され、最後には自ら毒をあおらねばならなかった……。残酷なことだ」

「本当にどうにもならなかったのかしら」

悔しがる律子に、朱雀は悲しく首を振った。

「分かっていても、どうしようもないことがあるよ。自分の心すら、手に負えない時はあるんだ。人間は煩悩に満ちた弱い生き物さ。律子君にだって、覚えがあるだろう？」

朱雀は冷たい声でそう言うと、十和助に向き直った。

「ところで、茂道さんは猟の時にどんな格好を？」

「上下とも黒の乗馬服でございました」

十和助の言葉に、律子が怯《おび》えた瞳《ひとみ》で朱雀を見た。

「じゃあ……沙々羅さんが見た亡霊っていうのは……」

「はい、茂道様に間違いございません」

「茂道さんは亡霊になっても、恨みを忘れられず、沙々羅さんを憎んでいるのかしら……？　本当は自分の、実の娘なのに……」

「お助け下さいませ。朱雀様」

十和助が弱々しい声で懇願した。

「そのつもりですよ」と朱雀は答えた。

「十和助さん、僕らはこの図書室に泊まらせて頂くことにします」

「えっ、こんな所にでございますか？　それはいけません。ちゃんと客室を御用意しております」

「いえ、ここのほうがいいでしょう。調べ物などもすぐに出来ますし、事件現場の近くにいたいのです。僕は観光に来たわけではありませんからね」

朱雀が事務的に言った。

「それではせめて夜具の用意なりと……」

「厚手の毛布が二枚あれば結構です。寝椅子が沢山ありますから、其処《そこ》で寝ますよ。ああ、でもストーブだけは一晩保つようにしておいて下さい」

「承知いたしました」

「ああ、それと火鉢を」

「はい、ですが火鉢はございますかどうか……」

十和助の真面目な答えに、律子がぷっと吹き出して「冗談ですよ。人が悪いわ、先生」と笑った。

「ところで、夜の見張りはどうしているんですか？」

「は、はい。今のところ二人組で二時間おきに見回らせております。一人が本館を、一人が廊下を見張っておりますので、行動は別々ということになりますが。もっと増やしたほうが良いでしょうか？」

「いや、今はそんなもので良いでしょう。僕らもいますからね。すいませんが、珈琲《コーヒー》を一杯いただけませんか？」

十和助が退室した後、灰色の召使い達が毛布と珈琲を持って部屋を訪れた。驚くべきことに、火鉢も用意されていた。

ソファーを背凭《せもた》れに、床に座り込んだ朱雀は、ゆっくりとほろ苦い液体を飲み込みながら考えていた。

「律子君、黒山羊《やぎ》の悪魔像《レオナルド》をこの館《やかた》に来てから何頭見たかな？」

律子は炭をおこしながら、暫《しばら》く回想した。

「庭に一つあったように思います。それから一階の大広間、三階の大広間……今のところ三頭です」

「本体は正木という貿易商から持ち込まれたものだろうけど、そんなに数のない珍しいものだろうから、他のものは複製だろうね。おそらく成継君が時定さんに命じられて造っていたんだろう」

「じゃあ、もしかすると剝製《はくせい》室の槽で溶かされたのは……」

「造りかけの悪魔像だと思うね、手や足を別々に造って、後で合成する為に取っておいたと考えられる。作次さんを殺した犯人は、悪魔像の足の部分を使って窓に向かう足跡をつけたんだ。そして、その証拠を消す為に剝製室にあった造りかけの悪魔像の部品を槽に入れた……。だが、染料や剝製の目玉のことまで考えが及ばなかったんだ」

「犯人は成継さんだと思うわ。だって実のお兄さんを殺して、剝製にするような恐ろしい人ですもの。作次さんを殺して、伊厨さんを襲ったのよ。第一、自分が悪魔像の足を持っていたなら、作次さんの事件の時に足跡の正体が分かったはずよ。なのにそのことを言わなかったのだもの」

「成正の死は自殺か他殺か、判断がつかないね。成継が足跡のことを黙っていたのは、彼が剝製のこと以外には興味の薄い男だからじゃないのかな。では、君の説によると剝製室のベッドにあった血痕《けっこん》は？」

「……あれは、伊厨さんのものじゃないかしら？　ああ、きっとそうだわ。怪しいもの」

「何がだい？」

朱雀が律子を試すように質問した。

「まず、華子さんや沙々羅さんが何の物音も聞かなかったことがです。それに伊厨さんの部屋の円卓には爪の痕《あと》が残っていただけで、倒れても移動してもいなかったわ。上にあった陶器の人形もそのままだったし」

「つまり？」

「つまりそれは、暴漢が入ってきて争ったのではないということじゃありませんか？　凶器を振り回して暴れられたら、伊厨さんは恐ろしくて逃げ回ったに違いないわ。それを追いかけて犯人が凶器を円卓に振り下ろしたとしたら、その勢いで円卓が倒れ、陶器人形が壊れているほうが自然だわ。そして、沙々羅さんや華子さんが物音を聞いていないはずがない」

「で、律子君はそのことをどう推理するんだね？」

「伊厨さんはまず、訪ねてきた成継さんに剝製室に連れて行かれたんです。まさか自分が殺されるなんて思ってもみなかった。けど、凶器によって頭を割られ、死亡した。これは剝製室に血痕を残して、自分が死んだように見せかけるための成継さんの工作なんです。その後で成継さんはこっそり伊厨さんの死体を隠し、彼女の部屋に戻った。きっと、物音を聞かれないように用心しながら、静かに、ゆっくりと部屋中に爪の痕をつけたんじゃないでしょうか？　もちろん、不気味な祟《たた》りの仕業に見せかける為です。それから身を潜めたんです」

「成程ね。で、動機は？　それから内側から密室にした剥製室から外に出た方法は？　伊厨さんの死体の在処《ありか》は？　さらに成継君自身は何処なのかな？」

「そんなに全部、一遍には分からないわ」

「それはそうだね。ところで十和助さんの言った通りに見張り番が移動しているなら、本館にはたっぷり二時間の空白が出来るね」

朱雀は意味深にそう言って髪を掻《か》き上げた。

「その間に、捜し物をすればいいんですね？」

「ご名答。こういう気の利いた動きは後木じゃ無理だから律子君に来てもらったんだ。女性を危険に晒《さら》すのは本意じゃないが、律子君の『くノ一』ぶりには信頼を置いているよ」

「そういうことは任せて下さい。それに一度無くした命だと思えば、多少の危険はどうってことないわ」

あっけらかんとそう言った律子に、朱雀が眉《まゆ》をつり上げた。

「嫌なことを言うじゃないか。それなら僕が行くさ！」

急にふくれて立ち上がった朱雀を、律子が慌てて制した。

「冗談よ、先生。子供みたいにふくれないで」

朱雀は律子の手を強く振りほどいた。

「ふくれてなんぞいるもんか。それより冗談でもそんな下らないことを言うもんじゃない。大体、君の欠点が何だか自分で知っているかい？」

突然、怒りが癇癪《かんしゃく》の頂点に達したので、律子は「すいません」と謝った。朱雀が発作のように怒りだした時は、大人しく謝るのが一番なのだ。でなければ、癇癪がいつまでも続く。

「いいかい、君の一番の欠点は、感情でも、物事の理解でも、行動でも、壁につき当たると、すぐに自棄《やけ》を起こしてどこかに放り投げようとしてしまう所だよ！　簡単な解決を求めすぎだ。あまりに幼稚さ、滑稽《こっけい》だよ。見てごらん、ほら、今みたいに自分のことだってちっとも大切にしないで直ぐに暴走するんだ。それでこの前の事件のような結果になったんじゃないか、そうだろう？　いい加減にその情緒不安定を直したらどうだい。あれだけのことがあって、まるで何も分かっちゃいない。一体、誰かに自分を殺して欲しいのかい？　生かして欲しいのかい？　どこかの小さな貝殻にでも閉じこもって、遠くの島にでも流されてみたいのかい？　そうした人間ときたら、自分のことには全く無責任なものなのさ。ああ、そいつは不幸だろうねぇ！」

それから暫く朱雀は指先で火鉢をコツコツと何度も叩《たた》き、ため息をついた。こういう時の朱雀は、怜悧《れいり》な美貌《びぼう》が怖い程に冷たく見えて、近づき難い。

律子は心から反省しながら、ひたすら黙って、朱雀の怒りが和むのを待った。

パチ……パチ……と炭が爆《は》ぜる音だけが響いた。

「律子君、今日は十二星座《ゾディアック》に何が隠されているのか見極めよう」

唐突に朱雀が口を開いた。

「この階の天井ですね？」

「ああ、此処《ここ》に泊まったのはその為だからね。重点的に探るのは例の四つの星座、それに、蟹座《かにざ》だ」

「四星座は分かりますけど、どうして蟹座が急にでてきたんですか？」

「十二星座には古来から各星座の霊印《しるし》というものが定められてあるんだ。例えば牡牛座《おうしざ》には♉、牡羊座には♈、双子座には♊という具合になっている。そして、蟹座の霊印というのが♋だ。この表象がまさに6と9の合成だからさ」

朱雀が空中に記号を書き綴《つづ》って説明した。

「6と9は館の秘数ですね」

「古代人は人間そのものの存在と星辰《せいしん》を関連づけて考えていた。天空の星々は人間の脳や掌の皺《しわ》などに雛形《ひながた》として刻印されていて、人のあり方を決定するのだとね。つまり、心理学でいう元型《アーキタイプ》のようなものだが、それは星座から注がれたエナジーによって創られた像なのだと考えたんだね。蟹座が注いだ元型はグレートマザー。『家』、『血統』、『血族と伝統に関係する全て』なんだよ。実に天主家の秘密を隠すにふさわしい場所じゃないかい？」

6　ジャンヌの呪い

琵音《アルペジオ》が響きわたっていた。

宗主・時定《ときさだ》の部屋には黒い絨毯《じゅうたん》が敷き詰められ、奇怪な呪物が蔓延《はびこ》っていたが、基本的な構造は安道が使用していた頃とさほど変化していない。

十字軍の聖徒や神殿の描かれた壁掛織物《タペストリー》、ザラストロの浮き彫り《レリーフ》がある衝立《ついたて》、葡萄《ぶどう》酒蔵等はそのままだった。

黒い帳《とばり》に覆われたベッドは、今まさに植物から産まれ出んとするアドニスの彫像を四本の柱としていて、天蓋《てんがい》の内側には巨大な十字架と中央に薔薇《ばら》とが透かし彫りされている。

ベッドの左脇には『魔笛』の廻盤琴《オルゴール》。

右脇にはストーブがあり、その上で長い首を優雅に背中に曲げた白鳥型のケトルが、白い湯気を吹き上げていた。

黒装束に身を包んだ時定は、ストーブの横の椅子に腰掛け、喉《のど》を草笛のように鳴らしていた。このところ咳《せ》き込みが酷《ひど》いので、蒸気療法をしているのである。

彼の赤く爛《ただ》れた手が置かれた卓上には、先程、十和助が持ってきた『鎮魂歌《レクイエム》』なる呪いの詩と、銀製の高杯と香炉、鉄製の『魔法の手』、『五芒星《ごぼうせい》』と妖《あや》し気な呪文の刻まれた円盤が置かれていた。

時定は『鎮魂歌』と、探偵の出現に苛立《いらだ》っていた。

探偵を雇うことなど許した覚えが無いのに、家人が勝手に許可したのだ。宗主の権威を踏み躙《にじ》るその行為に、時定は許せない憎しみを感じていた。

家族といえども、もともと自分は彼らの為に三十二年間、軟禁されてきたのだ。それが、乞《こ》われて此処に来てみれば、何かにつけては余所《よそ》もの扱いである。

外から突然やって来た自分に対し、彼らが本心からの尊敬を持っているとは到底思えない。普段は従順な振りをしておきながら、いざとなるとこの様だ。何という邪悪さ、野蛮さだろう。また、この手紙はどうだ。これは自分に贈られた『呪い』に違いない。

助蔵ばかりでなく、探偵を呼んだ沙々羅を含む全員が敵なのだ。


気の許せない連中だ。用心しなければ。

それにしても、私に『死の呪い』をかけたのは誰なのだろう？

それを突き止めねば、安息はないぞ。

ああ、あの探偵は、私の様子を探る為に雇われたに違いないのだ。

こうなったら、さらに強い魔術の力で、奴らの思い通りにはならぬことを知らしめてやる！　お前達にも、罰を下してやる！


時定は焦りと怒りが入り交じった表情で、呪いによって赤く爛れきった自らの両腕を見つめた。

焼け爛れたような異常な発疹《はっしん》が、両腕の皮膚を覆っている。さらに、その異様な爛れは、マントで覆われた腹や太股《ふともも》にも広がっていた。

苛立ちも露《あら》わに椅子から立ち上がった時定は、棚の中から魔女の処刑とその祟りを記した革製本と小さな陶器の壺《つぼ》を手に取った。
開き癖のついている例の頁は、直ぐに見つかった。

『呪殺法』

表題にはそうあった。
邪悪な木のように捩《ね》じれた瘤《こぶ》だらけの蠟燭《ろうそく》に火を灯《とも》すと、時定は一言一句漏らさぬよう正確に、書に記された呪文を唱え始めた。そして、密《ひそ》かに蒐集《しゅうしゅう》しておいた館《やかた》全員の持ち物を壺の中に入れ、上に蝦蟇《がま》の油をたらし、点火していったのである。

7　闇の使徒

ジャンヌの亡霊は、
泣きながら太陽神殿の秘密の小径を彷徨《さまよ》う
偽りの琴の音を捧げられた神々が、大いなる怒りを発する時に来たからだ
『CA RA SU』の謎を伏せし者に、死刑の審判は下る
そはジャンヌと同じく火刑なり

皮膚よ焼けよ、爛れよ、
苦悶の内に死に至れ
次の満月の時までに、奇跡が起こるだろう

華子は相変わらず暗い部屋で揺り椅子に揺られ、謎めいた笑みを浮かべていた。

伊厨の部屋に刻まれていた凶器の痕《あと》や、剝製《はくせい》室に残っていたという血痕《けっこん》と成正の剝製の話等を回想して、堪《たま》らなく愉快な気分になっていたのである。

次々に家人が死んでゆき、生き残った人々は逃げ惑い、狂気にはまっていく。これまで自分を見下していた館の者が皆、見苦しい姿で這《は》いずり回っているのだ。それを高みから見下して笑っているのは自分なのだ。

天主家で一番醜い女という烙印《らくいん》を押され続けた今までの華子の人生は、屈辱的で惨《みじ》めなものであった。

だが、そうでなくなる日も近いだろう。

華子はふと、夫が死んだ今となっては、誰にも気を遣わずに部屋を明るくしてもいいことに気がついた。

立ち上がってシーチェストの中から蠟燭を探しだし、灯《あか》りの一本も灯してみようかと考えた華子であったが、訪問者に気づいてその動きを止めた。

こつ、こつ

梟《ふくろう》が窓硝子《ガラス》を叩く音が聞こえた。

誰がいつの間に餌付けしたのか知らぬが、この時刻になると梟が必ずやって来て、餌をねだるのである。

他の場所は明るいので厭《いや》なのだろう。必ず華子の部屋にやって来る。

華子は、召使いに命じて予《あらかじ》め用意していた生肉を手に持つと、換気用の小窓を開けた。

梟の目玉が闇の中で黄色く光って華子を見た。

梟は愛らしい動物だ。

この目玉は醜美などおかまいなしだ。

光よりも闇を好み、好んで醜いものを追いかけている。野鼠や蛾や……誰もが鳥肌を立てる生き物を。

そういう所が自分自身と重なるのだ。

鋭い嘴《くちばし》が貪欲《どんよく》に肉を嚙み千切った。

華子はその様子を眺めるのが好きであった。

与えれば与えるだけ、この胃袋は幾らでも消化していく。

大きくなった梟は、次にどんな餌をねだるのだろう。そして、やがては世界中を喰らい尽してしまうのだろうか。

そんな風に想像すると、華子は愉快でしょうがないのだった。

梟は生肉を食べ終わると、窓から飛び立ち、羽音もなく装飾庭園《トピアリー》を横切って弧を描いた。

梟を見送った華子は、南廊下から近づいてくる番人の洋灯《ランプ》の灯りを恨めしげに見た。

夜の散歩は暫《しばら》くお預けだ。

あの綺麗《きれい》な探偵を見に行きたかったわ
確か図書室に泊まってるはずやのに……
きっと寝顔も綺麗やろうなぁ
目が見えんでも夢は見るんやろうか……？
その夢の中に、美しいものや醜いものは出てくるんやろうか……？

8　悪魔の足音

がりがり　ばりばり
ぺちゃぺちゃ　ばりばり

骨肉を食うような不気味な音が周囲に響いていた。

鋭利な短剣が幾つも幾つも壁から突き出した、恐ろしい迷路の中に迷い込んでしまった……。

いや、そうではない。ここは竹林だ。鋭く光って見えるのは竹の葉である。それは、まるで獲物を傷つける機会を狙っているかのように蠢《うごめ》いている。

気がつくと、ひとり屋敷を抜け出した沙々羅は、竹林の中を歩いていたのだ。

何故、こんなところにいるのか、沙々羅自身分からなかった。此処《ここ》に至るまでの明瞭《めいりょう》な記憶も、思考力も、意識のどこか深い底に沈み込んでしまったようだ。したたか頭部を打ったのか、ある種の薬でも盛られたかのような感覚だ。

ただ、とにかく此処から逃げなければならないという強迫にも似た焦燥《しょうそう》感だけが、沙々羅の胸にあった。


何処へ？

分からない……


鬱蒼《うっそう》と茂る林に阻まれて視界も利かない暗闇の中で、一つだけ確かなことは、自分の背後に迫ってくる足音――闇の獣のように密かなそれが、恐ろしい魔物の足音だということだ。

振り向いてはならない。知らぬ素振りで此処から抜け出すのだ。

そう思っても息が上がり、早足になってくる。

ああ、この暗闇は何処まで続くのだろう……。

胸を押さえながら道を行く沙々羅に、後ろの足音は遠ざかるどころか、段々と近付いてくる。

沙々羅は矢も楯《たて》もたまらずに走り出した。目前に交錯して邪魔をする竹を右へ左へとかわし、息を切らして辿《たど》りついたのは、竹林を突っ切った所にある崖縁《がけふち》であった。

断崖《だんがい》の下から轟音《ごうおん》とともに強風が吹き上げ、沙々羅の長い髪を逆立てた。竹林の方から、がざりがざりと何者かが近づいてくる音がすぐ間近に聞こえていた。

もう逃げ場が無い……、いや、本当はあるのだ。

目の前に螺旋《らせん》階段がある。時間に蝕《むしば》まれ、錆《さび》ついた螺旋階段。しかも支柱すら無い。

沙々羅は躊躇《ちゅうちょ》した。背後から迫ってくるものがもたらす圧倒的な恐怖。だが、階段もまた不吉な呪われた印象を纏綿《てんめん》と漂わせている。

がざり、がざり
背後の竹藪《たけやぶ》の間で、黒い人影が動いていた。手に長い棒のようなものを持っている。


呪文は何だ……？


聞き覚えのある声と台詞《せりふ》だ。

「……お兄様？　お兄様なんですか？」

懸命に人影に向かって呼び掛ける。

呪文は何だ……？　殺してやる！


「何故！　何故なんです！」

がざり、がざり、竹藪を掻《か》き分ける物音はますます大きくなってくる。人影の輪郭がハッキリし始めた。

間違いない！　乗馬服姿の、兄の茂道だ。手に持っているのは猟銃だ。

沙々羅は固唾《かたず》を呑《の》んで覚悟を決め、頼りなく揺らめく螺旋階段に身を乗り上げた。

9　十二星座

館《やかた》が寝静まり、二度目の見回りが通り過ぎるのを息を潜めて待っていた朱雀と律子は、深夜三時きっかりに行動を開始した。

律子は、朱雀が用意した黒装束に着替えていた。さらに、図書室にあった軽くて背の高いスツールを二つ、扉の脇に用意すると、朱雀を振り返った。

「先生、用意が出来ました」

朱雀は雅歩莉織脚《ガブリオール》の肘掛《ひじか》け椅子に足を組んで腰掛けていた。律子はその向かいに静かに座った。

「先生、それにしても何処をどんな風に調べればいいんですか？」

「心配はいらないよ、大概の見当はついているんだ。僕がこの館のことはざっと説明しただろう。怪しい箇所は繰り返し使われている暗号が示唆してる」

「Tと6と9ですよね？」

「何を言ってるんだい。もう一つ忘れているよ」

朱雀は不快そうに眉《まゆ》を顰《ひそ》めた。

「もう一つ？」

「十四年前の事件の資料を渡しただろう？　此処へ来てからも、修道士の絵硝子《ガラス》に使われている七色と大時計の旋律暗号の話をしたはずだよね」

「ええ、面白い話だったわ」

「面白い！　それだけかい？　僕は律子君を面白がらせる為に長い話をしたのではないんだよ。必要があるから話したんだ。いいかい、旋律暗号が重要なのは『可視光線』が暗号の鍵《かぎ》になっているからなのさ。さあ、分かったかい？」

「分からないわ」

「困ったことだ」

と、朱雀は絶望的に言って首を振った。

「館の扉には鏡文字があり、断続的に鏡文字にしていく手法によって6と9が現れるだろう？」

「ええ……」

と、律子が曖昧《あいまい》な返事をすると、朱雀は嫌気がさした表情で憎々し気に、あっかんべ、のポーズをした。

「何の真似なんですか、先生！」

怒った声で言った律子に、朱雀は苦笑した。

「答えを教えたんじゃないか」

律子は、深い沼のように黒く光る朱雀の瞳《ひとみ》をじっと見つめた。

「目？」

「そうだよ。目玉だ。いいかい、十四年前、加美《かみ》探偵と太刀男が隠し金庫の場所を見つけたのも、天井の基督《キリスト》像の『視線』が手がかりだった。加美探偵が図書室で必死に『最後の審判』の絵を見ていたものだよ。暗号解読の鍵は『可視光線』で、『鏡』は『目』のようにものの形を映す器物だ。そして天主家が祭っているのは『一箇目神』。時計台はいつも『眼球、裁き』と歌い続けている。この館の暗号には、全て『目玉』が関係しているじゃないか。他に質問は？」

言っている意味がよく分からないが、質問をするとまた、機嫌が悪くなりそうだと律子は判断した。

「ありません。行ってきます」

「じゃあ、万年筆とメモも忘れずにね」

律子は火のついていない洋灯《ランプ》とスツールを抱えて図書室を出た。

月明かり一つ差し込まない館の内部は、夜となると異様に暗い。三階の光源は、廊下沿いにぽつり、ぽつりと置かれ、それ自身の姿を陰気に浮かび上がらせている薄暗い洋灯だけであった。

律子は、まずスツールを床に置き、辺りに人気《ひとけ》がないか用心深く確認しながら、廊下を一周することにした。

螺旋階段の近くまで来た時、階段の方からほんの僅《わず》かな光が見えた。

何だろうと、姿勢を低くして覗《のぞ》き込むと、二階の天窓の部分から、半月より僅かに膨らみかけた月の灯《あか》りが差し込んでいる。天窓に向かって細く伸びた廊下に並ぶ奇怪な呪物達が、暗闇の中に青白く浮かび上がっている。

と、その時、何かが律子の頭上で動く気配がした。ほんの一瞬であった。だがその気配は、律子の真上に当たる、四階の廊下であったような気がした。

(誰?)

律子は姿勢を低く保ち、猫のように静かに素早く螺旋階段を登った。

人影は何処にもない。

(気のせいかしら……)

そう思って引き返そうとした時、ふと目の端に、光が映った。成行夫婦の寝室の扉が僅かに開き、一筋の光が廊下に細いラインを描いている。

律子は、気配を殺して部屋へ近付いて行った。

部屋から漏れてくる泣き声とため息の音――。二人はどうやら起きているらしい。

「これは祟《たた》りや、祟りや」と、成行の声がすると、

「あの子らは、『わがままな子供』の話が好きやったなぁ」と、正枝のうつろな声が答える。

「ああ、あんまり言うことを聞かへんから、神様が病気にして子供を殺すんや」

「成正も、成継も言うことききかんかったなぁ」

「そうや、『わがままな子供』も、死んでからも言うことをきかんと墓の中から手を出す子供の話や」

「そうやった。そうやったわ。あの子らは、夜は召使いに、昼は私らに、暇があったら『読んで、読んで』って、ねだったもんや」

「何百回も読んだもんや」

「何百回もなぁ……」

それから再び泣き声とため息が始まった。

律子は、只《ただ》ならぬ二人の様子にぞっとしながら、廊下を引き返した。

三階に降りて誰もいない事を確かめた律子は、ようやく持っていた洋灯《ランプ》に小さな光源を灯《とも》し、頭上に振り翳《かざ》した。

廊下の天井に描かれた十二星座が律子を出迎える。

律子は、スツールを脇に抱えて水瓶座の下に至り、器用に椅子の上に椅子を重ねた。そして、洋灯《ランプ》の把手《とつて》を口に銜《くわ》えると、その不安定な足場を登って行く。七つの時からサァカスで軽業《かるわざ》修業をしていた律子にとっては造作もないことだった。

体を伸ばして灯りを翳すと、水瓶を肩に抱えたガニュメデの浮き彫り《レリーフ》が、オレンジ色の灯りの中に陰影を持って浮かび上がった。

律子は、その眼をじっくりと観察したが、特に何の変哲もないように思われた。そこでその目に、そっと触れてみた。驚いたことに、ぎょろり、と目玉が動く。

左右にも上下にも動くが、もっと動きそうだ……。

思い切って目玉を回してみると、ぐりっ、と眼球の裏側が現れた。

これは……！

そこには何かの文字のようなものが書かれている。律子は間違いの無いようにそれを写し取った。

水瓶座　Disappear Orphe's music
（消えよ、オルフェの調べ）

獅子座　Burn Miracle Heliopolice
（燃えよ、奇跡の太陽神殿）

蠍　座　Wind Secret passage
（うねれ、秘密の通路）

牡牛座　Eternal, immortal, undying and invincible Lord, please give the good reward and give the sinful punishment.
（永遠なる、不滅のうち負かされざる神よ、善人には報いを、悪人には罰を与えたまえ）

蟹　座　The summer solstice, a carasu knocks the door. six, six and six, six and six and six.
（夏至の日にCA RA SUが扉をノックする、6、6と6、6と6と6）

各星座の裏側から現れた文字を、自分の掌に指で書き綴《つづ》らせた朱雀は、ほうっと感心したため息をついた。そして、ふふん、と鼻先で笑うと、「やはりファウストのお出ましだ。

どうやら第二幕に入ったようだね」と呟《つぶや》いた。

「すごいわ、暗号の意味が分かったんですか?」

「律子君はどうだい?」

「『オルフェの調べ』は、扉の文字のオルへと関係があると思います。奇跡の太陽神殿は扉文字の入れ替えで現れた文ですよね。他は分からないわ」

「天主家の人達の前では秘密にしておいたけど、『Secret passage(秘密の通路)』は、安道さんの残した楽譜のタイトル『Sage, set and pass Cres.』の中に潜んでいる隠し文字だよ、天主家に送られてきた詩の中にある『秘密の小径』さ。それに『CA RA SU』も使っているね」

「犯人は十二星座の暗号を知っているわけですね」


危険を冒すはめになるかな……


朱雀は、酷《ひど》く険しい表情で呟いた。

「先生、ところで牡牛《おうし》座と蟹《かに》座の暗号が意味しているところは何なんですか?」

「『永遠なる、不滅のうち負かされざる』はある神に捧《ささ》げる枕詞《まくらことば》として常用される成句《フレーズ》だね。夏至は、蟹座の第一日に定められている。これらは実に上手《うま》くつくられた呪なんだよ」

「暗号ではなくて、呪なんですか？」
「そう。呪さ。水瓶座は風精に属し、空気の震えで伝わるもの、即《すなわ》ち音楽も風に属するものだ。また、獅子座は火精に属し、太陽は最も偉大なる火精で、黄金の化身、獅子座の守護星。蠍座《さそりざ》は水精に属し、不可視《オカルチック》な星座と呼ばれる秘密の番人。さらに土精に属する牡牛座の呪こそ、安道氏の革本に書かれていた言葉の謎そのものさ」
「茂道さんの部屋に残っていたという、あの革本ですか？」
「GOD LIVING IMITATION HEAVEN
SEND TUMBLE - DOWN HOUSE
CRYING HARP, PEAL AND DINTENDER
SMELL REAL FRUIT GIVEN

偽りの楽園に住まう神
廃屋を送れ
弱々しくなるハープや鐘の音
与えられた真実の果実の香り

この詩に使われている八十八文字の順番を入れ替えると、Eternal, immortal, undying and invincible Lord, please give the good reward and give the sinful punishment. となるア

ナグラムだよ」

「そんなの、長すぎて、どこをどう入れ替えていいのか作った人にしか分からないわ」

「僕は分かったじゃないか」

「先生は特別よ」

「そんなことは無い。他にもいろいろとあたりがつくからね。それにしても、これらの呪には、ファウストの有名な四大精霊の呪文、『火の精サラマンダー、燃えよ。水の精ウェンディネ、うねれ。風の精ジュルフ、消えよ。土の精コボルトよ、いそしめ』をかけてあるんだが……。土精の呪文だけがそうでないのが気になるねぇ」

「どういうことでしょう？」

「土精はまだ動いていないのかも知れないね。まぁ、とにかく、十二星座《ゾディアック》というだけでも、強烈な魔術的力を持つ表象だ。そんなものが彼らにふさわしき呪を刻まれているのだから、ここに発生する魔力は強力だ。天主安道の命令によって、館《やかた》を守っている四大精霊という訳さ。館に鏤《ちりば》められた旋律の中に潜む風精、天主家の富と館を守護する火精、秘密の通路の番人たる水精、そして土精……はまだ見つからずか……。まさに何処までも続く渦のような暗号だ」

「四大精霊の呪のことは分かったけれど、蟹座は？」

「これはそうだねぇ、恐らく夏至という太陽暦でも特別な時期と、鳥が出てくるから、最後の6、6と6、6と6と6というのは時刻を示しているのかも知れない」

「時刻？」

「熊野の烏は太陽黒点の隠喩《いんゆ》なんだ。夏至は太陽の南中高度が最も高くなる時期であるから、日時計《サン・ダイヤル》なんかが連想されるが……」

朱雀は怪訝《けげん》そうな声で言うと、顔を曇らせた。

「明日《あした》、庭に出て探してみます。そうだ、先生、秘密の通路があるんなら、密室の剝製室《はくせい》の謎が解けるんじゃありません？」

「ところがあそこには秘密の通路がないから厄介なんだよ」

「絶対に無いの？」

「無いね、断言する。『Sage, set and pass Cres.』の、『set and pass』は『設置そして通過する』と読める。両端のSageとCresは、そのまま羅馬《ローマ》発音で読むと、セージつまり薬用サルビアと、クレス、阿蘭陀芥子《オランダからし》の意味になる。つまり、この館のセージとクレスのモチーフがある場所には秘密の通路が設置されていて、特別な仕掛けで通過出来るんだろう。僕が以前に調べた時には、本館の各部屋の暖炉型換気扇、そして安道さんの葡萄《ぶどう》酒蔵、さらに庭の彫像などに……少なくとも三十ヶ所以上怪しい場所を見つけたよ。しかし剝製室にはその印が無かったんだ」

そう言って、朱雀は沈黙した。

第四章　第四の御使い

1　月時計《ルナ・ダイヤル》

世界、眼球
審判、裁き

ミラレ【和音】ミラレ【和音】
ミラレ【和音】
ミラレ【和音】ミラレ【和音】
ミラレ【和音】
ソラシ【和音】ソラシ【和音】
ソラシ【和音】
ソラシ【和音】ソラシ【和音】

ソラシ【和音】

天主家の朝の始まりを告げる廻盤琴《オルゴール》の音が鳴り響くと、灰色の召使い達の団体が北の廊下を本館に向かって行進して行く。

早朝、一人で庭を散歩していた律子は、最後の和音が鳴り終わると同時に、山裾《やますそ》の方から鋭い咆哮《ほうこう》が幾重にも響いて来たのに驚いた。

見ると、血飛沫《ちしぶき》が点々と飛び散ったかのような眼下の紅葉の間から、黒い霧がむらむらと立ち上ってくる。

それらは時計の音に起こされた烏達であった。だが、装飾庭園《トピアリー》の頭上にまで飛来した黒い大群を、律子はことのほか不吉なものに感じた。

烏達は今から朝食の用意時に、多くの残飯が出るのを狙っているのだろう……。

それにしても、これだけの人や動物が、同時に、同じ規律の下で行動している様はなんとグロテスクなことか、と律子は思った。まるで、精神病院のサナトリウムか軍隊のようではないか。しかもここの人間達ときたら、こんな場所で永らく生き、ちっぽけな小世界の権力者となることを願って殺し合いまでしているらしい。

妙なことに、律子は、あの大震災の後の殺戮《さつりく》と不景気と、不衛生な地下道でごろ寝していた時の暗鬱《あんうつ》な気持ちを思い出していた。

此処《ここ》にはお金持ちの臭いがぷんぷんしているし、悪趣味とはいえ豪華な館と庭がある。

けれど、あの地下道に漂っていた不安と絶望……そんなものと同種の臭いを感じるのだ。

装飾庭園の東端にある白樺林《しらかば》。その木陰に積もった落ち葉を踏みしめて歩いていた律子は、緑色の孔雀石で出来た巨大な蜥蜴《とかげ》の姿を見た。そして、その裏手に廻《まわ》ると、さらに奇怪な光景に出くわした。鳥類の羽根を生やした下半身魚の女が、美しい青年の生首を鷲摑《わしづか》みしている姿である。隣には、例の悪魔像もある。

ため息と共に悪魔像を通り過ぎた時、ようやく律子は目当てのものを見つけた。四匹の蛇に支えられた四角い銅板である。

律子は銅板の上に影を落とさないように注意しながら、側に屈《かが》み込んだ。

「月時計《ルナ・ダイヤル》に興味がおありなの？」

背後の声に驚いて振り返ると、白樺林の間から沙々羅が歩いてきた。手に花籠《かご》を持っている。

朝の光の中で見る沙々羅は、たとえようもなく優雅で叙情的であった。上品《シック》な茶色のロングドレスが背景に融合し、まるで一枚の絵画のような佇《たたず》まいである。こうして見ると、沙々羅の上背は律子より一回り小柄そうだ。部屋の中で会った時、それに気付かなかったのは、やはり貴婦人の貫禄《かんろく》というものだろうか。

「律子さん、ですわね。二人きりでお会いしたのは初めてね」

そう言って沙々羅は微笑んだ。肌理《きめ》の細かな白い肌は天主家の血筋なのだろうか、それともお嬢様だからあまり外に出ないのかしら……などと、律子は全く関係のないことをぼんやりと考えた。

「本当に。沙々羅さんとは一度お話ししたいなぁと思ってたんです」

つい思っていたことを口にしたが、それから何を切り出せばよいのか分からなかった。本物の深窓の令嬢を見たのも初めてであったから、緊張して考え込んだ律子であった。

「お早いのね、お目覚めが」

沙々羅が言った。

「ええ、実は私、ここに来る前にお寺にいたんです。寺って朝が早いのよ。さっさと起きないと、住み込みの小坊主さんが、銅鑼《どら》を鳴らして起こしに来るんです」

「うちでは召使いが起こしにくるのよ。一緒ですわね」

「でも召使いの方は優しいでしょう？　でも小坊主さんは鐘を叩《たた》き鳴らしてそりゃあ五月《うる》蠅《さ》いの。早起きが嫌いなわけじゃないわ、朝は一番空気が綺麗《きれい》でしょう？　それに、朝御飯の前に縁側を拭《ふ》き掃除するのが最高にいいんです」

「楽しそうね」

沙々羅は少し寂し気に笑った。

「あの……私、隠し事が出来ないから言ってしまいます。沙々羅さんは何か運動《スポーツ》でもなさったほうがいいわ。一日中お部屋にいるのはよくありません。だって、こうして外にいたほうが、沙々羅さんはずっと綺麗に見えますもの。勿論《もちろん》、お部屋の中でもお綺麗ですけど……あら、私、何を馬鹿なこと言ってるのかしら！」

照れ笑いをする律子を、沙々羅は眩《まぶ》しそうに見た。

「お若いのね、十八歳くらい？」

「いえ、二十歳です。もうすぐ二十一になります」

「わたくしが二十歳の頃は、お勉強と洋竪琴《ハープ》が趣味だったわね……そうね、この目が治ったら、律子さんの仰《おつしや》るように何か運動《スポーツ》でも始めてみようかしら」

「ああ、私、気がつかなくてごめんなさい。目のほうは大丈夫ですか？」

「ええ、片方は見えますから……。それに右目も薄ぼんやりとは見えるんですのよ。けど、たまにものにぶつかったりなどして」

「早く治るといいですね。女学校の講師をなさっていたんですって？」

「ええ、お転婆なことだと思われる？　周りの方々には、最初随分と反対されましたのよ。けれども、わたくしがあんまりにも頑固なものだから」

「お転婆なんてとんでもない。羨《うらや》ましいわ。私はずっとサァカスで働いていて学校には行けなかったから、勉強がしたかったわ……。あっ、私、お寺にいる前はサァカスにいたんです。こういう経歴って珍しいでしょう？　ね？」

沙々羅の暗い顔に気付いた律子は、慌てて話題を変えようとしたが、沙々羅は細い眉《まゆ》を寄せたまま俯《うつむ》いてしまった。

「そうですの……。わたくしは本当に恥ずかしいわ。ただ天主家の娘に生まれたというだけで、何一つ苦労もせずにこうして生きている。そのことに気づいたのも最近ですのよ。

女学校には裕福な生徒ばかりではありませんの。お針子の仕事をしながら学校に通っている志《こころざし》の高い女性もいるんです。律子さん、お笑いになられるでしょう？　この館《やかた》の有様を見て下さい。無駄なものに湯水のようにお金を使って……。こんなものに使うお金の万分の一でもあれば、辺りの貧しい農家の子供達を学校に行かせてあげることが出来ますのに……」

律子は、そう嘆いた沙々羅に好感を持った。律子の中には、カフェで戯れる金持ち連中の印象《イメージ》が強かったので、お金持ちなんていうのは、皆、ろくなものではないと思っていたからだ。

「いい人ね、沙々羅さん。人はお金持ちになるとそんなことをなかなか考えないのよ」

「旧家などという名誉や、お金が沢山あるよりも、わたくしは自分の人生を自分で選べるほうがいいですわ。わたくし、時々、不安になりますのよ」

「不安に？」

「夢遊病が出た翌朝など……今のわたくしが本当は何者なのか分からなくなるんです。時にはもうわたくしは生きてすらいないのではないかなんて……。自分が何の為に生きているのか、どういう人間であるのか、しっかりと分かる瞬間を夢見ているというのに、この私自身の存在の曖昧《あいまい》さは何なのでしょうか。特にこんな風に、当たり前の人間としての活動を何もせずに過ごしていますと、このままわたくしは掠《かす》れて消滅してしまうのではないかと怖くなりますの。その後に残っているのは私の形をした死人……。そう思うのも気の病のせいでしょうか」

「ねぇ、そんな風に思い詰めるとよくないわ。そう、私も全然境遇は違うけれども、現実感の無い、夢のような年月を過ごしていた頃があったんです。でも、今は違うの。きっと沙々羅さんにもそんな時がくるわ」

律子の懸命な顔つきに、沙々羅も「早くそうなるといいですわ」と呟《つぶや》いた。

「それはそうと、沙々羅さんこそ、こんなに早い時間にどうしたんです？」

「そうだわ。わたくしはお花を摘もうかと思って……」

「花を？」

「ええ、愛羅さんが臨月なものだから、じっと部屋に寝たきりでいらっしゃるの。ですから、花などを毎日替えて、少しでも気持ちが明るくなればいいと思って……こうして摘んで毎朝届けますのよ」

「素敵！　私も手伝います」

「よろしいの？」

「ええ、勿論」

二人は並んで花を摘み始めた。

「そう言えば律子さん、先程は随分熱心に月時計《ルナ・ダイヤル》をご覧になっていたわね」

「あれ、月時計なんですか？　日時計《サン・ダイヤル》ではなくて？」

「ええ、そうよ。日時計をお探しなの？」

「あるんですか？」

「まあ、そんなに真剣な顔をなさらないで、おかしな人ね。がっかりさせて申し訳ないけれど、日時計は無いんですのよ」

「そうなんですか……」

「まあ……貴方《あなた》、日時計の研究でもなさっているの？　でも、月時計も面白くてよ。月の満ち欠けは昔から人の心を司《つかさど》ると言いますものね」

「心……そうですね……今度は月時計も研究してみます」

真剣な声になった律子を、沙々羅が不思議そうに見た。

「それよりほら、朝食までに愛羅さんに花を届けましょう」

そう言って律子は、秋桜《コスモス》や小さな寒菊で一杯になった花籠を示した。

2　双子の絵画

初めて訪れた六階は、磨《す》り硝子《ガラス》の照明の加減もあって、昼間はどの階よりも薄暗かった。

階段を登り切った正面の壁には、こけおどしめいた黒装束を着た青年の絵があった。悪魔の王子《プリンス》とでも呼べそうな暗鬱《あんうつ》な美貌《びぼう》だ。まだ見ぬ宗主・時定に違いない。

話に聞いていた、不可思議な三本の柱がある。

黒漆《くろうるし》の壁、天井の法輪らしきもの、扉ごとの金のアーチ……そうした意匠に囲まれていると、巨大な仏壇の中に入っている心持ちがする。

その時、時定の部屋から出てきたらしい灰色の召使いが、神妙な面持ちで音もなく脇を通り過ぎた。制服のせいか誰も彼も見分けがつかなくて、個性の無い灰色の影のようだ。

此処《ここ》にいる人達は皆、亡霊なのではないかしら？

一瞬、そんな狂った思いが頭を巡り、律子は沙々羅の透き通った横顔をそっと窺《うかが》い見た。

沙々羅が愛羅の部屋をノックすると、扉が開き、皺《しわ》くちゃの木乃伊《ミイラ》のような産婆が二人を出迎えた。

部屋に漂う空気は、異様な程しんとして、堪え難かった。

これが臨月になろうという第一夫人の部屋なのだろうか。賑《にぎ》やかな祝い事の予兆も、温かな雰囲気も、そこには、何もなかった。それが恐ろしい。

部屋の奥には、天蓋《てんがい》から帳《とばり》の降りたベッドがある。

その脇に、小さく震えるストーブがある。木乃伊のような老婆が律子を追い越して、ストーブの側の椅子に腰を下ろし、それきり動かなくなった。その様子は震えているストーブより無機物めいていた。

律子は、修道士の窓の下に置かれた二十号大の油絵を凝視した。それは、灰色に塗りつぶされた背景の中で、二人の女性が寄り添っている絵であった。女達は瓜二《うりふた》つだ。遠目には確かでないが、愛羅と結羅のようだ。

室内を見回すと、壁のあちこちに、部屋の主《あるじ》が描いたと思われる油絵が飾られていた。

その殆《ほとん》どは、生気のない、ただ繊細で美しい写実画である。絵葉書でも見ながら模写したのかも知れない。

存在感というものが一切希薄なこの部屋の中で、壁紙の金箔《きんぱく》や、亜拉毘亜《アラビア》絨毯《じゅうたん》の花模様や、厳《いかめ》しい香炉の龍達だけが、我が物顔に自己主張していた。

そして、ベッドの帳の中から現れた白い顔も、命のない美しい人形のようであった。

青い血管の透けた生気の薄い肌。形の整った瓜実顔《うりざね》。硝子玉のような瞳《ひとみ》。

結羅と同じ顔だ。だが、酷《ひど》く疲れているように見える。臨月というのがどれ程苦しいか、それとも違う理由で苦しんでいるのか、律子には想像すら出来なかった。

「お花を摘んできましたのよ、愛羅さん」

沙々羅が、愛羅の枕元に花籠《かご》を置いた。

「有難う」

愛羅は力の無い、緩やかなアクセントで答えた。

その姿が痛々しかったので、律子は窓際の絵の方に視線を泳がせていた。

「あら、そちらの方は？」

愛羅が律子に気付いて、無理に微笑んだ。

人形が人間になったので、律子はほっとした。

「こちら、律子さんと言うの。東京から来られた、わたくしの知り合いのお友達ですわ。この花を一緒に摘んで下さったのよ」

「初めまして、律子です」

「初めまして……こんな格好でごめんなさいねぇ」

愛羅が上半身を起こして、握手を求めた。陶磁器のように冷たい手だ。

「どうぞ、楽になさって。私、絵を見ていたの。愛羅さんがお描きになったのね？」

律子が訊《き》くと、

「ええ。一日中お部屋にいると退屈やから、それで結羅とよく絵を描いたんよ。私が右、結羅が左に座って、別々の場所から描き始めるんよ。ここの絵は全部そう。二人で一緒に猫いたんよ」

愛羅が嬉《うれ》しそうに言った。

「まあ！ 信じられないわ！」

律子は絵の側に近付いてじっくりと観察したが、画面の右側と左側は、色使いと言い、タッチと言い、モチーフと言い、寸分変わるところがない。

「すごいわね！」

はしゃぐ律子の声に、愛羅は寂し気に笑った。

「あの頃は楽しかったわ……」

沙々羅は花瓶に花を生け替えながら、心配そうな目を従姉妹《いとこ》に向けた。

「愛羅さん、また眠れなかったのですね。隈《くま》が出来ていますわ」

「またあの怖い夢を見たんや……」

「どんな怖い夢を見るんですか？」

震える愛羅の声に、律子は心配気に訊《たず》ねた。

愛羅はたちまち表情を凍らせた。

「私は鏡を見てるんや。そうしたら、体中が……見る見る真っ赤に爛《ただ》れていくんや……。手も、足も、顔まで赤く爛れていく……。私、何や悪い予感がするわ。お腹の赤ちゃん、大丈夫やろうか……」

泣き顔になった愛羅に「大丈夫、気のせいよ」と言い返した律子だったが、例の脅迫状を思い起こして、鳥肌が立った。

臨月の愛羅には、人々が気遣って手紙を見せていないはずなのだ。

これは偶然なのだろうか……。

「赤ちゃんのことを心配しすぎるから、そんな夢を見るだけですわ。大丈夫」

沙々羅はそう慰めているが、確かにこの部屋には死臭が漂っているように律子には思われた。

「そうやろうか……それやったらええけど、私、何か不安やわ。最近は結羅の様子もおかしいんや」

「結羅さんが？」

沙々羅が、気付かなかった、と言うように驚いた。

「結羅、全然顔を見せてくれへんのや」

「お風邪ではないかしら？　御宗主もそうだから。きっと愛羅さんに伝染《うつ》したくないのだわ」

「うん……それならええけど……」

愛羅が「お二人が来てくれたから少し落ち着いたわ、眠れそうやわ」と言って横になったので、沙々羅は布団をかけ直して帳をそっと閉じた。

二人は静かに部屋を出た。

「沙々羅さん、あの愛羅さんの夢は……」

「ええ。どうしてなのか分かりませんわ。それに、悪夢に悩まされているのは、愛羅さんだけではありませんのよ。正代叔母《おば》様もですわ。それに御宗主も、このところずっと風邪を引かれて体調がお悪く、夜も寝付けないといって睡眠薬を常用されていると……十和助が心配しておりました。皆、手紙を読む前からそうなんですの。それに……」

沙々羅はそう言って暫《しばら》く考え込んでいたが、

「私も怖い夢を見ますわ……。ですから、此処《ここ》では愛羅さんのことも誰も不思議に思わないの」

と言ったきり、黙り込んでしまった。

律子は、沙々羅の心の扉がぴしゃりと閉まる音を聞いたような気がした。

図書室に戻ると朱雀の姿がなかった。息が詰まりそうだと言って、同じ階の張り出し間《バルコニー》に朝食を運ばせていたのだ。他人の家においても遠慮という言葉を知らない男だ。

外気はひんやりとしていたが、風よけの灌木《かんぼく》のお陰で、意外に快適だった。

竹、楓《かえで》、鳳仙花《ほうせんか》、シクラメン、椿《つばき》、さるすべり、またたび、睡蓮《すいれん》と数々の植物がある。

花物は、たいてい彫刻を施した石柱鉢に植えてある。半円形の張り出し間の頭上の庇《ひさし》にもびっしりと蔦草《つたくさ》が蔓延《はびこ》っていた。灌木の間からは、庭の全容と館を取り囲む暗い草木の茂りが見渡せる。

「昔はああいう木の枝に、死体を吊《つる》していたんでしょう？」

律子は周囲の茂みから頭を覗《のぞ》かせた一際高い杉を見ながら、オムレツを頬張った。

「再生の神である太陽神の使者である烏に、死体を食べさせて、魂の蘇生《そせい》を願ったんだよ。川に流すのも同じ意味がある。伊邪那岐《イザナギ》、伊邪那美《イザナミ》の間に生まれた蛭子《ひるこ》神は、三年たっても立てなかったので海に流されたことになっているが、別説には蛭子とは日依子《ひよるこ》――つまり太陽神であって、水の通過は太陽儀礼の一つではないかと言われてるんだ」

「じゃあ、ぞんざいに扱ったわけじゃないのね」

「そうだよ」

「そうだ！　愛羅さんったら、手紙のことを知らないのに、全身が赤く爛れる夢を見たというのよ、先生」

律子が興奮気味に訴えた。

「ほう、それは奇怪だ！」

朱雀はナイフとフォークを置いて大袈裟《おおげさ》に叫んだ。

「でしょう？　おまけに時定さんまでどうやら悪夢を見ているようなのよ。こうなると祟《たた》りもまんざらじゃないわ。それと先生、発見よ！　御宗主の部屋のドアノブに十字架があったの」

「ああ、知っているよ」

「なんだ、もう調べはついているのね」

「僕が十四年前この館に来た時は、空室だったから調べやすかったよ」

「先生って、子供の時から詮索《せんさく》好きな性格だったたんですねぇ」

「そりゃあ、『三つ子の魂百まで』というからね」

朱雀は悪びれず答えて、珈琲《コーヒー》を飲んだ。

「それで、先生。他には何があったんです？」

「ドアノブの飾り板の裏に、『回せば扉が開く』と綴《つづ》られていた」

「え？　それもアナグラムとかそういう暗号ですか？」

「いや、そうではないようだ。きっとそのままのことさ。それよりさっきから変な具合だよ」

「変？」

「図書室の扉の前を誰かがいったりきたりする足音がしていたんだが、一向に中には入ってこようとしないんだ」

「召使いではないの？」

「いや、違うだろう。召使いが扉の前で、十分近い時間、まるで中の様子を窺《うかが》うようにうろうろして、静かに去っていくなんてことすると思うかい？」

「確かにそれは変だわ。誰かしら？」

「あの革靴の音は男であることは間違いないね」

「ということは……助蔵さん、駒男さん、成行さん……十和助さん……あるいは成継さん……？」

3　忌まわしき十字架

二人が朝食を食べ終わった頃、馬車が館の門の内に入って来るのが見えた。木陰にその姿が隠れてから暫くすると、下の方から螺旋《らせん》階段を伝って、ざわめきが聞こえてきた。

二人が階段を降りていくと、灰色の召使い達が砂糖に群がる蟻のように団子になって、騎士像の脇で騒ぎ立てている。

「どうしたんですか？」

十和助の姿を見つけた律子が声をかけた途端、ヒステリックな声が広間に響いた。

「触れるな！　触れた者には鞭《むち》を食らわすぞ！」

ゆらりと螺旋階段の上に現れたのは、宗主の時定だった。黒装束に黒マント、仮面を被《かぶ》った異様な姿だ。靴音を高く響かせながら階段を降りてくる。

「こちらの御宗主ですか！　初めまして、僕は探偵の山田太郎です」

じろりと朱雀を睨《にら》み付けた時定の目は、ぎらぎらと血走っていた。にこやかに笑う朱雀の横を、時定は返事もせずに通り過ぎた。

召使い達は、蜘蛛《くも》の子を散らすようにその場を去った。

そうして時定が、届けられた箱を開くと、中から現れたのは、縦横の柱が幅一メートル、長さ二メートル四十という巨大な黒い十字架の側面に人の頭蓋骨《ずがいこつ》をモザイクのように張り合わせた、何ともグロテスクな気味の悪い品物であった。

「『髑髏《どくろ》の十字架』だ。十和助、誰の手にも触れさせるな。勿論《もちろん》、そこの探偵にもな！」

時定は大声でそう叫ぶと、愛《いと》おしそうに気味の悪い十字架を撫《な》で回し始めた。

喉元《のどもと》からは蛙を踏みつぶした時のような、がらがらという、かみ殺した笑い声が低く漏《も》れている。

ここ数年、誰も時定の素顔を見たことが無いと十和助に聞いていたこともあって、律子は何かぞっ、とするものをその黒衣の姿に感じた。

実は時定という男は、ずっと以前に悪魔に取り殺されていて、あの黒山羊《やぎ》の悪魔が変身の妖術《ようじゅつ》で宗主に成り代わっているのではあるまいか。

そして、悪魔の法でもって、この館《やかた》を支配しているのではないか。

朱雀の様子を扉の向こうでじっと窺っていたのも、彼ではあるまいか。

気のせいに違いないが、律子には何故かそんな風に感じられて仕方がなかった。

「十和助、子供はいつ生まれるのだ!?」

突然、時定は粗暴に訊《たず》ねた。

「少し早産になりそうだと、産婆は申しております。恐らく五日以内には生まれるだろうと……」

「五日か……丁度よい。十和助、この十字架は礼雄鳴土《レオナルド》の前に置いておけ」

恐ろしい企《たくら》みを持った声でそう言うと、時定は黒マントを翻《ひるがえ》し、再び螺旋階段を登っていった。

「お話が出来なくて残念ですね！」

再び朱雀が呼びかけたが、やはり返事はなかった。靴音が遠ざかっていく。

十和助は青ざめている。老執事も何か異常なものを感じているのだ。

「喘息《ぜんそく》のような妙な息をしていましたが、御宗主は風邪なのですかね？」

不意に朱雀が十和助に訊ねた。

「はい、毎日、ストーブにケトルをかけられて、蒸気治療をしておいでです」

「先生、それよりも『髑髏の十字架』よ。それに聞きましたか？　あの人の言葉。五日以内に赤ちゃんが生まれるのが丁度いいって……。怖いわ。一体、何のことなんでしょう？」

「髑髏の十字架か……。確かに時定さんは胸元まで狂気につかっているようだね。治療を受けたほうがいいよ。あれじゃあ、宗主といえども流石《さすが》に誰も相手にしなくなるのは無理もない」

朱雀は眉《まゆ》を顰《ひそ》め、杖《つえ》で床を叩《たた》いた。

「本当に……このお屋敷はどうなってしまうのでしょうか……。私はあの世で安道様に合わす顔が無くなるのではないかと、心配で……。お家の行く末を見るまでは、死んでも死に切れません」

十和助が苦悶《くもん》の表情で訴えた。

「この館には『魔』が相当深く入り込んでいますよ。慎重に動いて正体を見極めなければ……。その為にも十和助さん、一つ実験をしたいのです。召使いの皆さんの手があいたら、屈強な男ばかり五、六名で、不鳴鐘《ならずのかね》のところに集まるよう指示してくれませんか？　そしてその時には、天主家の皆さんにもお集まり頂きたいのです」

「承知いたしました」

再び朱雀と律子は図書室に戻った。

ソファーの近くの床の上に二人は腰を下ろした。丁度二人は火鉢を挟んで向かい合う格好になる。

「食事をした後で良かったわ。先にあんな気味の悪いものを見たら、きっと食べられなかったわ」

律子は黒衣の不気味な宗主や『髑髏の十字架』を思い浮かべ、肩を震わせた。

「時定さんの挙動は至極不審だ」

朱雀は長い睫《まつげ》を伏せたまま、落ち着かない様子で言った。右手の火箸《ひばし》で苛立《いらだ》たし気に灰をかき回している。

「不審なんてものじゃないわ。絶対に変よ、先生。あの人は悪魔に取り憑《つ》かれているのよ。いえ、もしかすると悪魔が時定さんになりすましているのよ」

朱雀は髪を掻《か》き上げると、暗い声で答えた。

「ああ、確かにそうだ。『髑髏の十字架』というのは、黒ミサの『殺人儀式』に使われた祭壇だよ」

「殺人儀式？」

「そうだよ。信者は祭壇に身を横たえ、生《い》け贄《にえ》の生血を浴びて、悪魔と契約するんだ。生け贄はことに『赤子』が好まれる」

「まさか！　愛羅さんの子を生け贄にしようとしてるって言うんですか！」

「他に違う解釈のしようがあるかい？」

苛立ったような高い声を朱雀が上げた時、何者かが扉を、コツコツと叩いた。

「どなたです？」

しっ、駒男や、内密の話があるんや

律子が鍵《かぎ》を開けた途端、駒男はきょろきょろと異様に辺りを気遣いつつ、部屋に入って来た。

「どうなさったのです、駒男さん」

「犯人は分かってるんや。次は私が殺される」

駒男の声は震えていた。

「ほぅ……。犯人を貴方《あなた》が知ってるんですか。それは素晴らしい。誰なんです？」

意地悪く懐疑的な口調で言った朱雀に、駒男は間合いを詰めた。そして、頬を引っ掻きながら答えた。

「嘘やない。犯人は、私の兄の助蔵や……」

「助蔵さんが？」

「そうや、しやから私を助けてくれ。話はそれだけや」

すぐに出ていこうとした駒男だが、

「お待ちなさい！」

という朱雀の迫力に押されて立ち止まった。

朱雀はおもむろに立ち上がると、慇懃《いんぎん》に駒男に座ることを勧めた。駒男はしばし戸惑いながらも、朱雀の強引さに負けてソファーに腰を下ろした。

朱雀はそのソファーの背後に静かに立った。

律子は本棚を背にして、腕組みをして立っている。

「話は聞き捨てなりませんよ。貴方は仮にも実のお兄さんを、犯人だと断定した……。何故です？　その理由は？」

朱雀は粘着質な声で質問した。抑揚やアクセントの嫌みたらしい調子だけで、聞く側をウンザリとさせる声だ。

駒男は首を振って、頑《かたく》なに黙り込んだ。朱雀は数回同じ質問を繰り返したが、駒男は答えなかった。しかし律子は、ものの数分のうちに駒男が某《なにがし》かの秘密を漏らすことを確信していた。自分にも経験があるからだ。

「おや、理由を言えないんですか？　それとも無いのかなぁ……。ふうん、どうにも疑わしいですね」

「なっ……何がや？」

駒男はびくついた目で、背後の朱雀と正面の律子を交互に見た。

「駒男さんは、十四年前になくなられた太刀男さんと随分親しかったと聞きましたよ」

「それがどないした言うんや？」

「太刀男さんは、どうやら天主家の御宝の秘密を狙っていたらしき節があり、その為に殺された。駒男さんはその太刀男さんと親しかった……。ようするに貴方も御宝を狙っていたんですよね？」

「なっ……何を言いだすんや！　私はそんなことは知らんかった」

突然の嫌疑に駒男は目を白黒させた。

「いやいや、誤魔化さないで下さい。きっとそうだ」

朱雀はそう決めつけると、今度は座っている駒男の耳元に囁《ささや》いた。

「貴方は野心家だ。特に兄の助蔵さんへの敵対心の強い人だ。その貴方が、再び殺人事件が起こっているこの最中に、兄の助蔵さんが犯人だと僕に訴えに来ている。一方、助蔵さんは愛羅さんと結羅さんを、外から来た御宗主に添わせた天主家の実質的権力者だ。貴方にとって一生取ることの出来ない目の上のタンコブのような人ですよね。貴方は助蔵さんがいなくなってくれると、とても嬉《うれ》しい」

にやり、と朱雀が笑った。

「犯人は貴方でしょう？」

低い悪魔的な声が罪を断定した。

何を言い出すかと慌てて駒男は朱雀を見た。

「助蔵さんを排除するために、この恐ろしい犯罪を計画したんですよね……」

駒男の顔はみるみる真っ赤になった。

「訳の分からへんことを言うな！　私の娘の伊厨は失踪《しっそう》したんやで」

「だからそれが分からないところですよ。助蔵さんが、今更伊厨さんをどうにかする理由が無いでしょう？　何もしなくても安泰の身分なんですよ」

「動機はある！」

「だからどんな動機です？」

「……御宗主は兄の助蔵を疎《うと》ましく思ってる。それに愛羅ちゃんは、前に流産して、今回も危ない言われてるんや」

「助蔵さんの立場は僕が思う程良く無いと仰《おつしや》りたいんですか？　だが、それだけでは殺人には余りに微弱な動機ですね」

「そっ、それだけやない。皆は知らんが、伊厨と御宗主は出来てたんや」

「どういうことです？　駒男さんの仰っている意味が理解出来ませんねぇ」

つまり、と駒男は汗を拭《ふ》きながら説明した。

「跡取りがなかなかでけへんし、愛羅ちゃん、結羅ちゃんだけでは心許《こころもと》ない。にも拘《かか》わらず、伊厨を御宗主に添わせるのを、御審議役が否と決めてしまわはった。それで、沙々羅ちゃんまで呼び戻したんやが、肝心の沙々羅ちゃんが首を縦に振らん。

沙々羅ちゃんは、亡き先々代御宗主の娘や。その沙々羅ちゃんを妻にすれば、兄の助蔵より立場が上になる思うてた御宗主は、えらい機嫌を悪うしてはったんや。それで、私は御宗主に相談を持ちかけたんや」

「どんな？」

「伊厨に跡継ぎが出来てしもうたら、なんぼ御審議役でも認めるはずや。それに私は兄とは違って御宗主を尊敬してる。しやから……」

「内々に妻にしないか……とですか?」

「そうや。しやから伊厨のことは兄の助蔵が犯人や、それに、事情が知られてるとなると私も狙われるいうことや」

駒男は神経症的に顔を痙攣《けいれん》させた。

4 秀夫殺害の方法

釣り鐘の黒い影が、石畳の上をゆらゆらと揺れた。不安気な表情の人々が鐘堂に集まっていた。例によって、時定と愛羅はその場にいない。

鐘の側では、朱雀が直吉に、正しい鐘の鳴らし方を講義していた。

鐘は左右に大きく揺れているが、無論、音はしない。成行が突然、堪えかねたように叫んだ。

「もう止《や》めや! 止めや! この鐘は触ったらアカンもんなんや、これ以上、やるとまた、祟《たた》りがある!」

朱雀はそれを聞くと軽く笑い、直吉に鐘を止めるように命じた。

「冷静になって下さい。僕が祟りなどは吹き飛ばしてあげますよ。さて、皆さんに集まって頂いたのは他でもない。庭師の秀夫さんがどのように殺されたのかを推理する為です。小道具も用意させてもらいました。これです」

朱雀の足元には、砂袋が一つと脚立《きゃたつ》が置かれていた。

「秀夫は自殺やないんか？　それにそれは何や？」

助蔵が訊《たず》ねた。

「秀夫さんは殺されたのです。自殺ではありません。そして、脚立は秀夫さんが死んだ時に現場にあったもの。この砂袋は一応、秀夫さんの代役です」

あっさり返事した朱雀は、秀夫の死体を目撃した、助蔵、駒男、十和助、沙々羅の四名に、側に来るように指示した。

「深夜一時頃、鐘の音が響き、その音に気づいた皆さんが起きて鐘堂に来たところ、秀夫さんが首を吊《つ》って死んでいました。首吊りの縄は二重にまかれ、首の後ろに結び目があり、死体には失禁の跡があった。首は強く締まっていて、顔面が鬱血《うっけつ》、目玉や舌が飛び出すという、首吊り特有の惨《むご》たらしいご面相になっていた。このことに間違いありませんね？」

間違いない

助蔵と駒男と十和助は朱雀の質問に同意したが、沙々羅は不安な瞳《ひとみ》を十和助に向けただけだった。

「秀夫さんの死体状況は、一見、検死の玄人が見ても、首吊り自殺を肯定するもののように思えます。警察に問い合わせたところでも、首の縄目がずれたりした跡はなかったらしい。絞殺した後でどこかに吊《つる》したりすれば縄目がずれたりするのですが、それが無いということは、首吊りをして自殺したという結論になったようです。僕の考えでも、秀夫さんの死因はこの場所で首を吊ったことです。失禁の跡から見ても、抗《あらが》った形跡が無いことからみても、絞殺の痕跡《こんせき》は無い。鬱血の具合や縄の食い込み方から見て、死後三時間は経過したものだと警察は断定した。そうでしたよね、十和助さん」

「そうでございます」

「片田舎のぼんくら警察ならそんなものでしょう。つまり十一時に首を吊ったことになる。しかし、直吉さんは午前零時に秀夫さんが庭先を歩いているのを目撃していて、幽霊を見たと騒いだ。そこで、この事態にさらに自然な解釈が出来る設定を考えてみました。これからお見せするのは、その日の状況から考察した秀夫さん殺害の方法です」

朱雀はそう言うと、直吉に言って、砂袋に長い縄の先端を結わえさせた。

「ここで皆さんに質問です。脚立があった位置は何処ですか？」

「鐘の横手に倒れてたんや」

そう答えた駒男に、朱雀が命じた。

「具体的にどこにどう倒れていたのか、この脚立を置いてみて下さい」

駒男が厭気《いやけ》な顔を見せたので、十和助が慌てて脚立を運び、駒男、助蔵、沙々羅の表情を窺《うかが》いながら、記憶のある場所に脚立を置いて見せた。

「さて、では律子君、脚立の倒れ具合と、秀夫さんの絞殺死体の状態から考えて脚立が元立っていたと思われる状態にしてくれたまえ」

律子は極めて自然に、そのまま倒れた脚立を立ち上げた。

「僕には、今脚立が置かれている場所は見えないわけですが、大体の見当はつきます。脚立は、舌《ぜつ》の上部のT字金具の下にあり、舌とは直角の位置関係にあるはずです」

「その通りでございます」

と十和助が答えると、朱雀は満足気に深く頷《うなず》いた。

「はい、そうでなければなりません。では、直吉さん、砂袋を背中に背負って脚立を上がってみて下さい」

直吉は言われたままに、砂袋を背負い、脚立に足をかけた。そうして、登っていくうちに不思議な現象が起こった。

重い砂袋を背負って脚立を登る直吉は、重心が不安定そうであった。体がふらりとすると、彼は思わず目の前にぶら下がっている紐《ひも》に取りすがった。すると鐘が小さく揺らぎ、勿論《もちろん》、舌も小さく揺らいだ。体勢を立て直して少し上がると、また重心がぶれて紐にすがる。そうして、鐘が僅《わず》かに揺らいだ。朱雀は鐘の揺れる風の気配を確認しながら言葉を継いだ。

「重い荷物を担いで幅の狭い脚立を登ると、平衡を取るのが非常に難しいものです」

作業を見ている一同は呆然《ぼうぜん》と頷いた。

「さあ、金具に縄の片端を結わえ付けたら、合図をしてくれたまえ」

朱雀の声に頷いた直吉は、玉の汗をかきながら、真剣な表情で縄を結わえ付けた後、「出来ました」と叫んだ。朱雀はにっこりと微笑んだ。

「ここで犯人は平衡を一遍に崩したんです。ほっとした気の緩みでしょう。脚立がガタリと倒れます。瞬間、落下しまいとした犯人は、鐘にぶら下がった秀夫さんの体に取りすがってしまうのです。さぁ、直吉さん、その位置で脚立を蹴《け》り倒して、砂袋に飛びつくんだ！」

朱雀の命令に、直吉は怖じ気づいた顔をしたが、成り行きを見守る人々の真剣な雰囲気に観念したらしく、「うわあ」と大層な悲鳴を上げて、脚立を蹴り倒し、砂袋に飛びついた。

砂袋に結わえ付けられていた縄がぎりぎりと締まり、砂袋は8の字型になっていった。

「さぁ、分かりましたか？　この為に、秀夫さんは一気に猛烈な力で首が絞まって即死です。このように一瞬にして、死後三時間近く経過したかのように縄が首に食い込んだんです。ですから、直吉さんが見たのは秀夫さんの亡霊などではなかったのです」

ああっ、と一同が感嘆のため息を漏らした。

「すっ、すんまへん、どっ、どないして降りたらええんですか？」

袋に蝉のように取り付いていた直吉が叫び声を上げた。

「飛び降りると怪我をしそうだから、やはり紐にすがって降りてくるしかないね」

軽く言った朱雀の方を恨めしげに見ながら、直吉は紐に取りすがった。すると、紐はかくんと下に伸び、鐘が二十度傾いた状態のまま停止した。

直吉が恐る恐る降りてきて紐を離すと、鐘は勢い良く振れた。

ごおぉ————ん

鈍い音色が響きわたった。一同にどよめきが起こった。

「と、このように秀夫さんが殺された時も鐘が鳴りました……。これで全ての経過に説明がつきます。うぅん、あまりいい音ではありませんね」

悔しげに頭を振った朱雀に、助蔵は怪訝《けげん》な声で訊ねた。

「なんで鳴ったんや？」

「鐘は普通鳴るものなのですよ、助蔵さん。鳴らないほうが怪しいのです。しかし、そうした怪しいことが起こる場合もある。過去の教会歴において、独逸《ドイツ》のケルン大聖堂でも同じことが記録されています。この不鳴鐘のように、舌と鐘の関係が互いに連結した二重振り子になるような場合、一方の質量と長さがもう一方より小さいと、鐘と舌の揺れる振動数が一致して、同じ位相で揺れてしまうのです。この鐘はそういう仕組みで、ぎりぎりのところで舌と鐘がぶつからずに、鐘が鳴らないのです。しかし、秀夫さんの死体の質量が舌の金具にかかったことによって、舌の振動数が変化し、鐘が鳴ったわけです。

それと……此処《ここ》に至るまで秀夫さんに抵抗の跡が無かった所を見ると、秀夫さんは何らかの薬物などで意識を失った状態だったに違いありませんね」

朱雀は淡々と、非の打ち所のない推理を語りながら、その瞳を曇らせていた。

それは未《いま》だ全ての事柄が朱雀の頭の中で整合性を持って納得されていないことの現れだった。

「やっぱり、『祟《たた》り』なんかじゃないんですね。それで犯人は誰なんです？」

そう言った律子に、朱雀は暫《しばら》く反応をしなかった。

「……これだけで犯人は特定出来ないよ。なんだか、この殺人劇には僕のあずかり知らない何かの要素が存在している。軸が狂ってる感じだ。ただ、ハッキリしたのは『祟り』などではなく、不鳴鐘は鳴らない造りになっていたということで、わざとそう造られた可能性が高いということだ。何故ならこれだけの鐘を造る技術者が、こういう場合、何故鳴らないのか知らないはずもないからね。応急処置で舌を長くするだけで、鐘は鳴るようになる。なのにわざわざ上金具を舌のように長くして、本来の舌の質量を小さくしたということは、むしろ鳴らないように計算して造られたと考えられる」

「何の目的で、わざわざそんなことを……？」

駒男は初めてあかされた不鳴鐘の秘密に唖然《あぜん》としながら、ぼりぼりと頬を掻《か》いた。

「そう、何故わざわざ鳴らない鐘などを造ったのか？　そして、何故、恐ろしい祟りをでっち上げたのか、それが一番の問題なんです。こういうことは昔から宗教界ではよくあることでした。その一例が高野山の『玉川の水』です」

「玉川の水？」

世界、眼球
審判、裁き

ミラレ【和音】ミラレ【和音】
ミラレ【和音】
ミラレ【和音】ミラレ【和音】
ミラレ【和音】

ソラシ【和音】ソラシ【和音】
ソラシ【和音】
ソラシ【和音】ソラシ【和音】
ソラシ【和音】

誰もが固唾《かたず》を呑《の》んで朱雀の言葉を待ち受ける中、昼の合図の廻盤琴《オルゴール》の音色が響きわたった。

5　鏡の秘密

「真言宗の霊山、高野山の奥ノ院に流れる玉川は、昔から川上に毒虫が多くいたところがあったと伝えられていて、それ故、玉川の水は毒とされています。

　その川上の場所は千手院《せんじゅいん》谷の入り口近くなのですが、古地図には、その位置に、今は無き秘井戸が記されているのです。

　この秘井戸では、昔から不思議な儀礼が営まれていました。秘井戸と言っても本当の井戸ではなく、沢のかたわらに小石で『井』の字の形を造り、毎年、ソマビトが杉の葉でこれを覆うという儀式です。ただし、この時、中を覗《のぞ》いてはならず、古い杉の葉を井戸の中に埋め、新しい葉を被《かぶ》せていくばかりなのです。もし誤って覗くと、『毒ショウに遭う』と恐れられていました。それが玉川の毒の言い伝えの起こりです」

　石畳の上を小さく円を描いて回りながら、ゆっくりと演説する朱雀に、助蔵は苛立《いらだ》った咳払《せきばら》いをした。

　朱雀は薄ら笑いを浮かべた。

「さて、その秘井戸にはもう一つ、『裏の言い伝え』があります。実はその秘井戸からは水銀がよく取れ、時には砂金も湧いて出ることがあったというものです。実際、水銀の出る地層ではしばしば金も一緒に発掘されますから、そういうこともあり得たでしょう。

ところで、金は勿論《もちろん》のこと、水銀も薬や化粧品の原料として実に高価な品物で、高野山の大きな収入源であったようです。ですから秘井戸の儀礼の正体は、財源としての水銀と金鉱の秘密を守るために、『毒ショウに遭う』と脅して、財宝の眠る井戸の中を覗き見るものが無いようにした所にあるのです。毒がある、祟りがある、触ると目が潰《つぶ》れる。そういう信仰上の脅迫的なタブーには、必ずつくる側の都合が隠されているというわけです」

「では、この鐘堂にも大事な秘密が隠されているから、祟りの噂が広められたということなんですね？」

律子の興奮気味の言葉に、一同は顔を見合わせた。

「そういうことだね。ではお集まりの皆さんで舌の部分を外してみましょう」

「どうして舌の部分なの、先生？」

「鐘の構造の裏を返せば、舌が絶対に鐘に当たって傷つかないように造られているということだから、その舌自体が大事なものの隠し場所になっているのではないかと疑うのは当然だよ。それに、この鐘堂にそうそう他に隠せそうな場所なんてないだろう？」

ここで、十和助は感動のため息をついた。

「かなり大仕事ですからね、その為に集まってもらったのですよ」

「不鳴鐘が祟りでもなんでも無いやなんて……。そしたら今までのことは何やったんや？　そっ、それに不鳴鐘がカラクリやとしたら、千曳岩《ちびきいわ》もそうなんか？」

駒男が朦朧《もうろう》とした声で訊《たず》ねると、朱雀は首を振った。

「いいえ、千曳岩は人工的なカラクリではなく、自然の悪意というべきものです」

「自然の悪意やて？」

「そうです。僕の考えでは、おそらくあの二つの岩の下には、地下水が流れているのです。ねぇ、十和助さん、水時計の工事も地下水のお陰で容易だったんですよね？」

「は、はい。そうでございます。ですから探偵様の言われるように、あの岩の下に地下水が流れておりましても、何ら不思議ではございません」

次から次へと朱雀の口から出てくる論説に、十和助は、ほくほくと嬉《うれ》しそうに答えていた。

「地下には、地熱というものがありますから、なかなか地下水が凍るということは少ないのです。ところがこの辺りには零下十度以下の大寒波が周期的にやって来ます。そのような日の深夜、最も寒い時に地下水が凍ることが起こり得るのです。

皆さんも御存知と思いますが、水は氷になる時、その体積を膨らませます。きっと千曳岩の下にはかなり大きな地下水脈があるのです。その地下水が凍ることによって、あの二つの岩の真ん中を頂点として地面が急な山型に盛り上がり、二つの岩は急な斜面に置かれた状態になるとします。地面も氷結して滑りやすくなっています。すると、二つの大岩はやすやすと傾斜を滑り降り、離れてしまうというわけです。

そこに『岩が離れると鬼が這《は》い出てくる』などという不吉な伝承が生まれたのは、二つの岩が離れる年は、いつも冷害で寒さや飢えから大勢の村人が死んだからなんですよ。一の宮の記録を見てもそりゃあ酷《ひど》いものだった。そうなると人身御供《ごくう》も献じられるわけです。こうした忌まわしい記憶から、『鬼が這い出てくる』と言われたんでしょう。そして、不吉な伝承や『血取り』の噂のある土地であったから、天主家の御先祖はこの場所を『聖地《アジール》』として選び、『不鳴鐘の祟り』もより信憑性《しんぴょうせい》を持ったと言えますね」

「ほなら、この直吉が『岩の間から這い出てきた鬼を見た』と言って皆を騒がせたんは、嘘なんか！」

助蔵が恐ろしい形相で直吉を睨《にら》むと、直吉は真っ赤な顔をして首を振った。

「嘘やない、嘘やない」

「そう、嘘ではありませんよ。直吉さんが岩が離れるのを目撃した時、おそらく庭では積雪を防ぐ為に沢山の焚火《たきび》をしていたのではありませんか。千曳岩の周りにもそれらがあったはずです。

つまり、辺りの空気は焚火によって暖まっていた。そんな時に大岩が開き、凍結した氷を内に抱いた冷たい地表が顔を覗かせ、冷気が岩と岩との間に立ち上った。この時、岩と岩との間の気温と、周辺の気温にはかなりの差があったわけです。これは靄《もや》とか霧などが発生する原理にかなっていますよ。

このことによって、岩の間には瞬間的に白い煙が立ち上ったように見え、さらにその発生した靄に直吉さん自身の影が焚火によって大きく映写されてしまったのです。誰でも、夜の庭で、不吉な言い伝えのある岩の前で、そのような映写を目の当《ま》たりにしたら、鬼が出てきたと錯覚してもおかしくはないですよねぇ」

　天主家の人々は、ポカンとしていた。永らく自分達を脅かしていた祟《たた》りのカラクリを突然知らされて、祟りに大騒ぎしてきた自分達が、なにやらとんでもなく滑稽《こっけい》なピエロに思えてしまったからだ。

　そして数々の恐ろしい殺人と、その滑稽さの平衡が、心の中でとれなくなってしまったのであった。

　ほっとしていいのか、それとも現実の得体の知れない殺人鬼の徘徊《はいかい》に対して以前より恐怖すべきなのか、彼らは途方に暮れてしまった。

「よかったですね、皆さん！　『祟り』などではなくて！　さて、そんなことより早く鐘の秘密を確かめましょうよ」

　朱雀はそう言い終わると、ゆったりと背伸びをした。

　朱雀の命令によって、舌を取り外す作業が行われていた。かつて誰も触ったことのない、ましてや解体しようなどと思ったこともない鐘である。

　舌のT型の横棒部分が、はめ込み式になったもので、それを引き抜くと、舌が取り外せることが分かったのもこの時であった。

　横棒が取り外され、傷つかないように十名の男の腕で支えられながら、舌がゆるりと石畳に下ろされた。

　そこで分かったのは、一本の舌と見えていたものは、どうやら凹型と□型の金属が二つ噛み合わさって板とその蓋《ふた》の形になっており、それらに開いた横穴に棒を差し込むことで、連結が保たれる構造になっていることであった。

神秘の樹枝図と十種神宝を刻み込んだ舌の凹型部分が静かに取り外された。

「なんやこれは！」

駒男がすっとんきょうな声を上げた。

割れた舌の真ん中には、○型のへこみがあり、そこにすっぽり円鏡がはまり込んでいる。

「鏡が出てきたわ！　でも罅《ひび》が入ってしまっているわ、先生」

律子が説明すると、朱雀は心持ち片方の眉《まゆ》を上げた。

「秀夫さんの一件で罅が入ってしまったんだろう」

助蔵が用心深い手つきで鏡を取り外した。駒男が慌てて横に駆け寄った。それは黒漆の裏面に赤い薔薇《ばら》が描かれた、何の変哲もない鏡だった。

「その鏡は、古いものですか？」

朱雀の問いに、助蔵は鏡を丹念に眺めまわした。模様や造作からみてそう古いものでもなさそうだ。

「いや、そう古いもんやないな。これの何が秘密なんや……？」

助蔵は釈然としない声で呟《つぶや》いて、朱雀を見上げた。

「鏡だと言うのならば、日の下でようく自分の姿を見たほうがいいですよ。毎日、そう言われているでしょう？　『真実を知りたくば、神に問え、神の姿を見んとする者はいかにするか？』。これは窓硝子の修道士があなた方に囁《ささや》いている言葉です。これはどういう意味だと思いますか？

耶蘇《やそ》なら十字架に祈ったり、天に祈ったりすればいいけれど僕らは日本人だ。日本人の場合、皇祖、天照大御神《あまてらすおおみかみ》様から、神の姿を見たければ次のようにせよと言われていますよね。『この鏡はもはら我が御魂として、吾が前を拝くがごと、いつき奉れ』……。日の光を受けて輝く鏡は、天照様の分身だということですよ。だが、言葉の真意はそれだけではない。神の姿は、鏡の中に映る我々自身の姿だということです。だから僕らは自分の姿が、常に神の姿に似るように努力すべしと言うことなのです。だから、ほら、鏡をよく見るんです」

朱雀に言われて、渋々と光の差す場所に移動し、鏡を覗《のぞ》き込んだ助蔵と駒男は、ああっ、と驚きの声を上げた。

それは他の者も同様だった。

一同は、助蔵と駒男の顔に浮かび上がった光の文字を見たのである。

「先生、英文字のようなものが光で……」

驚嘆の声を上げた律子に、朱雀は平然と言った。

「それはキルヒャーやドン・パフヌチオらが発展させた、鏡を使っての『光学魔術』の一種だよ。『光学魔術』が応用された有名な実例としては、一六五〇年に行われたスウェーデン女王クリスチーナの戴冠式《たいかんしき》で、王冠の下にCR（クリスチーナ・レギーナ）の光文字が投影されるということがあった。日本にも日の光を反射させると御本尊の姿が光絵として浮かぶ『魔鏡』などがあって、僧侶《そうりょ》の信者集めの道具に使われたりした。それで、何と書いてあるのかな？」

戸惑った律子に代わって、沙々羅が答えた。

「『アスク　ジャンヌズ・アイ』……ジャンヌの目に訊《き》け……ですわ」

「成程……ここにジャンヌが登場しましたか……。これはますます根が深い。もう大して余裕もなさそうだ。厄介な問題だ」

がやがやと騒ぐ一同の中で、ひとり朱雀は険しい表情を見せた。

6　一箇目神《ひとつめしん》の正体

図書室に戻った朱雀は、無言のまま火鉢の炭をつついた。炭が熾《おこ》って火の粉を巻き上げる。

朱雀は一人、憮然《ぶぜん》としたり、眉を顰《ひそ》めたりしてため息をついていた。

「不鳴鐘に『鏡』が隠されていたことを先生はお見通しだったのね」

「目玉と光と鏡の関係は説明しただろう？　その三つの中で、特に腫《は》れ物扱いしなければならないとしたら、『鏡』ぐらいじゃないか。日本の故事によれば、天照大御神は、伊邪《イザ》那岐《ナギ》の命《みこと》が黄泉国《よみのくに》から逃げ帰った後、川で禊《みそ》ぎをして『目』を洗った時に誕生したことになっている。これは、『光』と、『見る』ことの不可分の関係を示唆しているんだ。そして、目と同じように光を映し取る器物である『鏡』は、その特性ゆえに天照大御神の御影になりうるんだ」

「目と光と鏡……ちょっと待って先生、それじゃあ天主家の奉っている『一箇目神《ひとつめしん》』というのは……」

「天に座す唯一の目、といえば光さ。一箇目神というのは天照大御神と同じく太陽神に他ならないんだよ」

「まぁ、じゃあ怖い祟り神だというのは嘘なの？」

「そうだね。元来、『一箇目神』というのは山人《さんじん》の太陽神であり、太陽のごとく燦然《さんぜん》と輝く黄金の神なんだ。この辺りの土壌は金鉱が眠っていてもおかしくはない丹砂《たんさ》だから、祟り神という噂は、金鉱の在処《ありか》を秘密にするための一般人への脅しだったんだろう。『玉川の水』と同じ原理だよ」

「そうだったの。それにしても先生、こっそり御宝の暗号を解くと言ってたのに、不鳴鐘の秘密をみんなにばらしてしまっていいんですか？」

「あれだけは大変な力仕事だからね、僕らだけではどうにもならないだろう？」

「それはそうだけど、大丈夫かしら……」

「何が？」

「先に誰かが謎を解いてしまわないか、心配です」

「まあ、その時はその時さ。どっちみち『謎の詩』を送ってきた人物は不鳴鐘の秘密を知っていたようだし、そして其処《そこ》で思考が停止してしまっているのは確かなんだ。だから大勢に影響はなしだ」

「でも、犯人があそこまで館《やかた》の暗号を知っているなんて……。だんだん分からなくなってきたわ。成継さんも、助蔵さんも、あの時定という御宗主も、全員が全員怪しい気がするわ」

「ひっかかるね……」

火鉢に肘《ひじ》をつき、朱雀は組んだ手に顎《あご》をのせた。

「何がです？」

「僕の考えでは犯人は女性のような気がするんだ」

「女の人？　どうしてですか？」

「秀夫の殺害だけどね、普通、男なら、腕ずくで絞殺してから、死体を自殺にみせかける算段をすると思わないかい？　そのほうがより安易だろう？　それに眠ったところで絞殺をするのではなく、首を吊《つ》らせておいて死なせるというのも、随分、まだるっこしい。

　つまり犯人は腕力に自信がない人物で、眠った秀夫を自らの手で絞めて殺害する勇気も無かったんだ。この消極性に女性らしさを感じるよ。大体、毒物を使った犯罪の八十パーセントは女性の犯罪だという統計がある」

「でも、もしも犯人が成継さんなら、普段から毒物で動物を殺しているから、慣習的に人間にも同じ方法を取ったということは考えられるわ」

「だが、成継が館の暗号をこんなに知っていたという線は想像しにくいね」

「じゃあ犯人は結羅さん、沙々羅さん、正代さん、正枝さん、華子さんのうちの誰かということですか？……何だかそう思いたくないわ」

「ああ、そうだね、全く狂っているよ。僕の予想からもズレている。もはや安道さんが苦心した世界軸《アクシス・ムンディ》も傾斜してしまっているようだね……。さて、それよりも、僕達はジャンヌの暗号を解かなければ……」

「『ジャンヌの瞳《ひとみ》に訊け』って、また『目』が出てきましたね。ジャンヌって、ジャンヌ・ダルクのドレスのことかしら？」

「いや、違う。あれは以前には無かったものだ。其処《そこ》に安道さんの暗号が隠されているはずがない」

「次は、ジャンヌ探しから始めるのね」

朱雀は暫く瞼《まぶた》を伏せて考えていた。

「いや、ジャンヌは逃げも隠れもしていないよ。律子君だって、ジャンヌの姿は何度も見ているのさ」

「私もジャンヌを見ているですって？」

「そうだよ……それにしても、さすがだよ。徹底的に凝った暗号の仕掛けが、十分に餌の正体を仄《ほの》めかすようにも工夫してある。匂いにつられて無我夢中になっているうちに、獲物は罠《わな》の中にはまり込んでしまっている……という訳か。さて、時間的にも丁度いい、行くとしよう」

朱雀は妙に意地悪げな片笑いを浮かべて立ち上がった。

7　烏《からす》と犀《さい》

朱雀が律子を連れて行ったのは、西廊下の入口だった。羅紗戸《ラシャど》を開けると、太陽が西に傾き始め、オレンジ色の強い日差しが長い廊下に差し込んでいた。黒漆の廊下が日差しを反射して金色に輝いている。

律子は目を細め、思わず入口の脇に控えている青銅彫像の陰に顔を隠した。

それは南廊下の入口にもあった彫像だった。

「周りに誰もいない？」

朱雀の問いに、律子は四方に素早く目を配った。

「大丈夫です」

すると、朱雀が低い声で囁《ささや》いた。

「律子君、此処《ここ》にある彫像、それがジャンヌだよ」

「これが……？」

律子は大きく目を見張った。

碁盤模様の台座の上で、GとMの文字を刻んだ二本の柱を背にして座る人物像。

ベールを頭から被《かぶ》って鼻と口だけを覗《のぞ》かせ、優雅な羅馬《ローマ》風の布衣を纏《まと》った中性的な姿で、手に玻璃玉《ガラスだま》を持っている。

「どうやら『詩』を送ってきた主は、ジャンヌの意味を取り違えたらしい。ジャンヌとくれば誰だってジャンヌ・ダルクを想像するだろうからね。だが、魔術教義、ことに認識派《グノーシス》にとって極めて重要な位置を占める『ジャンヌ』という女性のことは、一般に知られていない。

グノーシス派というのはヘレニズムとカバラ神秘主義の混合した異端の耶蘇教一派で、耶蘇教ではありえないはずの女性の聖職者の存在を認めていたんだ」

朱雀の長い指が、上着の裏ポケットから一枚の絵札を取り出した。

そこには縮れ毛に褐色の肌を持った女性が、角のある冠を被り、聖職者の布衣を纏って座っている姿が描かれていた。

背景には、目の前の青銅彫像と同じGとMの文字を刻んだ二本の柱がある。

「同じ柱だわ！」

「そうさ。Gの柱はゲーテーグと言って、有象世界を表し、Mの柱はメーグと言って心霊世界を表している。これはタロットカードの二番目の絵札、『女教皇』という札だ。そして二本の柱の前に座っている女教皇の名こそが『ジャンヌ』なんだ」

「まあ、じゃあこの彫像の目も動くのかしら……」

律子はそう言ってさっそく彫像の目を動かそうとしたが出来なかった。

「違うみたいだわ、先生」

「謎を解こうとする者を退屈させないためにも、何度も同じ仕掛けは使わないだろうね。そこで、考えてみよう。JEANNE'S EYE（ジャンヌの目）という表現だが、『目』と端的に表現したい場合は、普通このようにEYEという英単語を使うものだ。しかしどうだろう、大時計は『ORB』という単語で『眼球』と表現している。これは特殊な表現なわけだよ。ここに『EYE＝ORB』の公式が成立するわけだが、ORBには眼球以外にも、球体、宝玉、などという意味が含まれている。さぁ、ここから何が導かれるのか分かるだろう？」

「……この玻璃の玉じゃないかしら」

「僕もそう思うよ。それがジャンヌの目なのさ」

「これをどうしたら良いんですか？」

「蟹座《かにざ》にあった暗号を思い出してみたまえ。ジャンヌはグノーシス派にとって偉大《グレート》なる母性《マザー》・イブに連なる人物だ。だから蟹座の暗号はジャンヌにかかっていると思える」

「The summer solstice, a carasu knocks the door. six, six and six, six and six and six.（夏至の日にCA RA SUが扉をノックする、6、6と6、6と6と6）ですね」

「そうだよ、よく言えたじゃないか。僕は一瞬、日時計《サン・ダイヤル》を推理したけど、このジャンヌの目と関連した暗号かも知れない。不鳴鐘から出てきた鏡に光をあてたらジャンヌの暗号が現れた。次の連続性から考えると、ジャンヌの目も光を得るとなにかを映すとは思わないかい？　それに6が夏至の朝の六時、6と6が昼十二時、6と6と6が夕方の六時だとしてみよう。今は夏至ではないから日が落ちるのが少し早い。今時分が夏至の六時の太陽位置に近いはずだ。だが、ぼやぼや待っている訳にはいくまい。この鏡で太陽光の角度を調節してみてくれたまえ」

そう言うと、朱雀はポケットから小さな手鏡を取り出し、律子に渡した。

律子は鏡を持ち、色々な角度から玻璃に光を当ててみた。するとある時、朱雀の言った通り、玻璃の玉に不思議な変化が現れた。透明の玉の表面に、虹色《にじいろ》の光がゆらゆらと揺らぎはじめたのである。

それは初めのうちは、ぼんやりした輪郭しか持たなかったが、やがて律子の目の前で明らかにNと思われる形を示し始めた。

「先生、Nの形です。虹色のNです」

律子はその形を、朱雀の掌に書いた。

「成程。おそらく廊下天井の隠れた一角にプリズムが仕掛けられていて、特定の方角から太陽光があたった時だけに、ジャンヌの目に暗号が現れるようになっているんだろう」

「どういう意味でしょう？」

「暗号に記された時刻は三つ。ここが最後になるわけだから、おそらく北にはないな、陽が射さないからね。とにかくあと二文字……最後がN。よし、後の二つも同じ要領でやってみよう」

東と南から、それぞれRとHが現れた。朱雀は「ほおっ」と言って、手を打った。

「分かったんですか？」

「すっかり理解したよ。全く、よくこうまで楽しく造ったものだ。下手な女よりずっと魅力的で、幻惑されるね」

「どういう意味なんです？」

「そう慌てなくても教えて上げるよ。時刻的に、アルファベットが現れる順番は、東・南・西だ。だから、最初の文字はR、二番目の文字はHだ。そして最後がNだよ」

「何故、先生にはそんなことが分かってしまうの？」

「それは実に簡単なことさ。この館《やかた》にはイコノロギアやアナグラムの手法がふんだんに使われているだろう？　アナグラムが使われているということはだね、ノタリコンの手法も使われていて当然なんだ」

「ノタリコン？」

「ノタリコンというのはね、子音しか表記しないというヘブライ語の特徴をアルファベットに適応することで、解釈を拡大させる方式を言うんだ。例えばＣＡＲＡＳＵという名詞は、ヘブライ語ではＣＲＳとだけ書かれることになる」

「先生、私、アルファベットがよく分からないから、言ってる意味が分からないわ」

朱雀は嫌気顔をした。

「そういうことなら聞いてもしかたないだろう。とにかくCARASUがCRSで表されるとしたら、RHNは英語の「犀（Rhino）」に違いない。烏がCRSだからね」

朱雀は、無知な奴めと言いたげな、ヒステリックな声を張り上げた。

「つまりね、どうして暗号の英文の中に、わざわざCARASUなんて日本語の羅馬字表《ローマ》記を混ぜたかだよ。普通なら烏はCROWと書くさ。CARASUにしたのはCEROSだからさ。犀（Rhino）の綴《つづ》りは、正式にはRhinocerosなんだよ」

朱雀は「面倒くさいな」と呟《つぶや》いて、深呼吸した。

どうして、こんなに短気で自分勝手なんだろう、と律子もそっぽを向いた。

暫《しばら》くすると朱雀は機嫌を直したらしく、「四の中に三が内蔵されていて、十二と七が出てくるわけか……。なぁる程ね」などと呟いて、妙な鼻歌を歌い始めた。

（変な人、命の恩人でもなかったら、つき合いきれないわ）

律子がそう思った途端、まるで心を読んだように、朱雀がにっこりと笑った。

「大変だろうが、夕食が終わったら仮眠を取って、見回りが空白になる時間帯に、館を見回って欲しいんだ。どうにも住人以外の何者かが、夜の闇に紛れて活動しているような気がしてならない。それと、もう一つは沙々羅さんの様子を見張って欲しい。何かあったら大声で僕を呼んでくれ。出来るかい？」

「沙々羅さんの？　ええ、勿論《もちろん》しますけど……」

「彼女から目を離さないほうがいい」

朱雀の言葉に、律子は胸を詰まらせた。

先生は沙々羅さんを疑っているのかしら？
でも、私にはどうしてもそんな風には思えない。
あんなに美しくて優しい人が、犯人だなんて……

8　仮面の晩餐会《ばんさんかい》

その頃、館に隠されていた御宝の暗号を探偵が見事暴いてみせたという一件を聞きつけた時定は、一族に対する疑念をますます深めていた。

やつらめ、ついに堂々と私を無視して、
御宝探しまでやりだしおった……

狂人めいた爆発的な癇癪《かんしゃく》を起こし、部屋の壁を数回蹴《け》り上げ、卓の上の魔術道具を床にぶちまけると、時定は憤然として一族の待っている食卓へと向かった。
三階の大広間で席につく一族の間には、妙な空気が漂っていた。人々の心境は、壁の螺《ら》旋貝《きがい》のうねりと同じく、複雑に渦巻いていた。

なにしろ、天主家で起こった今までの連続殺人事件が『祟《たた》り』などではなく、館に潜《ひそ》む殺人犯の仕業であることが明確になったのだ。

その殺人犯の手にかかったのか否か、成継と伊厨は生死も知れず行方不明。そのうえ成正の死体が発見された。

それに加え、茂道の失踪《しっそう》後行方不明になっていた天主家の御宝の行方の謎が、探偵の手によって一部暴かれたのである。

修道士は、そんな彼らの内面の葛藤《かっとう》をじっと見守っていた。

一番の恐慌に陥っていたのは、成行夫妻であった。彼らの脳裏には、十四年前の事件の折、殺された鴇子が被《かぶ》せられていた鳥型帽子のことや、弓子の目に刺さった紙の矢に塗られていたというテトロドトキシンのことなどが蘇《よみがえ》っていた。そして、哀れな成正の剝製《はくせい》は、今も剝製室に置かれている。どこをどう考えてみても、それらの要素は、恐ろしい殺人が成継の仕業であったことをさしているとしか思えないのであった。

それでもう家人に合わせる顔がないとか、悲しいとかいうような感情を通り越して、一種の痴呆《ちほう》状態とも言うべき思考と感情の空白が、二人の中に生まれていた。

助蔵の場合、事実以外の何かを想像するということは少なかった。ただ、彼の意志は、天主家に潜む不埒《ふらち》な裏切り者を許さないということであり、この問題を解決することが全てに優先した。そしてこの非常時に、山田探偵は有益な男であると判断していた。

妻の正代は、ノイローゼ状態が極みに達して、もはや心が虚《うつ》ろであった。

駒男は伊厨のことを案じつつも、助蔵に対する恐れと、彼が犯人であってくれれば、という期待感に激しく乱れていた。そして山田探偵が自分に有利に動いてくれることを願っていた。

沙々羅の中には漠然とした不安が幾つも濁流を造っていた。彼女は、自分がこの忌まわしい一族と館から、何故無茶をしてでも逃げ出さないのか、と自問していた。そして実は繰り広げられる惨劇に自分の心の一部が陶酔しているのだという奇怪な事実に気づいた時、いよいよもって愕然《がくぜん》としたのだった。

結羅は怯《おび》えていた。現状の何もかもが彼女には耐え難く不条理であったが、不条理に抵抗する気力も体力も彼女には欠如していたと言える。だから訳も分からず怯えることしか出来なかった。

華子の中には笑いがあった。その笑いはとても一口に形容出来るようなものではなかった。とにかく、どす黒くぬめぬめとした笑いだ。華子は狼狽《うろた》える家人の顔を次々に眺めては、心の中で嘲笑《ちょうしょう》していた。また、突如出現した美貌《びぼう》の探偵を見るのも彼女の楽しみであった。ただし、連れの律子という女は気に食わなかった。

灰色の召使い達が気ぜわしく食卓を往来し、皿を並べたり、燭台《しょくだい》の蠟燭《ろうそく》に火を灯《とも》したりする中、天主家の一同は青白い顔を突き合わせ、無言のまま対峙《たいじ》していた。

その時突然、時定が靴音高くやってきた。

食事時だと言うのに相変わらず魔術師の仮面を被った時定は、黒マントを翻して部屋に入ってくるなり、大声で叫んだ。

「お前達、私に隠れて何をこそこそ画策しているのだ！　あの探偵を追っ払え！」

その様子がいかにも子供じみて馬鹿馬鹿しく見えたのは仕方なかった。びくりと肩を震わせたのは結羅だけで、他の一同は唖然《あぜん》とした。

「……おっ、おっぱらえて……。ほなら伊厨はどうなりますのや？　まだ死んでるとはかぎらへん。もしかしたらどっかで助けを待ってるかも知れへんのです」

珍しく反抗じた駒男を、時定は血走った目で睨《にら》んだ。

「宗主に逆らう気か？」

「御宗主に逆らう者など天主家にはおりません。駒男の言葉は娘への心配から出た言葉です。それに私も思いますが、あの探偵はなかなか見所があります。今に御宝の所在を探し当ててくれるかも知れません。御宝は天主家の魂であり、誇りです。何物にも代え難いもんです。それを見つけだすのは急務です」

助蔵はねっちりと慇懃《いんぎん》な態度で答えたが、時定の命令には断固抵抗してみせるという気概を漲《みなぎ》らせていた。

「わたくしも、事件のことは山田様にちゃんと解決して頂いたほうがいいと思いますわ」

沙々羅の確たる決意が含まれた最後の一声に、時定は髪を逆立て、近くにあった『魔女の手』を鷲掴《わしづか》みするやいなや、食卓の上に投げつけたのだった。

鉄の爪が卓の真ん中に、ぐさりと刺さり、一同の前で蠟燭の炎にあぶられた木乃伊《ミイラ》の手がぶるぶると震えた。

「ぎゃあ！」

正代が悲鳴を上げ、泣き崩れた。一同の忌まわしいものを見るような視線が時定に集中した。

時定の示す暴力性や奇行が、呪われた先代宗主・茂道の姿をまざまざと思い出させたからである。

この男こそ、全ての悪の元凶ではないのか？

そう感じた者は少なくなかった。

「……食事は部屋でする。己達の仕業を後悔するがいい！」

時定はがらがらに潰《つぶ》れた声で捨て台詞《ぜりふ》を吐くと、マントを翻して大広間から出ていった。

天主家の一同の間に、澱《よど》んだため息が広がった。

世界、眼球
審判、裁き

ミラレ【和音】ミラレ【和音】
ミラレ【和音】

ミラレ【和音】ミラレ【和音】
ミラレ【和音】
ソラシ【和音】ソラシ【和音】
ソラシ【和音】
ソラシ【和音】ソラシ【和音】
ソラシ【和音】

夕食の合図の廻盤琴《オルゴール》の音が響いた。有無を言わさず灰色の召使い達によって各自の皿の上に、食事が並べられていった。

9　変幻する神

「先生、なんだか隣は物騒なことになっているみたいよ……。大丈夫かしら？」

律子は、図書室に届けられた夕食の盆からコップを抜き取って壁にあて、隣の大広間の様子を窺《うかが》っていた。

「実にまずい傾向だね」

食事をしながら朱雀が余りに興味なさげに、そっけなく言ったので、律子はすっかりつまらなくなってコップを元に戻した。そして、スープを飲みつつ、読みかけの『ファウスト』の本を手に取った。その音に朱雀は敏感に反応した。

「読書の進み具合はどうなんだね？」

別に食事中に本を読むという行儀の悪さを注意するわけではない。

「今、大変なところよ。マルガレーテがファウストと逢《あ》い引きをしたい為に、与えられた睡眠薬を母親に呑《の》ませるのだけれど、量を間違えてお母さんが死んでしまったの」

「ああ、ファウストの悲劇の恋愛だ。その辺りは名場面だね」

「名場面だかなんだか知らないけど、可哀想なのはマルガレーテよ。ファウストって男の人は酷《ひど》い人よ。悪魔と契約を結んで、魔力でマルガレーテをたぶらかしたのよ」

「ファウストは悪人などではないよ。物語の中での彼は一個の人間ではなく、人類全ての元型《アーキタイプ》として描かれた人物なんだ。人類全てを代表して、現世の享楽への執着と、高い霊的理想の間で彷徨《さまよ》っているのさ。

ところで、人間の魂が行き着く先の理想像とする為に、ゲーテはファウストのモデルに紀元三五〇年頃に生きた摩尼《マニ》教の高僧、ファウストスを選んだと言われている。マニ教というのは例のグノーシス派に近い理念を持つ宗教なんだ。教義的には、善と悪との対決する『最後の審判』の時までに、人類が現世的享楽をいかに退け、高い霊的境地に達するかを試行錯誤していた一派だった」

「ねぇ、先生、その『最後の審判』なんて本当にあるの？　出口《でぐち》先生のところの『大本《おおもと》』

でも、そんな風なことを言ってるでしょう？　もしそんなことがあったら、世間を騒がせた私は地獄行きかしら？」

朱雀はそれを聞くと、げらげらと大声で笑った。

「そんなものは僕としては露程《つゆほど》も信じちゃいないね。第一、無神論者だしね」

そして一息つくと、ナイフとフォークを手から放し、不快感を抑えきれないという表情で喋《しゃべ》りだした。

「善とか悪とか、はっきり割り切れるようなことがこの世の何処に存在していると言うんだい？　『最後の審判』なんて、『嘘をつくと閻魔《えんま》様に舌を引っこ抜かれるぞ』ぐらいの警句だと思い給え。なにもそれ自体が信仰の中心なのではないよ。そうじゃないと本末転倒だ。例えばこの天主家のようにね。『裁き』や『祟《たた》り』を恐れる余りに『真実』を見る目が濁ってしまうのさ。

どうやら最近は『大本』でも、そういう風潮になってきているらしい。『金神《こんじん》の裁き』で人を脅して信仰を強制しているだけだと、出口さんがぼやいていたからね。開祖の直《なお》さんが、『天地がひっくり返る世の中が来るぞよ』と御神託したら、そのまんまを真に受けて、逆立ちして歩き出す信者まで出てくる始末だとさ。それでも信者がどんどん増えていってるというのだから、全く困ったもんだね。

大体において、自称『正しく善良な者』達がだね、『自分達以外の他の者は、裁かれて地獄の炎に焼かれる』なんていう残酷な教義を当然と思ってしまっていることの矛盾に気づかないなんてねぇ。

そこにあるのは厭《いや》らしい選民意識と残酷な排他性と偽善的な道徳だけさ。そんな信仰は欺瞞《ぎまん》だ。本当の信仰者なら、『罪人の身代わりに私が焼かれます』と言うだろうさ。あるいは罪人の命乞《いのちご》いをすると思うね。逆のことを罪人はしないだろうがね。

そしたらどうだい、『最後の審判』なんてものがあると、善人の代わりに悪人ばかりが生き残ってしまう訳だよ。僕が神様ならそんな馬鹿げた計画は立てないね。皆もそう思うべきだよ。だが……この館の謎解きには『最後の審判』の解釈は重大な問題であるから、詳しく話しておこう」

そう言うと朱雀は口元を拭《ぬぐ》い、真剣な顔をした。

「もともと『最後の審判』などというおどろおどろしい教義が必要以上に拡大解釈されるようになったのは、猶太《ユダヤ》人の民族的怨念《おんねん》と復讐《ふくしゅう》の心理に由来している」

「嫌な話ね」

「そうだよ。猶太教から耶蘇《やそ》教成立までの歴史の間に、猶太人達は大変な民族的苦難を味わった。まずは、埃及《エジプト》の奴隷の民となり、長く苦しい放浪の後、やっと国が出来たかと思うと、すぐにペルシャに侵略され、さらには羅馬《ローマ》の支配下に置かれてしまう。つまり、常に下層階級に置かれた民族だった。その苦しい歴史の間に猶太人が辿《たど》り着いた信仰が、『いつか猶太に救世主が現れ、天の軍隊を率いて、敵を全て撃退してくれる』ことを願うというものだった。そう信じなければ、過酷な歴史を乗り越えることも無理だったろうしね」

「……その気持ちは分かる気がするわ」

「まぁ、そうだね。そこで猶太人達の間に、ある人知れぬ密儀が流行した」

「密儀……ですか？」

「そう。まず、宗教的歴史事実から言うと、ペルシャ支配から羅馬支配に置かれていた時の猶太教は、ペルシャの国教であったゾロアスター教、つまり世に言う拝火教の一部になることで、ペルシャから信仰の自由を約束されていた。

　ここで猶太《ユダヤ》教にゾロアスター教的な善悪二元論の教義が深く浸透していった。そしてゾロアスター教の神々の中から『ミトラス神』という偉大な太陽神が、猶太人によって、信仰すべき神として選ばれていったんだ」

「ミトラス神……聞いたことがない名前だわ」

「そうとも。今日では知る人も少ないが、僕は独自に研究し、その結論に辿り着くことが出来た。ここの大時計の奏でる謎の不協和音の打法、■■―■も、古代ミトラス教の入信式の時に、入信者が受けることになっていた『鞭打《むちう》ちの打法』なんだ。現在では自由石工《フリーメイスン》の入会式にその型が残っているらしい」

「鞭打ちの打法？」

「そうさ。現世の悪に染まった肉体を清める為に、入信者は鞭打ちの試練を受けなければならないんだ。ミトラスに纏《まつ》わる伝説では、ミトラスは処女の腹から冬至の日、つまり十二月二十五日に誕生し、彼を信仰して契約を結んだ人々を救う救世主となるが、その人々の為に一度は死という試練を乗り越えなければならない。そして彼は一度死んで再生し、『最後の審判』の時には、光り輝くハラー山の上に立って、滅ぼされる者と救われる者とを判別する判事の役目をするんだ。

猶太民族はこのミトラス神に祈って、『善である猶太人』が『最後の審判』の日に勝利者となり、猶太人を苦しめてきた『悪である異邦人』が滅ぼされるようにと願をかけたんだ。そうしてミトラスという神だけを独自に信仰する秘密の教団が生まれていった。その支流が自由石工《フリーメイスン》なのだよ。

それが証拠に、猶太人秘密結社、自由石工の旗に掲げられる数々の象徴——すなわち髑髏《どくろ》や市松模様の床や梯子《はしご》、山上に輝ける巨大な一箇目——そうしたものは、もともとミトラス信仰独自の象徴なんだ。モーツァルトの『魔笛』に登場する魔術師ザラストロはミトラス神をあがめたスピターマ＝ザラスシュトラで、ゾロアスターとザラストロはアナグラムの関係だ」

「じゃあ猶太《ユダヤ》教はミトラス信仰なんですか？」

「そうではないさ。猶太教はその影響を受け、人気のあったミトラス神を利用しただけだよ。ミトラスという神の名は覆い隠されてしまったけれどね。だからこそ、オカルト（覆い隠された物）たるのだよ。

黄道十二宮《ゾディアック》の牡牛座《おうしざ》に隠されていた安道さんの呪は、実はミトラス神に捧《ささ》げる常套句《じょうとうく》なんだ。原始的なミトラスの祭典では、洞窟《どうくつ》の中で牡牛をほふり、祭壇を血に染めたあげく、その血を飲み、肉を食らったとされている。男も女も生肉をほおばって、血塗《ちまみ》れで戯れた。そうすれば、ミトラスより永遠の命を貰《もら》って、不老不死になるとも言われていた。そこで、それはそれは非常に生々しい、酒池肉林の祭典が繰り広げられたんだ。

猶太教に対抗して生まれた耶蘇教は、こうした猶太人の怨念劇を非常に恐れていたので、後の耶蘇教の悪魔の姿はミトラス祭典からの印象に強い影響を受けているんだ」

「待って、耶蘇教が猶太教に敵対して生まれたのなら、何故、ミトラスの『最後の審判』を肯定しているのかしら？」

「それはね、ミトラスは猶太人からだけではなく、羅馬《ローマ》人達からも恐れられ、崇拝されていた古代神だったからだよ。いいかい……。

耶蘇教は言うまでもなく、猶太教を基礎に生まれた宗教だが、その耶蘇教の開祖、基督《キリスト》自身はゾロアスター教の神官マギに預言され、十二月の二十五日、処女マリアの腹から誕生した救世主ミトラスだという噂だったんだ。そのことは新約聖書の基督の物語が、まさにミトラスの物語そのものだという事実が証明している。

それでだね、基督を十字架で処刑した後、羅馬人達の間でも、元来自分達も崇拝してきたミトラス神の『祟り』に対する恐れが肥大していった。このコンプレックスが、耶蘇教を生みだしたのさ。

耶蘇教が基督の死後に創られた宗教だということは、君も知っているよね。

ただし、『猶太人だけが救われる』という教えを、『悔い改めて耶蘇教を信仰した人間だけが救われる』という教義にすり替えた。そして、基督を罪に陥れた猶太人を『悪』と定義したんだ。

まあねぇ、神様を口実に、罪のなすりあいをしていたわけだよ。両者ともどっちもどっちさ。

さらに事情はもっと複雑で、耶蘇の中でもグノーシス派は、歪《ゆが》められたミトラス信仰を原初の形に復興することを祈願していた。それでヨハネは『黙示録』を幻視したんだ。

こうした背景の中、『ミトラス信仰』は、その実体を隠されたまま爆発的な潮流となって、『猶太秘釈義《ユダヤカバラ》』や『耶蘇教』などの骨子の原形となり、さらには地中海沿岸で発生した様々な魔術的奥義に入り込んでいった。だから、館《やかた》の天井画の基督は、ミトラスでもあるわけだ」

「つまり、ミトラスは最も古くから信仰されている神様だったんですね。グノーシス派も、黙示録も、色んな密儀や魔術的奥義も、それに関係しているということですね。でも……館の天井画の基督がなぜミトラスの基督だと分かるんですか？　安道さんもミトラスを信仰していたんですか？」

「まず一つはね。ミケランジェロの描いた基督の特徴からだよ。『最後の審判』は多くの有名画家が題材にして絵を描いているが、大体において基督はおなじみの姿――つまり長髪に口髭《くちひげ》と顎髭《あごひげ》を生やした、青白いインテリ苦行者のような容姿に描かれている。

ところが、このミケランジェロの基督だけは例外なんだ。珍しくも、筋骨逞《たくま》しい青年の姿をしている。それはまさに古代羅馬《ローマ》遺跡から出土したミトラス神とそっくりなんだよ。ミトラスは永遠の青年神で、牛と格闘する雄々しい姿の彫像がよく作られた。ミケランジェロは自由石工《フリーメイスン》だったと僕は思うね。

それにもう一つ、ミトラスの潮流は羅馬《ローマ》などの西方へだけではなく、東へも伝播《でんぱ》した。印度《インド》に伝わるとミトラス（親しき者、友）という名はそのまま印度語に訳され、マイトレーヤ（友愛）なる仏になった。そして、それは中国を経て日本にも伝播された。

マイトレーヤとは他ならぬ『弥勒菩薩《みろくぼさつ》』なんだ。そう、天主家に祟《たた》る『八代篤道公』の怨霊を鎮めるために起用されていた仏様さ。天主家は代々、一箇目神と弥勒菩薩をあがめてきただろう？　僕はこの二つの事柄から天井の絵画はミトラス神・弥勒菩薩だという結論に達したんだ」

「まぁ！　『最後の審判の基督《キリスト》』と『弥勒様』が同じだなんて想像出来なかったわ。だって、弥勒様といったら、とても優しげな姿をしているんですもの。それが裁きの神様と同じだなんて……」

「確かに、弥勒信仰では、弥勒は末法の世に人々を救い、理想郷をこの世にもたらす仏だとされている。弥勒様は誰も裁いたりしないよね。

だが、ミトラス神だって、太陽神の属性としての穀物神の性質を持っていて、稲が刈り取られるように本来は人間の為に自分の身を犠牲にして豊かさをもたらす豊穣《ほうじょう》神だったのさ。『慈愛の神』だったんだ。それが人類の長い紛争の歴史の中で、『裁きと契約の神』の色彩を強くしていったんだ。人の欲望と恐怖が神を変えたんだよ。

弥勒菩薩はミトラス神が元来有する慈愛性のほうが勝った姿を有しておられるのさ。同じ神でも、人の思い次第でかくも姿を変えるんだ。『一箇目神』にしてもそうだよ。一箇目神は祟り神などではなく、天照大御神様と同様に太陽神だと教えただろう？」

「それも意外だったわ」

「うん、もっと不思議なことがある。ミトラスもまた、太陽神であり、『ハラー山の上に輝く巨大な一箇目』として象徴されているということだよ。つまり山神《やまがみ》、『一箇目神』だ」

「ええっ、では、基督はミトラスでミトラスは弥勒菩薩で、弥勒菩薩は一箇目神だということなんですか！」

「そうだよ。そして『血取りの爺《じい》』という妖怪《ようかい》さえ、その変幻《バリエーション》のうちの最も劣悪な一つの姿なんだ。ミトラスが悪魔になってしまったようにね。

なんとも魔術的だろう？　神が、人の都合でこんなにも変貌《へんぼう》して様々な顔を持つようになる。人の姿は神に似ていて、神もまた信仰する人の姿に似るのさ。

だからどんな姿の神を見るかは、鏡の中に映る自分の姿次第ってわけだよ。祟り神一箇目神を、本来の弥勒の姿に戻すのは……すなわちこの館を見守る天井画の神を『血みどろの裁きの神』にするか、『救世の慈愛の神』にするかは人間次第だったんだがね……」

「館を造った安道さんは、全てを知っていたのね？」

「知っていたさ。彼自身も闇と光の間を彷徨《さまよ》いながら、神の姿を追っていたんだろうからね。彼が光に辿《たど》り着いたのかどうかは僕には分からないが……」

「ねぇ先生、先生が無神論者って本当なの？」

「本当だよ。だって、僕に似た神様を、拝んだって仕方ないじゃないか。その神様は、きっと拝む時間《ひま》があるぐらいなら自分のことは自分でやれと言うだろうさ。第一、自分とそっくりのものを拝むなんて自己愛的《ナルシスチック》で気味が悪いよ」

朱雀はまた、げらげらと笑った。

「しかし『ファウスト』はいい。読むに値する本だよ。しっかり読み給え」

10　殺人指令

悲鳴がしていた。

ぺちゃぺちゃ

ばりばり

温かい液体が口の回りや掌に流れていた。

鼻孔の奥に流れ込んでくる生臭いにおいがあった。

これは何だろう？　分からないけれど、私が求めていたものだ……。沙々羅は恍惚《こうこつ》としてそれを夢中で貪《むさぼ》っていた。

周囲を取り巻く無数の鋭利な短剣が、月光を浴びてきらきらと光っている。

そう、ここは竹林だ。

落ち葉の上に並べられた幾つもの死体から流れ出る赤く美しい液体が、沙々羅を夢中にさせていた。

手足にその液体を塗りたくり、それでも足らなくて顔にも化粧するように塗ってみた。

心臓が高鳴り、体が高揚で震えてくる。

がざり、がざり

突然、足音がした。

闇の獣のように密《ひそ》かな足音。恐ろしい危険なものの足音。振り向いてはならない。知らぬ素振りで此処《ここ》から抜け出さなければ！

左右を見回して、藪《やぶ》の中に逃げ込もうとした沙々羅に、暗闇の陰から足音の主が囁《ささや》きかけた。

「そのままではまずいぞ。其処《そこ》から外に出るには、体を解体しなければ。腕と足と首を切り落とさなければならない。それで軽くなる……」

ああ、私は殺される……

バラバラにされてしまう……

どうしようもない恐怖と諦《あきら》めが、同時に沙々羅を襲った。

放心の体《てい》で背後を振り向いた沙々羅の前に、黒い乗馬服姿の茂道が立っていた。手に猟銃を持っている。

恐怖が再び沙々羅の全身を貫いた。腰が抜けてしまったのか、体の何処にも力が入らない。

「お前に上手《うま》くやれるかな……」

茂道はそう言って、蜘蛛《くも》形の痣《あざ》を歪《ゆが》ませながら、ニヤニヤと笑った。

「ええ、お兄様。私なら疑われませんわ」

恐怖と裏腹に、沙々羅の口から自然に言葉が飛び出していた。

「この通り、お前と私は外見は全く違っていても、体に流れる血は同じものなのだ。お前の中に流れる天主家の呪われた血が、生《い》け贄《にえ》を欲しがっているのだ」

茂道の言葉に、沙々羅はこくりと頷《うなず》いた。

「ええ、若宮の生け贄に見立てるんですね？」

「そうだ。仕立ては出来るだけおどろおどろしく、誰もが『祟り』だと思うようにな……。

先にテントを張って、中に十分な蠟燭を並べて火をつけるのだ。蠟燭の熱気が中に籠《こも》って、死体が凍るのを防いでくれる」

「解体した後は蠟燭を消して、血が固まってしまうまで放置するのですね」

「そうすれば運ぶ時に血痕《けっこん》が付かず、密室犯罪らしくなる。出来るか？」

「私の使命です」

沙々羅は魂の抜けた傀儡《くぐつ》のように答えていた。

11　ネグリジェの血痕

律子は浅い仮眠の後、寝椅子から立ち上がり、北の窓を開けた。再び、夜がやって来ていた。

朱雀は身じろぎもせず、火鉢の前で蹲《うずくま》っている。

窓の向こうには、北廊下の銅板葺《ぶ》きの屋根が、装飾庭園《トピアリー》の中に長く伸びている。その向こうには、神岡山の頂に続く丘陵の影があった。

満月が近いせいで、月光が魔術的な霊力を強めているのだろうか。装飾庭園《トピアリー》のあちらこちらに、奇異な囁き声や、蠢《うごめ》きが感じられた。

まるで、彫像や遊技機械達が一時の命を得て、動き回っているようだ。

ルナティックな熱い妄想が溢《あふ》れてくるのを、律子は頭を振って振り切った。

妄想に呑《の》み込まれては駄目……

朱雀は寝ているのだろうか？　座った姿勢のまま目を閉じている。本当にこうして黙っていると、惚《ほ》れ惚《ぼ》れする程美しい横顔だ。確かに姿だけなら天使様だろう。

惜しいわね、と肩を竦《すく》ませた律子はそっと窓を閉め、朱雀を起こさないように足音を潜めて部屋を横切った。

扉に手を掛けた途端、「気をつけて」と背後で小さく朱雀が言った。

暗い廊下から、手摺《てす》りをつたい、螺《ら》旋《せん》階段の踊り場に出た。

昼間この場所に立つと、一階の大広間の市松模様から、五階の天井に星のように輝いている装飾灯まで見通すことが出来るのだが、今は闇に包まれている。

律子は一気に一階まで降りて、下階から順に、館の中をくまなく見回った。

三階までは、何の異常もないようだ。

四階は成行の部屋以外、無人である。

空室の扉のノブを回すと、カチャリと軽い音がした。無人の部屋は鍵《かぎ》がかかっていないようだ。

扉をそっと開けた律子は、思わず上げそうになった悲鳴を飲み込んだ。

恐ろしい牙《きば》を剝《む》き出した人食鬼が真正面から律子を睨《にら》んだのだ。それは羅馬《ローマ》の円形劇場の見せ物に使われたマンドゥクと呼ばれる鬼で、子供を怖がらせる為の滑稽劇《こっけい》の登場人物だった。

律子は深呼吸をしながら、赤い舌を突き出したマンドゥクの脇をそっと抜け、部屋の中を洋灯《ランプ》で照らしてみた。

見るも不気味な呪術道具が無造作に並べられていた。それぞれの品物にかけられた暗黒の呪のせいだろうか、部屋の空気は重く、固体のように感じられた。

そうして空室を次々と回ったが、皆、同じような様相であった。人の潜んでいる形跡もなさそうだ。

空室を回り終わって廊下に出ると、昨夜と同じように、成行夫婦の寝室の扉が僅《わず》かに開いていて、一筋の光が廊下を切っている。

部屋から漏れてくるのは念仏だった。

一持弥勒像、生生、加護、奉仕修行者、猶如薄伽梵
一持弥勒像、生生、加護、奉仕修行者、猶如薄伽梵
一持弥勒像、生生、加護、奉仕修行者、猶如薄伽梵

半ば半狂乱に夫婦は声を合わせて唱えている。

暫《しばら》く読経《どきょう》が続いて、ふっと静かになると、

「これは祟《たた》りや、祟りや」

と、成行の声がした。

「あの子らは、『わがままな子供』の話が好きやったなぁ」

と、正枝の声が答える。

「あんまり言うことをきかへんから、神様が病気にして子供を殺すんや」

「成正も、成継も言うこときかんかったなぁ」

「そうや、『わがままな子供』も、死んでからも言うことをきかんと墓の中から手を出す子供の話や」

「そうやった。そうやったわ。あの子らは、夜は召使いに、昼は私らに、暇があったら『読んで、読んで』って、ねだったもんや」

「何百回も読んだもんや」

「何百回もなぁ……」


昨夜と同じことを言っている！

律子は足を竦ませた。時間のひび割れにずっぽりとはまって、昨日の夜に戻ってしまったのではないかという錯覚に襲われ、ぞくりと鳥肌が立った。

どうやら自分自身も、館の呪に捕らわれ始めているようだ……。

静かに深呼吸をひとつ。そして、その部屋の前を早足で通り過ぎ、律子は五階へと登った。

最初の部屋は作次の殺害現場だ。此処には鍵がかかっている。鍵穴から中を覗《のぞ》くと、魔術道具や拷問具などの影郭《シルエット》が薄ぼんやりと分かるだけだった。

隣の部屋もまた同じである。

次の部屋は駒男の部屋だ。そっと鍵穴から覗くと、部屋の灯《あか》りはついているが、人影は動いていない。電気をつけたまま寝ている様子だ。

次の華子の部屋を覗くと、今度は真っ暗であった。しかし奇怪なことに、扉にぴったりと耳をつけてみると、鼠の鳴き声のような微《かす》かな揺り椅子の音がしている。この暗闇の中で起きている様子だ。


何だか気味の悪い人ばかり……


律子が冷や汗をかきながら伊厨の部屋に移動しようとした時、螺旋階段に靴音が響いた。見張り番にしては時間が早すぎる。耳をそばだてると、足音は螺旋階段から廊下に至り、丁度律子と逆回りで歩を進めて来るようだ。

律子は姿勢を低くして照明の光を避け、廊下の内側の壁にぴったりと身を寄せた。そして、近づいてくる足音との距離を確認しながら、じりじりと後ずさった。

建物が円形であるため、もし誰かがやってきたら、内側のほうが死角となって見えにくいし、上手くいけばこっちからは姿が見えるだろうと思ったからだ。

はたしてその通りで、洋灯《ランプ》の黄色い光がゆらゆらと近づき、沙々羅の部屋の前で止まった。

それは十和助であった。十和助は素早く腰にぶらさげていた合い鍵を取り出すと、声もかけずに沙々羅の部屋の扉を開き、周囲に用心しながら入っていった。

律子はそっと忍びより、沙々羅の部屋の鍵穴を覗き込んだ。十和助の手に持った洋灯の灯りの中に、白い光沢のあるネグリジェを着て立っている沙々羅の後ろ姿があった。

十和助は沙々羅と向かい合って立っている。

「ああっ……沙々羅様、厭《いや》な予感がしたのですよ。またそのような物をお召しになって……。誰かに見られたら大事《おおごと》でございますよ。さあさあ、私がお召し替えをさせて頂きます」

まるで子供に言い聞かすような調子で言った十和助は、簞笥《たんす》の中から新しいネグリジェを取り出し、沙々羅の前に身をかがめ、沙々羅の着衣を脱がし始めた様子であった。その間、沙々羅はぴくりとも動かない。

やがて、十和助が静かにネグリジェを脱がせると、沙々羅の白い肩や背中が露《あら》わになった。王女と召使いの妖《あや》しい関係を垣間見た気がして、律子はどきりとした。

十和助はいそいそと新しいネグリジェを沙々羅に着せた。

「ボルトの山には針金を予《あらかじ》め巻きつけておいて穴に通し、引っ張ると、針金がほどけていく回転で、外側からとめられる」

魂が抜けたかのような、機械的な沙々羅の声が洩《も》れ聞こえた。

すると十和助はみるみる苦悩に顔をゆがめ、

「それはもう終わったことでございます。もういいのでございますよ、お嬢ちゃま」

と言いながら、愛《いと》おしそうに沙々羅の髪を撫《な》でたのである。

「……終わったの？」

答えた沙々羅の声も、まるで子供のようだった。

「そうでございます。終わったのでございます。全て忘れて、お休み下さいませ。安心して下さいませ。この十和助にお任せ下さいませ」

十和助はそう言うと、沙々羅の肩を抱くようにしてベッドの方へ連れていった。

二人の姿は暫く鍵穴からは見えなかった。

やがてベッドに沙々羅を寝かしつけた十和助が戻ってきた。手に一対の雛《ひな》が抱えられている。女雛と男雛、それぞれ小さな赤ん坊程の美しい雛だ。

老執事は長椅子に腰を下ろすと、まるで沙々羅の身代わりでもあるかのように雛を撫でさすり、ついには胸に抱きしめ、おいおいと泣き出した。

もしかするとこの老人は幼児嗜好《しこう》の性的異常者なのではあるまいか……。

律子はなんとも奇怪なシネマでも見ているような心地になった。

やがて十和助は、子供のように指で涙を拭《ぬぐ》うと、床に脱ぎ捨てられたネグリジェを手に取った。

その瞬間、律子はネグリジェの生地の上にべったりとついた赤茶けた大量の血痕《けっこん》を認めた。

十和助は厳しい表情で洋灯《ランプ》を手にとると、扉に近づいてきた。

律子が慌てて身を潜めると、沙々羅のネグリジェを抱えた十和助が、周囲を気遣いつつ階段を下っていった。

12　開かずの扉

十和助の不審な行動を見た律子は、跡をつけようかどうか躊躇《ちゅうちょ》したが、十和助が玄関から外へ出るのを確認すると、追跡を諦《あきら》めた。

その代わり、素早く三階に戻り、張り出し間《バルコニー》から外を見下ろした。

十和助らしき影が、きょろきょろと周囲を窺《うかが》いながら、装飾庭園《トピアリー》の中に分け入っていく。ややあって、装飾庭園《トピアリー》の草むらの間に、小さな焔《ほのお》の輝きが認められた。どうやら、さっきのネグリジェをこっそり燃やしているようだ。

十和助の妖しい行動に心を奪われた律子は、焔が消えるまでの数分間、その様子を眺めていた。

しかし、それ以上、動きがないようだ。

律子は諦めて足早に六階に登り、時定の部屋を覗いてみた。

黒マントを着た怪人は、卓の上でもうもうと香を炷《た》き、譫言《うわごと》のような呪文を唱えていた。

次に愛羅の部屋を覗くと真っ暗であった。眠っている様子だ。

次に結羅の部屋を覗いた。結羅の部屋の灯《とも》りは小さく灯ったままだった。部屋の中は、家具も絵画も愛羅の部屋と全く同じであった。化粧台の前に身をかがめているのは結羅だ。結羅は顔を両手で覆い、肩を震わせて奇妙な声を漏らしている。泣いているのだ。

どうしたのだろう？

律子は様子が気になって暫《しばら》く見ていたが、結羅はひたすら泣き続けるばかりであった。

最後に助蔵夫婦が眠っているらしいことを確認すると、律子は朱雀の待つ図書室に戻っていった。


「一体、沙々羅さんは何を言ってたんでしょう？　それに十和助さんが燃やしたネグリジェ……燃やしたということは、やはりあの染みは血痕だったと考えるべきですよね……？」

律子は、館《やかた》の様子を朱雀に説明し終えると、朱雀に向かって問いかけた。

朱雀はじっと聞いていたはずなのに、律子の質問などまるで意に介さず、やにわにこう言った。

「しょうがないなぁ……。様子を見て、一つ冒険をしてみよう」

「冒険？」

「この館の開かずの扉を開くんだよ。その前に、とりあえず仮眠だ」

朱雀は毛布にくるまったまま火鉢の横にごろりと寝ころんだ。

律子は眠れなかった。狂気と愚昧《ぐまい》の果てに、この館とその住人が滅んでいくことは、当然の理《ことわり》のようにすら感じられてきた。館の妖しいたたずまいや、謎めいた暗号、機械仕掛けのピエロのような館の人々の様子が、竜巻のように頭の中を駆けめぐり、夢の道行きの邪魔をする。


「ボルトの山には針金を予め巻きつけておいて穴に通し、引っ張ると、針金がほどけていく回転で、外側からとめられる……」


あれは何のことかしら？

古びた映画のような不明瞭《ふめいりよう》な映像が頭に浮かんでは消え、浮かんでは消えた。その内に、四角い白い光がくっきりと現れ、徐々に鉄格子の塡《はま》った窓に変化した。

窓……。

そうだわ。安蔵さんの殺された蔵にあったという小さな窓よ！

実際に見たことは無いのだが、律子はそう直感した。

「先生！　内側からボルトで窓を閉めた方法。あれは安蔵さんの密室殺人の方法だわ！」

律子はつい口走ってから、自分でも「しまった」と反省した。

朱雀を起こしてしまっただろうか？　そっと寝顔を覗《のぞ》き見た律子であったが、朱雀はぴくりとも動かなかった。しかし、寝ているか覚めているかは分からない。

律子は深いため息をついた。神経が立って眠れそうにない。

先生は秀夫殺しの犯人が女だと言ってたけれど、やっぱり……沙々羅さんなの……？

第五章　第五の御使い

1　仮面の下の顔

深夜三時。漆黒の闇の中に二つの影が動いていた。

「起きてたのかい？」朱雀の声だ。

「大丈夫、行って来ます」律子が答える。

二度目の見回り——それは思いもよらぬ悲劇から始まった。

魔術師の仮面に、黒マントの出で立《い》ちの時定と、蒼白《そうはく》の蠟《ろう》人形のような顔をした結羅が、人目を憚《はばか》るように、静かに階段を降りてきた。

その時律子は丁度一階の大広間にいたが、彼らの足音に気付いて、悪魔像《レオナルド》の陰に素早く身を潜ませた。

それを知ってか知らずか、二人の足音が黒山羊《やぎ》の悪魔像の前にしずしずと近づいて来るので、律子の心臓は激しく波打った。

しまった、見つかったのかしら……！

全身を緊張させて身構えた律子だったが、それは思い過ごしであった。

二人の足音は悪魔像の前で突然ぴたりと止まった。

悪魔像を挟んで、二人と律子は向かい合う状態である。

時定はマントを演劇的に翻《ひるがえ》すと、結羅に向かってそう囁《ささや》いた。

「お前も、私と同じく死の呪いをかけられておる」

「どうしたらいいいんですか？」

か細い声で結羅が訊《たず》ねると、時定は低く蝦蟇蛙《がまがえる》のように笑った。

「いいか、お前の父親や家族どもは悪人なのだ。この時定に罪を被《かぶ》せ、失脚させようとして召使いや己の家族らまでをも手にかけよった。私の魔術具や悪魔像《レオナルド》を使って小細工をしてな」

「まさか……そんなことが……」

結羅が弱々しく首を振ると、時定は怒りに耐えかねたように身震いした。

「いいや、間違いはない。駒男めもそう言っておる」

「叔父様《おじ》が……」

すっかり思考能力を失った貴婦人が戸惑っているところに、間髪入れぬ時定の言葉が飛んだ。

「この殺人劇によって、誰が得をするか考えてもみよ！　駒男めが私に差し出した邪魔な娘を殺し、その罪を着せられた宗主の私が失脚すれば、この天主家は助蔵と愛羅の腹の中の子のものではないか。それを思えば、この呪いの送り主が誰かは知れよう。お前にまでも何故に呪いの火の粉が飛んだかは知れぬが、このままでは呪われ死ぬのは必至」

あまりの驚愕《きょうがく》と時定の勢いに呑《の》み込まれた結羅は、ふらりと身を崩した。その肩を抱き止めた時定は、まさに悪魔の誘惑という風情で囁いた。

「そのような恐ろしい悪党どものことなど、親子、姉妹と遠慮する必要はあるまい。ましてやお前の夫を苦しみから救う為なのだ。幸い私には悪魔の守護がついている。奴らの呪いをうち崩す秘術が、我が手の内にはあるのだ」

結羅が大きく目を見張ると、時定は仮面の下でにやり、と笑った。月明かりの中で、仮面の口元が不自然に歪《ゆが》む。

「古の邪神、キュベレー、エレウシス、あるいはディオニソスの密儀で行われたごとく、永久の肉体を保ち、不老不死に至る秘術は我が手にある。そこで、お前に手助けをしてもらおう。お前も呪いを受けた身なら、我らは一心同体。否とは言わさん」

「どうすればいいんです？」

機械的にそう訊ねた結羅に、時定は命じた。

「まずは礼雄鳴土《レオナルド》に忠誠を誓え。行って、その足に敬意の接吻《せっぷん》をするのだ」

結羅は魂を抜かれた操り人形のように、ふらふらと悪魔像に近づくと、言われた通り、黒い毛に覆われた醜い三本指の足に接吻をした。

「よし、これでお前も礼雄鳴土《レオナルド》の下僕《しもべ》だ。裏切ればさらに恐ろしい呪いを受ける身となる」

　時定の言葉に、結羅はぶるりとふるえて振り返った。

「結羅よ、私が何故『髑髏《どくろ》の十字架』を運び込ませたか分かるか？」

「……いいえ……」

「密儀に必要なものだからよ。その十字架に犠牲者を乗せ、生《い》け贄《にえ》として捧《ささ》げるのだ」

　結羅には時定の言葉の意味がよく理解出来なかった。自分がもはや、断崖《だんがい》絶壁まで追い込まれたのだという恐怖が、結羅の感情と思考を全て押し流してしまっていた。結羅は自分が夢の中にいるのか起きているのかさえ判別出来ないといった有様だった。

「幸い、満月には子供が産まれるという。丁度よい日取りだ。赤子の生け贄を悪魔はなにより喜ぶからな」

　そこまで聞いて、結羅は時定の言う赤子が、愛羅の胎内にいる子供のことだと、はっと気づいた。

　足元から登ってくる言い知れぬ悪寒――。

　顔を上げた結羅の前に、自分の肩を抱いて、狂ったように話しかけてくる夫の姿があった。

　時定は譫言《うわごと》のように、「お前なら愛羅も疑うまい」「上手《うま》い手際で赤子を攫《さら》うのだ」などと呟《つぶや》き続けていた。

天窓から差し込む冴《さ》え渡った銀色の光は、不気味な彫像や装飾の上にゆらゆら光と影を落とし、館《やかた》に吹き付ける風が甲高い悲鳴を上げている。

結羅はこの時、生まれて初めて身につまされる恐怖を感じ、思わず後ずさった。

「なんだ、その顔は！　まさか否と言うのではあるまいな。成程、お前にしてみれば双子の姉の子だ。腹の子を自分の子のように感じて、決心も鈍るかも知れん。だが、そうせねばならない現実を見せてやろう。見よ！　今にお前もこの有様ぞ！」

そう言うや否や、時定は自らの仮面を剝《は》ぎ取った。

数年来、家族さえも見たことのない時定の顔が、仮面の下から現れた。

何というおぞましい、醜悪な顔であろうか！

青黒く醜く腫《は》れ上がった驚くべき面相だ。

絵画に描かれていた暗鬱《あんうつ》な美貌《びぼう》の貴公子の面影などひとかけらも残っていない。

大きな腫瘍《しゅよう》が顔面に幾重にも重なり、顔の輪郭そのものをも変形させていた。

顔の酷《ひど》い変形の為か、ひがみと妬《ねた》みと、怒りがごっちゃになった醜悪無類の表情がそこに刻まれている。

奇怪な腫瘍の間から、半分潰《つぶ》れた双眼が執念深さを湛《たた》えて結羅を見た。

悪魔像の陰から一瞬その顔を覗《のぞ》き見た律子ですら、血の気を失うような衝撃を受けた。

2　生け贄

説得の材料の為に自分の素顔を見せたことは、時定にとって思わぬ事態に展開した。只《ただ》でさえ脆弱《ぜいじゃく》な魂魄《こんぱく》の持ち主である結羅に、このような恐ろしい事態が現実として受け止められるはずがなかったのである。

結羅はいきなり絹を裂いたような悲鳴を発し、「化け物！」と時定を罵倒《ばとう》した。

時定は面食らって、結羅を捕らえようとする。結羅は市松模様の床を這《は》うようにして後ずさった。

悪夢のような情景であった。

律子が物陰から飛び出そうとしたその瞬間、律子の頭上に黒い影が覆いかぶさった。突如、自分の身に降りかかった恐怖に、律子は全身を凍り付かせながら、必死でその影の正体を仰ぎ見た。

そこには摩訶《まか》不思議な光景があった。

二階の細い回廊の手摺《てす》りの上に、誰かが立っている。

律子はどきりとした。あの細い手摺りの上に立っているだなんて、自殺行為だ。それとも、この世のものではないのかも知れない……。

だがその姿は、紛れもなく沙々羅なのであった。

沙々羅の階下を見つめる眼差《まなざ》しは、この世の全てを凍りつかせる程に冷ややかだった。

律子は余りの異様さに並々ならぬ動揺を感じたが、同時に雷に打たれたような鮮烈なときめきをも覚えていた。

月明かりを受け、雪花石膏《アラバスター》のように透き通った美貌は神々しい程に無表情で、白いナイトガウンの襟元には、スリップの胸がほの見えていた。月の銀色の滴《しずく》に洗われて、その胸は寂々《せきせき》として白く、痩《や》せた喉元《のどもと》から胸に至り下腹へと続く緩やかな勾配《こうばい》には犯しがたい高貴なオーラさえ漂っているように感じられた。

一瞬、愚かしくも切迫した事態を忘れた律子であるが、次の瞬間には、恐ろしいわめき声が館内に響き渡った。

「ええい、これ程言っても分からぬか！　ならば、お前こそが『生け贄』になれ！」

時定の手元でギラリと光ったナイフに向かって、律子は慌てて飛び掛かったが、鋼《はがね》のような狂人の体に、逆に跳ね飛ばされてしまった。

次の瞬間、高く振りかぶったナイフが結羅の脇腹に突き刺さった。

重たい空気を切り裂くような断末魔の悲鳴！

もう一度襲いかかった律子を跳ね飛ばし、時定はぐったりと目を見開いたまま荒い息をしている結羅の腸《はらわた》にかぶりついた。

「ぎゃあああああ！」

おぞましい悲鳴が響き渡った。

ようやくその時、螺旋《らせん》階段の上方から、「何があった！」「今の声は何や！」とざわめきながら、人影が降りて来た。

その声に勇気づけられ、もう一度立ち上がった律子だったが、さっき叩《たた》き付けられた時に軽い脳震盪《のうしんとう》を起こしたのか、足元が覚束《おぼつか》ない。

よろめきながら螺旋階段に縋《すが》り付いた律子の網膜に、月明かりの下に展開している異様な惨劇が焼き付いた。

夥《おびただ》しい血の海の中で、べっとりと部屋着を体に纏《まと》いつかせた結羅が横たわっている。恐怖に歪《ゆが》んだ顔は恨めし気に虚空を睨《にら》み付けている。

嚙み千切られ、引き摺り出されたぬめぬめとした腸が、結羅の腹から時定の口元に続いていた。裂けた腹の中からは、尚も、ずるり……と臓器がはみ出している。

律子は口元を押さえて蹲《うずくま》り、嘔吐《おうと》した。

階段を駆け降りて来た助蔵は、この信じ難い修羅場の光景を見るなり、弾丸のような勢いで、まだ結羅の肉を食らおうとあがいている時定に体当たりを食らわせた。

巨漢の体当たりに、時定の体は楽々と吹っ飛び、床に横転した。

助蔵は時定には目もくれず、変わり果てた娘の体をかき抱いた。

「結羅！　結羅！　死ぬんやないで！」

体を揺すってみるが、結羅はすでに息絶え、答えることはなかった。

この時、床に横転していた時定が、凄《すさ》まじい勢いで起きあがると、野生の獣のごとき俊敏さで螺旋階段を駆け上がった。

茫然自失《ぼうぜんじしつ》として階段の中程に突っ立っていた駒男は、時定の化け物じみた面相を目撃して、腰を抜かした。

そして時定は、あろうことか自室に立て籠《こも》ったのである。

外へ逃走するという本能を持たないこの男は、愚かなことに逃げ道の無い自室に逃げて、ベッドの中でひたすら震えていた。

一方、騒ぎを聞きつけた朱雀は、時定と入れ違うようにして、自力で一階まで降りてきた。

階段の中程にへたり込んでいる駒男の気配。助蔵の激しい嗚咽《おえつ》が木霊している。

もう一つ、引き攣《つ》るような泣き声がしていた。律子のようだ。

朱雀は声を辿《たど》って、愛娘をかき抱いた助蔵と、その側で泣き崩れている律子の側に立った。

「……何があったんだね？」

この血の惨劇の中で、それ程穏やかな声を聞けるとは、律子にとって信じ難い程の救いだった。

律子はしゃくり上げながら、結羅の死を告げた。

「この目で見ました。殺したのは時定です！　あいつの素顔も見たわ！」

「……それで？」

「醜い腫瘍が一杯出来た恐ろしい顔でした。結羅さんがそれを見て悲鳴を上げると、突然あいつが刃物で結羅さんを……。私……止められませんでした」

律子がたどたどしくようやくそれだけのことを説明すると、朱雀は何ともいえない苦悶《くもん》の表情で、「やんぬるかな……」と悲嘆のため息をついた。

この時、扉を開けて入ってきたのは見回り番の召使いであった。召使いは扉を開けた瞬間、其処《そこ》にある血塗《ちまみ》れの死体と、それを取り巻く一同の異様な空気に、凍り付いたように立ち尽くした。


悪魔つきや！　あの顔を見てみぃ！

悪魔につかれたんや！


突然、気がふれたように喚《わめ》いた駒男の声に、助蔵がきっと顔を上げた。

「奴は何処へ行きよったんや？」

「階段で僕とすれ違って、それから上の方で扉を閉める音がしましたから、恐らく、六階の寝室に逃げ込んだんじゃないでしょうか……」

朱雀が答えた。

それを聞くや否や、助蔵は呆然《ぼうぜん》と立っている召使いに命じた。

「十和助はどうしたんや！　十和助を呼べ！　それから男手を揃えて、時定の部屋の扉が開かぬように釘《くぎ》を打ってしまえ！」

召使いはこの奇妙な命令に躊躇《ちゅうちょ》した様子であったが、助蔵の有無をも言わさぬ眼光に負けて、北廊下の方へと飛んでいった。

自らのガウンで愛娘を包み、その頑丈な両腕でしっかりと抱き上げた助蔵が、螺旋階段へと向かっていった。助蔵によって瞼《まぶた》を閉じられた結羅は、苦しみの表情を幾分和《やわ》らげたように見えた。

折しもその時、妻の正代が階段を降りてきた。

正代は悲愴《ひそう》な面持ちで、夫に何事かを告げようとした瞬間、惨《むご》たらしい結羅の死体を目撃した。

正代は崩れ落ちそうになる体を辛うじて手摺りにしがみついて支えたものの、声も出せずに、ただ、カチカチと歯の根を鳴らすばかりだった。だが、一抹の気力を振り絞って震える声で助蔵に訴えた。

「愛羅が……愛羅が……さっき急に悲鳴を上げたかと思うと、産気づいたんです。えらい出血も激しゅうて、産婆が危ないと……」

愛羅は双子の妹の死に反応したのであろうか。助蔵は血相を変えて階段を駆け登り、正代も必死になってその後を追った。

3　幽閉の恐怖

天主家の六階は、未《いま》だかつてない異様な喧噪《けんそう》に包まれていた。

愛羅の部屋からは、身も世も無いような切ない悲鳴が途切れなかった。

時定の部屋の前では灰色の召使い達が、トントン、カンカン、と、隙間が無くなる程の執拗《しつよう》な間隔で、扉に釘を打ち続けている。

かと思うと、結羅の部屋では、十和助の指示に従って、無惨な軀《むくろ》となり果てた結羅の遺体を清め、死化粧を施す為に召使い達が動き回っていた。


これらの気配を誰よりも恐ろしい思いで聞いていたのは、他ならぬ時定であった。

結羅を使って、生まれてくる赤子の誘拐をこっそりと企《たくら》むつもりが、思いも寄らぬ大それたことになってしまった。そうして妄想の果てに逃げ込んだ自室でふと我に返った時、頭をもたげてきたのは、生来の小心であった。

先程まで脳髄に噴射していた狂おしいまでに獣めいた高揚は、最早《もはや》すっかり消え去っていた。

「うおおおおっ……何で、こんなことになったんや！」

彼は頭を掻《か》きむしった。

もう既にお前は宗主でも何でも無いとばかりに自分を睨《にら》んだ助蔵の血走った目や、駒男の忌まわしいものを見るような恐怖の表情が蘇《よみがえ》ってくる。

そこへもってきて、扉の向こうから、トントン、カンカン、と怪しい物音が聞こえてきたのである。

焦燥感《しょうそう》に駆られてノブを回し、扉を開けようとやっきになった時定であったが、すでに扉は頑丈な合板まで用いて打ち付けられていたから、ほんの僅《わず》かも開かなかった。

「私は宗主やぞ！　ここを開けろ！」

怒鳴ってみたが、うんともすんとも答えは返ってこない。実に冷ややかな反応だ。

時定は自分を守護してくれるはずの悪魔の名を呼び、助けを乞《こ》うたが、それに答える声も現象も何一つとして起こらなかった。

どうやら自分は終わったようだ……。

真っ白になった頭の中に、その言葉だけが浮かんだ。

よくよく考えてみると悪魔が答えてくれたことなど一度も無いのではないか？　かくも忠実に呼びかけた自分に何の印も表さぬところを見ると、悪魔などいないのかも知れない。

時定は奥歯をぎりぎりと鳴らして世を恨むうちに、ふとまた違う思いに捕らわれた。

いや待てよ、もしかしたら悪魔はやはりいたのかも知れない。自分をそそのかしてこんな事態に陥らせた誘惑は、あの胡散《うさん》臭い商人・正木の仕業だったが、あの黄色い肌をした奇怪なデブの男こそ、自分の元を訪れた悪魔なのではないか。

そうだ、よくよく考えると実に怪しい、使い魔らしき男ではないか。

自分は悪魔の力を利用しようとして、逆に悪魔にはめられたのだ！　そして、絶体絶命の断崖《だんがい》絶壁に、突如として追い込まれたのだ……。

突然の世界の変容《メタモルフォーゼ》の衝撃で、血の気が失せた頭の中に、ただ、狂おしい程に、トントン、カンカン、と釘を打ち付ける音が響いている。

自分を此処《ここ》に閉じこめてどうする気だろう？

時定は、つい今しがた犯した己の恐ろしい罪のことなど忘れて、ぞっとした。

そうしてその犯罪を思い出すと、尚更ぞっとするのだった。

これまで幾人も人を殺し、恐ろしい呪いまでをも自分に向けたあの助蔵が、娘を殺されて並大抵のことですませるとは思えない。

きっと地獄の刑罰のように恐ろしい拷問や懲罰を画策しているに違いない。

もしかすると、このまま一生、この部屋の中に閉じこめられて、じわじわと飢え死にさせられるのかも知れない。

そう想像すると、すぐにでも気がふれそうな恐怖が、下腹からわき上がってくるのだった。

その時突然、先程まで隣で呻《うめ》いていた愛羅の声がぷつりと途切れた。

お産が終わったのか？　と耳をすました時定だが、そうでは無いらしい。赤ん坊の産声すら聞こえない。

いや、それどころか、人が動く気配もざわめきも止まってしまったようだ。

しん、と張りつめたような静寂……。

その異様な雰囲気が、時定の妄想にますます拍車をかけた。

一体、どうして急に静まり返ってしまったのか？　何か予期せぬ恐ろしい出来事が起こったに違いない。

ひょっとすると、何かの呪いによって館《やかた》の中の時が止まってしまったのだろうか？

或《あ》るいは、外の人間達は皆、呼吸を忘れて石のように動かなくなり、こうしておろおろと動き回っているのは自分だけではあるまいか？

自分はこの世界で生き残った唯一の人間なのではないだろうか？

一体、どうしたというのだろう……？

急な咳《せ》き込みが彼を襲った。

時定は、まだたっぷりと水の入っているケトルをストーブの上に置いた。

静けさは続いていた。

余りの不審さに息を潜めて耳をそばだてた、まさにその時である。

何処からか劈《つんざ》くような悲鳴が聞こえてきた。

それも一人ではない。何人もの人間が、連鎖するように悲鳴を上げているのだ。

阿鼻叫喚《あびきょうかん》の地獄絵図を想像して、時定は震え上がった。

何か化け物じみた恐ろしい奴が、館の人間を片っ端から襲っているのではあるまいか？

そうして、殺しているのではあるまいか？

最後にはこの部屋にやって来て、自分を殺すつもりではあるまいか？

……それは助蔵か？

4　殺人の告白

時定が部屋に逃げ込んだ後、六階の踊り場に屯《たむろ》して呆然《ぼうぜん》と事の成り行きを見つめていたのは、駒男、華子、沙々羅、律子、朱雀の五人であった。

「何ちゅうこっちゃ……また御宗主が……。あんな気味の悪いものばかり集めてるから、悪魔に取り憑《つ》かれたんや。ああ……やっぱり天主家は祟《たた》られてるんや……」

力無く肩を落とした駒男に、華子はやぶにらみの目を向けた。

「なぁ、御宗主の顔はそんなに醜う変わってたん？」

「醜いなんてもんやない。あれはもう人間の面相やなかったわ」

無数の腫瘍《しゅよう》が重なり、それ自体が一個の醜怪な瘤《こぶ》にしか見えぬ時定の顔を思い出し、駒男は呟《つぶや》いた。

それを聞いた華子の目に、心なしか愉快気な輝きが漲《みなぎ》った。

律子はちらりと隣の沙々羅の様子を窺《うかが》った。

沙々羅は自らの腕で自分自身を抱き、恐怖に全身を震わせている。カチカチと小刻みに鳴らす歯の音が、律子の耳にも届いていた。

これは一体、どうしたことだろう……。

律子は不審でならなかった。さっきは手摺《てす》りの上から惨劇を見下ろしながら冷血な無表情を保っていたというのに、この目の前の怯《おび》えきった無力な子供のような沙々羅とあれが同一人物なのだろうか……。


二重人格？　それとも何かの気の病？

こんなに怯えているのは、何故なの……？


律子は余りの不可解さに、沙々羅を今すぐにでも問いつめたいような気持ちに駆られたが、この場に相応《ふさわ》しくない行動だと考え、思い留《とど》まった。

その時、ふと朱雀が一人立ち上がって、十和助を呼んだ。結羅の部屋から出て来た十和助の耳元に、朱雀は何事か囁《ささや》いた。

十和助は頷《うなず》き、突然、召使い達を結羅の部屋から追い立て始めた。

やがて、全員が出ていってしまうと、十和助は朱雀を支えるようにして結羅の部屋に入り、そうして二人の背後で扉が閉じられた。

(何の話をしているのだろう……？)

結羅の部屋の扉を見つめ続けていた律子は、隣にいた沙々羅の姿が何時の間にか消えていることに気づいた。

駒男も何事か気づいた様子で、きょろきょろと辺りを見回している。

「どないしたん？」

華子が抑揚の無い声で訊《たず》ねた。

「成行はんらが来てへん。こんな騒ぎになってるのに、気づかんと寝てるんやろうか？」

「さぁ……また念仏でも唱えてはるんやろ」

華子は薄ら笑いをしながら答えた。

律子は突如込み上げて来た理由のない胸騒ぎに、一人その場を離れ、沙々羅の部屋へ向かった。

案の定、五階の沙々羅の部屋の扉が開いたままになっている。

「沙々羅さん、いるんですか？」

声をかけながら、扉の隙間から顔を出した律子に、まるで男のような強い力でしがみついてきたのは、他ならぬ沙々羅であった。

「わたくしです！　わたくしです！　わたくしが結羅さんを殺したんです！　今度の殺人も十四年前の殺人も、わたくしがみんなを殺したんです」

沙々羅は、必死の面持ちで、哀願するように律子を見つめていた。その瞳《ひとみ》の奥には、思わずぞっとするような、深い深いどこまでも深い闇が宿っていた。

「あなたは、わたくしを裁きに来て下さったのでしょう？　あのお方と御一緒に、わたくしを罰しに来て下さったのでしょう？」

髪を振り乱し、切なげに全身を震わせて訴えた沙々羅だが、その様子はどう見ても正気とは思えなかった。

律子はどうしたものかと暫《しばら》く戸惑ったが、やがて気を取り直し、肩に食い込んだ沙々羅の指をそっと外しながら冷静に答えた。

「沙々羅さん、結羅さんを殺したのは時定さんよ。沙々羅さんも見ていたでしょう？」

「御宗主が結羅さんを……？　わたくしがそれを見ていた……？」

「ええ、そうよ。二階の回廊の手摺りの上に立って、一部始終を見ていたはずよ」

沙々羅はその言葉を聞くと、愕然《がくぜん》とした表情で蹌踉《よろ》めきながら長椅子に腰を落とし、水鳥のように長い優雅な首をぐったりと垂れた。

「覚えていないの？」

沙々羅はむなしく首を振って、ため息を吐いた。

「きっとまた、夢遊病が出たんですわ。……でも、よしんば結羅さんを殺したのが御宗主でも、他の方はわたくしがやったことに違いないわ……」

「でも、覚えはないんでしょう？」

「ええ、確かに覚えてはいないけれども、そうに違いないんです。わたくしは、ずっとこのことで思い悩んで、何度も警察に自首しようと考えました。けれど十和助が……そのようなことをすれば自分は自害すると……自分が探偵を見つけて、わたくしの無実を晴らすから、少し待っていて欲しいと……そう懇願したのです」

涙を溜《た》めた沙々羅を目の前にすると、律子には、とてもこんな美しい人が残忍な連続殺人の犯人とは思えなかった。

それにしても、あの時のことを覚えてもいないとは、どういうことなのだろう。何人もの人を意識せずに殺してしまうようなことがあるのだろうか？　完全に人格が別人に転換してしまって、夢遊病の果てに殺人を犯すようなことがあるだろうか？

勿論《もちろん》、現実ばなれしたことと思われた。

だが、物事はあくまでも主観抜きで冷静に判断せねばならないと、朱雀が何時《いつ》も言っている。

そこで律子は幾つかの質問をすることにした。

「ねぇ、沙々羅さん。確かに覚えていないというのに、どうして自分が殺人を犯したと思うんですか？」

「ええ……。最初に庭番の秀夫さんという方、その方が亡くなった夜にも、わたくしは夢遊病の発作を起こし、外を彷徨《さまよ》っていたらしいんです。足の裏に土が残っておりました」

「でも、それだけでは……」

「いいえ、それに、作次さんが殺された日の翌日には、目覚めるとネグリジェに血痕《けっこん》がついていました。しかも、その血痕は、伊厨さんの部屋に残されていた、鋭い五本の爪痕《つめあと》と一致していたのです……」

沙々羅は狂おしく頭を振った。

「わたくしは、自分が何をしでかしたのか恐ろしくて十和助を呼び、自首したいと相談したんです」

「伊厨さんと成継さんの失踪《しっそう》の原因も、ご自分にあると仰《おっしゃ》るの？」

「ええ、きっとまた夢遊病の発作を起こしていたんです」

「でも……沙々羅さん、私もそれだけのことでは、犯人が沙々羅さんだとは決められないと思うわ」

律子は宥《なだ》め聞かすように言った。

「いいえ、それだけのことではないのです。わたくしは思い出したのです」

「思い出した？　何をです？」

「十四年前に、わたくしが如何《いか》にして安蔵さんを殺害したかです」

律子の中でも疑念に思っていたことの答えが、突如もたらされた。

「十四年前……」

「ええ。それはこんな風にしてです……。わたくしは安蔵さんをあの因縁の岩牢《ろう》に呼び出し、すっかり油断しきっているあの方の頭を木槌《きづち》で殴り、撲殺しました。それから脚立《きゃたつ》で小さな天窓のところまで登り、ボルトを外して天窓の枠とボルトを足元に置きました。脚立を庭に戻し、再び岩牢に帰った私は扉に閂《かんぬき》をかけて密室とし、小型のテントで死体を覆うようにしました。さらに死体に血が飛び散らないように布を被《かぶ》せ、周りに四百本の蠟燭《ろうそく》をくまなく円形に並べたのです。

何故、そうしなければならなかったかと申しますと、その時の外気は零下十度近くでしたから、死体がたちまち凍結し、ばらばらにしにくくなってしまうからです。密室殺人を遂行する為には仕方がなかったのです」

沙々羅はぞっとする程虚《うつ》ろな目つきで、機械的に、恐ろしい殺人の全貌《ぜんぼう》を語り始めた。

その透明な人間離れした表情に、律子は総毛立つ思いがした。

「肩と股《また》、そして首の付け根から切り離す。木槌と斧《おの》……。わたくしは非力でしたので、ばらばらにする為にはそれが必要になりましたの。死体の肩幅を出来るだけ小さくしたかったんです。ある目的の為に……。斧でまず切り、骨があたってそれ以上食い込まなくなった時点で、木槌を用いました。そうやって死体をばらばらにした後に蠟燭を消し、時を待ちました。死体の血が固まって、滴が垂れないようになるのを待つ為です。

その間に、わたくしは岩牢からの脱出準備を整えました。普通ならとてもくぐれない小さな天窓、一体誰がそんなところから死体を担いだ犯人が出入りしたと思うでしょう。わたくしはまず、四本の太いボルトのネジ山に針金の先端を巻きつけておき、さらに窓枠に針金で固定しました。窓枠とともに一緒に引き上げる用意です。そして時を見計らった後、奇怪な円形を描いた血溜まりの中に榊《さかき》を投げ入れ、腰に紐《ひも》を結びました。その紐にさらに安蔵さんの胴、足、手、首、窓枠の順に結びつけました。それぞれには長い間隔を置いて、一つ一つ引き上げられるように配慮しました。

次に遥《はる》か上方にある天窓まで登っていかねばなりません。そこで、私は両腕と両膝《りょうひざ》にタップリとアルコールをしみこませたさらしを巻いたのです。そうしますと、零下に冷え切った岩肌に布が瞬間凍結してぴったりと吸い付きます。それはもう蛸《たこ》の吸盤のように吸い付くんです。身軽なわたくしはその力を利用して、岩肌を窓枠まで登ったのです。そして、順次に死体の部分を引き上げ、最後に窓枠を引き上げました。紐を張って、石にくくりつけて重石《おもし》としますと、窓枠は枠溝に塡《はま》って手を離しても落ちない状態になります。

それから予《あらかじ》めボルト穴に先端を入れておいたボルトに巻きつけた針金をゆっくりと引くのです。そうしますとネジは自然に穴に導かれ、しかも針金が解《ほど》ける為に起こる回転で内側から見事にボルト穴の中におさまるのです」

沙々羅はまるで今しがた、密室殺人をやり終えたような安堵《あんど》のため息を漏らした。

「安蔵さんの死体はそれから何処に隠したの？」

「それは……」

目眩《めまい》に襲われたらしく、沙々羅はくらくらと首を振って長椅子に打ち崩れた。

「分かりません。忘れたんです……」

余りに呆気《あっけ》なくそう言われたので、律子は何を言って良いのか分からなくなった。それで暫く悩み抜いた末にこう言った。

「どうして人を殺そうなどと思ったんですか？　その時、沙々羅さんは十四歳でしょう？　それともそれも覚えていないの？」

「計画を立てたのは、恐らく兄です。あの悪魔のような兄の手足になって、人殺しをしたのがわたくしなのです。動機？　いいえ、動機などきっと無かったのです……。わたくしはただの殺人狂なのです。血取りに魅入られているんです。ほら、この右の目。まるで血取りと契約を交わしたように見えませんか？　なくなった右の目がなによりの証拠じゃありませんか！」

沙々羅の瞳《ひとみ》が凄《すご》みを帯びてぎらぎら光るのを見て、律子は突然、そら恐ろしくなった。

今まで好感を持って見ていた人であるが、もしかすると、この人は本当に悪質な神経症に侵されているのではないだろうか。殺人癖のある危険な人物なのではあるまいか。

意識の無いうちに人を殺してしまうというのだから、今はこうして罪の懺悔《ざんげ》じみた告白をしているが、いつ意識を失って襲ってくるか分からない。

律子の脳裏に、以前恐ろしい事件の渦中にいた時の自分自身の姿が浮かび上がった。

あの時の自分は、確かに何処かが狂っていた。あの呪わしくも邪悪な黒マントを身に纏《まと》っていたのは誰だったのか？　すっかり別人に成り済ましてのうのうと舞台に立っていたのは？

もしかすると、自分がこんなに沙々羅に惹《ひ》かれるのは、自分と同じ悪魔的な気質が彼女に宿っている為ではないだろうか。

ああっ！

律子が後ずさったのと、沙々羅が笑い声だか泣き声だか分からないヒステリックな叫び声を張り上げたのは同時だった。

そうするとまた、今度は四階の方から、誰のものか分からない悲鳴が聞こえてきた。

律子は矢も楯《たて》も堪《たま》らず、沙々羅の部屋から走って逃げた。


四階で悲鳴を張り上げたのは、駒男であった。

余りに音沙汰《おとさた》なしの成行夫妻に不審を感じ、様子を窺《うかが》いに訪れたのである。扉をノックして返事がないのでノブを捻《ひね》ると、かちゃりと音がして扉は容易に開いた。

「成行はん、何してるんや、エラいことやで！」

そう言いながら中をひょいと覗《のぞ》き込んだ駒男は、其処《そこ》に奇怪なものを発見した。

七色の薄暗い光に満たされた部屋。

修道士の窓にぴったりと寄り添うように配置された奥にある夫婦のベッド。その天蓋《てんがい》から二つの黒い塊《かたまり》が、ぶらぶらと揺れているのである。

前の目撃の経験から、駒男にはすぐにそれが首吊《くび》り死体であることが分かった。

それで狂気じみた悲鳴を張り上げたのである。

近くにいた召使い達も、事態に気づいて次々に悲鳴を上げた。その悲鳴を違う階で聞いた中の何人かは、何が起こったかも知らぬままに悲鳴を張り上げた。まさにマスヒステリー状態である。

天主家の館《やかた》は、あちらこちらから聞こえる苦悶《くもん》の、狂気の、恐怖の、妖《あや》しい悲鳴の木霊に満たされた。

これが時定の聞いた悲鳴の正体であった。

しかし、天主家には一角だけ静けさに包まれた場所があった。愛羅の部屋である。

生まれ出ることを恐れたのか、愛羅の赤ん坊は死産であった。愛羅も危険な状態だ。

見守っていた助蔵と正代は悲しみに立ち尽くし、手伝っていた召使い達もただひたすら祈るように沈黙していた。

5　回廊の亡霊

六階に飛んで戻った律子は、しんとした空気に事情を察し、激しい動悸《どうき》を抑えながら結羅の部屋の扉の前で朱雀を待った。

非常に長く感じられたが、実際にはものの数分で朱雀は部屋から出てきた。十和助の合図で、扉の前に待機していた召使い達が入っていく。

律子は朱雀に近づき、他の者に気づかれないよう声を潜《ひそ》めた。

「先生、大変です。今、私、沙々羅さんから告白されたんです」

「告白？」

「ええ、十四年前の殺人も、今回の殺人も自分がやったことだという告白です。安蔵さんの殺害方法も教えてくれました」

ううん……と呻《うめ》くと、朱雀は渋い顔をした。

「どうしましょう。沙々羅さんは自首すると言ってます。やっぱり警察に通報したほうがいいんじゃありませんか？」

「いやだね」

朱雀はにべもなく答えた。

「だって先生、連続殺人ですよ。見て見ぬふりは出来ないわ。これ以上、犠牲者が出たらどうするんです？」

「五月蠅《うるさ》いねぇ、君は。僕は今考え事をしてるんだよ。そんなことは後から考えたらいいさ。とにかく警察などには絶対に通報するんじゃないよ。まだ御宝だって頂いてないんだしね」

朱雀は悪党めいた口振りでそう言って、髪を掻《か》き上げた。


本気なのかしら……

人が何人も死んでいるというのに、あくまで御宝と暗号解きに執着する朱雀の気が知れなかった。それにさっきは沙々羅を見張っていろと言ったのに、今度はやけに冷たい反応だった。

不眠の館の一夜が明けた。

今や館の中には死産の赤子を含めて四体の死体が転がっている。天主家の館は、名実ともに華麗な墳墓と化していた。

成行夫妻の手首にある数珠《じゅず》が、布団との摩擦でしゃらしゃらと、音を立てている。

夫婦は今、召使い達の手によって、自室のベッドに横たえられ、乱れた衣服を直されているのであった。

その傍らには、もはや疲れ切ったという顔で、椅子に座ったまま身じろぎもしない駒男がいる。

助蔵は、心が千々に乱れていたことを物語る二人の遺書を手に取って読んでいた。

申し訳ありません。
全ては成継の仕業です。
今も何処かに身を潜め、次の恐ろしい殺人計画を練っているのです。
もはや、両親としてこれ以上、息子の凶行を見るに忍びなく、皆様より一足お先にあの世に参る決心をいたしました。

成行　正枝

「早まったことを……犯人は時定やったのに……」

助蔵は宗主・時定を呼び捨てにして、忌々《いまいま》しそうに言った。

「十和助さん、十和助さん」

召使いの一人が戸口から十和助を呼んだ。何か用事かと怪訝《けげん》な顔をして出ていった十和助は、暫くするとまるで死人のように凍り付いた表情で戻ってきた。昨夜の見回りの召使いと一緒だ。召使いも気味が悪い程に青ざめている。

助蔵は一目で只《ただ》ならぬことに気づいた。

「また……何かあったんか」

「はい、これが怪しい者を見たというのでございます」

召使いは身を竦《すく》め、小刻みに震えていた。

「何を見た」

「はい。昨日、いろいろと騒ぎがあった後です。私は言いつけ通り見回りを続けてたんです。その二回目の見回りの時です。丁度、六階の御宗主様の部屋に釘《くぎ》を打ち付けておられる最中やったのに……」

「……何や！」

「はい。二階の窓拭《まどふ》きの為の回廊のところに、いはったんです」

「誰が？」

「……御宗主様」

召使いは消え入るような小さな声で答えた。

助蔵は仰天と逆上の為に声を荒らげた。

「そんなアホなことがあるか！　時定は確かに部屋の中におったんや」

「そっ……それは知ってます。中から、『開けろ、開けろ』と怒鳴ってはったんもこの耳で聞きました。しやからもう、気味が悪うて、悪うて……もうこんなお館ではようやっていけまへん。此処《ここ》であったことは人には絶対に漏らしまへんから、下の村に帰らせてもらえませんか？」

助蔵はむっ、とした。

「後で考えたる。もうええ、行け！」

召使いは残念そうな顔をしてすごすごと去った。

「ああっ……。もう私には何が何やら訳が分かりません」

十和助は嘆き、助蔵は召使いの証言に心を乱しながらも、自分に言い聞かすがごとくに言った。

「臆病風《おくびょうかぜ》に吹かれて、何かの影を錯覚したに決まってる。さもなければ仕事を辞めたい為の狂言や」

そうとでも思い込まなければ、頭がおかしくなってしまう。

「兄さん……やっぱりこれは祟《たた》りやで……」

土気色《つちけ》に浮腫《むく》んだ成行夫妻の死に顔を見つめながら、駒男がぽつりと呟《つぶや》いた。

「あの山田とかいう探偵は『祟り』やないと言うたが、そんなことない。これを見てみぃ……先代の時と全く同じや。もう今更何をしても、祟りから逃れられんのや。天主家は滅亡や」

助蔵はそんな弟の肩を揺すって、執念深く言った。

「何を言うてる。ご先祖様が五百年繁栄させてきた天主家の名誉ある本家を、我々の代で潰《つぶ》すわけにはいかんのや。まだ、愛羅も華子も沙々羅も生きとる」

この時、いつの間にか朱雀が律子を伴って扉のところに立っていた。

6　ちぎれた中指の行方

「おはようございます。というより、御愁傷様でしたと申し上げるべきでしょうか？」

「どっちでもええ。それより、何か用事か？」

助蔵が憮然《ぶぜん》と答えた。

「ええ、今の召使いの話、聞いてしまいましたよ。どうにも聞き捨てなりませんね。そこでちゃんと閉じこめてあるのかどうか確かめる為にも、時定さんに会いたいのです。連続殺人犯の目星がつきましたのでね」

「殺人犯なんか今更言わんでも分かってる。時定や」

駒男が呆《あき》れたようにそう言ったのに対し、朱雀は首を振った。

「違うんか？」

驚愕《きょうがく》して顔を見合わせた二人に、朱雀は深く頷《うなず》いた。

「ええ、違います。だから時定さんに会いたいのです。彼の証言で、およそ犯人を特定することが出来るからです」

先生は、沙々羅さんのことを言ってるの？

でも、時定さんの証言が必要だというのは何故？

律子は表情の読めない朱雀の顔を見て、首を傾げた。

「しかし、時定の部屋は今、釘で打ち付けて入れないようにしているが……」

助蔵が躊躇《ちゅうちょ》すると、朱雀は口の片端を上げた。

「再び扉を開くようにするのが面倒なのは分かりますがね、時定さんが逃亡しないように応急処置としてああしたのですよね。まさかそのまま部屋に閉じこめて死ぬまで待つつもりではないでしょう？」

「まぁ……そらそうや」

駒男が自信なさげに答えた。助蔵は黙っていた。

「なら、どうせあの扉は開けなければならないわけですし、いいではありませんか。それに中は空かも知れませんよ。勿論《もちろん》、扉を開ける時は、万が一のことを考えて、動けない愛羅さんは他の部屋に移動してもらっていたほうがいい。それでも心配なら屈強な召使いに武器の一つも持たせて待機させ、時定さんが暴れるようなら殺してしまえばいいんです」

どきりとするほど残酷なことを大胆に言ってのけた朱雀であった。

渋った態度を見せていた助蔵は、その言葉に急に乗り気になったようだ。「いいだろう」と応じた。

助蔵をその気にさせる為の誘導か、本心から言った言葉なのか、律子には判断がつかなかった。

朱雀が助蔵や駒男と話をしている間、律子は十和助に話しかけた。あれからの沙々羅の様子が気になっていたからである。

「十和助さん、沙々羅さんはどうなさってます？」

それが……と十和助は表情を曇らせた。

「それが、まるで死んだように寝ておられるのです。一度も起きてこられません。……私も心配で、先程も様子を窺《うかが》いに参りましたが、ただもう寝返りも打たれないまま、寝ておいでございました。昏睡《こんすい》というのでしょうか……。沙々羅様に何が起こったのか……」

「……それは有り体《てい》に言えば、沙々羅さんの意識が無いということですか？」

突然、朱雀が振り返って訊《たず》ねた。

「はい、そのようなのです」

助蔵と駒男は、ぎょっとした顔を見合わせた。たまたま側にいた召使い達も動揺の色を隠せぬ様子だ。またしても新たなる惨劇の飛来する予感が、見る見るうちに皆の胸に膨らんでいくのだった。

律子は十和助の考えを読みとろうと、老執事の顔色をじっくりと見つめた。

朱雀の元に事件解決の依頼をしたり、こっそりと沙々羅の犯罪を隠す為に証拠のネグリジェを焼き捨てたり、どうにもこの老執事はやっていることが不審なのだ。

一体、何を隠し、何を知っているのだろう？

怪しんでみると、その慇懃《いんぎん》な紳士然とした顔の下に、とてつもない悪人の顔が隠されているような気がし始めた。

いや、こんな風に誰彼なしに疑うのはやめておこう。この館の中にいると、全ての人間が悪人に見えてしまうのだ。此処はそんな呪われた館なのだ。律子はそう自分自身に言い聞かせた。


時定の部屋を開ける準備が始められた。

最初に、簡易な担架が用意され、愛羅が乗せられた。

そうして愛羅は、死臭漂う本館から、南廊下の客室へと移動されたのである。日当たりなどの条件を考えても、まさに正しい判断と言えた。

正代夫人がその側に付き添った。

次に、釘抜《くぎぬ》きを携えた召使い達が、時定の部屋の前に集合した。

召使いの中で一等屈強な男と言えば直吉であった。

直吉はいつものように薄ら笑いをしながら、手に斧《おの》を持ってやって来た。

「時定！　山田探偵が訊ねたいことがある言うから、扉を開けるが、下手な真似をしたら許さへんからそう思え！」

助蔵が大声で呼びかけたが、宗主の部屋からの返事はなかった。

助蔵はふん、と鼻息も荒く、召使い達に釘を抜くよう命じた。

昨日打ち付けたばかりの膨大な釘を、今日また全て引き抜くという、滑稽《こっけい》なような、不気味なような、訳の分からない作業が開始された。

職務に勤《いそ》しむ召使い達の顔色も、制服と同じく灰色であって、皆、心身共に疲れ果てている様子である。

小一時間程かかってようやく釘は全て抜かれ、部屋の扉が開けられた。誰もが一瞬、緊張して体を硬直させた。

昨夜、人肉を食らおうとしていた狂気の男が、奇怪な笑い声をたて、悪夢のような呪物で埋め尽くされた部屋から飛び出してくるのではないか……そんな妄想を、誰もが少なからず育《はぐく》んでいたからだ。

あるいはもしも部屋が空であったら……それを確かめるのも恐れていた。

開かれた扉の向こうは、異様な程に静まり返っていた。

「時定さん、入りますよ！」

高らかに宣言した朱雀が、律子と共に部屋に入った。その後を追い、直吉、十和助、助蔵、駒男が続いた。

結羅の返り血を浴びた為であろう、扉の裏側や卓の上に、べっとりと血の手形が残っている。

「まさか……本当におらんのか……」

余りの静けさに、駒男は頰を掻《か》きむしり、震える声で呟いた。

ストーブにかけられたケトルにも血の跡があった。ケトルは空炊きされているとみえ、水蒸気が出ていない。十和助が慌てて駆け寄り、ストーブを消した。

律子は、ふと十和助の足元に不完全なレース編みが落ちているのを見つけて近寄った。

それはどうやら伊厨から宗主に贈られた花瓶敷きだったようだが、半分まで解《ほど》いた挙句に、その先端が断ち切られていた。

鋭い眼光で人影の無い部屋を見回していた助蔵は、やがて帳《とばり》の降りたベッドをじろりと睨《にら》んだ。

十和助はそれを察して、側でぬうぼうと突っ立っていた直吉に「直吉、ベッドを見なさい」と命じた。

直吉は片手に斧を振りかざした格好で、のそのそと歩いていくと、緩慢にベッドの帳を開いた。

ベッドの中は死角になっていて一同からは見えない。直吉はいつまでもそのままの姿勢でぼんやりしていた。

「どうしたんや？　誰もおらんのか？」

駒男が震える声で聞くと、直吉は薄ら笑いを浮かべたまま振り返り、「いたはりますけど、死んではりますんや」と答えた。

一同は直吉の答えに、驚きを通り越した『魂の痙攣《けいれん》』を覚えて、慄然《りつぜん》としながらベッドを取り囲んだ。

確かに時定は死んでいた。

いつもと同じ仮面をつけ、マントを羽織り、枕を抱きしめて胎児のように丸まっていた。

彼の致命傷は、背中から深々と突き刺さった『魔術師の剣』であった。刃渡り二十六センチ程の短剣で、柄《つか》の部分には蛇、柄の頭部分には髑髏《どくろ》が施されたものだ。

朱雀に死体の状況を説明していた律子は、ここでさらに不気味なことに気がついた。

「先生、死体の左手の中指がありません！」

一同は固唾《かたず》を呑《の》んで時定の左手を凝視した。ハンカチを巻きつけてあるが、確かに短い。ハンカチを取ってみると、指は第一関節からすっかり切り取られている。傷口も真新しい。

「どうしたことでございましょう。犯人が持っていったのでございましょうか？」

十和助が呆然《ぼうぜん》と呟《つぶや》いた。

7　爛《ただ》れた人体

全く、思いがけないことであった。

昨夜、確かに部屋に追い込み、閉じこめたはずの時定が、二階の回廊を彷徨《さまよ》っているのを目撃され、そうして、今再びこの密室の中には時定の死体があるのだ。

もっと気味が悪いのは失われた中指である。誰が何のために死体から中指などを奪ったのであろう。

「あほな……。一体、どうなってるんや。誰が時定を殺したんや！」

駒男は錯乱の余り泣きべそをかきながら叫んだ。

(秘密の通路を利用して殺したのかしら？)

律子は朱雀の耳元に小さく囁《ささや》いた。

(いや、違う。絶対に違うと言い切れるね。第一、鉄管風琴《パイプオルガン》も鳴らなかった)

朱雀の唇が動いた。

(鉄管風琴？)

(そうだよ)

(どういうこと？)

（すぐ後で説明してあげるよ）

朱雀は軽く律子をいなすと、突然、十和助と律子だけを残して皆に出ていくようにと命じた。

「今から検死を行いますので、皆さん出ていってくれませんか。律子君と十和助さんは僕を手伝ってもらいます」

助蔵、駒男、直吉が出た後、部屋の扉は閉じられた。杖《つえ》を床に打ち鳴らして朱雀が命じた。

「律子君、まず部屋の状況の説明をしてもらえないかな？」

はい、と律子は頷《うなず》くと部屋の中を少しずつ移動しながら詳細に状況説明を始めた。

「扉の内側の真ん中と、ノブに血の手形が残されています。きっと部屋に逃げ込んで鍵《かぎ》をかけた時についたものですね。扉を入ると、まず両側には棚があります。魔術道具が沢山並べられた棚です……見たところ、其処《そこ》に血痕《けっこん》は残されていません。次に左手に衝立《ついたて》と卓と椅子。卓の上には……」

金色の高杯の中で、血と見まごう赤葡萄酒《ぶどうしゅ》が揺れている。脇には十和助が話をしていた鉄製の『魔女の手』があり、それから五芒星《ごぼうせい》の刻が入った円盤があった。これらは卓の右角に沿って並べられていた。

卓には少量の血溜《ちだ》まりが認められた。

卓の血溜まりから糸を引くようにして、血痕はストーブのところまで続いている。そのストーブのすぐ横がベッドである。

律子がそこまで説明すると、十和助が補足した。

「ストーブは普段お部屋の真ん中に置かれているのでございますが、蒸気治療をする為にベッドの脇に移動していたのでございます」

朱雀は頷いて、律子に説明を続けるように言った。

「時定さんの位置はベッドの丁度真ん中です。まるで何かに怯《おび》えたように枕を抱きかかえています。剣はその背中から刺さっています。多分この剣は時定さんのものに違いないわ。流血の痕《あと》は背中側のシーツだけで……あっ……」

「何かあったかな？」

「小さな薬瓶が、頭の随分上に倒れています」

十和助はそれを聞くと、ベッドに近づいて薬瓶をしげしげと見た。瓶の蓋《ふた》は開いたままで、錠剤がこぼれ落ちている。慌てて薬を呑んだ様子だ。

「これは睡眠薬でございますね。最近、眠れないということで、所望されたものです」

「どれぐらい無くなっています？」

「殆《ほとん》ど無くなっておりますね……」

そう言うと、十和助は残っている錠剤を確認した。

「二錠残っております。部屋にお持ちするまでは四十錠あったはずです。たしか九日前からお持ちしておりました。通常の処方ですと、寝る前に二錠呑まれていたはずです。勘定よりかなり減っておりますね」

「つまり、普段から多めに呑んでいたか、一時に大量に呑んだかのどちらかということですよね、先生」

「昨夜慌てて呑んだ様子があるから、その時に大量に呑んだ可能性が高いね。致死量は？」

「比較的軽いものでございます。四十錠全て呑んだからといって、昏睡《こんすい》状態にはなっても死にはいたしません。注意書きには……致死量六十錠以上となっておりますね」

「時定さんは睡眠薬で熟睡しているところを左の中指を切られ、背中を刺されたということかしら？」

「それはちょっと変だね。流血が背中側だけということは、中指はベッドで切られたものではないよ。ベッドで切られたんなら、指先の辺に血痕がつくはずだ。恐らく卓上の少量の血溜まりが、中指を切った跡だろう。……もっとベッドの周りを見てくれたまえ」

「ベッドには他に特に乱れた様子はありません。ベッドの周りは……。ストーブと反対側の壁に、すごく大きな装飾時計があります。大人二人分くらいの大きさです」

律子は最上部に雪花石膏《アラバスター》の丸い文字盤がある豪華な時計を見上げた。その下部は観音開きの扉になっており、体を弓なりに反らせたドラゴンと精緻《せいち》な唐草模様の浮き彫り《レリーフ》が覆っている。

「それはご宗主が最近購入された大型の廻盤琴《オルゴール》でございます。恐ろしいことに、あの『魔笛』の廻盤琴なのでございますよ。ああっ……これも因縁なのでしょうか……。定時になりますと、その扉が開いてからくり人形が現われ、およそ十分間『魔笛』の一シーンが演じられるのでございます」

「成程、『魔笛』ですか……。偶然にしては出来過ぎていますね」

朱雀はそう答えると、十和助にひそひそと耳打ちをした。

「さて、律子君、すまないが君もちょっとの間、部屋を出て行ってくれたまえ」

「宜《よろ》しいんですか？」

「いいんだよ。ここから先は婦女子が見るようなものではないんだ。なにしろ今から時定さんを裸にして、丹念に観察しようということなのだからね。だが、もし律子君が男の体に非常に興味があるというなら、見ていても構わないよ」

軽くからかった朱雀に、律子は頰を赤らめると足早に部屋を出ていった。

律子が出ていくと、十和助はおもむろに時定の衣服を脱がせ始めた。まず仮面を取ったところで、十和助は蒼白《そうはく》になって、低いうめき声を上げた。

「なんという姿でございましょう。顔中に腫瘍《しゅよう》が出来て、ごつごつしております。まるで岩石人間でございますよ」

震える手で上着が脱がされ、下着が取られた。

「どうですか？」

「ああっ……信じられません。思わず我が目を疑ってしまいます。このようなことが起こり得るとは……」

「体中が火に炙《あぶ》られたように赤く爛《ただ》れ、火膨れのような腫瘍があちこちにあるでしょう？」

「その通りでございます」

十和助は眉《まゆ》を顰《ひそ》め、時定の奇怪な体から目を逸《そ》らせた。

「……結羅様の時と同じでございます。時定様のほうが酷《ひど》うございますが……」

「ジャンヌの呪いですね」

「一体、誰がこのようなことを……。第一、どうやって部屋を出入りしたのでございましょう？」

「廻盤琴《オルゴール》が全てを知っていますよ」

「えっ、この廻盤琴が？」

十和助は凍える目で巨大な廻盤琴を見つめた。

「それより十和助さん、僕に隠し事をしてやいませんか？　沙々羅さんのネグリジェのことですよ」

十和助は気まずさに顔を上気させた。

「律子君が沙々羅さんから全てを告白されましたよ。沙々羅さんの話は本当ですか？」

「申し訳ございません。この十和助、一抹の不安が朱雀様に対して拭《ぬぐ》えなかったのでございます。事が事でございますから……。しかしいろいろと拝見しておりまして、昔と何一つお変わりが無いと確信いたしました。ですから、わたくしも正直に申し上げます。仰る通り、本当でございます」

朱雀は腹立たしいため息をついた。

「そういうことは早く言って欲しかったですね。それはもう時間が無いということですよ。そうしたら僕もこんなにぐずぐずしなくて済んだのに」

「申し訳ございません」

朱雀はまだ怒っている様子で、言葉を継いだ。

「十和助さん、貴方《あなた》が何故そうまで慎重で秘密主義なのか、僕には分かっているつもりです。だから僕に対しては本音を言って下さい。『御宝』の正体ぐらい僕は見通しているつもりですよ。だからこの館《やかた》がどれ程危険な状況下に置かれているかも知っています」

「おおお……それを御存知で、危険も顧みず来て下さったのですか！」

涙声になった十和助に、朱雀は眉をつり上げた。

「そんなことに感激している場合ではありませんよ。こういう厄介な事件に首を突っ込みたくなるのは僕の性癖なんです。だから感激は無用です。そんなことより、今至急やらねばならないことがあるはずだ。どうにも僕の考えでは、質《たち》の悪い悪霊が、館内をうろついているのです」

「なんですって！」

「召使いが、閉じこめられているはずの時定さんの姿を目撃したでしょう？」

朱雀の瞳《ひとみ》が策略の光を漲《みなぎ》らせた。

8　秘密の玩具箱

朱雀の招集によって、館の中に残っている天主家の一同が一階の大広間に集められた。とはいえ、沙々羅は昏睡しており、正代と愛羅は南廊下の部屋にいるので、実質的には駒男と華子と助蔵だけである。

召使い達は全て使用人部屋に帰されていた。

「どういうことや？」

駒男が不服そうに訊《たず》ねると、朱雀は螺旋《らせん》階段を一段上がり、大声で答えた。

「ようやく今回の事件の犯人が解明されたということですよ」

「一体、誰や……？」

助蔵が眼光するどく朱雀を睨《にら》んだ。

「ええ、はっきりさせたいと思うのですが、なにしろ間違っていては大変です。ですから、最後の確認をしたいわけです。しかし、もし僕が質問しても、犯人同士が口裏を合わせたり、隙を見て証拠を湮滅《いんめつ》しようと図らないとも限りません。そこで、皆さんには本館を出ていってもらい、南廊下の部屋で、一人ずつ別れて待っていて欲しいのです。

僕は本館を見回って物理的証拠を確認した後、一人、一人を部屋に順不同に訪ねていろいろ質問したいと思います。そして、確信が出来た時点で、犯人を発表しましょう。なに、今晩には決着がつきますよ」

「口裏を合わせては困るということは、犯人は複数なんか？」

助蔵は駒男と華子を疑惑の目で見た。駒男は口を尖《とが》らせて、「そっちこそ」と反撃した。

「まあまあ、皆さん。お互いに自分が潔白だと思っているのなら、別にこの申し出を断られる理由がありませんでしょう？」

一同は頷いた。朱雀は十和助から館内全ての合い鍵《かぎ》を受け取った。

「沙々羅ちゃんはどうするんや？」

駒男の質問に、朱雀は「下手に動かして、気の病にさしさわりがあるといけないので、そのままでいいでしょう」と答えた。

こうして一同は十和助に案内され、南廊下の部屋へと各自入っていった。

館の中には昏睡《こんすい》状態の沙々羅と五つの死体と共に、朱雀と律子が残された。

「先生、まず何をすればいいですか？」

「うん、そうだねぇ。成継さんと伊厨さんが潜んでいる場所にだいたい見当がついたから、それを確認しに行こう。僕を剝製《はくせい》室に連れていってくれたまえ」

そこで律子は朱雀の肘《ひじ》を取り、剝製室へと向かった。

剝製室は朱雀の言いつけ通り、事件当時のままの状態でおかれているので、密封された扉からは入っていけない。二人は部屋の裏に回り込み、十和助によって割られた修道士の窓から中に入った。

何度来ても、底気味の悪い場所である。悪臭と偏奇な合体剝製。今やその中には成正という人間の剝製まで含まれているのだ。

律子は灯《あか》りの開閉器《スイッチ》を押して、明るくなった室内を見回した。

「先生、まさかこの部屋に二人が潜んでいるというんですか？」

「そのまさかだよ。考えてもみたまえ、この部屋は密室だったんだ。勿論《もちろん》、僕が断言した通りこの部屋には隠れ通路などはない。だとすれば、ここで何らかの事件が繰り広げられた後に被害者と加害者がどこかへ行方を晦《くら》ませた可能性よりは、此処《ここ》に隠れている可能性のほうが高いと思わないかい？」

「……ですが、ロッカーの中も、床下の貯蔵室の中も、思い当たる限りの場所は探したじゃありませんか」

「確かにその時点で思いついた場所は探したよ。だけどね、其処《そこ》に成正の剝製があるだろう？」

朱雀の言葉に律子は、どきりとして、成正の剝製を見た。

「あれだけは、幾ら成継君が人目に無頓着《むとんちゃく》な男だったとはいえ、そうそうそこら辺に転がしていたとは思えないのさ。やはり見られては不都合だと思うからこそ、一見熊の剝製に見間違えるようにしてあるのだろう。しかし、その熊の剝製さえ十和助さんや他の召使いには見た覚えがなかった。それじゃあ、ロッカーや貯蔵室に隠していたかといえば、そうではない。それにしては空間《スペース》的に足りないわけだ。つまり他の何処かに……成継の秘密の玩具箱ともいえる場所に隠していたということだ」

「秘密の玩具箱……あり得ますよね。ようするに成正さんの剝製が其処にあるということは、玩具箱は空になっているのね」

「そうだとも。それで考えてみるに、成継が滅多に華子の部屋を訪ねて行かなかったのは、彼が自分の最高傑作である人間剝製をうっとりと観賞する時間を、真夜中に定めていたからじゃないのかな……。召使いもうろついていないし、安心して観賞出来るからね」

成継が夜の剝製室で、秘密の玩具箱から双子の兄の剝製を取り出し、にたにたと嬉《うれ》しそうに笑いながら眺めている姿を想像すると、おぞましさに鳥肌が立つ。

「先生、その秘密の玩具箱っていうのは何処にあるんでしょう？」

「うん、人間一人が楽に入るぐらいだから、かなり大きな箱でなければならないわけだ。で、妥当な品物に気づいたんだよ。成継が自分で注文してこの部屋に運ばせた物……」

朱雀の言葉を聞いて、律子の目は奇怪な魔物の顔を浮き彫りしたベッドに吸い寄せられた。

「ベッドですね！」

「そうだよ。十和助さんによると、そのベッドは欧羅巴《ヨーロッパ》の骨董《こっとう》家具らしい。ところで欧羅巴では日本の秘密箱が大層な人気でね。好事家《こうずか》の貴族達の間でもてはやされて、色んなものに応用された時期がある。ベッドの寝台は象嵌《ぞうがん》だろう？　どんな模様だい？」

「ええっと……中央部分が帯のように菱《ひし》模様になっていて、上下には立て板が張り付けてあります」

「成程ね。秘密箱というのは非常に精巧に作られていてね、ある一面をほんの少しだけ滑らすと、隣の面が動かせるようになり、これを繰り返す。この動きを何回となくやって、次々に面をずらしていくと最後に上の面が、どんと開く仕組みだ」

朱雀はベッドに近寄っていった。

「日本では『寄せ木』と言って、秘密箱の製作に最もよく使われる技術だ。模様を作る白にミズキ、黒に神代桂《じんだいかつら》、黄色にニガキ、茶にクス、緑に朴《ホオ》、赤に香椿《チャンチン》等が使用される。断面が目的の模様になるよう、いろんな木の棒を張り合わせて形を作り、断面を特殊なカンナで極薄に削り取って、箱の表面に貼る。こうして作られた幾何学形を色を変えて組み合わせると、こみいった美しい装飾となる。その模様はね、装飾用だけでなく、面を動かす時に、動く面の位置を模様に紛れて分からなくさせる効果を持っているんだ。ただしここに一つ盲点があってね、数種類の代表的な構造と法則を知っていれば、表面の模様から、大体どのように開けるか見当をつけることが出来る」

「先生、そんなことまで知ってるんですか？」

「うん、おそらく知っていると思われるね。これはそう複雑なものではないようだ」

朱雀は他人事《ひとごと》のように答えると、屈《かが》み込んで寝台を手探りし始めた。

それは実に手際のよい仕事であったが、おそろしく込み入った動作であったので、律子にはその順序を記憶するのは不可能だった。

やがて、頭と足の部分の寝台側面が六面ずれた形になると、驚く程滑らかに寝台の上部がスライドして開いた。

「これはいい、自動式だね。手動だと重量がありすぎて動かせないだろうからね。隠し財産でも保管する為に作られたのか？　あるいは愛人の隠れ場所にでもしたのかな？」

朱雀は両手をはたきながら立ち上がった。

マットがベッドの丈の半分までスライドした時、律子は「あっ！」と大声をたてていた。

ベッドの中には頭の半分砕けた成継と、荒縄で絞殺された伊厨が寄り添っていた。抵抗した痕跡《こんせき》だろうか、伊厨の両腕は荒縄をしっかりと摑《つか》んでいる。

「いたかい？」

「ええ、成継さんと伊厨さんの死体が入っています。伊厨さんは絞殺されたみたいです」

「絞殺か……。両手は？」

「縄を摑んでます」

「ベッドの深さは？」

「一メートルぐらいでしょうか……」

「他に何かないか、よく見てくれ」

「あっ、これは何かしら?」

律子は二人の死体の間にあった物体を震える手にとった。それは、土掻《か》き用の鉄の熊手であった。雑草などを取る時に使われる小振りの熊手だ。

「先生、鉄の熊手です。血痕《けっこん》があります。柄のところにまで血が飛んでいるわ。きっとこれ、作次さんと成継さんの殺害に使われた凶器に違いありませんよ」

「成程、熊手か……律子君、伊厨さんの服の下を調べてくれたまえ」

朱雀に言われてネグリジェのボタンを外した律子は、その下から現れた赤く膿《う》み爛《ただ》れた肌に眉《まゆ》を顰《ひそ》めた。

「なんでしょう……お腹のところが爛れてます。皮膚病かしら」

「ああ、もういいよ」

あっさりそう言って、朱雀はまるで証拠を早く隠してしまおうとするかのように、マットを元の位置に押し戻した。


先生はこれからどうするつもりなの?

沙々羅さんの殺人を見逃すつもりなのかしら?


朱雀の真意を測りかねて、律子が声をかけるのを躊躇《ためら》ううちに、自動的に寄せ木の面が元に戻っていく音が高らかに響いた。

9　宝玉と鏡

窓から部屋を出た二人は、南廊下を通って本館へ向かうことにした。

金細工の蔦《つた》花に囲まれた黒漆の回廊を歩くと、妙にのどかな声で、けきょ、けきょと廊下が鳴いた。

あれ程の惨劇が起こったばかりだというのに、館《やかた》は奇妙に平静であった。律子にはそれが却《かえ》って不気味に思われた。

「この館はどこかが麻痺《まひ》しているみたい……」

律子は独り言を呟《つぶや》いた。

南廊下の部屋はしんとした佇《たたず》まいで、人の往来もない。どうやら朱雀に言われた通り、部屋の中でじっとただ待っているつもりらしい。血塗《ちまみ》れの巨人のように佇《たたず》んでいる本館、その背景の鉛色の空には、黒い靄《もや》めいた烏の群れが旋回していた。

本当に、この館の人々はどうしてしまったのだろう……と、律子は再び困惑した。とんでもない事件が身辺で起こっているというのに、何かそれに対して反応が機敏でないような気がする。上手《うま》くは言えないが、全てに生々しさとか、臨場感が欠如しているのだ。

まるで半分、死んでいるみたいだ。

律子はこれまで、(こんな不気味な場所で暮らしていて平気かしら)と、家人達のことを不思議に思っていたが、きっと抵抗力とか感性とかいうものが異様に鈍くなってしまっていて、ただ死人のように迂路《うろ》めいているだけなのかも知れない……と感じたのだった。

「幾ら歴史のある旧家とはいえ、何百年も何一つ新しい息吹《いぶき》が吹き込まれないこういう環境は人間をおかしくさせてしまうね」

朱雀がしみじみと言った。

「こんな恐ろしい殺人が、あの美しくて優しい沙々羅さんの仕業だなんて、どうしても思いたくないわ。私、よくよく考えてみたんですけど、沙々羅さんの告白は無理じゃないかしら? 直吉さんが天窓から岩牢《ろう》の中を見た時、岩牢に寝ている安蔵さんを目撃しているでしょう? それから太刀男さん達が駆けつけるまで小一時間も無かったはずよ。そんな短時間に子供の力で大の男をばらばらに出来るはずはないもの。なにか間違った思い込みよ」

「……いや、安蔵さんの殺害法は沙々羅さんが告白した通りだ。むしろ非力だから朝方まで時間がかかったと考えたほうが正解だろうね。中は薄暗かったし、天窓の格子が視覚効果的な死角を作って、切断部分を隠してしまったんだ。直吉が訪れた時、安蔵さんの死体は丁度引き上げられる寸前で、天窓の近くに移動されていたと思える。そうして、格子の作る明暗がその死体の上にある状態だ。格子の影が切断部分に落ちていて、無傷な部分が光ってよく見えていれば、これが視覚魔術《アイトリック》の目眩《めくら》ましによく使われる光と闇の交錯と同様に、瞳孔《どうこう》調整を不完全にして、直吉の正常な視力を奪うことになる。特に暗い部分はよく見えなくなるんだ」

「そう……じゃあやっぱり、今回も沙々羅さんの犯行なのね」

律子の残念そうなため息に、朱雀は暫《しばら》く腕組みをして考え込んだ後、難しい顔で結論を下した。

「違うね。今回の事件は、十四年前の事件とは質を異にするものだな」

「どういう意味ですか？」

「犯人も動機も違うということだよ。今回のこれは天主家の自壊作用とも呼ぶべきものだ。尤《もっと》もその自壊のきっかけを作った犯人は存在しているはずだが……」

「先生、私にはよく分からないわ。安道さんという方はとても人格者で素晴らしい方だったと聞いたのに、なんでこんな気味の悪い館を造ったの？　なんだかこの館がみんなを狂わせているみたい」

「それもある意味では当たっているよ。なにしろこの館は永遠の迷宮だからね。それも、脳の生み出す仮想迷宮だ。この館の光彩や複雑な陰影や、大時計の不協和音や構造上の音響効果のような、異常な聴覚・視覚刺激に長時間さらされていると、他の知覚能力にまでも悪しき影響が出るということを知ってるかい？　例えば、平衡感覚までも悪くなるんだ。脳の一片に与えられた歪《ゆが》みは、他の部分にまで影響を及ぼして知覚を歪ませるんだよ。当然、思考力も鈍り、明快なものではなくなってしまう」

朱雀は感慨深く呟いた。

「ねぇ、律子君。十四年前の殺人は、君が思うよりもずっと根深い、理由ある殺人なんだ。もし君がどうしても真実を知りたいと思うなら、これから言うことは、死ぬまで他人に語らないと覚悟して聞いてくれたまえ。いいかな?」

「分かりました、約束します」

二人は廊下の端から庭に続く階段を下り、比較的見晴らしの良いベンチに腰を下ろした。

足元の土中に水瓶が埋まっている。蔓延《はびこ》った水草を割って、二つの目玉が覗《のぞ》いている。はじめそれは蛙かと思えたが、よく見ると金魚だった。頭の上に、浮き袋に包まれた目玉のある、異形の金魚が泳いでいた。何世代も暗い瓶の中に閉じこめられてきた為に、唯一光の射す方向に目が固定してしまった変異種なのだ。

朱雀は、辺りに人気《ひとけ》がないことを十分に律子に確認させると、ようやく囁《ささや》くような低い声で話し始めた。

「……かつて日本には天皇位が二つに割れた時代があった。つまり天皇様が二人いたことがあるんだ」

「まあ、そうなんですか」

「一三三六年から一三九二年までの間、吉野に南朝、京都に北朝という二つの朝廷が存在し、南と北の朝廷がそれぞれ天皇を輩出するという異例の制度が保たれていた。しかし分裂朝廷の寿命は、時の有力者足利義満《あしかがよしみつ》が北朝側についたことで終わりを告げる。南朝の天皇は九十九代の後亀山《ごかめやま》天皇で最後になったんだ。

次の天皇位に登るはずだった皇孫・尊義王《たかよしおう》は義満に弾圧され、入之波《しおのは》・三之公《さんのこ》に蟄居《ちっきょ》したのち、悲嘆の内に病死してしまう。残された遺児・尊秀王《たかひでおう》と忠義王《ただよしおう》は天皇位奪還をかけて僻地《へきち》へと落ち延び、幕府に対して挙兵した……これは歴史的な事実なのだが……。彼らが落ち延びた先が此処《ここ》からほんの先の川上村。南朝初代の後醍醐《ごだいご》天皇が挙兵したのが、天主家がかつて領主だった十津川村にある、天河《てんかわ》神社の付近なんだ」

律子の顔はみるみる青ざめた。

「もしかして、先生は天主家の人達が後胤《こういん》だと言うんですか！」

思わず大声を出してしまった律子は、慌てて口を押さえた。

「ああ、そうだとも、そのまさかだよ。さらに問題なのは天皇家の三種の神器がこの時、南朝方の手にあったかも知れないという点だ。

川上村に残る伝承では、尊秀王は三種の神器を奉って自天王《じてんのう》として即位し、『朝拝式』を行っている。この動きを謀反とみなした北朝は、赤松一党を差し向け、激戦の末、自天王は憤死し、神器は取り戻されたということになっているのだが……神器は本当に取り戻されたのか、自天王の血脈は完全についえたのか、僕は大いに疑っているんだ。

そこで気になるのは、この天主家で『御宝』と呼ばれているものの正体さ。館に伏せられた暗号には、『鏡』と『玉』が暗示されていただろう？　天皇家の三種の神器は『鏡』、『玉』、『剣』だが、赤松一党が奪還したのが『剣』だけだとしたら……」

「でも、三種の神器は伊勢神宮《いせじんぐう》にあるんでしょう？」

「あると言われているだけだよ。一般の人間でそれを見た者はいないんだ。それにもしあったとしても、それは模造品かも知れない。いずれにしろ誰も見たことがないならば、どっちでもいいようなものだが、天主家の『鏡』と『玉』が南朝後胤を証明するような代物であれば問題だ」

「話が突飛すぎて信じられないわ」

「突飛などではないよ。現に鐘の舌《ぜつ》の中から鏡が出てきたじゃないか」

「そんなのおかしいわ、先生。だってあれはどう見ても三種の神器なんかじゃないはずだわ。ちょっと気の利いたお金持ちのお宅にならあっても不思議じゃないものよ。魔鏡かどうかは別として」

「僕が言ってるのは、その鏡のことじゃないよ。あれは新しいものだったろう？　それより、舌にあった円形の凹《くぼみ》が問題だ」

「円形の凹？」

「そうだよ。あの鐘堂は十六世紀の後半に造られたものだ。その中に明治の後期に製造されたらしき鏡が入ってたんだ。そうすると、円形の凹の存在はどんな風に説明出来るんだい？」

「そうか、以前は別の鏡が入っていたということになりますよね」

「そういうことになるだろうね。『鏡』は安道氏の手によって入れ替えられたんだ。それにね、さっき話した川上村では、尊秀王に付き従った家来の末裔《まつえい》だという村人が、いまだに毎年二月の五日、自天親王神社——神之谷《こうのたに》の金剛寺《こんごうじ》——に集って『朝賀拝礼』を行っているんだ。六百年近くの長きにわたってだ。ただの慣習か？　いや、きっと違うね。彼らの中には南朝の天皇家が頑として存在していて、主に対する忠誠心が失われていないからだと感じるんだよ」

「それって……凄《すご》く大変なことじゃないんですか？」

「そりゃあもう、大変なことさ。かつて、江戸の幕府制度が崩壊し、武家から天皇家への『大政奉還』の流れが起こった時、幕府に代わる新しい権威を立ち上げるのに、北朝では駄目だったんだ。なにしろ北朝は武家とずっと野合し続けていた朝廷だったからね、持ち上げようとしても持ち上がりようもなかった。『大政奉還』の大義からも、武家に対抗しうる天皇は、天皇の行政を志して武士と対立し、天皇様主権の『建武の新政』を行った後醍醐天皇の子孫・南朝の天皇でしかあり得なかった。だから明治天皇様は北朝の流れの天皇様なのに、南朝を正統とすることを宣言している」

「それじゃあ……天主家の人達こそ、本来の天皇様だと言うの？」

「恐らくね。だが、正統なのは南朝だと宣言しても、時の権力者にとっては北朝の流れを汲《く》む明治天皇様のほうが都合が良かったんだね。建前と本音というやつだ。だからさ、今もし天主家が南朝後胤を名乗り出たとしても、すんなりと天皇位が譲渡されるとは思えないね。日本の主権を巡る大紛争になることは間違いないけどね。権力を貪《むさぼ》りたいゴロ達も群がって、大変なことが起こるだろう……。

そう考えれば、五十四年前に最初の猟奇事件が起こる直前、軍部が廃仏毀釈《はいぶつきしやく》と称して、執拗《しつよう》に天主家に絡んできたことの説明もつくだろう？　当時は明治天皇を擁立し、天皇中心の国家基盤を固めることが急務だった。だから『廃仏毀釈』の実体は、天皇制に不都合なものの『焚書坑儒《ふんしよこうじゆ》』だった。まずい証拠を片っ端から焼き捨てた訳さ。南朝の末裔《まつえい》の嫌疑がある天主家など、一番に狙われただろう。とにかくそう考えれば、鐘堂に十種神宝があることも、奇異な掟《おきて》も、異常な排他主義も、村人との距離感も頷《うなず》けるところがあるわけだ」

「……天主家の人達は自分達の正体を知っているのかしら？」

「いや、おそらく知らないだろう。人の口に戸は立てられないから、天主の先祖は慎重を期して、ごく一部の者にしか伝えなかったに違いない。例えば宗主のようなね。

此処に流れ着いた天主家の祖先達がどれだけ立場的に追いつめられていたか、この場所を見れば一目瞭然《いちもくりようぜん》だろう？　南朝は後醍醐天皇以後、供御人《くごにん》、神人《じにん》、山伏、金属師といった当時の金融勢力と結びついていたから、神岡山が金山だとは知っていただろう。そして、『一箇目神《ひとつめしん》の祟《たた》り』の噂も金鉱脈と南朝天皇の所在を知られぬ為の防波堤だろう。

だが、それにしてもやんごとなき貴人の身が、冬は零下になるような極寒で、農作物も取れないような所に居を定めるのは辛《つら》いものさ。避難したのか、幽閉に近かったのか分かったものではないね。しかしどうにか根付いて、このような土地で死活をかけて出来ることと言えば、熊野金融と結託して金を商《あきな》っていくことだったのさ。そのことが後に思わぬ繁栄を天主家にもたらしたのだが、今となってはそれも良かったのかどうか……。土地の豪族となって、伝統と格式を守りながらひっそりと生きることが出来た間が、天主家の蜜月《みつげつ》だったんだよ。だが、安道氏の代で事情が変わったんだ」

「……軍部ですね」

律子が唇を嚙みしめた。

「いやぁ、軍部というより、時代だね。運命とは数奇なものさ。今まで忘れ去られていた天皇家が突如として脚光を浴びたんだからね。信じられないことだろうが、それまでの天皇家と言えば、京都では庶民からさえ、『天皇さん』と呼ばれる程度の有難みの無い貧乏貴族の一つに落ちぶれていたんだよ。だから、天主家の先祖も、天皇位に対する執着など喪失していたことだろうし、ただ一族の支えとしての『御宝』と伝統を守っていただけなのだろう。

そこへ大政奉還などとは、寝耳に水だ。いきなり軍部からは監視される。それだけじゃない。逆に南朝後胤に群がりたがる吸血鬼共も現れる。権力の亡者が鵜《う》の目鷹《たか》の目で天主家の周囲を徘徊《はいかい》し始めたんだ。敵は外だけではなく、内にもいる。僕が見た限りでも、殺された鏡子一家は天主家にとって爆弾のような存在だったね。

そこでもし、不用意に天主家の秘密が世間に漏れたりしたらどうなると思う？　強力な集権国家が確立した今の日本で、今上天皇様に取って代わるなど夢のまた夢だよ。それどころか、でっち上げだとして『大逆罪』が適用される可能性が高い。『大逆罪』たるは刑法七三条の規定『天皇、太皇太后、皇太后、皇后、皇太子又ハ皇太孫ニ対シ危害ヲ加ヘ又ハ加ヘントシタル者ハ死刑ニ処ス』にもとづく罪で、客観的な規定が無い上に、非公開の大審院一審だけで終審とされる恐ろしい罪だ。今や十分に栄え、政財界にも進出している天主一族全員が、枝の枝まで大逆罪でひっぱられて死刑になるんだよ」

「そんな大変な立場に立たされて、安道さんは随分苦悩されたでしょうね……」

「そうだろうね。なにしろ息子の茂道は嗜好品《しこう》を餌にゴロ共にいいように踊らされていて非常に危険な状態だったしね。だから彼は目眩《めくら》ましと、敵の排除の為に渾身《こんしん》の力を尽くしてこの館を建て、殺人計画を練ったんだ。下手をすれば一族全員の命がかかっていたことだから、これだけの装置が作られたのさ」

「この館はまさに安道さんが命を懸《か》けて創った暗号装置だったんですね。何て酷《ひど》い話なのかしら……」

あまりにもスケールの大きい物語に圧倒され、暫く黙り込んでいた律子だったが、ようやく気を取り直して朱雀に質問した。

「先生、それで今回の事件が十四年前の事件と動機も犯人も違うというのはどういう意味なんですか？」

10　殺意の真相

「うん、僕にとっても思わぬことだったのだがね」

と、朱雀は言い辛《づら》そうに口ごもった。

「ここまで大変なことを知らされたんですもの、もう何を聞いても驚かないわ。勿体《もったい》をつけないで話して下さい、先生」

「君は伊厨の死体にあった腫瘍《しゅよう》を見たね」

「はい、腹部が皮膚病みたいに爛《ただ》れてました」

「時定の死体と、結羅さんの死体にも同じような症状があったんだよ。あれはね、梅毒だよ」

「梅毒！　恐ろしい死病だわ」

「その通りさ。梅毒がはじめてヨーロッパにもちこまれたのは、一四九三年。コロンブスの第一回探検隊の隊員によってだ。その後、猛烈な勢いで全ヨーロッパに広がり、十六世紀にはよく知られた病気の一つになった。梅毒の病原体《スピロヘータ》は一九〇五年ドイツの動物学者シャウディンによって発見され、その四年後には細菌学者P・エールリヒがヒ素を含むサルバルサンという薬を開発したが、副作用があって、効果は良くない。まず、発病したら確実に死に至る病と言えるね。

日本に梅毒がはいってきたのは一五一二年頃だが、おそらく倭寇《わこう》が行き先の港から持ち帰ったと考えられている。それ以後、日本にも急速に広がっていった。僕は吉原にいるから、この手の症状には玄人なんだ」

「でも、他の人と接触を持たないと感染しない梅毒なんかが、何故、天主家の人達に広がってしまったの？」

「それはね、恐らく伊厨と庭師の秀夫がねんごろになってしまったからだよ」

「秀夫さんと伊厨さんが？」

「そうだよ。梅毒は秀夫によって持ち込まれたんだよ。秀夫は大層な二枚目だったと言うし、伊厨も長年の寂しさや恨めしさがつのって魔が差したんだろうね。そして秀夫と愛人関係にあった伊厨から時定へ、さらに結羅さんへと梅毒が感染した訳なんだ」

「恐ろしいわ……」

「梅毒というのはね、感染後、二、三週間経つと、まず感染した部分にしこりが一つ出来る。このしこりはやがて強力な感染力を持つ潰瘍《かいよう》になる。これが病状の第一期だ。第二期になるとだんだんと赤い発疹《はっしん》が体に広がる。やがて、体中に腫瘍が出来はじめ、頭痛、発熱、リンパ腺《せん》の腫《は》れといった症状を併発する。時定は風邪気味だと言って蒸気治療をしていただろう？　梅毒の第二期の症状だよ」

「でも……秀夫さんにはそんな症状があったとは聞いていないわ」

「おそらく、秀夫の場合は第二期を過ぎて潜伏期に入ってたんだ。第二期を過ぎると外からは何の症状も無くなり、体の内部組織にだけ炎症が広がっていく。潜伏期は二十年近くあると言うからね」

「見ただけじゃ全く分からないなんて……。じゃあ、秀夫本人だけが知っていたのね、知っていて黙ってたのね。何て酷いことを……」

「全くだ。僕の推理ではこうだ。伊厨は、某《なにがし》かのきっかけで庭師の秀夫とねんごろになっていた。ところが、父の駒男がこっそりと、伊厨を時定の第三夫人にすべく仕掛けてきた。さぁ、時定に受け入れる準備があると聞いた伊厨は、有頂天になった反面、焦ったに違いない。宗主の第三夫人になった暁《あかつき》に、万が一、庭師を愛人にしていることが知れては大変な不名誉だからね。他にも不安材料はいくらでもある。そんなことを続けていれば秀夫と親しい召使いの誰かから漏れるとか、あるいは秀夫が自分との関係を恐喝のネタに使うとか、そういうことだって考えられるだろう？」

「じゃあ……もしかすると、犯人は……」

「伊厨の犯行だよ」

「まさか！　だって、伊厨さんは絞殺されているじゃありませんか」

「まあ、聞きたまえ。伊厨は秀夫を殺そうと考えた。幸い、天主家では二度も猟奇殺人が起こり、その全てが『祟り』として片づけられている過去がある。だから『祟り』らしく見せかけて殺してしまえば、誰も犯人を深く追及しないと思ったんだろう。それに秀夫との関係がまだ知られていない段階なら、秀夫殺しを伊厨と結びつけるものはいないだろうしね。そこで、伊厨は考えた末、二重の用心を張り巡らせた。まずは自殺に見せかけることと、また殺しであると見破られても『祟り』に見せかける手段を企てたわけだ。伊厨は『不鳴鐘』を殺人現場に選び、秀夫を呼び出した。愛人からのお誘いだと思っている秀夫は、ふらふらとその呼び出しに応じたんだ。しかし女性の力でそう簡単に男を殺せるものじゃない。それでおそらく、まずは睡眠薬を混ぜた酒などを用意しておいて呑《の》ませたんだ。後の手筈《てはず》は僕がやって見せた通りだ。まさか鐘が鳴るとは思わなかっただろうから、伊厨も相当に驚いたろうけどね」

「でもそれは、伊厨さんが秀夫さんとねんごろになっていたと仮定しての話でしょう？そんな証拠がないわ」

「いいや、証拠はあるよ。それを今から説明してあげるよ。まず作次の殺害事件だ。これは伊厨が秀夫と愛人関係にあったから起こった事件なんだ。つまりね、秀夫との愛人関係の証拠の『熊手』が原因なんだよ」

「熊手？……あれは庭師の秀夫の道具だったのね」

「十中八九、そうだろうね。そうでないと今回の殺人の脈絡が繋《つな》がらないんだ。つまり、秀夫がこっそり伊厨の元に通った折に、あの熊手を忘れていったんじゃないかと思うんだ。伊厨は秀夫の忘れ物のことなど気にもしないで、何処かにしまい込んでいたに違いないが、秀夫を殺した後で、ふと、それがあることを思い出したんだと思う。まぁ、熊手など誰のものか分からないようなものだし、確とした証拠にはなり難いが、心やましいところがあると、そういう小さなことが心配になるものだよ。で、深夜、人目につかないようにして、庭に置いてこようと思ったんだ。ところが、その夜は助蔵が独断で作次に見回りをさせていた……」

「つまり、夜のうちに熊手を庭に置いてこようとしていた伊厨さんと、作次さんが出くわしたのね」

「そうだよ。まさにそういう事態が起こったと仮定するんだ。熊手を手に持った自分を目撃された伊厨は、咄嗟《とっさ》のことに言い訳も思い浮かばず、発作的に作次の頭に熊手をうち下ろした訳だ」

「……伊厨さんも、熊手なんか持っていなければ、関係のない作次さんまで殺さずに済んだのに……」

「ふむ、そうだねぇ。ところで、よく考えるとその夜、館《やかた》の中を徘徊《はいかい》していた人間は三人いたはずだ」

「伊厨さんと、作次さんと、夢遊病の沙々羅さんですね」

「そうだよ。それでこういう状況を想定してみよう。伊厨は倒れた作次を見て、どうしたものかと思案した。どこかに隠すにしても、男の死体を遠くまで担いでいくような体力もないし、完全に息の音が止まっているかどうかも心配だ。生きていられては大層まずい。そこではっと気づいたのが、すぐ近くの部屋にあった黒聖母だ。あの不気味な処刑具なら完全に止《とど》めを刺せるし、『祟《たた》り』らしくも見える。そこで伊厨は作次を引きずって黒聖母の中に入れ、扉を閉めた。それからまた、ふと考えたのだろう。待てよ、こんな所に死体を入れると、今度はいかにも時定の仕業のように見えるのではあるまいか……とね。せっかく第三夫人の座が見えているのに、それもまずい。そこでもう一押し、『祟り』らしく仕上げる必要があるような気がした。伊厨はあれこれと考えを巡らせた結果、成継の剝製《はくせい》を利用した足跡の細工を思いついたんだ。熊手でついた傷跡はいかにも恐ろしい怪物の爪で抉《えぐ》られたように見えるし、『祟り』の演出としてはいい思いつきだ。さっそく伊厨は剝製室に行こうとした。そこに、夢遊状態の沙々羅を見かけた。

沙々羅と伊厨との間には確執がある。第三夫人の第一候補が沙々羅だからだ。伊厨にとって沙々羅は非常に邪魔な、憎むべき存在だ。そこで伊厨はまた思いつく。うまくいけば、殺人の罪をなすり付けられないだろうか……とね。そう考えると恐ろしく悪辣《あくらつ》な智恵を働かせたものだね」

「じゃあ、沙々羅さんのネグリジェの血痕《けっこん》は……」

「多分、夢遊状態で意識の無い沙々羅に、伊厨が凶器の流血をつけたのだろう。そうしておいて伊厨は剝製室に出向いたんだ……」

「夜中に剝製室へ……そうすると、もしかして……もしかすると、伊厨さんはあれを見たかも知れないわ」

「そうとも、そうは思わないかい？　いくら成継が深夜の密《ひそ》かな楽しみに耽溺《たんでき》していたとしても、一晩中起きているとは思えない。酒を飲んで剝製をそのままにして酔いつぶれてしまったとか、あるいはお気に入りの剝製を近くに置いて眺めながら寝たとか、いろんな状態が考えられるが、こっそり剝製室に忍び込む機会を窺《うかが》っていた伊厨は、自分の婚約者であった成正が剝製にされているのを目撃したんだ。それが第三の殺人、成継殺害の動機だよ。その時、伊厨の胸中にあった思いは何だと思う？」

「何かしら……。驚き……悲しみ……恐怖……」

「いや、そうでは無いだろう。激しい憎悪と悔しさだと思うね。何よりも伊厨の部屋に残された熊手の痕《あと》がそれを証明しているよ」

　律子は改めて伊厨の部屋に刻まれた狂おしい憎悪の刻印を思い浮かべ、朱雀の言葉に納得した。

11　狂気への疾走

「悪の報いはあるものさ。伊厨の陥った生き地獄について検討してみようか？　伊厨は婚約者の失踪《しっそう》によって、常日頃から優越感を抱いていた妹の華子に水をあけられ、十四年間も女として惨《みじ》めで孤独な日々を送ってきたわけだ。そして、その屈辱を自分にもたらした元凶——即《すなわ》ち成正殺しの犯人が、成継であることを知ってしまったわけだ。復讐《ふくしゅう》心がめらめらと頭をもたげてこない訳がない。

　しかし、伊厨はここでは成継を殺さなかった。なにしろ、第三夫人の座が間近な時に、一晩に二度も衝動的な殺人を犯して、不手際が出たら大変だ。それに先の二人とは違って、仮にも成継は家族なんだ。憎いとはいえ、躊躇《ためら》いもあったろう。伊厨は成継への復讐は後回しにして、こっそり目当ての剝製の足を盗《と》り、懇《ねんご》ろに細工したんだ。

とは言え、伊厨は凶器となった熊手を結局死ぬまで手放さなかった訳だから、彼女の潜在的な殺害願望はこの時点で芽吹いていたに違いない。その後、おそらく何度かは剝製室の様子を窺って、ベッドの仕掛けなども見聞きしたのだろうね」

「でもそんなに憎ければ、成継さんの罪を告発することだって出来たでしょう？」

「そんなことをしたら、自分が深夜剝製室の辺りを彷徨《うろつ》いて不審な行動をしていたことが暴露されてしまうじゃないか」

「ええ、確かにそうね……」

「伊厨もどうしたものかと迷っていたんだろうが、その内、自分の身に起こった恐ろしい事態に気づいたんだ。梅毒の発病だよ。梅毒の症状の兆候は、三週間後には体に現れてくる。

ここの図書室には病気や薬の本が山程あるから、伊厨は自分が梅毒に侵されたことなど直ぐに調べられたはずだ。梅毒を伝染《うつ》されたのは相当な衝撃だったと思うね。死病だということも勿論《もちろん》だろうが、考えてもごらん、この栄誉ある旧家・天主家において、梅毒なんて病になったと知れたら、当然、身分違いの輩《やから》との性交渉が表沙汰《おもてざた》になる訳だ。しかも、時定と事実上夫婦関係になってしまった後だ。このまま時が経てば、やがて症状が明るみに出て、自分も疑われる。天主家の置かれている状況から考えると、感染経路で怪しいのは使用人達ということになる。そこから芋蔓《いもづる》式に秀夫の殺害にまで推測が及ぶかも知れない。

おまけに、もし時定に梅毒の症状が出れば、その原因と疑われるのは誰だ？　結羅か伊厨のどちらかと時定は言うだろう。さて、どっちだ？　結羅と時定はずっと以前から夫婦関係にあったのに、今まで無事だった。梅毒は伊厨と関係してからのことだ。第一、二人の境遇から考えれば誰もが伊厨が怪しいと思うだろうさ。ここの一族が誰も彼も異様に世事に疎《うと》いといったって、そのくらいのことに思い至る時間は十分にある。天主家の人間が梅毒などという不名誉なことは、表沙汰にはならないだろうが、伊厨は針のむしろに置かれるだろうね」

「そうなったら伊厨さんは惨めさの極致ですね。だけど、症状は時定さんが一番重かったようだわ……」

律子はおぞましい時定の顔を思い出した。

「そうだね。おそらく年齢のせいだよ。高齢で抵抗力が弱いと、炎症が早く進むんだ。まぁ、とにかく伊厨は気もふれんばかりに己の不運を嘆き、その原因を作った成継を憎んだろう。その間にも病は体を蝕《むしば》み、はっきりとした症状を呈しはじめてくる。これはもう伊厨にとっては生き地獄の日々だったに違いない。

それで彼女は、なんとか自分自身の名誉を傷つけずにすむ方法と、成継に復讐し、同時に彼の罪も告発出来る方法を思いついたんだよ。つまり、『祟り』によって自分も成継も行方不明になるという筋書きだ。そうすれば、自分が梅毒であったことは永遠にばれないし、後にどんな騒ぎが起こったって知ったことではない。伊厨にとって大事なのは真実を未来永劫《みらいえいごう》、霧の中に隠しておくことだったんだ」

「じゃあ、伊厨さんの部屋中に残っていた爪痕《つめあと》は、伊厨さん自身が演出したものなんですね」

「うん、そうだと思う。だから大きな物音がしなかったんだ。彼女はその後、成継を殺しにいかなければならなかったから、その前に大騒ぎになっては支障が出る。だから、時間をかけて静かに少しずつ、部屋に爪痕を印していったんだ。……恨みを込めながらね」

「その時の伊厨さんの心情を考えるだけで、そら恐ろしいわ」

「ああ、全くだ。何やら恐ろしい執念を感じて底寒くなるね。実に恐ろしきは女なり、だよ」

「待って先生、では、伊厨さんを殺した犯人は誰なんですか？」

「殺された？　違うね。あれは自分で首を絞めたんだ」

「自分で首を絞めて死ねるんですか？」

「ああ、死ねるんだよ。自分で自分を絞殺することは可能なんだ。暇な時に試してみるといい」

朱雀は意地悪くそう言った。

「それにしても、剝製室を内側から漆喰《しっくい》まで使って密封した、彼女の思いは何だったんだろうな……？　勿論、事件をより不可解にする為もあるだろうが、伊厨の頭も錯乱していて、何かこう、特殊な感覚が芽生えたのかも知れない」

「特殊な？」

「うん、まるで恋人との逢瀬《おうせ》を誰にも邪魔されたくないとでも言うような……。そんな不可思議な印象を僕は受けるよ」

律子は頭を整理しながら、朱雀に質問した。

「伊厨さんは自分が梅毒だということが分かったのに、何故、時定さんや、結羅さんは分からなくて、『呪い』だなんて思い込んだのかしら……」

「一つの理由は天主家に送られてきた妙な詩編のせいだろうね。それに秀夫と交渉のあった伊厨にとっては性病の発想が出来たにしても、身に覚えのない二人はまさか梅毒なんていうこと自体、想像出来なかったんじゃないかい」

「……時定さんのしたことは許せないけど、あの人自身も犠牲者だったんですね……。あっ、先生、愛羅さんは？　愛羅さんは大丈夫なの？」

「それは僕も心配だったので、十和助さんに確認したよ。そしたら、前回、流産した為に、今度は妊娠が分かった時点で夫婦関係は禁止されていたということだから大丈夫だ」

「ああよかった。せめてもの救いだわ。そうだ、先生、時定さん殺しは、誰が犯人なの？」

朱雀はうんざりという顔で首を振った。

「廻盤琴《オルゴール》時計の中で、中指と鳥刺し男が追いかけっこをしていたよ」

「時定さんの死体から切り取られた中指がですか？」

「そうなんだ。どうも彼は自殺らしいね」

「自殺！　だって背中から刺されて死んでいるのに、自殺なんて変だわ」

「だからさ、実に変な自殺をしたんだよ」

「どういうこと？」

「天主一族の奇異《おかし》な性癖《くせ》を持った思考回路は、常人には理解し難い点があるよ。おそらく閉鎖された環境と血がもたらした特異と、この館《やかた》が及ぼす影響なのだろうがね……。時定が偏執狂だったことは確かだが、おまけに彼は閉所恐怖症だったらしい」

「閉所恐怖症？」

「うん、狭い空間に閉じこめられると恐慌に陥ってしまう一種の気の病さ。寺に軟禁されていた子供時代に、悪さをすると、よくそうやって折檻《せっかん》されていた様子だったと十和助さんが言っていた。

　あの時、逃げ込んだ部屋に閉じこめられたことが、ただでさえ錯乱していた時定を妄想に駆り立てたんだろうね。なぜだか時定は絶望して自殺しようと考えたんだ。それでまず、最初に睡眠薬で死のうと思ったに違いない。一番楽で苦痛の無い死に方だからね。しかし、知っての通り致死量に遥《はる》かにたりない錠数しか残っていなかった。そこで彼は今度は剣で死のうなどと考えたんだろう。だが、いざとなると刺す勇気が出なかった……」

「結羅さんをあんな風にしておいて、勇気がないだなんて、よく言うわ」

「人間そんなもんだよ。自分の腹や胸をぐさりなんてなかなか出来ないさ。しかし、ならいっそ首吊《くびつ》りでもすれば良かったのに、何を思ったのか、自殺装置を作ることにしたようだ」

「自殺装置？」

「そうだよ。眠っているうちに自殺させてくれる装置さ。そういう発想をする変わった輩はたまにいるよ。僕と同期の帝大生にも、時間規定器《タイマー》を取り付けた電気コードを体に巻いておき、泥酔しているうちに電流が流れる仕掛けで自殺した奴がいる」

「まあ、意気地無しね。で、時定さんはどんな仕掛けを作ったんですか？」

「まずね、時定はそれを作る為にレースを解《ほど》いて糸を作り、次に中指を切り落としたんだ」

「中指を！」

「そうだよ。胸を突いて死ぬより、彼はそっちを選んだようだ。とにかく、そうしておいて時定は中指にレースを結わえ付けたんだ。そして、石油ストーブの上に置いた水のたっぷり入ったケトル――これがなかなか重くて、水が一杯に入った状態だと五キロもあったのだが、その口に切った中指をねじ込んだ。きっと、まずはケトルの口のサイズにぴったり合うものを探したが、自分の中指しか無かったんだろう」

白鳥型のケトルの口に銜《くわ》えられた中指が、蒸しあがっていく様を想像すると、律子は鳥肌が立つ思いがした。

「そうしておいて、時定は『魔術師の剣』を糸の適切な場所に、片側を強く引っ張るとほどけてしまう結び方で、結わえ付けた。そうしておいて、ケトルから伸ばした糸がぴんと張った状態になるように、『魔術師の剣』を天蓋《てんがい》の右端の浮き彫り《レリーフ》に引っかけて設置した。さらに結び目の片側の糸を再び中央の浮き彫りに一重に引っかける。毎日蒸気治療を続けて、ケトルの湯がどのぐらいの時間で沸騰するかを知っている時定は、その時間を算出し、糸の先を廻盤琴《オルゴール》の中を通過させる形で、上部の時計の歯車に結わえ付けたんだ。大小の歯車の中で、適当なものを選んでね。この場合、中央にひっかけた所から廻盤琴までの糸は長くてたるんでいることが必要になる。これは実際にやってみて、糸が短くなっていくのにかかる時間経過の具合をいろいろ試しただろうね。さて、そうしておいて時定は睡眠薬をがぶ飲みし、ベッドに横になった。さて、何が起こるかお楽しみだ……」

朱雀がこほん、と咳払《せきばら》いをすると、頭上を回っていた烏の群れが、驚喜するがごとくに咆哮《ほうこう》した。

「歯車が弛《たる》んだ糸を少しずつ巻いていく。そうすると糸はだんだんにぴんと張った状態になる。ここでもし、片側にケトルの重石《おもし》がなければ、剣の重さがあだとなって、糸は単に解かれてしまうだけだが、あいにくケトルの重石があるために、糸は剣をぶら下げたままぴんと張った状態になる。張り切ると、レースが切れるか、歯車が止まるかだが、あのレースは高級で、なかなか切れそうにない強度だった。だからここで暫《しばら》く力の小競り合いがあっただろう。

　やがてケトルの湯が沸騰し始めた。蒸気が出口の無いまま膨れ上がり、これが動力となってケトルの口に蓋《ふた》をした中指が押し出されて飛び出す。するとどうなるか。当然、釣り合っていた力の均衡が無くなって、剣が落下するのだが、中央にひっかけを作ってある為にその落下は振り子運動になるわけだ。それで勢いよく寝ている時定の背中にずぶり、と刺さる。さてそれから後は糸が歯車によって片側からだけ引っ張られていき、解けて行くことになる。時定の中指を先につけたままね。中指は熱で血が固まっていたので、流血の痕もつかなかったんだ。

　やがて朝のカラクリ劇が十分間ばかり演じられると、開きっ放しだった廻盤琴《オルゴール》の扉は自動的に閉まってしまう。その内、もっと放っておけば、全てが時計の内部に収容されて誰も気づかなくなっただろう」

「でも自殺なら、なんで証拠を始末するような面倒な仕掛けを考えなければならなかったのかしら?」

「僕が思うにね、そこのところは時定の最後のささやかな自尊心じゃないかな」

「自尊心?」

「そうだよ。カラクリがばれたら、潔く自殺する勇気もない臆病《おくびょう》者と言われるだろう?　それとも、最後まで本家の連中から蚊帳《かや》の外扱いされていた自分の人生を振り返って、最後ばかりは天主家の宗主らしく、祟《たた》りで死んだように思わせたかったのか……」

事件の全てが、不可解な幻によって引き起こされたようだと、律子には感じられた。

「なんだか一遍に色んな話を聞いて混乱しているけれど、こんな異常なことが起こるのも、天主家が大変な家だからだというのは分かったわ。今のところ私の心配は一つだけよ。先生は本当に……この家の『御宝』を盗んだりするんですか？　先生はそれをどうするつもりなの？」

朱雀は、にたーりと妖怪《ようかい》のように笑った。

「それより、問題は送られてきた手紙だよ」

「そうだったわ。誰が手紙を送ったのかしら？　伊厨さんでもなさそうだし、死んだ人達以外の他の誰かですよね」

「心当たりは一人しかない。でも、もしそうだとすれば大問題なんだ……」

朱雀は、静かに立ち上がった。

第六章　最後の御使い

1　塞《さい》の神

朱雀と律子はアーチを潜《くぐ》り、小道を抜けて、正面玄関の扉の前に辿《たど》り着いた。扉に埋め込まれた巨大な目玉は、館を守る弥勒菩薩《みろくぼさつ》なのだろうか。それとも悪魔に姿を変えたミトラス神なのだろうか……。

重厚な扉を開き、二人は本館に入った。

複雑に絡まり合う葡萄《ぶどう》の樹と蔦《つた》樹文様の装飾、高く聳《そび》える鳥亜《ドリア》式の四本柱、天井の基督《キリスト》像、駕籠《かご》目紋の刻まれた豪奢《ごうしゃ》な螺旋《らせん》階段、床の市松模様……朱雀から思いもかけない真実を知らされた律子には、見慣れたはずの景色が再び新鮮に感じられた。

修道士が静かに佇《たたず》み、七色の暗い光と悲しい視線を二人に投げかけている。

「この館は、まさに天主安道氏が作った城塞《じょうさい》……というより迷宮だ。権力と富の魅力に取り憑《つ》かれた悪しき者を、抱え込んだが最後、死ぬまでその魅惑の懐の中で彷徨《さまよ》わせる……」

朱雀の声が大広間に反響した。その高らかな宣言は、装飾の陰に潜《ひそ》んでいる魔物達にも届いたのであろう。魔物達が一斉に体を震わせたような、そんな気配を律子は感じた。

「安道氏がこの館に鏤《ちりば》めた暗号は、みごとに十八年の年月、天主家を危機から守ってきた。もしこれらの暗号が、これだけ大仕掛けで、またこれ程魅力的でなかったなら、こう上手《うま》くはいかなかったろう……」

朱雀は両手を広げ、窓の修道士達に向かって語りかけた。その言い回しは芝居っ気たっぷりで、まるで大観衆を前に演説しているかのようだ。

朱雀が緩やかな円を描いて広間を廻《まわ》ると、その度に彼の白い背広が色硝子《ガラス》の色彩を反射して、玉虫色に変化した。

「この館の暗号は、芸術家の気まぐれのように、あるいは密かな悪戯《いたずら》のように、放恣《ほうし》に、そして美的に、あるいは、いい加減な詩編ででもあるかのように構成されている。その無秩序と規則性の組み合わせは、全て計算され尽くした末のものなのさ。天主家に触手を伸ばそうとするような輩《やから》は、必ず暗号の玄人などを使ってくるに違いない。その目を欺《あざむ》き、混乱に陥れる為にね！

……かつて、十四年前、陸軍の間者がこの館に侵入した。そして、その迂闊《うかつ》な男は、発見した暗号と天井の基督《キリスト》画から騎士像にある金庫を突き止め、ダイヤルを回した。六、六、六とね」

そこまで言うと、朱雀は突然、肩を揺すってクックックッと喉《のど》の奥で笑った。

「いやぁ、全くお笑いだ！　その男はまんまと安道氏が予想した通り罠《わな》に塡《はま》ったんだよ！

よくよく考えれば分かることさ。六六六は悪魔の数、呪われた数字だ。そんなものが『御宝』への手がかりであろうはずもないのにね！」

「先生には御宝の在処《ありか》がもう分かっているのね」

「勿論《もちろん》さ、僕はそんな唐変木《とうへんぼく》じゃないよ。律子君、僕を螺旋階段の基底部のところに連れていってくれたまえ」

律子は朱雀の肘《ひじ》をとり、螺旋階段の基底部に連れていった。十二支や不思議な聖獣の顔がその周囲を取り巻いている。

「動物の顔があるだろう？　僕は昔これを見た時にすぐに気づいたんだが、この動物達はね、日光東照宮の中に彫刻された動物全種類を網羅しているんだ。日光の山には小野の猿丸伝説があるように、日光は猿女《さるめ》一族、つまり天宇津女《あめのうずめ》の直系子孫達が多く住んでいる場所だ」

「猿女氏というのは、特別な一族なんですね？」

「そうさ、十種神宝を以《もっ》て宮中と天照大御神《あまてらすおおみかみ》に仕える一族で、天皇家の祭祀《さいし》には欠かせない存在だよ。するとどうなる？　基底部の顔は、猿女氏のいる日光に通じていて、猿女氏は神宝に通じている訳だから、この動物達の顔にはお宝に関係する何かがあると、昔の僕は考えた。そこで僕は父親と日光へ行ったんだ……」

「まあ、お義父《とう》様まで！」

「そこで一つのことが分かった。律子君、兎の左にある顔を見たまえ、何に見える？」

それは不出来な鬼のようなユーモラスな顔であった。

「何かしら？　頭に角が一本あって、顎髭《あごひげ》がある変な動物。こんなの見たことないわ」

「それはね、なんと『犀《さい》』なんだ。『ＲＨＩＮＯ』だよ」

「これが犀？　本物とは似ても似つかないわ」

「そうさ。昔の日本人は犀など見たこともなかったから、想像でそんな姿になってしまったんだ。東照宮にある犀は、背中に亀のような甲羅と蹄《ひづめ》まであって、波をけたてて走っていたよ。普通の観光客はそれが犀とは気づかないだろう。しかし、僕の父は東照宮の神官と親しかったから、それが分かったという訳さ」

朱雀はしゃがみ込むと、手探りで犀の顔面を触って確認した。

「犀にまつわる伝説には、こんなものがある。犀は神獣で、水中に住み、美しい甲羅を持っていて、水に出入りする時には光を発するとね。東照宮には、犀が全部で三十一頭いるのだが、その姿は本殿と拝殿に集中している。特に重要な場所としては、拝殿では鈴の下がった向拝《ごはい》の虹梁《こうりよう》、本殿では石の間から幣殿《へいでん》にはいる扉の上などがあるんだが、何故、そんな場所に犀がいるか見当がつくかい？」

じっと考え込んだ律子に、朱雀は呆《あき》れたようなため息をついて、言葉を継いだ。

「君は僕のところしか就職先がないんだから、もっとしっかりしてくれたまえよ。僕は『働かざる者、食うべからず』の主義なんだ。

いいかい、犀はね、いずれも、一つの空間からより神聖な空間に通じる場所に彫られていたんだ。犀の神は、すなわち塞《さい》の神にも通じていて、神聖な場所への俗の侵入を塞《ふさ》ぐ、蓋《ふた》の神なんだ。だからね、あの暗号、『CARASUが扉をノックする』をジャンヌの目から現れたRHNと重ねて、ノタリコンの謎かけとして解けば、CRSで表される烏と、『扉』という『一種の蓋』から、『Rhinoceros』――犀が導かれる訳だ。

さらに犀において、一番、重要なのは角だ。漢方では解熱剤として珍重されてきたが、夜見ると神秘的に光るので、『夜明犀』や『通天犀』と呼ばれていてね、それ故に、犀の角は天と繋《つな》がっているという訳なんだ」

朱雀の長い指が犀の角に巻き付いた。そうして、ぐっと力を込めて、角を回し始めた。

「回るわ！」

「6と9の暗号の中に、『ドアノブは回すと開く』とあっただろう？　扉のドアノブにあたるのは犀の角だよ」

朱雀はいとも容易《たやす》くそう言ったが、恐ろしい程の博覧強記の情報が頭の中に詰まっていなければ、ここまでたどり着けないことは明白だった。

律子は感心して朱雀の横顔を見つめた。

朱雀は玩具を与えられた子供のように無心に作業を進めていた。

かなり何度も回転させてようやく、犀の角が落ちた。中から現れたのはT字形の奇妙なダイヤルであった。

「先生、中からT字形のダイヤルが出てきました。本当に何もかも先生の言ってた通りね」

朱雀は確信していたという顔で、うん、と頷《うなず》いた。

「さて、このダイヤルの番号合わせをしなければならない。そこで用意された暗号が、この床の市松模様だ」

律子は不規則に散らばった床の市松模様に視線を走らせた。見ているとくらくらと平衡感覚が狂うような気がして、ずっと気になっていたのだ。

「グノーシスにおいて光と闇との関係が永遠のテーマとなり、また中国においては陰陽《イーチン》の思想からの宇宙図として囲碁が生まれ、日本においてはカムロギ、カムロミが混沌《こんとん》の初めに現れたとされることからも分かるように、古今東西の多くの思想家は、あるものとそれに相反するものとの二種類が、万物を創世する基準なのだと考えた。陰と陽の組み合わせで表現出来ないものなど世に存在しないということだ。当然、数字だって全て表現出来る。二進法を使うんだ」

「二進法って何ですか？」

「二進法というのはね、全ての数を0と1、つまり陰陽で表す計算法だよ。二は使えないので、位を一つ増やして二桁《ふたけた》で表す。三は11となり、四は三から一増えても、二が使えないので位を増やして100となる。そんな風にして、一から九までの数を二進法で表すと、1、10、11、100、101、110、111、1000、1001となる」

「その法則を市松模様の白黒に当てはめていけばいいんですね……でもどんな風に……

「……？」

「そうそう、それが問題なんだよ」

朱雀はそう言いながら、実に意地悪く嬉《うれ》しそうにほくそ笑んだ。

2　その時が来たことを告げよ　主の名前を呼べ

「まず手がかりは、この螺旋階段に刻まれた六芒星《ろくぼうせい》であることは言うまでもない。それでね、この螺旋階段の基底部は、タイルの縦二列、横二列、計四枚分の面積を取っているることを考えるんだ。つまり、六芒星で表される六という数字が四枚の中に納まっている。これを基準とするなら、各数字は同じタイル四枚の中に納まっているはずなんだ。

と……ここまでは誰でも考える。十四年前にも、扉の角のダイヤルは発見出来なかったが、このタイル目の並びを妖《あや》しく思って、厭《いや》と言う程眺めていた奴がいたよ。

だが、ここに大きな問題が生じる。四枚のタイルをどの順序で二進法の数字に転換していくかだ。例えば考えただけでも、右上から始まって右下、左上、左下、という順序、逆に左上から始まって左下、右上、右下という順序、あるいは右上、左上、右下、左下、または、左上、右上、左下、右下という順番であるのか、あるいはもっと違う規則なのか……。また四枚のタイルなら全て四桁の数字になってしまう。さらに、どんな順列の読み方をしても一桁、二桁、三桁までが0などになって、到底、普通の数字に転化出来ないということになる。

まだまだいろいろに難点が考えられるので、何か二、三以上の複雑な決めごとがあるはずなんだ。それがどういう法則であるのか全く謎な訳なんだ。そこで、まだ違う暗号があるのかと躍起になる……」

「で、その手掛かりは？」

「実はね、順番に関する手掛かりは皆無なんだよ」

「そんなぁ！　じゃあ結局、ここで終わってしまうんですか？」

「いや、そんなことはないよ。これは最後の砦《とりで》だから、安道氏はなんの手掛かりも記さなかったんだ。だってよく考えてみたまえ、御宝の在処を暗号化して手掛かりを公に晒《さら》し残すなんて、もともと不自然じゃないかい？　だが人々は、余りに装置が壮麗で魅惑的な為に、まさか安道氏の仕掛けた遊技だとは思わないんだねぇ、これが……」

「だって……じゃあなんの為の暗号だったの？」

「その答えは、ただ一つ。『時間を稼ぐためだけ』なのさ。安道氏はこのダイヤルの番号を教える気などさらさらなかったのさ。このタイル目の順序がやたら目立って妖しいのも、一つの囮《おとり》なんだ。

しかし、全くの出鱈目《でたらめ》ではないんだよ。ちゃんとある法則をもってすれば、このタイルの謎が解けるんだ。その法則の謎を解く鍵《かぎ》が何処にも残されていないだけだ。だが、館《やかた》に手掛かりが残されていなくとも、安道氏という人物のことを考えてみればいいんだよ」

「安道さんという人物……」

「そうさ、事件を起こすのも、物を作るのも、人間なんだ。人間の中にこそ事件の粗筋や、物の設計図が詰まっている。だから、安道さんという人のことを考えれば、この館のことは全て分かるのさ。

まず、館の暗号の中に度々現れるグノーシス主義が鍵だ。僕はこの暗黒流の中に存在する秘密の宗教の奥義を知るために、希覯《きこう》本を漁《あさ》って調べたものだよ。グノーシス主義では、例外的に女の聖職者・ジャンヌを認めていたことを以前に君に語ったよね」

「ええ」

「何故そうなるかと言うと、グノーシスと耶蘇教の教義は根本的に正反対なんだ。

例えば、耶蘇教ではエデンの園でイブをそそのかして智恵の実を食べさせた蛇は、人間の原罪を作った邪悪なものとされているが、グノーシスではその反対だ。蛇は、ミトラスの体に巻き付いている光の蛇であり、人間に『智恵』という恩恵を与えた人間の味方だ。その智恵の実を最初に食べたイブはグノーシスにとって尊ぶべき存在なんだ。グノーシスという言葉自体が、『智恵』を意味するものでもあるしね。だから耶蘇教と違って、女性は神聖な存在ということになっている」

「私なら耶蘇教よりグノーシスに入るわ」

「僕もそうだよ。何故なら僕は『性悪説支持者』だからね」

「あら、でも先生は昨日は『善や悪とはっきり割り切れることなんて存在していない』と言ったじゃない」

朱雀はせせら笑いながら言葉を続けた。

「ああ、言ったよ。だからさ、完全な善はこの世には無く、不完全な善か、小悪しか存在していないということだよ」

「まぁ、意地悪な考え方ね。せめて、完全な悪は無く、小善しか存在しないと言えばいいのに」

「ふうん。けど君がやったことだって、よくよく考えてごらんよ。そういう自己弁護的な虫の良い言い方は出来ないだろう？」

朱雀が過去のことを皮肉っぽく言ったので、律子は思わず黙り込んだ。

慰めてくれたかと思うと、酷《ひど》く人を傷つけることを平気で言う。それも冷静な顔をしながら内部で怒りが渦巻いているのがよく分かる。

不思議なのは、だからといって、言った相手に怒っている訳ではなさそうな所だ。朱雀は一体、何に対して、突然こんなに不機嫌になるのだろう？

きっと、自分が持っている焦燥《しょうそう》感とはまた違ったものなのだろう……確か自分の事件の時の朱雀もこんな辛辣《しんらつ》な感じだった、と律子は思った。

朱雀は滔々《とうとう》と演説を続ける。

「グノーシス派は言う。

人間に智恵を授けたがらず、自分と対等に並ぶことに嫉妬《しっと》し、掟《おきて》で縛り、気に入らなければ弾圧する、そんなヤハウェという神こそ、傲慢《ごうまん》で邪悪な存在であるとね。だからヤハウェが創世したこの世界は『悪』の蔓延《はびこ》る世界なのだ、と。だから力と弾圧と不正の支配が人類の歴史を覆っているのだとね。人間は檻《おり》の中の奴隷なのだと。智恵という灯火《ともしび》を灯し、世界をよく観察せよ、と。誤魔化しでない真実は自分の頭で考えて見つけろと。本当の神は世界を意図的に創造したり、支配したり、ましてや破壊したりしようとはしない。もっと自由でおおらかな存在だ。しかし、ヤハウェは人類に真実の神の存在を気づかせまいと画策しているのだ……とね。

そこで、グノーシス派は『最後の審判』――つまり『アポカリュプシス』（秘密を暴露する）という教えを広めるんだ。基督《キリスト》がヤハウェ以前の古代神・ミトラスであることを暗喩《あんゆ》しながら、世紀末に現れ、人類に『生命の木』を与えて神に等しい存在となし、真実の自由へと導く基督こそが、猶太《ユダヤ》や耶蘇が奉るヤハウェに代わる本当の神なのだとね。

しかし、グノーシス派の教義は、軍隊の力で多くの植民地を支配し、強力な中央集権国家、帝政国家となった羅馬《ローマ》にとっては政治的に不都合なものだった。だから『アポカリュプシス』の本当の意味は伝えられず、羅馬は支配の神ヤハウェと基督をむりやり同一視しようとして、教義が妙な具合にひん曲がっていってしまった。ほらね、人は神を変え、その神の姿に似るだろう？

僕はね、グノーシス派の叫ぶ『アポカリュプシス』こそ、安道氏自身の願いだったのだと思うよ」

「安道さんの願い……？」

「そうとも。安道氏は天主家に生まれ、育ち、誰よりも『家』に縛られる立場の人だった。誰よりも天主家の濃い血を継いだ人でもある。彼は家や家族を愛し、誇りに思っていただろうが、同時にこの『家』を牢獄《ろうごく》だとも感じていたことだろう。欲に取り憑《つ》かれた亡者達のたかり来る、『祟《たた》り神』に支配された家をね。

だが、その『祟り神』は、人の心次第でミトラス、つまり『弥勒《みろく》』にも変化するんだ。『弥勒様』というのは、青い目をしていてね、身の丈は十八尺もある美しい方らしい。仏教では大乗仏教の菩薩《ぼさつ》のひとりで、釈迦《しゃか》の委嘱をうけてその入滅後五十六億七千万年後に、仏としてこの世に生まれるとされる。それで、慈悲の慈をとって慈氏《じし》菩薩ともされているのさ。あるいは、釈迦の不在をおぎなうので補処《ふしょ》の菩薩ともよばれる。この世に下生《げしょう》するまでは兜率《とそつ》天の内院に住して、不断に衆生のために説法しているらしい。……さて」

　と、そこで朱雀は大きく息を吸った。

「律子君、ここで質問する。大時計の旋律暗号のことを話しておいただろう？　その中に『その時が来たことを告げよ　主の名前を呼べ』という歌詞が存在するよね。安道氏が呼びたかった主の御名は？」

「弥勒、弥勒様だわ！」

「では、その時とは何時だね？」

「……お釈迦様の入滅後、五十六億七千万年後」

「はい、よく出来ました。では、このタイルの二進法を右上、左上、右下、左下の順序の法則で、最後の黒までが桁《けた》と考えて読み上げてくれたまえ」

「……ええっと……３、１、５、次は読めません、６、これも読めないわ。７……ああ、また読めない。それから９」

5	1	3
■	6	■
9	■	7

「うん、まずはそこまでだ。ここで、何か気がつかないかな？」

暫《しばら》くじっと考え込んでいた律子は、はっと緊張の面もちになった。

「右上から斜めに読むと、３６９（弥勒）となり、左上から斜めに読むと５６７、つまり五十六億七千万年が出てくるわ！」

朱雀は満足気に、にっこりと笑った。

「時計台の旋律暗号の歌詞、『その時が来たことを告げよ　主の名前を呼べ』の次には、『犠牲の十字の先を、その四隅に置きたまえ』とあるだろう？　３６９、５６７で十字架が形成される。その先が四角形の四隅に来ている」

「ああ、本当だわ。でも先生、読めないところの番号は？」

「うん。僕は弥勒（３６９）という数字に転化することの出来る名前と、五十六億七千万年の数列、そして旋律暗号の不協和音の暗喩《あんゆ》するところから逆算して市松模様の暗号法則を割り出したんだ。何のことはない、時報の不協和音は音符の三番目、六番目、九番目の音と、五番目、六番目、七番目の音だったんだ。加えて、ミトラス教入信式の時の『鞭打《むちう》ちの打法』■■ー■を二度繰り返し、『6』を強調している。それでも読めない箇所が出てきてしまうが、ほら見てごらん、読めない部分は、六階の三本柱と同じ正三角形の配置だろう？　読めないということは、その三つには他の法則が用いられているということだ。三つの柱は耶蘇教では神の象徴だ」

　ふふっ、と朱雀は笑い、

「耶蘇教、グノーシス派では、本当の神の法則は最後までオカルト（覆い隠されている）だ。そして、最後の最後に、真理が逆転し、神が悪魔であり、悪魔こそが神だったと分かる。つまり逆転の真理さ」

　と、呟《つぶや》いた。

「だから、こうして読んでみよう。さっきの法則を逆転させて、全く正反対の手順に読むんだよ。最初の黒が始まりだ。そして順に、左下から右下、左上、右上とね」

「じゃあ、最初は６の下は１０で２。３の下は１０００で８、５の下は１００で４」

３　８　７

1　6　2
5　4　9

「そうだ。いろいろと検討したが、これが一番すっきりする。間違いない」

「何故なんです？」

「数秘術《ヌメロロジー》のことを教えただろう？　これは数秘術の曼陀羅《まんだら》なんだ。いいかい、弥勒様の背丈は十八尺と言われているが、3と6と9。また5と6と7を足してみたまえ」

「どちらも十八になるわ」

「十八は『弥勒の秘数』なんだ。そこで、次は二段目の横一列と三段目の横一列も足し算してみよう。4、6、8と9、2、7だ」

「やっぱり十八」

「では縦一列の最初と最後も足し算してみよう。3、8、7と5、4、9だ」

「……十八です」

「そうさ。びっしり弥勒の秘数で固められている。ところが、最上列の横一列と、中央の縦一列だけが、十八にならないんだ。しかし……この形は何かな？」

「Tだわ！」

「これこそが『不可視のT』だよ。そして、Tを構成する最上列の横一列と、中央の縦一列の和数は？」

「3、1、5で9。1、6、2で9。『9』は数秘術《ヌメロロジー》でTの数字です」

「つまり全和数は十八という弥勒数だ。またT以外の部分は猶太語《ヘブライ》の『T』、つまり『Π』を逆さにひっくり返した形となり、陽のTと陰のTがここに現れる。さらに369、567が作り上げる十字が、グノーシスの言うところの『架空の十字架』の形なら、315と162が作り上げるTはその逆の『実際の十字架』だ。素晴らしい『弥勒宇宙の陰陽曼陀羅』だと思わないかな？」

「つまり、このTのダイヤルの文字は、315と162に合わせれば良いんですね」

言うやいなや律子がダイヤルを合わせると、かすかな機械音が鳴り始め、周囲の空気が震えだした。

螺旋《らせん》階段の支柱に刻まれている無数の六芒星《ろくぼうせい》は、それ自身が組み合わさってさらに大きな六芒星を形作る意匠《デザイン》であったが、その彫刻の一部がゆっくりと後退し始めたのである。

やがて機械音が静まった時、驚くべきことに、律子の目前には小さな六角形の侵入口がぽっかりと黒い口を開けていた。

ついに、秘密の扉が開いたのである。

駕籠《かご》目文様の輪郭線にそって継ぎ目があったようだが、今のいままで全く分からなかった。

3　秘密の通路

支柱の中は空洞になっていた。

ひょいと内部を覗《のぞ》き込んだ律子だったが、次の瞬間「きゃっ」と叫んで後ずさった。暗がりの中に、不気味な鎧武者《よろいむしゃ》の姿がぼんやりと浮かんでいたからだ。しかもそれが空中に浮いて、ゆらゆらと揺れているのだ。

あれは一体何者なのか？　それともまた誰かのまやかしか？

鎧武者が動き出す気配は無いようだった。

律子は、今度は恐る恐る、穴の中へ首を突き出した。

闇の中で目を凝らしてよくよく見ると、その鎧武者は長いロープの先に引っかけられた等身大の人形であった。

「どうしたんだい？」

朱雀が背後から言う。

「中は暗くてよく見えないけど……。鎧武者の人形が吊《つる》されているみたいです」

「成程、そいつは篤道だな」

「十四年前に見回り番の人達が目撃したのは、あれだったんですね？」

「うむ。しかし窓の外で青白く光っていた篤道のほうは、恐らく幻灯機などで、半透明のカーテンに映写されたのだろう。律子君、入口の側に電気の開閉器《スイッチ》が無いか探してごらん」

そこで入口に沿った壁を手探りすると、開閉器らしきものが見つかった。

光が灯《とも》り、鈍く黄金色に輝く空間が出現した。

割れ硝子《ガラス》細工の海星《ひとで》形の照明が、あちらこちらで薄紅色の光を放っている。

その明かりの中で見ると、空中で揺れていた鎧武者の人形は、遥《はる》か頭上から垂れ下げられたロープの先端の鉤《かぎ》に引っかけられていた。

律子が触れてみると、人形は軽く揺れた。

人形のその向こうには、六階にあるのと全く同じ三本柱があった。三本柱の上部には、蓋《ふた》のついた大きなスープ鍋《なべ》がのっている。つまりその全体を見渡すと、三本足のある鼎《かなえ》のような状態になっていた。

さらに、ここにも世界軸《アクシス・ムンディ》があった。『生命の木』の原初的な姿――回転によって創造される命の躍動の形が存在していた。すなわち、螺旋階段の内部に、もう一つの螺旋階段が存在していたのである。

内部の螺旋階段は、支柱の内側に沿って段が設置されたもので、壁に沿ってうねりながら天高くへと続いていた。

まるで光の竜巻だ。

目眩《めまい》に襲われながら上方を仰ぎ見ると、外部に通じる扉とおぼしきものをいくつか確認出来た。恐らく先程の隠し扉と同様に、駕籠目紋の一部が開くようになっているのだろう。

律子は床に視線を落とした。

三本柱の丁度中央になる床の部分に、六芒星が描かれていて、中心に丸い穴が開いていた。穴に沿って何かの文字が刻まれている。

時空を超えて、中世の魔術師の秘密部屋に迷い込んだのではないか……そんな幻想に陥りそうな程、奇々怪々な空間であった。

周囲の状況を朱雀に伝えると、朱雀は床の文字の前へ自分を連れて行くよう命じた。

火の精サラマンダー、燃えよ
水の精ウエンディネ、うねれ
風の精ジュルフ、消えよ
土の精コボルトよ、いそしめ

「ふぅん、いよいよコボルトが出てきたな……」

朱雀は手探りで文字を読んだあと、苦笑いをして立ち上がった。

六芒星の中央に空いた穴の中を覗き込んでいた律子は、暗闇の中に僅《わず》かに見える木材らしきものや鈍い金属の光を確認した。

そのまましばらく目を細めて見つめていた律子が、朱雀に声を掛けた。

「先生、この穴は下で折れて横穴になっているみたい。それとトロッコ線路に似たようなものも見えるわ」

「成程、地下道とトロッコか……。その昔、鉱物の採掘用に掘られた坑道が、今も残っているんだろう。岩牢《ろう》も、天主家の風葬場も、鉱物採取の穴を塞《ふさ》いでしまった跡なんだ。後年、外からの人間の往来が増えてきたので、鉱脈を隠す為に出入口を常人には分かりにくい所に移動したのだろうね。

そうすると、地下に幾筋もの通路が走っていてもおかしくない。恐らくそれは外に通じていて、十四年前の事件の折、死体運びを容易にしたんだ……。何て悪賢くて神秘的な企《たくら》みなんだろう。きっと鎧武者を吊しているロープも、電気仕掛けか何かで上下して、荷物を各階に持ち運び出来る仕掛けだろうね」

「どうします？　私、穴の中に降りてみましょうか？」

律子が言うと、朱雀は首を横に振った。

「それじゃあ先生、あの鍋、ほら『魔女のスープ』の旋律暗号と関係しているんじゃありませんか？」

「そうだろうね」

「蓋が取れそうですよ、取ってみましょうか？」

はしゃぐ律子に、朱雀はあっさり首を横に振る。

「いやいや、僕らは階段を登って、もっと螺旋階段の仕掛けを確かめるんだ」

二人は階段に向かった。

「十四年前の『魔笛』の上演の時に出現した亡霊の正体は、この螺旋階段を上がる足音だ。亡霊は弓子の死体を階段内部に引き込んだあと、急ぎ足でこの階段を登っていったんだろうね。大道具係は丁度自分の真後ろで足音を聞いたんだが、内部の階段の円周は短いから、あっと言う間に通り過ぎたように感じられたというわけさ」

内部の螺旋階段は、非常にしっかりと作られていた。歩幅や勾配《こうばい》も無理のないよう計算されており、思ったよりずっと歩きやすいものだった。むしろ表の螺旋階段よりも実用的で良く出来ている。

それもそのはずであった。この内部の螺旋階段こそが、館の主のための主要階段であったからだ。

あちらこちらと点在する装飾灯《シャンデリア》の薄紅色の光に照らされて、二人はゆっくりと階段を登っていった。

二人の影法師もまた、壁の曲線に沿って異様に長く歪《ゆが》みながら、まるで大入道の妖怪《ようかい》のように二人に連れ添い歩いているようであった。

階段を一周する毎に、小さな踊り場があり、その壁に扉の取っ手が付けられていた。内部からは手動で扉が開く仕掛けになっているらしい。

階を上るにつれ、螺旋の芯《しん》を底まで視軸《しじく》は落ちていく。眩暈《めまい》とともに、見晴るかす階下の景は荘厳なものとなっていった。吹き抜けになっている中央の空間から下を見れば、思わず吸い込まれそうになる。

余程慣れた人間でない限り、恐れをなす所であったろうが、軽業師上がりの律子と盲目の朱雀には何事でもなかった。

階段は、五階分と半階分続き、六階の上半分にあたる部分が仕切られた空間になっている。階段の上端はその空間の中へと続いていた。

階段を登り切ると、小部屋に辿《たど》り着いた。整然とした市松模様の床の上に、高い背凭《せもたれ》の椅子、簡易なテーブルなどが置かれている。

さらにその奥には、何やら形の複雑な、巨大な鉄の塊《かたまり》が存在していた。厳《いかめ》しい灰色の箱から、金属の管《チューブ》が何本も突き出している。

近寄って見ると、開閉器《スイッチ》、計測器《メーター》、ダイヤルなどの様々な計器類がその前面に備え付けられていた。どうやら何かの機械らしい。

ジィ――――、ジィ――――、ジィ――

頭上からは、規則的な音と振動が響いてくる。それは、決して今までは感知出来なかったものだった。時計台の内部にある幾つもの巨大歯車が、真上で回っている音だ。

ふいに天井が落ちて来るのでは、という恐怖に駆られ、律子はぞっとした。

「先生、奥に大きな鉄の機械が置いてあるわ。計測器《メーター》やダイヤルが沢山付いているの……ああ、何て説明したらいいのかしら。何の機械だか、見当もつかないわ」

律子の言葉に、朱雀は眉《まゆ》を顰《ひそ》めた。

「説明は不要だよ。いいかい、それには指一本触ってはいけないよ」

「何故ですか？」

「館《やかた》が動いて、危険だからさ」

「館が動くですって？」

「ああ、部屋に繋《つな》がる秘密通路の存在を話しただろう」

「ええ」

「それは、単純な抜け穴や隠し扉といった類《たぐ》いの仕掛けじゃあないのさ。この天主家の秘密通路は、この館の秘密を知っている者以外は、絶対に使えないし、たとえ壁を破壊したところで、発見することが不可能な通路なんだ。そうでなければ、玄人ですら見つけられなかった理由が説明出来ない。

つまりね、この館の壁や、各階の床下には、何処にも繋《つな》がっていない、不思議な形をした坑道が幾つも作られているんだ。たとえそれが見つかっても、なんのことだか分からないような形でね。

ところがその穴は壁や、床下が回転したり動いたりする具合によって、あたかも立体パズルのように連結し、目的の場所に行くための通路となるんだよ。

五・六・七階が円形構造なのは、壁や床が動いても分かりにくくするためだ。特に深夜は人目も無いし、誰かが起きていたとしても、暗いから館の影しか見えない。形だけでは動いているとは分からないだろうね。内部からも、各部屋の扉の作りが同じだし、壁の模様も何処から見ても対称だから廊下を歩いただけでは分からない。

どうだい、恐ろしく壮大な仕掛けだろう？　この館はそれ自体が巨大なからくり装置だったのさ。大時計の中の歯車と高電圧装置は、そのからくりを動かす為に必要なものだったんだ。そして、恐らくここにある機械がその操作機さ。今は下手にいじっても意味がないよ。危険なだけだ」

「そんな……とても信じられないわ」

「いいや、信じられるとも。大体において神秘学者はこういう途方もないものを作るのが好きなんだ。猶太秘釈義《ユダヤカバラ》の魔術師達は、ゴーレムなんて人造巨人まで作っていたらしいからね……。

この館が機械仕掛けのからくり箱だと僕が推理した要素は、十四年前、鏡子の死体が窓も無い六階の西壁の下に吊《つる》されていたことと、見回り番の召使いが奇しくも気づいた六階の壁の灯《あか》りが一つ無くなっていた事実、そして大勢の人間が目覚めている時に、犯人が通路を使用したと思われる状況の時に限って、鉄管風琴《パイプオルガン》が演奏されたり、歌劇が行われていた事実からだ。

この三つの事実について解説するとね、まず鏡子の事件は、壁が回転して窓の位置が変わったと考えれば説明出来る。

ランプが無くなったのは、丁度その時、通路を使っていて、絵画のあった部分が消えたランプの位置に来ていたからだ。おそらくあの絵は長いビスのようなもので壁に留められていて、計画的に予《あらかじ》め外され、階段の上がり口の場所に来たランプにかけ直されたんだ。絵の位置が変わったんじゃあ、余りに気づかれやすいが、ランプが無くなるというのは不気味でいい演出だ。

そして最後にもう一つ、この装置はとても良く出来ているから、殆《ほとん》ど物音がしない。とは言っても、内部の人間が微《かす》かな響きや振動を感じぬはずはないのだが、館の麻薬効果で、知覚が鈍くなっている一族には分からないんだ」

朱雀はこの館の恐ろしい効果のことを、彼らしく冷ややかに言った後、――例外を除いては――と呟《つぶや》いて言葉を継いだ。

「だが、いくらなんでも事件直後は人々が神経を研ぎ澄ましている。そんな時に急作動させようとすると、機構《からくり》の防音にも些少《さしょう》の負荷がかかるから、気づかれる範囲の物音がするに違いない。そこで、風琴《オルガン》や歌劇の音で、館のたてる物音を消してしまうように仕組んだんだ」

「……そう言われてみると、色々と辻褄《つじつま》が合いますね」

律子は前の事件について知っていることを断片的に思い出しながら、何度も頷《うなず》いた。

それにしたって、サァカス団でもないのに、こんなとんでも無い仕掛けを現実に作る人間がいるんだわ……と、律子はいたく感心した。

その時だった。

突然、階段部分から目映《まばゆ》い光線が揺らめき上がった。と同時に、鼓膜も破けんばかりに上方から轟音《ごうおん》が響き渡り、二人は頭を抱えてその場に蹲《うずくま》った。

その音の正体は、二人の頭上から降り注ぐ廻盤琴《オルゴール》の調べなのであった。だが、それはかつて奏でられたことのない旋律だった。

神の降臨か？　それとも、悪魔の到来か？

律子は固唾《かたず》を呑《の》んだ。

時計の真下にあたるため、部屋の壁という壁、床という床が振動し、共鳴し、ビリビリと震えている。

「この曲はファウストだっ！　律子君、操作機を何処か触ったのか？」

頭が割れるかと思われる轟音の中、朱雀が大声で訊《たず》ねた。

「いいえ、先生。指一本触ってないわ！」

「よし、とにかく急いで外へ出よう！」

朱雀は険しい顔でそう叫ぶと、階段を下りながら小さく呟いた。

「なんて条件《タイミング》だ。これも安道氏の導きだろうか……？　どうやらかの御老人の魂も未《いま》だ浮かばれず、この館に捕らわれたまま彷徨《さまよ》っているらしい……」

朱雀は六階の隠し扉を開けるように命じ、

「律子君、これは緊急事態だ。君自身が危ないと判断したら、さっさと館から逃げたまえ、いいね」

と、律子に言い聞かせた。

律子が取っ手を捻《ひね》って扉を押すと、扉はバネの力でゆっくりと前へ倒れ始めた。

そして、其処《そこ》には信じられない光景が展開していたのである。

ファウストの楽曲が大音響で響き渡る館内。だが、残響が木霊となって複雑に絡み合い、原曲を寸断し、その音律を破壊していた。あたかも悪魔の笑い声のような、狂おしく無秩序な騒音が、館に充満していたのである。

そして、崩壊に至る時を刻む時限装置のように、全ての階の装飾灯《シャンデリア》が不気味に点滅を繰り返していた。

扉が倒れて作られた橋は、六階踊り場の手摺《てす》りに倒れ込んだ。

本館の床に足を下ろした瞬間、朱雀は獣が唸《うな》るような低い音をたてて、館が微かに動いている気配を感じた。それは感覚が鋭敏な朱雀にだけ感じられる程度のものであった。

「先生、変です。まるで停電の時みたいに照明がついたり消えたりしているわ！」

「ああ……それは僕にも分かる。電力が不足しているんだ、何かが動き出してしまった！急ごう！」

「何処へ？」

「沙々羅さんの部屋だ」

六階の曇り硝子の鈍い輝きと暗闇が争うように交互に展開している。昼、夜、昼、夜と目まぐるしく光が明滅していた。

4　止まれ！　汝はいかにも美しい！

螺旋《らせん》階段を下り、五階に辿《たど》り着いた朱雀は、突然、五階の踊り場に立ち止まり、誰にともなく呼びかけるように大きな声を張り上げた。

「安道さん！　貴方《あなた》は心配で、逝《い》くに逝けないのですね？　貴方が逝く為に、聞きたい成句《フレーズ》を僕は知っている。それ程聞きたいのなら、聞かせてあげましょう。さぁ、こうでしょう！」

『あの山脈に沿うて沼沢地があり、
その毒気がこれまで開墾した場所をすっかり害《そこ》なっている。
あの腐った水溜まりにはけ口を作るという最後の仕事が
同時に最高の開拓事業なのだ。
我は数百人の人々の為に、安全とはいえずとも、
働いて自由に住める土地を開いてやりたいのだ。
野は緑に覆われ、肥えている。

人々も家畜もすぐさま新開の土地に気持ちよく、
大胆で勤勉な人民が盛り上げた、がっちりした丘のすぐそばに移動する。
外側は潮が岸壁まで荒れ狂おうとも、
内部のこの地は楽園のような国なのだ。
そして潮が強引に侵入しようと噛みついても、
協同の精神によって、穴を塞ごうと人が掛け集まる。
そうだ、我はこの精神に一身を捧げる』

『智恵《グノーシス》の最後の結論はこういうことになる、
自由も生活も、日毎にこれを闘い取ってこそ、
これを享受するに価する人間といえるのだと。
従って、ここでは子供も大人も老人も、
危険にとり囲まれながら、有為な年月を送るのだ。
我もそのような群衆を眺め……
自由な土地に自由な民と共に住みたい！』

おぉ――――ん、と鈍い振動が館を揺るがせた。

まるで朱雀の声に安道が返事をしたようだった。

光・闇・光・闇・光・闇
光・闇・光・闇・光・闇

目が眩《くら》むようなラストショーの舞台に、今しも主役が登場しようとしていた。五階廊下の円曲の向こうから、密《ひそ》やかに近づいて来る白い人影……。沙々羅であった。

ごろごろごろと、雷めいた音が律子の耳にも響き始めていた。

律子は思わず、縋《すが》るように朱雀を見たが、朱雀は朗々と、独唱を続けている。

先生はまともじゃないわ!
そして……ここは、ここはもう……

律子の足元がぐらりと揺れた。

稲光の走る空の下、真っ暗な野原に放り出された律子は、最後の審判の合戦の直中《ただなか》に居た。

左手からは醜悪な悪魔の軍が黒い土煙を上げて突進してくる。その軍勢の中には、黒マントに羽飾りのついた真っ赤な鍔広帽《つばびろぼう》を被《かぶ》った律子自身の姿があった。

「ああっ！」

膝《ひざ》を折って倒れ込んだその痛みで、律子は我に返り、愕然《がくぜん》とした。

そうだ、ここは天主家なのだ！

「先生！　逃げましょう！」

律子が大声で叫びながら朱雀の腕を取った、その時、律子は見た。

踊り場の直ぐ先に立ち尽くす、白衣の人影を。

硝子《ガラス》の彫像のように、青白く透き通った顔。

その瞳《ひとみ》はこの世のものとは思えぬほど冷たく、無表情に律子と朱雀を見つめている。

結羅の死を冷酷に見下していた、あの時の沙々羅であった。恐ろしい、殺人鬼の沙々羅の姿だ。その無機質な容貌《ようぼう》は凄《すさ》まじいまでに清冽《せいれつ》でさえあった。

沙々羅は左手に、あの女雛《めびな》と男雛《おびな》を抱えている。

そして、右手に鈍く光るものがあった。

……ナイフだ。

律子はその異様な姿に、心底から恐怖した。

　これは、夢遊病などではないわ

悪霊に取り憑《つ》かれている！

「先生、沙々羅さんよ！　ナイフを構えて踊り場の向こうに！」

律子は朱雀に縋りついて叫んだが、朱雀は返答をせず、まだ成句《フレーズ》の続きを呟《つぶや》いていた。

『そうなったら、
瞬間に向かって、
こう呼びかけてもよかろう……』

沙々羅のナイフの先が、何の迷いもなく静かに朱雀に狙いを定めて振り上げられた。

「やめて！　沙々羅さん、しっかりして！」

律子は絶叫した。

その時、朱雀はゆっくりと沙々羅に向き直ると、白いステッキを床に打ち付け、こう叫んだ。

『止まれ！　汝はいかにも美しい！』

振り上げられたナイフが、ぴくりと止まった。

沙々羅の頬が一瞬、痙攣《けいれん》したかと思うと、黒々とした瞳が瞬《まばた》きをした。

「沙々羅さん！　気がついたの？」

律子の言葉に、沙々羅は夢から覚めたように呆然《ぼうぜん》と周囲を見回した。そして、沙々羅の視線が、自分の手に握られているナイフを見て、止まった。

みるみる全身を震わせ、ナイフを手から滑り落とした沙々羅は、打ち崩れるように膝をついた。

「ああっ……やっぱり私だったの……」

「ああ、僕もまったく意外だった。まさか沙々羅さんが犯人だったとはね。見事に一杯食わされた。全く散々だ。……酷《ひど》いもんさ」

憤りを含んだ荒い息の音と耳慣れない男の声が、律子と朱雀の背後で聞こえた。

律子が振り返って目を凝らすと、長身の男が壁に凭《もた》れて立っていた。黒ずくめの服に、黒マント。光の点滅の中に浮かび上がる、爛《ただ》れひきつった横顔。

「時定さん……？」

律子は呆然と呟いた。

「死んだはずの人が、どうして此処《ここ》にいるの？」

時定はゆっくりと身を起こし、低く銃を構えながら、律子達のほうを振り向いた。

その顔を正面から見据えた律子は、混迷の極みに陥《おちい》った。

両手に銃を構えたその男は、時定とそっくり同じ服を着ていたが、時定ではなかった。

男の顔の半分は白く、半分は赤く爛れていた。

きれいなほうの顔は貴公子然としていたが、瞳だけがギラギラと野獣のように鋭く光っている。

そして、爛れ、膨れ上がった醜怪な半面は、恐らく薬を塗っているのだろう、不気味に、てらてらと光っていたのである。

男は取り乱した様子で息を荒らげ、目を血走らせながら、朱雀に向かって銃の照準を合わせた。

「あなたは誰なの⁉」

律子が気丈に叫んだ。

「ああ、律子君、その人は加美さんだよ」

朱雀がやけに明るい声でそう言った。

十四年前、探偵として天主家に招かれたあの加美が、突然現れたのだった。

「やっぱり貴方《あなた》ですね、両腕の無い男を使いにしたり、妙な詩を送りつけたりするような人は貴方しかいない。時定さんの仮装をしたのは、万が一、誰かと遭遇した時に備えたんでしょう？　時定さんだと思わせておけば、誰も不審な行動を咎《とが》めたり、質問したりしてこないでしょうからね」

するとと、加美はさも可笑《おか》しそうに、下卑た声で笑った。しかし、執念深そうな目だけは笑っていず、忌々《いまいま》し気に朱雀を睨《にら》みつけていた。

「いやぁ、昔と同様、鋭いね、聖宝君。いや……朱雀君かな……。相変わらず輝くばかりの美貌《びぼう》が健在で何よりだ。全く君は運が良かった。僕など『魔女のスープ』を開けた途端、突然、炎が燃え上がってこの通りの大火傷《やけど》さ。薬部屋があって助かったよ」

「火傷したとは、お気の毒です。ですが、僕は運よく開けなかったのではありませんよ。旋律暗号で『スープの毒でおだぶつする』なんて物騒な忠告をされているのに、蓋《ふた》を開けるほうが悪いんですよ」

「見るな触るなは、一番、怪しむべき場所だよ」

加美が反発すると、朱雀は肩を竦《すく》めた。

「たまには本当のことだってあるんですよ。それに心清らかな者は、そういう悪さはしないものですよ。……それにしても加美さん、貴方は執念深い人ですね。正木なんて商人を出入りさせて、十四年も様子を窺《うかが》っていたなんて。ただし、宗主に狙いをつけて、妙な趣味や麻薬で釣るなんてやり方は、代わり映えがしなくて単調すぎますよ」

「まあまあ、御託《ごたく》はそれぐらいにしたまえ。やり方が単調なのは同感だが、富も名誉も持っている奴相手には、特別な嗜好《しこう》品しか通用しないから仕方ない。全く君は腹の立つ男だな。十四年前は、君の暗示と策略にまんまとひっかかって取り乱してしまったが、今度はそうはいかない」

「おやおや、僕が何か暗示をかけたんですか？　そんな覚えはないけどなぁ」

「とぼけるな。怨霊話を散々したり、電話線を切ったりしたくせに。それですっかりその気になって、あんなちゃちな小細工に引っかかったんだ」

「小細工？　ああ、それはもしかすると竹藪《たけやぶ》で見た茂道の怨霊《おんりょう》ですか？」

朱雀がとぼけたように訊《たず》ねると、加美は憤りに歯噛みしながら答えた。

「ああ、そうだよ。後でよくよく考えてみたら、何のことはない。あれは、春嵐でざわざわ揺れてる竹の先に丈夫な糸で吊《つる》された操り人形だったと気づ《つ》いたのさ。おそらく僕が落ちた穴を隠していた筵《むしろ》と鎧武者《よろいむしゃ》も糸で繋《つな》がれていて、鎧武者を吊っている糸との力の均衡が精密に計算されていたんだ。

それで、僕が穴に落ちた瞬間、鎧武者を吊っていた糸と筵に繋がっていた糸が同時に切れた。竹の撓《しな》りが元に戻った。するとどうだ。竹の先についていた糸は強い風に流されて上空にたなびくんだ。そうすると、細い糸なんて見分けられないし、鎧と筵を繋いでいた糸にしたって、あの土塊《つちくれ》に埋もれた状態では分かるはずもない。

……だが、まぁ、そんなことはどうでもいい。君は『御宝』の在処を摑《つか》んでいるんだろう？　白状したまえ、でないと脳味噌《のうみそ》がぶっ飛ぶよ」

加美はつかつかと朱雀に歩み寄った。

律子は沙々羅の落としたナイフにそっと手を伸ばした。ナイフ投げなら自信があった。

だが、加美の鋭い眼光は、それを見逃さなかった。

次の瞬間、律子の指先に紫色の火花が爆《は》ぜ、ナイフは弾《はじ》き飛ばされた。

加美はさらに面白がるように立て続けに数回射撃して、ナイフを階下へ落としてしまった。

「そんなものを拾ったって、使えやしないよ、お嬢さん」

「どうかしら、試して欲しい？」

言い返した律子に加美は肩を竦めてみせると、硝煙の上がる銃口を、朱雀のこめかみに突きつけた。

「やめて下さい！」

沙々羅が狂ったように絶叫した。

「今度騒いだら、こいつを撃つ！」

加美の声に、沙々羅と律子が息を飲んで黙り込むと、加美は満足気に息を吐いて、再び朱雀を睨《にら》みつけた。

「君の美術品のように美しい顔を見るも無惨な肉塊にするのは、全く以《もっ》て僕の趣味じゃない。さあ、大人しく吐きたまえ」

「撃たれたくはありませんが、喋《しゃべ》っても僕を殺すつもりでしょう？　それなら喋《しゃべ》ると損ですね。まだ陸軍に引っ張られて拷問を受けたほうがましだ」

朱雀が平然と言うと、加美は顔色を変えた。

「何故、僕が陸軍の人間だと分かった？」

「鴇子さんの死体を鎧武者が運んでいくという真夜中の騒ぎがあったでしょう？　貴方がその時、焦って出した拳銃《けんじゅう》が、国民歩兵公社製の二十六式拳銃だったんですよ。陸軍にしか支給されていなかったものだ」

「ふん、そこまで見ていたのか。ならいいだろう、君が喋らないなら、そこの女を一人ずつ殺していくことにしよう。それでも喋らないならそれまでだ」

加美の冷酷な言葉に、朱雀の形相が変わった。

「加美さん、何を訳の分からないことを言ってるんです！　そんなことをすれば貴方達一派の計画がおじゃんですよ。貴方、南朝の末裔《まつえい》を権力の為に利用したいんでしょう？」

加美は驚愕《きょうがく》の色を見せたようだが、すぐにその姿は闇に飲み込まれた。

どうやら、明滅の間隔が、いや、正確に言えば、明かりの消えている時間が少し長くなってきたようだ。

暗闇の中で朱雀の声が聞こえた。

「言わなくても分かりますよ。正式な軍の調査なら、こんなやり方をするはずがないですからね」

「計画がおじゃんとはどういうことだ？」

「何だ、貴方ここまで来てまだ分からないんですか？　頭が悪いんじゃありませんか？」

只《ただ》でさえ顔面の痛みに気の立っていた加美の握り拳《こぶし》が、朱雀の顔面に飛んだ。

明かりが消え、また灯《とも》ると、朱雀は鼻血を滴らせて床に突っ伏していた。

「やめて！　卑怯者《ひきょう》！　先生は目が見えないのよ！」

悲鳴を上げた律子を、加美は凄《すき》まじい顔で睨んだ。

5　最後の審判

館《やかた》の底の方から、鈍い地響きのようなものが鳴っている。それはもう誰の耳にも明らかだった。

一体、何が起こっているのだろう？

これからどうなるのだろう？

律子と沙々羅は不安気に身を寄せ合い立っていた。

勿論《もちろん》、加美の面持ちも穏やかではなかった。

「十四年前の事件の犯人を誰だと思ってるんです？」

朱雀が床に倒れたまま、低い声で加美に問いかけた。

「今更何を言ってるんだい、犯人はそこにいる沙々羅お嬢さんだ」

それを聞くと、朱雀は呆《あき》れたように息をついて、やおら上半身を起こすと、床に座ったまま喋り出した。

「加美さん、馬鹿なことを言わないで下さいよ。十四歳の女の子が、鎧を着て、死人を担いで運べるはずがないでしょう？」

「僕をかつぐつもりなら無駄だよ、君。トロッコと自動式の吊り具を使えば子供でも出来ることだ。おまけにあの鎧は軽量な模型だった。中の人形を鴇子に見せかけて担げばいいんだから、たとえ十四歳の子供でも大丈夫さ！　逆に言えば、それは犯人が女で、しかも子供だなんて努々《ゆめゆめ》ばれないようにする為の工夫《トリック》だったという訳だ。よくよく考えてみれば、殺害の方法はどれも男の力を要しないものだ。……最後の太刀男さんの時は別だが……」

「ああ……螺旋《らせん》階段の中の人形はちゃんと調べたんですか。貴方《あなた》は妙なところにだけ気が回りますね。だけど、残念、違いますね。殺人の計画を考えたのは安道さん、それを実行したのは……」


鴇子さんだ……


朱雀の低い呟《つぶや》きを聞くと、沙々羅の顔色が変わった。

「何を仰《おつしや》るの？」という沙々羅のか細い声を遮って、加美が叫んだ。

「何だと！　鴇子だって？　馬鹿を言うんじゃない。あの女は僕が到着した時にはすでに死んでいた」

「いいえ、死んではいませんでしたよ。仮死状態で死んでいるように人の目を欺《あざむ》いたんでです。あの事件の時にテトロドトキシンが無くなっていたでしょう？　強力な神経毒だが、分量を間違わなければ二日から三日の仮死状態が続き、医者ですら見分けがつかないそうですよ。

第一、考えてもご覧なさい。あの事件では七つの遺体が出ましたが、一つだけ体に損傷の無い死体があったんじゃありませんか？　すなわち、鴇子さんの死体です、それは死体ではなかったんですよ」

加美は余程に意外であったらしく、衝撃の表情で二、三歩よろめくと、両手で頭を掻《か》きむしった。

「そんな馬鹿な！　それなら部屋に運び込まれた時も、鴇子は只の仮死状態だったと言うのか？　それは危険すぎる。そんな話はあり得ない！　お前は何を知ってるんだ？　全部白状しろ！」

再び銃口がピタリと朱雀に向けられた。

「いいですか、加美さん。ここの宗主は代々、村の医者の役目を務めてきたんですよ。自分で保管してある薬ぐらい、扱い方をよく心得ていますよ。……まあ、そう興奮しないで下さい。怖くて喋れないじゃないですか。僕が知っていることは全部白状しますから、最後の頼みにこれだけは教えてくれませんか？　僕はあれからずっと気になって寝れなかったんですよ」

「なっ……何だ？」

「茂道さんは誰に殺されたんです？　それから、貴方は秀夫を梅毒持ちと知ってたんですか？」

怖いと言いながら、不敵な笑いを含んだ朱雀の表情を、加美は心底不気味に思った。

「茂道か……。茂道殺しは鏡子一家だ。秀夫のことは梅毒だから利用したのさ。奴は腕のいい庭師だが、性格がぐうたらで、まともに仕事をしない男だった。自分が二枚目なのを良いことに女をカモに食っていた下らない紐《ひも》だ。悪行が祟《たた》って梅毒になったというのを聞いて、僕が雇ったんだ。梅毒が治るいい特効薬をやるから一仕事やれとね。何しろ命でもかかってなくっちゃ、こんな宝の山の館を見れば自分の欲のほうに走ってしまうだろう？　それで伊厨を誘惑させたのさ。とにかく、何をどうしても『御宝』の在処《ありか》が不明だった。だからいっそここの一族の中に秀夫と同じような境遇の奴を作って、内部から探らせようと思ったのさ。どうだい、こいつは新しい手だろう？　君のお気には召したかい？

それで、感染者が多く出れば万々歳だ。少なくとも駒男さんは感染しやしないから、いざとなれば手駒は駒男さんだけでも十分だ。宥《なだ》めても、そやしても駄目だから、脅すことにした訳さ。僕もいい加減疲れてしまってたんだ。さぁ、こっちは話したぞ、君の番だ」

朱雀はやるせなく深いため息を吐いた。

また、灯《あか》りが消えた。

更に闇の時間が長くなったようだ。

「すっかり分かりましたよ、有難う、加美さん。なんて虫酸《むしず》の走るいい話なんだ。僕は死後の地獄も天国も信じないが、貴方や貴方の仲間だけは地獄に行って欲しいと心から思いましたよ。ただし、十四年前の殺人劇のきっかけが、鏡子一家によって引き起こされたと分かったことがせめてもの救いだ。……では、言いましょう。最後に館に運ばれてきた鴇子さんは、確かに本物の遺体です。彼女は事を成し遂げた後、辻褄《つじつま》を合わせる為に、自害したんです」

「なっ……なら、誰が太刀男さんを殺したり、茂道の操り人形を仕掛けたと言うんだ！」

「太刀男さんは、貴方が殺したんですよ。貴方達が担ごうとした南朝の天皇は、貴方の手で殺されたんです」

朱雀の瞳《ひとみ》が、暗闇の中で妖《あや》しく光った。

次に照明が灯《とも》ると、加美は驚愕《きょうがく》の表情で、全身をわなわなと震わせながら朱雀を見下ろしていた。

「ばっ、馬鹿を言うな！」

「いいえ、馬鹿など言ってはいませんよ。加美さん、貴方が開閉器《スイッチ》を作動させてしまったんだ」

「開閉器だって？」

「ええ、騎士像の下の金庫ですよ。あれが開閉器だったんです。いいですか、あの支那《しな》太刀は六階の天井部分に予めからくりとして設置されていて、あの金庫を開く者がいれば落ちてくるようになっていたんです」

「いや、そんなはずはない。それなら、螺旋階段が邪魔になって太刀男さんまで届かなかったはずだ」

「それが届くんですよ。物理の法則というものがあるからです。同じ形の同じ重さのものを、同じ高さから同じ条件で落とすと、必ず決まった軌跡で落下するわけです。これは計算で算出することが可能だ。……さて、ところで、ここの螺旋階段は各階で一周していますよね、そして七段目が透かし彫《トレーサリー》りになっている。つまり垂直線に透かし彫りがあるわけです。この透かし彫りは、金庫の真上に来ているんじゃありませんか？」

この時、照明が激しい勢いで点滅を繰り返し始めた。

「まさか……可能なのか、そんなことが？」

「ええ、可能だったようですよ。あの透かし彫りは各々複雑な模様で、また仕掛けの一部とはとても思えないような華麗な『最後の審判』の寓話《ぐうわ》図になっているから、目を眩《くら》まされたんですよ。それに、ちょっと下や上から眺めただけでは、ましてや少しでも垂直からずれた角度から眺めると、とてもその間を太刀が通過するだなんて思えない代物です。けど、太刀が落ちていくのにぎりぎりの隙間が開けられていたんですよ！　六階もの高さから落ちてきた太刀が、落下の凄《すさ》まじい勢いで、太刀男さんの顔面を割ったんです」

加美は小さな恐怖を感じたらしく、点滅光の中に浮かび上がった修道士の姿に視線を向けた。

「では、天主安道には全てがお見通しだったと言うのか！」

「ええ、恐らくそうだったと思いますよ。死んでなお、十八年も貴方達のような輩《やから》と闘い続けてきた程の御人だ、貴方達が業を煮やしていつ頃動き出すかくらい予想出来たでしょう。勿論、もっと多岐にわたって様々な計画を練り、あらゆる事態と時期に備えていたでしょうけどね」

闇になった。

くっ、と加美が歯ぎしりをした。

「役者が違うというわけだな……。では、茂道の操り人形は？」

「鴇子さんが自害する前の晩に、細工したのですよ。知っていますか？　春先のあの季節、竹は一晩に一メートルから一メートル五十センチ近くも育つんです。前の日に、適度な糸の長さで操り人形を地面に置いて設置し、落ち葉にでも埋めておけば、翌日の夜には竹が伸びて、人形を操るのに丁度良い頃合いになる。

天主家はこの地に五百年近く根を下ろした一族なんですよ。それも『地鎮』役として、寒害準備や雨乞《あまご》いなどを仕切ってきたんだ。寒波の到来や、あの時期の夜の強風や、竹の伸びる速度などは知り尽くしていたはずです」

「もう分かった！　もういい。十四年前の殺人のことなど、今更聞いても仕方ないんだ。肝心の『御宝』は何処なんだ！」

加美がやけくそのように喚《わめ》いた。

光が灯った。

「貴方は全く進歩の無い人だ。人間の心を見ようとしない……。だからいつまでも真実が見えないんだ」

朱雀が静かに言うと、加美は「何っ」と、目を剝《む》いた。

「何故、安道氏が私財を注いでこれだけのからくり館《やかた》を作ったのか、何故、貴方《あなた》達を相手に遊技をしていたのか、まだ分からないんですか？『時間を稼ぐ為だ』と、僕があれ程大声で教えて上げたでしょう。この館には御宝の所在なんか最初から記されていない。すべて『罠《わな》』ですよ」

加美は眉《まゆ》を顰ませ、首を捻《ひね》った。

「いいですか、加美さん。天主家の人々が恐れていた『祟り』はこうですよ。『篤種の子孫は、代々、息子が父を殺し、弟が兄を殺す』、この意味が分かりますか？」

再び闇が訪れた。その中で、

「ああっ……」

と、儚《はかな》い声を上げたのは加美では無く、沙々羅であった。沙々羅の体がわなわなと打ち震えているのが律子にまで伝わってきた。

「可哀想なお母様……。可哀想なお祖父《じい》様……。そして、愚かなお母様、お祖父様……」

「そうだ！　沙々羅さん、貴方もいい加減しっかり目を覚ますんだ！　そして君の生きる道を選びなさい！」

朱雀の声に、弾《はじ》かれたように顔を上げた沙々羅は、素早く身を起こすと、腕に抱いていた二つの雛《ひな》を頭上に高く振り上げ、踊り場の欄干に駆け寄った。

突然の閃光《フラッシュ》の中、男雛《おびな》と女雛《めびな》が恨めしい瞳で加美を見た。

「こんなものは、初めからこうしてしまえばよかったんです！」

沙々羅の掠《かす》れた叫び声が、館に木霊した。

加美が銃口を沙々羅に向けた時には、全てが終わっていた。時すでに遅く、二つの雛は宙に舞い、螺旋《らせん》階段の中央を吸い込まれるようにして落下していった。

「一体、何が起こったの……？」

律子には事態がさっぱり呑《の》み込めなかったが、点滅の中、加美が酷《ひど》く狼狽《うろた》えた形相で、落下する雛を目で追うのだけは分かった。

6　倒れた、倒れた、波美論《バビロン》は倒れた

怒りに満ちた瞳を涙で潤ませた沙々羅は、自分に向けられた銃口をものともせず、加美に対峙《たいじ》していた。

そう、まるであの女教皇・ジャンヌのように。

「うおおおおおっ！」

その瞳に捕らわれた加美は、狂ったように只《ただ》叫び続けている。

その時、凄まじい破壊音が階下から響いてきた。

同時にまた、照明が落ち、

おぉ――――ん
おぉ――――ん

館が哭《な》いた。

そして突如、暗闇の中に甲高く、げらげらと悪魔のような笑い声が響き渡った。

朱雀である。それは魔物めいた、気が触れたような高笑いだったので、律子ですら、ぎょっ、として朱雀の顔を見た。

「これはいい！　思い切ったことをしたもんだが、そうだ、それが一番いい選択だ！」

朱雀の言葉を合図に突然、眩《まばゆ》い灯《とも》が点った。

加美はまさに鬼神の形相であった。

「どうです、加美さん。貴方達の野望は、まさに根っこから断たれてしまいましたよ。何千年もたってくたびれた銅鏡と宝玉じゃあ、この高さから落とされれば、ひとたまりも無さそうですね！」

「くそうっ、貴様、貴様のせいだ。なにもかも滅茶苦茶《めちゃくちゃ》にしやがって！　この悪魔め、殺してやる！」

朱雀に銃口を向けた加美の指が、引き金にかかった。


二発の銃声が鳴り響いた。


「先生！」

思わず目を閉じた律子の耳に、一瞬の静寂と、それに続いて、どさり……と人が床に倒れる、恐ろしく厭《いや》な音が聞こえた。その瞬間、すうっと血の気が引き、律子の意識は遠ざかりそうになった。

「爺《じい》や！」

沙々羅の悲痛な声が、律子の意識を呼び戻した。

はっと目を開くと、加美が登場した辺りの場所に、十和助がよろめきながら立っていた。心臓の辺りを押さえ、苦し気に肩を上下させている。

その腕に持たれた猟銃から硝煙が立ち上っていた。

「ああっ、爺や！」

沙々羅が十和助に駆け寄る姿が、光の明滅の中に浮かんでは消えた。

そうだ……朱雀は……朱雀はどうしたのだろう？

恐る恐る床に視線を走らせた律子は、俯《うつぶ》せに倒れて動かない人影が加美であることを知った。

そして、朱雀は生きていた！

ゆっくりと立ち上がった朱雀は、十和助に向かって語りかけた。

「どうしたんです？　登場が随分と手筈《てはず》より遅かったじゃありませんか……。危ないところでしたよ」

「……申し訳ございません……。どうやら心の臓の発作を起こしたようでございます……。それにこの光の点滅に……目が霞《かす》みまして、なかなか照準が合わせられなかった……のでござい……ます」

「いいのよ、皆無事ですもの。有難う」

沙々羅が涙声でそう言いながら、十和助の手を握りしめた。

「朱雀様……まだ貴方様に……呪文を……お教えしてい……なかったのに……」

「当てずっぽうですよ。それよりも、随分苦しそうですね。歩けますか？」

朱雀は心配気に言った。照明の点滅はもはや数秒おきになっていた。

「いえ……わたくしはもう……良いのです……沙々羅様を……」

十和助は弱々しくそう言って、尻餅《しりもち》をついた。

「爺や！　しっかりして」

「ああ……沙々羅様、ようやく……ようやく昔のように……呼んで……下さいました」

自分の手を握りしめた十和助を、沙々羅は悲しい瞳《ひとみ》でじっと見た。

「ねぇ、爺や。お祖父様とお母様と貴方とが力を合わせて守った『御宝』を、私の手で壊してしまったわ」

「……いいのでございますよ。沙々羅様が……そうなされたことは、それでよいのでございます。……きっと安道様も、本当は……これを望んでおられたのです」

朱雀は苦い顔で舌打ちをした。

「律子君、加美さんの様子はどうだい？」

「ぴくりとも動かないわ、死んでます」

「……申し訳ございません……どうにも射的は不得手で……ございまして……」

「いいえ、自業自得でしょう。律子君、十和助さんに肩を貸して」

「……いえ……無理でございます……どうか……放っておい……て……早く……お逃げなさいませ……あと二回……音がなりますと……もう……」

そう言って十和助は、だるそうに首を振った。

「おお……安道……様が……」

そう言ったきり、十和助はずるずると床に倒れて動かなくなった。だが、その青い顔は満足気であった。

「爺や、起きて！　一緒でなければ私は行かないわ」

十和助の遺体に泣き縋《すが》った沙々羅に、朱雀は苛立《いらだ》った声を上げた。

「沙々羅さん、我儘《わがまま》を言わないで下さい。貴方が行かなければ、僕らも行けずに一緒に死ぬんです。貴方がぐずれば、律子君は、僕と貴方を引き受けて逃げなければならないんです。それでもいいんですか！　さぁ、自分の足で歩くんです」

その声を聞くと、沙々羅は暫《しばら》く沈黙し、意を決したように立ち上がった。

ああ……、
本当にようございました安道様
これで私の役目もようやく終わりました
こうしておりますと、安道様が亡くなられた日の朝、ずっと打ち沈んでおられたお顔が、希望の輝きに満ちておられたことを思い出します

「安道様、今日はいつになく健やかなお顔でございますよ」

「おお、十和助、そう言ってくれるか……。実は夕べ吉夢を見たんだ」

「吉夢……でございますか？」

「ああ、そうとも。私の施した些細《ささい》な仕掛けも、この天主家を救う兆しは無い。ずっとそう暗鬱《あんうつ》な気持ちになっておったが、今日は違った。

夢の中で、いつもと同じ暗闇を歩いておると、どういうことか今日に限って、ずっと

遠くの方から、眩《まばゆ》い光が射込んでくるのだ。

その光は朱雀の翼を広げて揺らめき、神々しく輝いておった。

光の中から、誰かが、こちらに歩いてくる。

……そんな不思議な夢を見たのだ。

昨日まではどんなに歩いても、闇が続くばかりであったのに……」


館《やかた》がぐらぐらと揺れ始めた。

螺旋《らせん》階段は細かく上下に振動し、物の倒れる音、硝子《ガラス》の砕ける音、その他あらゆる異音が四方から聞こえていた。

照明はついに消え、館は闇に飲み込まれた。

その中をどのようにくぐり抜けたのか、律子は覚えていない。

ただ闇の中をひたすら前へ前へと走り続け、やがて前方に見えた光の中へと飛び込んだ。

ただ、それだけしか記憶に残らなかった。


沙々羅、律子、朱雀の三人が辛うじて脱出した直後、大時計の廻盤琴《オルゴール》が狂おしくひび割れた音を立てて断末魔の悲鳴を上げると、螺旋階段が崩れ落ち、床が傾き、ついには柱が折れた。天井が剝《は》がれ、瓦礫《がれき》が次々と降り注ぎ、外壁は無惨にひび割れ砕けた。

そうして、壮麗を極めた天主家の館は、まるでドミノ倒しのように本館から四本の廊下まで連鎖して崩れて行き、ついにはもうもうと立ちこめる黒煙に包まれた巨大な瓦礫の山と化したのである。

その光景を身じろぎもせず見つめていたのは、朱雀達ばかりではなかった。

異常な瓦解の騒ぎに驚いて逃げ出した、助蔵夫婦、駒男、華子、召使い達。愛羅の無事な姿もあった。

「終わった……」

誰ともなく、呆然《ぼうぜん》とそんなことを呟《つぶや》いていた。

そんな中、華子だけはうっとりと陶酔の表情を浮かべ、愛《いと》おし気に瓦礫の破片を胸に抱いて佇立《ちょりつ》していた。

律子は天主家の人々を感慨深く見つめていたが、やがて小声で朱雀の耳に囁《ささや》いた。

「先生、いつもこんなことにばかり首を突っ込んでるの？」

「まさか、僕はそんなに命知らずじゃないよ。今回のは特別だ」

「ああ！　よかったわ……」

「何がだい？」

「だってこんなことばかりに付き合わされたら、命が幾つあっても足りないもの」

「初めて自分の命を大切に思ったろう？」

「ええ。……十和助さん、お気の毒だったわね」

「そうだね……。さぁ、僕達は去ろう」

7　影武者

律子と朱雀は挨拶《あいさつ》もそこそこに馬車で山を下り、五時三十分、名古屋行きの汽車に乗り込んだ。

心身共に疲れ切っていた律子は、座席に座るなり深い眠りに落ちた。

名古屋で朱雀に起こされ、夜行列車に乗り換える。窓の外はもうすっかり闇になっていた。

再び座席で眠り続けた律子がようやく目を覚ますと、随分と時間が経ってしまったのだろう、灯は全て落ち、車内は真っ暗闇であった。

驚いたことに朱雀は起きていた。闇の中で、朱雀の瞳が鈍い光を放っているのだ。


やっぱり何時寝ているのか、分からない人だわ……


ぼんやりと律子は思った。

良く眠ったせいか、目覚めた時には頭はすっきりしていた。すると、頭の隅に痼《しこ》りのように残っていた様々な疑問がどんどん膨れ上がり、神経が異様に興奮してきた。

律子はやにわに起き上がると、ポケットに持っていた燐寸《マッチ》を擦って明かりを灯《とも》した。そしてまだ心なしか青ざめた顔をしている朱雀に、遠慮がちに訊《たず》ねたのだった。

「先生、疲れてらっしゃる？　少し質問してもいいかしら？」

「ん？　なんだい。まだ終わった事件のことなんか考えてるのかい？」

冷たい台詞《せりふ》だったが、優しい声だったので、律子はちょっと安心した。

「だって、気になるわよ。先生はどうして沙々羅さんの雛《ひな》の中に『御宝』が隠されていることが分かったの？」

「それはね、天主家のあの奇妙な掟《おきて》と体系《システム》が、篤種の代に決定されたものだということから推理したんだよ。小難しい古文献を父と一緒に解読した甲斐《かい》はあったというわけさ。

天主篤種は、実父、篤道に反旗を翻《ひるがえ》して葬った男で、天主一族はその末裔《まつえい》だ。つまり天主家とは、篤種自身の心的外傷《トラウマ》が生んだ家なんだ」

「心的外傷って……？」

「ある出来事によって起こる、心の傷や歪《ゆが》みのことさ。実の父に、『因果応報の報いによって、篤種の子孫は代々、父が息子に殺され、兄が弟に殺される。それが子孫がなくなるまで続くだろう』などと呪われた、篤種の身になってみなよ。そりゃあ恐ろしいだろう？

その呪いが本当になれば、家が滅亡するということになるよね。しかも、その呪いをかけた相手は、只《ただ》の豪族とか、地方の呪術者《シャーマン》なんかじゃない。すめみまの命《みこと》様なのだよ」

「すめみまの命？」

「天皇様の正しい呼び名だよ。『すめみま』とは器のことさ。天皇様というのは、人間ではなくて、神霊が宿る『器』だということなんだ。だから天皇様に呪われることは、感覚的に、神に呪われるに等しいんだよ。天主家は『神殺し』の罪によって、『祟《たた》り』を受ける宿命を背負ったんだ。この時、自分達で育て上げた『祟り神』が天主家に牙《きば》を剝《む》いたのさ」

「『神に呪われる』だなんて、何だか聞いただけでも恐ろしいわね」

「そうだろう？　羅馬《ローマ》人が基督《キリスト》に抱いた恐れも、まさに同じなんだ。だから篤種は考えた挙句、ある絶妙な方法で、その呪いの裏をかくことにしたんだ」

「どんな方法で？」

「答えはね、その後の篤種の行動を見れば分かるんだ。篤種は篤道の正室の息女、珠姫《たまひめ》を正室にしたとある。そして天主家の婚姻、貴筋の決定などを取り仕切る御審議役を設定するという行動に出たんだ。珠姫を正室に迎えたのは、篤道の娘を新生天主家に加えて怨《おん》霊《りょう》を宥《なだ》める役目もあったのだろうが、それよりもっと重要な意味があった……。

篤道の呪いの言葉をよく思い出してごらん、『祟り』は、篤種の男系家族に限って有効なものだと思わないかな？」

「あっ、そうだわ！　母や娘のことは言ってないわ」

「そうなんだ。だから篤種は、天主家の宗主を母系相続とすることにしたんだ。もともと太古の天皇家は母系というし、女帝は珍しいものじゃあない。だから、別に不自然な発想ではないね。いくら怨霊篤道でも、自分の娘は呪えやしないだろうしね。篤種の代では珠姫を真の宗主として、いわば摂政政治をしたと思われる。そして主権を自分と珠姫の母系子孫に委《ゆだ》ねたんだが、ただそうしただけでは、自分の抜け駆けを怨霊篤道に気づかれないか心配だった」

「相手はもう死んでいるのに？」

「ああ。けれど、今の僕達とは違って、昔の人間にとって死者は生きている人間と同じように活動するものだったし、ましてや其処《そこ》は比良坂《ひらさか》だからね。そこで篤種は、天主家の母系相続を伏せ、表面上は男の宗主を立てることにしたんだ。だが、うまく母系相続を続ける為には、誰かが血の見張り番にならなくてはいけない。その為の御審議役だよ。

男の宗主は、この画策から怨霊篤道の目を逸《そ》らすための影武者……というより、標的にしたんだね。わざわざ男の子が生まれたら、篤道の社《やしろ》にお披露目するのも、的はこっちのほうだと餌をちらつかせる為だよ。その子に夢中になっていてくれれば、こっちの思惑はバレないからね。天主家は『呪』と『御宝』を一緒に守り育ててしまったんだ。

だから安道さんも真の御宗主の影武者だったのさ。亡き磯子さんの、そしてその跡目の沙々羅さんのね」

「では、天主家の本当の御宗主は沙々羅さんだったんですか！」

「そうだよ。沙々羅という名は、おそらく梵語《サンスクリット》のササラ・メール、即ち『生命の木』に由来していると思われる。天主家の世界軸《アクシス・ムンディ》とは、沙々羅さんのことに他ならなかったんだ。安道さんと御宗主・磯子さんの間には、茂道さんしか生まれなかった。だから宗主の相続は次の代に持ち越され、茂道さんと鴇子さんの間に生まれた娘・沙々羅さんへと継承された。秘密裏の母系相続の場合、どうやって『御宝』を娘に渡すだろうか？　母親が娘に授けて一番、自然なもの……それが雛ではないかな？」

朱雀は指先で髪を弄《もてあそ》びながら答えた。

「すごいわ、先生にはすぐにそれが分かったのね」

「安道さんの造ったあの館《やかた》は、『御宝』には何の関係もなかったんだ。悲しいことだが、息子の茂道さんでは、まだ幼い御宗主・沙々羅さんを守るどころか、災いの種になりかねなかった。自分も老齢で、体の自由もままならなかった安道さんが、どんなに沙々羅さんの行く末を心配されたか、想像に余りあるものがあるね……。

安道さんは、沙々羅さんが十分に何事でも自分自身で判断出来る年齢になるまで、何とか守り抜こうとしたんだろう。あの館はね、まさにそれまでの『時間稼ぎの為』に造られたんだ。自分という影武者役の代行をするものとして、真の宗主を守る為のものとして、安道さんが、自分自身の全魂を入れ込んだのだと思うよ」

「そう言われると、あの気味の悪い館が壊れてしまったことが、何だか寂しく思われるわ……。でも、まだ分からないことがあるの。鴇子さんのことよ。夫・茂道さんを殺した鏡子さん達を罰した、そこまでは心情的に理解出来るけど、実の息子の安蔵さんまで、どうして殺さなければならなかったのかしら?」

「恐らくそれは……無理心中だよ」

「そんな……」

「安蔵さんは、世話人がいなければ普通の生活も無理な状態で、天主家の厄介ものだった。助蔵さんたちは彼を宗主にしようと思っていたらしいが、務まるはずがない。この厳しい御時世での影武者役など、到底、安蔵さんには無理だからね。もし、そんなことになれば、茂道と同じく再び災いの種になりかねない。そう色々考えた挙句、自分がこの計画で自殺するのに、一人この世に置いていっては可哀想だと思ったのだろう。それにね、先に安蔵さんが殺されていれば、よもや誰も鴇子さんの仕業とは思わない。計画の完璧性《かんぺき》を高める為にやったのだろう。彼女には絶対に失敗は許されないんだ」

律子は首を振った。

「それでも……分からないわ」

「律子君、東京育ちの君にはピンとこないだろうが、田舎のちょっとした旧家の人間はそういうものなんだ。一人一人の人格というよりも、家格とも言うべきものが人々を支配している。彼らにとって、家は絶対なんだよ。それにね、鴇子さんが辛酸を舐《な》めてまで殺人計画をやってのけたのは、やはり娘の沙々羅さんを思う気持ちからのことだと僕は思いたいね。あの華奢《きゃしゃ》で小柄な婦人が、毒で衰弱した体を引きずりながら、あれだけの大仕事をしたのだもの……」

「そう……。きっとそうよね、でもやっぱりどんな理由があったって、殺人は駄目でしょう？」

「人が人の生きる権利を脅かすなんて、理想としては許されないさ。しかし、様々な人々の思惑と現実が、そういう事態を引き起こす。そうでなくても、一般的に人殺しなどをした人間は罪人とされるが、その処罰の為に死刑という殺人制度が施されたりする。あるいは、人を殺せば罪人になるはずなのに戦争では殺せば殺す程英雄になる。理想と現実の矛盾が無い世の中になればいいんだが、そうはいかない。

　安道さんにしたって、殺人は最後まで避けたかったと思うよ。だからあんな風なおどろおどろしい仕立てをして、絵画の裏の文字や歌劇や、暗号で何度も警告を発したんだ。それで怯《おび》えて悪人達が天主家から出ていけば、殺人は実行されなかっただろう。しかし、欲の皮が突っ張った人間というのは、恐怖心までもが麻痺《まひ》してしまうらしい。十四年前の殺人で使われた小道具や方法が、安道さんの死者に対するせめてもの思いを反映しているよ」

「安道さんの思い……ですか？」

「鏡、太刀、箱、それから安蔵さんの遺体をばらばらに切り刻んだこと。これらは『十種神宝の儀式』や、ミトラス神の復活祭に繋《つな》がる『太陽神再生の為の儀礼』なんだ。モーツァルトの『魔笛』も、まさにその再演だよ。それはつまり、『魂の再生』を願う儀式『招魂《ミタマフリ》』だったんだ。安道さんは殺さなければならなかった人々の『新生』を祈ったんだね……。

だけど、僕も実はとてもショックなんだ。安道さん程の知的な人が蛮行に訴えるしかなかったなんてね……。恐らくそんな良心の呵責《かしやく》もあって、彼は最後の毒杯をあおったんだろう。本当は、沙々羅さんの決断が一番の正解さ。だけど真の宗主ではない安道さんには、立場的にもそれが出来なかったのさ。一度、天主家の外に出た沙々羅さんだから出来たんだ」


……そして鴇子さんは、殺戮《さつりく》と招魂《ミタマフリ》の舞いを舞った暗黒の宇津女《うずめ》だ。


朱雀は苦り切った顔で呟《つぶや》いて、話を続けた。

「怖いね……人の作った価値観に、人の心が縛られるのは。というよりも、人は臆病《おくびょう》な生き物だから、何かの価値観に支配されたがるんだね。家や、愛や、憎悪や、あるいは経済や、国や、民族や、宗教や……。

だけど、何かに支配されることは、等しく野蛮なことだよ。知的ではないね……。僕は甘ったるい平和平等主義者ではないが、いつか人の知性が蛮性に勝利することを願うよ」

8　夜明け前

朱雀はそう言うと、珍しくも煙草を取り出して一服吹かした。何時も持っているのは知っているが、吸っているのを見るのは初めてだ。

「沙々羅さんの夢遊病や、殺人の記憶はどうしてなんです？」

「うん、それについては僕の見解はこうだ。磯子さんの跡継ぎとなった沙々羅さんには、宗主としての教育、いわば家格の植え付けとも言うべき教育が成されていたのだろうが、一方では天主家の置かれている事態が深刻であることを憂えていた安道氏によって、非常時に備える準備が着々と行われていたのだろう。つまり館の建設や、その他の綿密な計画を立てるといった作業だ。そして、それが完成した時点において、残念なことに、安道氏自身が衰弱の為に実行不可能な状態となっていたんだ。

それで安道氏は自分の代理となる人間を選抜して、全てを伝授しなければならなかった。沙々羅さんを守る為に、命を捨ててもいいという人間をね。それは他ならぬ母親の鴇子さん以外にはあり得ない。それが、ほら、茂道が邪心を抱いたかの事件さ」

「鴇子さんが茂道さんの部屋で何日も続けて歌劇観賞していたという、あれね。その部屋には、幼い沙々羅さんもいたのよね」

「そうだよ。恐らくは万が一に鴇子さんが失敗した時に備えて、安道氏は沙々羅さんにも指示をしたんだよ」

「指示！　でも、その時、沙々羅さんはたった十歳なのよ。そんな子供に何を指示したというの？」

「そうだ。たった十歳だ。だからそんな幼い子供を守るために、催眠暗示を使うことにしたんだと思う」

「催眠暗示……」

「子供は素直だから特に暗示にかかりやすい。それで、どういう暗示かと考えた場合、僕ならこうするだろう。鴇子さんが計画の実行に失敗し死亡した場合、もしくは、計画が何事もなく完了した場合、自分が跡目であることや『御宝』の所在を忘れるように、と。そして、ある『呪文』を聞かない限り、記憶を戻らなくさせる」

「なんの為にそんなことを？」

「安道さんと鴇子さんという強力な後ろ楯《だて》がなくなった後の沙々羅さんのことを考えてごらんよ。何しろ、たった十歳の子供だ。自覚しているより、むしろすっかり記憶を無くしたほうが安全だと思わないかい？　『草むらにかくれる時は、草に成り切れ』という忍法の極意だよ。記憶があれば幼い子供のことだ。自然と態度や口の端に出て、正体を突き止められてしまう可能性がある。それに記憶喪失になれば、医師から療養の要請が出て、一時だけでも他の場所に避難出来ることを、安道氏は見通していたのだろう。

　ところがここに大きな誤算があった。幼い子供は安道氏の暗示以外にも、余計なことを聞いてしまっていたんだ。鴇子さんが本当の母親だということや、その母親の命をかけて殺人計画が用意されているということなどをね。たとえ暗示によって表層意識には上らなくとも、沙々羅さん自身は苦しんだに違いない。夜中の夢遊病は、無意識に母親を追い求め、止めようとした行動だったんだ。それが殺人の記憶などとして夢に蘇《よみがえ》ったんだろう……」

「じゃあ、ナイフで私達を殺そうとした沙々羅さんの行動は？」

「催眠暗示を解く『呪文』は、結局、安道氏の腹心の部下であった十和助さんに預けられていたのだけれど、天主家があの有様だろう？　十和助さんもいつ暗示を解いていいのか判断がつかなかったに違いない。しかし、催眠暗示というものは、ある程度の年月がたてば自然と薄れていくものなんだ。長くても十年から十五年と言われている。いずれにせよ、もうそろそろ時効だったんだよ。そんな時に、家に帰ってきたから一遍に暗示が緩んだんだ。だから、殺人計画のことや、猟銃をぶっぱなした茂道さんへの恐怖、僕の記憶などが蘇ってきた。そして当時の心のまま、再び鴇子さんを求めて夢遊の散歩まで始まったんだ。最後には昏睡《こんすい》状態にまで陥っただろう？　きっと記憶を逆行していった結果、東京の親戚《しんせき》に預けられてから育《はぐく》まれた沙々羅さんの人格と、それ以前に植え付けられていた家格とが主導権を争った挙句、意識の恐慌状態にあったんだ。その間に、あのファウストの旋律が大時計から聞こえてきた……」

「そうだったわ。あれは誰が鳴らしたのかしら？」

「あの馬鹿な加美だよ。恐らく『魔女のスープ鍋《なべ》』が館崩壊の開閉器《スイッチ》だったんだ。ファウストはそれを告げる警告の旋律だよ」

「もしかすると、先生はそれも見抜いて蓋《ふた》を開けなかったの？」

「そうさ。『火の精サラマンダー、燃えよ。水の精ウエンディネ、うねれ。風の精ジュルフ、消えよ。土の精コボルトよ、いそしめ』。そう螺旋《らせん》階段の中に呪文があっただろう？」

「ファウストの呪文ね？」

「そう。あそこで始めて『土の精コボルト』の呪文が登場し、しかもそれは十二星座《ゾディアック》の牡《お》牛座《うしざ》にあるべき呪文なのが、ミトラスへの常套句《じょうとうく》にすり替わっていた。これは何かあると感じた。加えてタイルの黒白は、取りも直さず陰陽《イーチン》な訳だが、陰陽の霊印は☯で、これは蟹座《かにざ》の霊印♋でもあるわけだ。その蟹座に隠されていた暗号は、『６６６』という太刀男さん殺害に使われた呪われた秘数で終わっていた。ここにタイル目の白黒模様と『６６６』が結合する。つまり、『最後の審判』があると感じたんだ。

しかも『土の精コボルトがいそしむ』とどうなるかと考えた場合、館《やかた》の下には幾つもの坑道や、地下水が通っていることを思えば、あんな壮大な館の基盤にしては、非常に脆《もろ》すぎるわけだ。なにやら穏やかならぬ予感がするじゃないか。それと同時に、極めて古いタイプの『動力機構《からくり》』のことが脳裏を過《よ》ぎった。そいつはアレキサンドリアのヘロンが考案した自動扉で、扉の両側に灯火台があって、その下に水のたっぷり入った容器が備え付けられている。さらにその容器は、管で空っぽの容器に連結されている。さて、それで火が灯火台に灯ると、下の水が熱されて水蒸気となり、容器から消えてしまう。管の中を別の容器に移動するんだ。やがて水蒸気は冷えて水の流れとなる。こうして水が移し替えられるわけだが、水の溜《た》まっていく容器のほうは重石《おもし》となってその力で発条《ゼンマイ》を回し、発条が扉に繋がれている糸を巻きつけていく。かくて扉が開かれる。この過程が、まさに『火の精サラマンダー、燃えよ。水の精ウエンディネ、うねれ。風の精ジュルフ、消えよ』の呪文通りだ。最後に扉が開く代わりに、『コボルトがいそしむ』のだとしたら……そう憶測したんだ。

まぁそれはともかく、問題は沙々羅さんだ。あの時、ファウストの旋律の刺激で、一時的に暗示中に聞いていた安道さんの殺人計画が彼女の中に蘇ったんだよ。何故なら、ファウストは暗示中に沙々羅さんが聞いていた音楽だからだ。それだから、僕も呪文とはファウストの成句《フレーズ》に違いないと見当をつけたわけだがね」

「『止まれ！　汝《なんじ》はいかにも美しい！』ね。格好良かったわ、先生！　でも、私ったら、一瞬あれは愛の告白かと思って驚いてしまったわ」

「何を馬鹿なことを言ってるんだ、君は」

「でも先生、沙々羅さんのほうはまんざらではなかったんじゃないかしら。だって、過去の全ての記憶を無くしていたというのに、ほんの少ししか会ったことのない先生の顔を覚えていたみたいだし……」

朱雀の端正な顔をじっと見つめながら、律子が言った。

「それはね、僕が沙々羅さんを見舞っていた時に、彼女に言ったからだと思うね」

「何を？」

「あの頃、僕は子供で、まだ事態の半分は分からなかったし、手の施しようも無かったけど、熱で魘《うな》されている小さなお姫様の可哀想な境遇については、何か手助けをしてあげたいと思った。だから、こう言った。『もし将来、こんな恐ろしいことが再び起こった時には、僕を呼びなさい』とね。それで僕の本名と実家の寺の住所を教えてたんだ。彼女はそこまでは思い出さなかったけど、きっとそのことが心に刻まれていたんだろうね」

「先生ったら！　まるで捕らわれの姫君を助けに行く白馬の王子様のようね」

「ふん、下らない少女文学的発想だね。けど、物語のようには簡単に二人は恋に落ちたりしないんだよ」

「なんだ、つまらない」

「つまんなかないよ、そんなこと当たり前だろう。それにね、『止まれ！　汝はいかにも美しい！』は恋の告白の成句《フレーズ》なんぞじゃない。これはファウストと悪魔メフィストフェレスとの『契約の言葉』なんだ。君、あんなに熱心に読んでて覚えてないのかい？」

「悪魔との『契約の言葉』ですって？　覚えてないわ。マルガレーテとの恋に必死になっていたせいね」

朱雀は情けなさげな顔で頭を振った。

「全く……。かの名作も君にかかったら、その辺の三文恋愛小説と同じ扱いだねぇ。いいかい、ファウストは悪魔メフィストフェレスを呼び出して、悪魔が自分に仕えるのと交換条件に、自分の魂を売り渡す契約を行う。その時、こう言うんだ……」

もし私がのんびりと寝椅子に手足を伸ばしたら、私もおしまいだ
もしまた君が、甘い言葉で騙《だま》して、私をぬくぬくと納まり返らせたり、あるいは享楽に耽らせてたぶらかすことが出来たら、それは私の百年目だ
またある瞬間に対して、『止まれ！　汝はいかにも美しい！』と呼びかけることがあったら、もう君は私を縛り上げてもよい
私はよろこんで滅びよう……

朱雀は素晴らしく戯曲的に、その台詞《せりふ》を述べた。

音痴だけど役者にはなれそうだわ、と律子は思った。

「先生、私まだ最後まで読み終わってないんですけど、ファウストは結局、悪魔に負けてしまうの？」

「いいや、勝ったんだ。『止まれ！　汝はいかにも美しい！』……ファウストがその成句《フレーズ》を叫んだ瞬間は、彼が智恵《グノーシス》の意味を知った瞬間だった。ファウストは心の光で人間と人生の瞬間を照らし、その意義を知った。真理に覚醒《かくせい》した為に瞬間が永遠を得たのだよ。だから、メフィストフェレスは光の一部となったファウストの魂を奪えやしなかったんだ」

そう言って朱雀が欠伸《あくび》をした。

「ふうん。なんだか難しい話ね……。でも、先生には全てお見通しだったのね」

「いやいや、僕に分からないことも一杯あるよ」

そう答えて朱雀は、華子のことを思い出した。

あの女、一体何者だったんだ……

律子はじっと窓の外を眺めていた。懐かしい景色が、匂いが、すぐそこまで迫っているような気がした。

もうすぐ東京に着きそうだ。

「ああ……私、やっと浅草に帰れるのね」

律子は感慨深げにため息をついた。

「何言ってるんだね、東京に帰ってもまだすぐに浅草という訳にはいかないよ。まだ暫《しばら》くは両国《りょうごく》の親戚の寺にいてもらうからね」

当たり前だろう、と言わんばかりにあっさり朱雀がそう言った。

「そんなぁ、またお寺？」

「ああそうだ。僕がいいと言うまで、なるべく外に出ちゃあいけないよ」

「……柏木さんとも連絡を取っては駄目？」

それを聞くと朱雀は嬉《うれ》しそうに、にたりと笑った。

「駄目だね、彼は顔に出るから」

「刑務所暮らしをしてるみたいだわ」

ぷいっ、と膨れた律子だったが、色褪《いろあ》せた人家の向こうに、ビルヂングらしき建物の真っ黒な影が見え、その辺りの空が微《かす》かながら黄金色の光を帯びているのを発見すると、無邪気にはしゃいだ。

「先生、夜が明け始めているわ！」

いや……。まだまだだよ。

エピローグ　終曲《コーダ》

昭和十年最後の日。

十二月三十一日——この日ばかりは、どうしようもない放蕩者《ほうとうもの》か、何か訳ありの者でもなければ、家族と共に静かに時を過ごすものだ。

ところが、ちらちらと粉雪が舞い落ちる寒空の中、ここ吉原大門の前にぬうぼうと立っている一人の男がいた。

柏木洋介《ようすけ》である。

正月を迎えるというので、鳶《とび》と植木職人達によって、大門には巨大な門松が設置されている最中だ。

柏木は暫くその様子に見とれていたが、やがて門を潜《くぐ》り、仲町《なかまち》通りに入っていった。

流石《さすが》の不夜城吉原にも、人影は疎《まば》らであった。

いつもは喧噪《けんそう》で消えてしまうような、はかない夜鳴き蕎麦《そば》屋の声や、もの悲しい犬の遠《とお》吠《ぼ》えなどが、冷たい夜風に混じって大通りに響いている。

植木柵《さく》の連には、獅子舞《ししまい》、注連縄《しめなわ》、歌留多《カルタ》、化粧独楽《ごま》といった正月の華やかな風物が飾られている。

大通りを突っ切ってお歯黒どぶが見えてきたところで京町《きょうまち》通りを折れる。

お定まりの道行きであるが、柏木はいつになく機嫌が良かった。律子の生還をほんの一週間前に知らされ、嬉しさがまだ覚めやらぬ状態であったからだ。

「ご免下さい、柏木です！」

そう叫んで車組の黒い扉を開けると、とば口では数人の鳥打帽の男達と朱雀が、深刻に話し込んでいた。

「やぁ、律子君なら奥で待ってるよ」

朱雀はそっけなくそう言っただけで、また、男達と話し始めた。

「柏木さん！　もう来たのね」

慌ただしい足音と共に、からっと襖《ふすま》の開く音がして律子が飛び出してきた。

「わあ、何だい、その格好は？」

柏木が目を剝《む》いたのも無理はなかった。

高首襟に提灯袖《ちょうちんそで》、きゅっとしまったウエスト回りと大きく膨らんだスカート。それは、光沢のある鮮やかな緑色のドレスだった。その上には黒いミンクのハーフコート。

何とも高級な洋装をした律子が、目の前に立っていたのである。

「どう？　驚いた？」

茶目っ気たっぷりに律子が笑った。

「そりゃあ驚いたよ。いや、変装は毎度のことだから驚かないが、その格好……何処のご令嬢かと思ったよ」

「ふふっ、これなら誰もサァカスのマリコだとは気付かないわ。ほら、この前にお話をした沙々羅さんが贈ってきてくれたのよ」

「贈り物だって？　でも、随分高価すぎるんじゃないかい？」

「ええ。伯剌西爾《ブラジル》に行くのにね、とても持っていけないからって……」

「伯剌西爾？」

「ええ、そうらしいわ。まだ支度が途中なのよ。さあ、上がって待っていて」

律子は柏木の手を引いて、奥の間に座らせた。そうして自分は着替えの為に続き間に入っていったが、襖を開けっ放しで思い切りスカートをめくり、靴下留めを直し始めた。

サァカス団の楽屋で、人前で着替えるのに慣れている為であるが、純情な柏木のほうは堪《たま》ったものではない。顔を赤らめ、横を向いた。

「ブ……伯剌西爾って、よ、洋行かい？」

「そうじゃないの。移民として行くのですって。向こうで日本人学校の教師をするって、手紙に書いてあったわ。この荷物と一緒に夕方届いたのよ」

沙々羅の話は時折話題に出るのだが、柏木にはまさかそれが南朝末裔《まつえい》の姫君だとは知らされていない。

「でも、伯剌西爾《ブラジル》なんて、いくら何でも大変なんじゃないのかい。沙々羅さんという人は、大変な素封《そほうか》家の御令嬢なんだろう？　何もわざわざ伯剌西爾へ行かなくたって、例えば巴《パ》里《り》だとか、色々あるんじゃないのかい」

律子は髪飾りをつけながら、ちょっと考え込んだ。

丁度その時、ようやく男達との話を終えた朱雀が奥に入ってきた。

「……ああ、くったくただ」

朱雀は暗い声でそうぼやきながら、火鉢の前に胡座《あぐら》をかき、菓子皿にあった羊羹《ようかん》を口の中に放り込む。疲れとも怒りとも分からぬ不機嫌な表情で、眉間《みけん》に険しい縦皺《たてじわ》を作ったままであった。

「おじゃましてます」

柏木の挨拶《あいさつ》に、返事はなかった。

不機嫌な原因は分かっている。出口王仁三郎《おにさぶろう》が十二月八日、憲兵に検挙され、投獄されたからだ。柏木とて気になっているところだった。

手袋を着け終え、ようやく準備が完了した律子は、朱雀の脇に座って、湯飲みに茶を注いだ。

朱雀が黙ってごくり、と茶を飲み込んだ。

「先生、今、沙々羅さんの話をしていたのよ。柏木さんにも、沙々羅さんから来た手紙を見せてあげてもいいかしら？」

朱雀は眉を顰《ひそ》めると、呆《あき》れた声で答えた。

「全く君達は仲がいいねぇ。まぁ、勝手にするがいいさ。律子君に来た手紙だ。僕がどうこう言うようなことじゃないよ」

「先生ったら、意地悪なのよ。私は先生に手紙を読んであげたのに、自分のほうに来た手紙は見せてくれないの」

「それは僕の勝手だよ」

朱雀がすげなく言うと、律子は口をへの字にして立ち上がり、また続き間の中に飛び込んで、一通の手紙を持ってきた。


『律子さん、あの節は有難うございました。

わたくしは視力も元通り回復し、ようやく心も落ち着き、こうしてお便りすることが出来るようになりました。

信じられないでしょうが、あの後、館が無くなったことを契機に、わたくし達一家はそれぞれの道を歩み始めました。

館の敷地が殆《ほとん》ど土砂崩れのように陥没してしまったことも理由ですが、正直申しまして、あのようなおぞましい事件が起こった場所に、皆、居続ける気にはなれなかったのだと思います。

助蔵叔父様と駒男叔父様は、それですっかりしょんぼりと元気をなくし、一遍に年老いてしまわれました。

ともあれ、助蔵叔父様と正代叔母様、そして愛羅さんの御三方は下田村で新しい生活を始められました。

駒男叔父様は残念なことに、肝の病で入院をされています。

華子さんは、何故か本人の強い御希望で、平坂村に残られています。

わたくしは現在、東京の小母《おば》の家に仮住まいをしていますが、もう少しすれば伯剌西爾《ブラジル》に出発します。

これは誰にも内緒で、わたくしの一存で決めたことです。

実は、本家の復興や、縁談話が次々と舞い込んで来ているのです。どうやら、わたくしは此処《ここ》では自由になれない身だと悟り、それならば思い切って外国に行ってしまおうと決心しました。

丁度、伯剌西爾の日本人街で教師が不足していると聞き、現地へいけば就職出来る手続きも済ませました。

今度は何時お会いできるか分かりませんが、どうかわたくしのことを忘れないで下さいね。

それから、余り多くの荷物も持っていけませんので、よければ服を貰《もら》って下さい。着古しですが、とても気に入っていたものです。

きっと律子さんにお似合いだと思います。

親愛の情を込めて、沙々羅』

律子様

「家に縛られるのが厭《いや》だから、縁談話も蹴《け》って、伯剌西爾で教師になるなんて、随分と活動的な女性なんだなぁ。だけど、今まで何不自由なく暮らしてきたのに、突然移民暮らしじゃあ、苦労するだろうに……」

事情を知らない柏木は暢気《のんき》にそんなことを言った。

「あら、そんなことは無いわ。沙々羅さんは強い人よ。きっと伯剌西爾《ブラジル》で幸せになるわ。ねっ、先生」

「さあてね……。律子君の言う幸せとは白馬の王子様の到来かい？」

「冷たいわね、先生」

朱雀は面倒そうに、茶を啜《すす》った。

「幸せになるとか、不幸になるとか、そんな無責任なこと、僕には請け合えないよ。この世は天国には成り得ず、地獄には成りやすしだ。安穏とした見通しは出来ないだろう？それに、第一、そんなことは小さなことさ。どうでもいいじゃないか。要はね、自分の魂をしっかり自分の掌の中に持っていれば、少なくとも誇り高くは生きられるんだから……」

ごおぉぉ――――ん

除夜の鐘が年の終わりを告げ始めた。
三人はそれぞれの思いを胸に抱いたまま、その音色にじっと耳を傾けていた。

参考文献

『山の宗教―修験道講義』　角川選書　五来重

『魔女と聖女　ヨーロッパ中・近世の女たち』　講談社現代新書　池上俊一

『ユダヤの民と宗教―イスラエルの道―』　岩波新書　A・シーグフリード

『鍛冶師と錬金術師』　せりか書房　エリアーデ著作集5

『種村季弘のネオ・ラビリントス3　魔法』　河出書房新社

『「古史古伝」論争』　新人物往来社

『謎と異説の日本史総覧』　秋田書店

『日本史史料の基礎知識』　新人物往来社

『天皇家　謎の御落胤《ごらくいん》　隠された皇子たち』　新人物往来社

『高野山民俗誌［奥の院編］』　佼成出版社　日野西眞定

『生命の樹―中心のシンボリズム』　平凡社　ロジャー・クック

『ファウスト』　岩波文庫　ゲーテ

この物語はフィクションであり、実在する人物・地名・組織とは関係ありません。また本書中に一部、今日では不適切とされる語句や表現がありますが、物語内の歴史的時代背景を鑑みそのままとしました。（編集部）

本書は一九九九年三月にトクマ・ノベルズとして刊行され、
二〇〇四年九月に徳間文庫より刊行された作品です。

黄《よ》泉《も》津《つ》比《ひ》良《ら》坂《さか》、暗夜行路《あんやのみちゆき》　探偵《たんてい》・朱《す》雀《ざく》十《じゆう》五《ご》の事件簿《じけんぼ》4

藤《ふじ》木《き》　稟《りん》

角川ホラー文庫　18165

平成25年9月25日　初版発行
令和7年5月10日　5版発行

発行者――山下直久
発　行――株式会社KADOKAWA
〒102-8177　東京都千代田区富士見2-13-3
電話 0570-002-301（ナビダイヤル）
印刷所――株式会社KADOKAWA
製本所――株式会社KADOKAWA
装幀者――田島照久

●お問い合わせ
https://www.kadokawa.co.jp/（「お問い合わせ」へお進みください）
※内容によっては、お答えできない場合があります。
※サポートは日本国内のみとさせていただきます。
※Japanese text only

ISBN978-4-04-101019-8 C0193

角川文庫発刊に際して

角川源義

第二次世界大戦の敗北は、軍事力の敗北であった以上に、私たちの若い文化力の敗退であった。私たちの文化が戦争に対して如何に無力であり、単なるあだ花に過ぎなかったかを、私たちは身を以て体験し痛感した。西洋近代文化の摂取にとって、明治以後八十年の歳月は決して短かすぎたとは言えない。にもかかわらず、近代文化の伝統を確立し、自由な批判と柔軟な良識に富む文化層として自らを形成することに私たちは失敗して来た。そしてこれは、各層への文化の普及滲透を任務とする出版人の責任でもあった。

一九四五年以来、私たちは再び振出しに戻り、第一歩から踏み出すことを余儀なくされた。これは大きな不幸ではあるが、反面、これまでの混沌・未熟・歪曲の中にあった我が国の文化に秩序と確たる基礎を齎らすためには絶好の機会でもある。角川書店は、このような祖国の文化的危機にあたり、微力をも顧みず再建の礎石たるべき抱負と決意とをもって出発したが、ここに創立以来の念願を果すべく角川文庫を発刊する。これまで刊行されたあらゆる全集叢書文庫類の長所と短所とを検討し、古今東西の不朽の典籍を、良心的編集のもとに、廉価に、そして書架にふさわしい美本として、多くのひとびとに提供しようとする。しかし私たちは徒らに百科全書的な知識のジレッタントを作ることを目的とせず、あくまで祖国の文化に秩序と再建への道を示し、この文庫を角川書店の栄ある事業として、今後永久に継続発展せしめ、学芸と教養との殿堂として大成せんことを期したい。多くの読書子の愛情ある忠言と支持とによって、この希望と抱負とを完遂せしめられんことを願う。

一九四九年五月三日